## Du même auteur

*Parendoxe*, nouvelles, Éditions Asticou, Hull, 1978.

*Tranches de néant*, nouvelles, Le Biocreux, Montréal, 1980.

*Rocamadour suivi de Diogène*, récits humoristico-fantastiques, Éditions Asticou, Hull, 1985.

*Symphonie pour une main*, Édition Meera, Val-d'Or, 1987.

*Le relais abitibien*, roman collectif, Éditions Meera, Val-d'Or, 1987.

*Comme une blessure ouverte*, roman, Éditions Asticou, Hull, 1988.

*Extraterrestres et soucoupes volantes – nouveau bilan*, D'ici et d'ailleurs, Val-d'Or, 1992.

# On n'a jamais vu mourir une cathédrale

**Données de catalogage avant publication (Canada)**
Boisvert, Claude
   On n'a jamais vu mourir une cathédrale
   (Roman)
   ISBN 2-7640-0607-1
   I. Titre.
PS8553.O467O5 2002          C843'.54          C2002-940045-7
PS9553.O467O5 2002
PQ3919.2.B64O5 2002


LES ÉDITIONS QUEBECOR
7, chemin Bates
Outremont (Québec)
H2V 1A6
Tél.: (514) 270-1746


© 2002, Les Éditions Quebecor
Bibliothèque nationale du Québec
Bibliothèque nationale du Canada
ISBN: 2-7640-0607-1

Éditeur: Jacques Simard
Coordonnatrice de la production: Claire Morasse
Conception de la couverture: Bernard Langlois
Œuvre de la couverture: Batik de Marcelle David-Labrèche, *Amos au printemps*
Infographie: Transaction Montage

Nous reconnaissons l'aide financière du gouvernement du Canada par l'entremise du Programme d'Aide au Développement de l'Industrie de l'Édition pour nos activités d'édition.

---

Gouvernement du Québec – Programme de crédit d'impôt pour l'édition de livres – Gestion SODEC.

---

Imprimé au Canada

# On n'a jamais vu mourir une cathédrale

## Claude Boisvert

LES ÉDITIONS
Quebecor
QUEBECOR MEDIA

Aux deux femmes de ma vie, Marjolaine et Isabelle, parce qu'elles sont et pour ce qu'elles sont

À Marcelle et à Gaston, pour leur indéfectible soutien

À Jacques, pour son irréductible amitié

L'auteur sait gré au ministère des Affaires culturelles du Québec (Direction régionale de l'Abitibi-Témiscamingue) pour l'attribution d'une bourse, en 1988, qui lui a grandement facilité les choses lors de la rédaction du présent ouvrage.

# PROLOGUE

## I

Au début… au début, il y avait eu sa mère, bouée de sauvetage, qui faisait écran, qui s'interposait. Mais elle s'était dissoute, comme les autres. Comme Julie. Comme Jacques et Lucien et Marie: la grippe, la grande, la vraie, l'ESPAGNOLE, avait eu raison d'elle. Et c'était Lucie – Lucie! oh, divine Lucie! –, sa sœur aînée, qui avait pris la relève… juste à temps pour lui lire, d'une voix tremblante, le télégramme leur annonçant la disparition de Laurent, le plus vieux, tombé quelque part sur le front belge, la veille de l'armistice.

L'armistice? Pfffuuiiiittt! Au point où ils en étaient… ça ramènerait Laurent? Et leur père… qui, deux ans plus tôt, y avait aussi laissé sa peau?

\*\*\*

Les sursauts de conscience, retours en arrière vertigineux, succédaient aux périodes quasi comateuses; les plaintes, les gémissements alternaient avec les supplices.

— Luuuucccciiiie… Lucie… ressste, ressste je t'en priiiiiieeeeee, t'en va paaaassss… Luuuuuciiiiiieeee…

Mais plus souvent qu'autrement, des sons décousus sortaient de sa bouche. Il était incapable d'articuler des paroles cohérentes. De bouger. De se mouvoir.

Et Lucie s'estompait dans la brume qui avalait tout, alentour... et ça repartait de plus belle:

— Luuuuciiiiiiie! Luuuuuuccccciiiie! Reste, je t'en supplie, viens là... là... t'en va pas, reste, près, tout près, comme ça... et dis-le-leur, Lucie, je t'en prie! dis-leur que ce n'est pas ma faute, pas ma faute, pas ma faute! Toi, tu le sais, hein, Lucie? LUCIE! Ce n'est pas ma faute pas ma faute pas ma faute...

À la queue leu leu ou emmêlés les uns dans les autres, tous SES fantômes s'amusaient à le harceler, multipliaient parodies de grimaces et pas de danse macabres en une tornade folle, en une sarabande effrénée de souvenirs-fantasmes nourrissant la culpabilité viscérale, incontrôlable, qui l'acculait au fond d'un cul-de-sac sordide. Il n'était qu'usurpateur, ça tombait sous le sens: n'importe lequel d'entre eux aurait été plus à même que lui de se frayer un chemin sur cette terre! Et l'aurait sans doute mérité, alors que...

***

Et puis... et puis Lucie – Lucie! Angélique Lucie! – avait réussi à renverser la vapeur, à interrompre sa glissade vers une fin qui viendrait, de gré ou de force: qu'il le voulût ou non, n'était-il pas, dorénavant, chef de famille?

Parce qu'elle le lui demandait, il se cramponna, s'accrocha: peut-être saurait-il, avec elle, procurer aux jumeaux, si jeunes encore, une existence malgré tout décente?

Elle veillant, véritable ange tutélaire, il avait lutté, lutté désespérément contre la maladie et était parvenu à la conjurer jusqu'à ce que... jusqu'à ce que...

Jusqu'à ce que Lucie, pâle et malade à son tour, s'éteignît dans les râles et la souffrance... balayant du même coup le semblant de lucidité et le peu d'énergie qu'il avait pu recouvrer. Mais...

... dernier soubresaut d'entendement, alerté par des mouvements furtifs et des chuchotements, il s'était glissé dans un tableau-hallucination où figuraient plein d'inconnus – âmes charitables? voisins mystérieusement prévenus? parents éloignés venus prêter main-forte? – et, se traînant lamentablement jusqu'à la fenêtre, il avait vu... Oh, Dieu, il avait vu: on l'avait simplement mise dans une boîte dont les planches, disjointes, laissaient filtrer un bout de sa jolie robe bleue. Cette robe qu'elle avait tenu à porter plus souvent, les derniers temps...

«... pour égayer un peu la maison, lui avait-elle déclaré. Qui sait, je n'aurai peut-être plus tellement l'occasion de la porter!»

Dans la charrette qui attendait devant le perron, d'autres caisses s'entassaient, pêle-mêle. De minables cercueils improvisés, au bois mal équarri, qui témoignaient de la précipitation dont on faisait preuve pour ne pas se laisser gagner de vitesse par la mort. Détonnant dans tout ce fatras mortuaire, le coin de tissu bleu le narguait: Lucie qui lui adressait un suprême salut?

L'ultime image qu'il avait retenue, c'était celle d'un vieux cheval poussif se mettant en branle sur un signe du cocher et qui, insensible à la misère humaine, chassait l'air par ses naseaux en créant de longues écharpes de fumée blanche: il devait faire un froid de canard, dehors, malgré l'absence de neige. Un froid qui, s'insinuant dans sa conscience, la faisait exploser dans une prolifération phénoménale, une extension inimaginable de ce petit morceau de robe bleue.

## 2

Malgré la fièvre – ou à cause d'elle? – qui le maintenait dans une somnolence bienvenue, il emmagasinait, tout en s'y refusant, une foule d'images très précises. Qu'il captait machinalement, à partir d'un point de vision distinct de ses yeux. Il percevait très nettement son corps, auquel il était relié par une manière de cordon ombilical scintillant, d'une couleur argentée indéfinissable. Il voyait des gens – qu'il refusait systématiquement de reconnaître – s'affairer autour de cette carcasse inerte qui était lui, lui, lui!

Lui? Ce squelette chétivement habillé d'une peau étriquée, l'œil creux, éteint... rivé sur une réalité évanouie... et sur...

— Lucie? Naaaaaooooooonnnnnn!

Était-elle vraiment partie? À jamais? S'était-elle désintégrée dans cet infernal non-sens? Alors... son désir le plus ardent était qu'on le renvoyât au néant. Qu'il était. Qu'il avait toujours été.

Seuls points de repère familiers: les jumeaux, uniques survivants de l'hécatombe. Les jumeaux... qui, eux aussi, partirent. À une semaine d'intervalle, quelque temps – des jours? des semaines? des mois? – après le départ de Lucie. Ils expirèrent après l'avoir, à tour de rôle, rejoint dans son interminable délire fiévreux, le dépouillant, du même coup, de sa dernière raison d'être.

***

La vie, ÇA? Ce calvaire ininterrompu entre naissance et anéantissement?

Il divaguait, sûrement: le ciel ne pouvait pas sanctionner de telles atrocités.

Il regimbait, râlait, repoussait ces mains, venues de nulle part, qui se tendaient.

Et les visages, nombreux, dansaient une ronde folle en s'avançant vers lui. Les masques se figeaient au-dessus de sa couche, se diluaient dans une sorte de nuage qui les privait de leur consistance: ils n'avaient rien de ceux qu'il aimait... de ceux dont il avait si ardemment recherché l'amour. Alors ils pouvaient bien crever, tous, il s'en balançait éperdument. Pourquoi vivraient-ils, eux, alors que...

La mort... seule la mort eût pu le libérer. Mais elle se rebiffait, la garce! Allant jusqu'à le rejeter sur les berges inhospitalières de l'existence.

Et tous, alentour, qui le jugeaient déjà à l'agonie, crièrent au miracle lorsqu'il se remit debout. Mais leur étonnement céda vite la place à de la compassion, puis à de la pitié quand, sitôt qu'il pût se tenir sur ses jambes, il dédaigna le refuge moral qu'ils lui proposaient et les mit proprement à la porte, en maudissant le ciel et son aréopage d'anges et de saints.

## 3

Il se retrouva seul, définitivement seul, et n'éprouvant aucune envie de fusionner sa douleur avec celle des autres. Voulant à tout prix se retrancher, s'éjecter de ce qu'on appelait l'humanité. Il haïssait la création entière, vomissait ce Dieu que son éducation ultracatholique lui avait appris d'abord à aimer, puis à craindre sinon à respecter. Un Dieu sadique, dégénéré, qui le condamnait à vivre, à participer à cet odieux bal où il faisait payer chèrement à ses créatures cette existence qu'il leur imposait.

Il errait dans la maison, vociférant, semant toutes les larmes de son corps, ravivant et alimentant des plaies qui ne pourraient jamais se refermer.

Ils étaient là, partout; il les frôlait nuit et jour, il respirait leur odeur, il les appelait... et ils fuyaient, fuyaient dans une brume omniprésente qui lui refusait, à lui, le réconfort de ses vapeurs. Et ELLE, toujours ELLE...

— Lucie? Luuuuciiiiie! Je sais que tu es là! Allons viens, Lucie, viens...

Mais Lucie se dérobait, n'acceptait de se matérialiser qu'à contre-cœur. Des pans de sa robe bleue se superposaient alors au cadre familier, dans un tournoiement que la culpabilité avait vite fait de teindre en rouge. Rouge. Rouge. L'enfer rouge. Et des bras de feu emprisonnaient bientôt le corps d'albâtre qui se débattait dans la robe et les flammes léchaient les douces cuisses et une voix accusatrice tonnait dans sa conscience:

— COUPABLE! Mille et mille fois coupable! Tu l'as tuée! Tu les as tous tués, tués, tués, tués, tués...

Il surnageait à peine, à mi-chemin entre lucidité et torpeur, entre folie et douleur. Bientôt, la maison paternelle ressembla à la tanière d'un aliéné. Des débris jonchaient tous les recoins: tessons de bouteille, bouts de chiffon, éclats de bibelots et de statues, fragments de tableaux. Il brisait, défonçait, cassait, déchirait systématiquement tout ce qui, au hasard de rêveries démentes, éveillait en lui des bribes de passé... et, tentant de LA faire revivre, il fouillait et retournait sens dessus dessous tout ce qui avait appartenu à Lucie. Dans une rage folle, débridée, il prenait un malin plaisir à être elle: il se parait des breloques, colliers, bracelets qu'elle avait portés et revêtait ses robes, jupes, jupons et cri-nolines... qui, sitôt sur son dos, le brûlaient. Et elle ne revenait toujours pas! Hurlant de fureur, étouffant, il se dénudait en hâte pendant qu'un horizon de bleu l'avalait, puis l'abandonnait au rouge de flammes sataniques qui roussissaient sa propre chair... mais c'était Lucie qui souffrait!

## 4

Même s'il se voyait comme un cadavre en sursis, il récupéra, en un temps record, une forme physique du tonnerre. Mystère qui sentait le diable à plein nez: il devait bien se sustenter, d'une manière ou d'une autre? Grignoter, emmagasiner des forces? Mais il n'en avait qu'une conscience vague, de seconde zone. Tout demeurait flou... et si, par hasard, ses yeux s'attardaient le moindrement sur une des boîtes de conserve vides qui, ici et là, se mêlaient aux autres déchets, il entrait dans un accès de furie contre lui-même, se fustigeant pour s'être nourri «quand même»!

Il éconduisit, de manière peu amène, les rares connaissances qui se risquèrent aux nouvelles – avec force provisions – et s'enfonça toujours plus avant dans un monde de mort. Un monde de morts. S'obstinant à leur parler. Se persuadant qu'ils étaient là. Et, lorsque des lambeaux de lumière le forçaient à admettre toute l'horreur de la réalité qui refluait malgré tout des limbes de l'impossible, il pleurait, pleurait... ce qui ne dissipait qu'à moitié ses poussées suicidaires: renverser la lampe à huile, là, sur le plancher et s'asseoir au milieu des flammes pour les rejoindre dans leur éternité! Parfois, il amorçait même des gestes en ce sens; mais, toujours, il se ravisait au dernier moment, souscrivant aux arguments muets de Lucie... qui, de son coin d'infini, lui adressait une moue de répréhension. Et ses larmes redoublaient pour éteindre l'incendie qu'il n'avait su allumer.

## 5

Un soir – après deux semaines? un mois de ce régime? –, il décida... ou plutôt, eux tous, Lucie en tête, le déterminèrent à partir avant qu'il fût trop tard et que la folie s'installât à demeure. Disparaître. Quitter cette maison, cette ville pour n'y plus revenir. Rejeter définitivement des souvenirs qui ne redeviendraient jamais, jamais, jamais vivants. Rayer de sa mémoire le nom même de Québec.

Il le fallait!

Une lampe à pétrole à la main, il emprunta l'escalier et, solennellement, entreprit une tournée de toutes les pièces de la maison... tournée qui commença et qui s'acheva par sa chambre – celle qu'avait toujours occupée Lucie. Puis, après avoir fait provision de ces images qu'il se jurait d'oublier, il ferma la porte et laissa sciemment la clef dans la serrure. Il allait descendre les trois marches *chambranlantes* menant à l'obscurité lorsque, cédant à une impulsion, il fit demi-tour, ouvrit d'un coup de pied, empoigna l'une des nombreuses lampes à huile qu'il avait laissées allumées et la lança contre un des murs du salon.

Rapidement, après avoir tourné le dos aux flammes naissantes, il se dirigea vers la gare du Palais. Il n'emportait rien... hormis les maigres vêtements d'automne qu'il avait sur le dos et une couverture de laine.

Il savait, il en avait la certitude inébranlable, qu'il foulait ces rues pour la dernière fois.

C'était, du moins le croyait-il, au début de janvier 1919.

Ironiquement, il pensa, en se fondant dans la nuit, que la Providence l'avait drôlement gâté pour Noël.

## 6

Une neige poudreuse et tourbillonnante l'escorta bientôt, l'isolant hermétiquement de ce monde qu'il abandonnait irrévocablement. Une neige qui étendait un linceul sur toute la basse-ville; ainsi, la boucle était bouclée... et Québec était morte, au même titre que ses proches. La seule évocation de ces petites rues qu'il parcourait sans les voir lui faisait maintenant horreur. Vite: mettre le plus de distance possible entre ce coin de damnation et lui. S'en détacher. Le renier. Et oublier, si la chose pouvait se faire.

C'est dans cette atmosphère de fin du monde qu'il atteignit la gare... où il s'engouffra, subrepticement, dans le premier wagon dont le panneau d'accès ne fût pas cadenassé. Indifférent à l'odeur épouvantable, sourd aux meuglements et hennissements qui l'accueillirent, il se laissa choir sur le plancher humide et s'enveloppa dans sa couverture.

Figé, inerte, il attendit.

Sporadiques d'abord, puis abondantes, des larmes s'ancrèrent peu à peu aux poils follets fleurissant ses joues... où elles gelaient, sans atteindre sa poitrine.

Au bout d'une éternité, de timides rayons s'immiscèrent dans le wagon par les interstices des parois en planches. Et ces planches, qu'il fixait sans les voir, lui rappelaient quelque chose, quelque chose de lointain, d'immensément lointain et... et... un cercueil! Le cercueil de... de Lucie! L'analogie, cruelle, lui fit presque croire, un moment, qu'il avait réussi: il était mort, lui aussi! Et il gisait dans son cercueil. Mieux encore: en ce moment même, on le conduisait vers sa dernière demeure. Près d'ELLE! Enfin!

Ses traits crispés ébauchèrent un simulacre de sourire qui fendilla le masque de givre semé par les larmes; à mi-voix, il lança:

— Attends-moi, Lucie: j'arrive!


7


Les brusques trépidations qui secouèrent la voiture le tirèrent de sa léthargie. Le poussèrent à prendre conscience de l'espace qu'il occupait. Il s'ébroua légèrement. Son corps était lourd, incroyablement lourd; son cœur cognait sourdement dans sa poitrine et ses tempes palpitaient follement au gré de battements désordonnés.

Jetant un regard désabusé tout autour, il distingua une série d'instruments aratoires. Puis, les mugissements répétés attirèrent enfin son attention: à l'autre bout du wagon, une vache le dévisageait de ses grands yeux tristes. Près d'elle, un énorme cheval de trait mâchouillait consciencieusement quelques brindilles. Une corde, attachée de chaque côté du fourgon, les empêchait de s'approcher de l'immense tas de foin complétant le décor.

Une fumée grisâtre stagnait quelques pouces au-dessus des excréments des deux bêtes... et l'âcre odeur – qui, jusque-là, l'avait laissé de marbre – lui donna un haut-le-cœur. Il luttait encore pour juguler la nausée lorsque la large porte coulissa pour livrer passage à deux jeunes hommes. Il n'eut que le temps de se dissimuler derrière une meule de foin... et la présence d'esprit de taire le mal qui s'ensuivit quand se déchaînèrent les piquants qui avaient envahi ses bras et ses jambes.

Les deux jeunes, surexcités, échangeaient des paroles indistinctes. Ils disposèrent à la va-vite, à portée des deux animaux, une certaine quantité de foin et ramassèrent à la pelle les excréments, qu'ils mirent dans un seau que l'un d'entre eux alla vider à l'extérieur. Ils repartirent et, presque aussitôt, le convoi s'ébranla pour de bon.

Le voyage s'étendit sur plusieurs *millénaires*; des millions de tours de roue vinrent parachever la coupure, qu'il voulait nette, définitive, entre lui et les autres.

# I

À l'époque, l'arrivée d'un convoi suscitait encore passablement de curiosité dans le village; prudemment, il attendit que le brouhaha s'estompât avant de se décider à bouger. Il n'avait aucune idée de l'endroit où il se trouvait, pas plus qu'il ne savait ce qui le poussait à descendre ici. Lassitude? Sentiment fataliste que ce lieu en valait bien un autre?

Lorsqu'il fût certain que tous les badauds avaient quitté les lieux et invoquant Dieu et diable pour que le propriétaire des animaux ou les responsables du Transcontinental n'aient pas l'heureuse idée de se pointer au même moment, il se risqua, en limitant le bruit au minimum, à faire glisser la porte sur ses rails. Puis, il sauta sur le quai.

Mais il se reçut très mal: ses jambes, à moitié gelées, refusaient d'obéir comme elles l'eussent dû. Il trébucha et s'affala de tout son long dans une neige souillée par la vapeur et divers résidus liquides non identifiables s'échappant des fourgons.

Une voix le fit sursauter.

— Hep, vous, là-bas, venez un peu par ici!

Plutôt que de céder à la panique, il chercha instinctivement à localiser la personne qui l'interpellait ainsi: sur le pas de la porte de la gare, un vieillard lui faisait signe d'approcher. Fugace éclair, il faillit obtempérer et se réfugier, abdiquant toute velléité de révolte, dans cette oasis que balisaient les deux phares, puissants, qui lui titillaient l'intérieur: deux yeux étincelants qui, malgré la distance – une trentaine de pieds –, venaient à sa rencontre, le scrutaient, le fouillaient. Désirs d'abandon.

17

Lassitude incommensurable, désespérée. Envie folle, irrésistible de baisser les bras et d'attendre, là. Et, parallèlement, la peur...

Il était découvert! Mais alors...

Simultanément, mille et un tableaux d'enfer se bousculèrent dans sa conscience. Tableaux qui évoquaient des lendemains hypothétiques, fortement tributaires de son état de délabrement: on le garrottait; on le reconduisait, menotté, d'où il venait; on le lynchait; on le lapidait sur la place publique; on le flanquait dans un cul-de-basse-fosse immonde où il pourrissait jusqu'à la fin de ses jours; on le pendait haut et court parce que... parce que...

Parce qu'il avait voyagé clandestinement? Parce que l'incendie qu'il avait allumé s'était propagé à tout le quartier? Parce qu'il y avait eu des morts? Parce qu'il avait survécu à sa famille? Parce que... parce qu'il était, tout simplement?

Les scènes défilaient à toute vitesse; et, avant que le vieil homme ne se décidât à bouger, il se remit péniblement debout et s'enfuit, aussi rapidement que le lui permettaient ses jambes endolories.

Il suivit les rails sur une courte distance; puis, sitôt après avoir dépassé, sur sa gauche, un vaste entrepôt grisâtre, il obliqua directement en pleine nature, soucieux de semer son poursuivant. Car, il n'en doutait pas: il était poursuivi!

Mais... il s'empêtrait. Tout son corps était ankylosé: il était sûrement resté trop longtemps assis dans le froid, inactif. L'air qui pénétrait ses narines, par saccades, le déchirait.

Et la neige se mit de la partie! D'abord clairsemée, elle s'annonça vivement, presque sans transition, en bourrasques; un vent violent se leva qui s'évertua à retarder sa course.

Vite, vite, ne pas se faire prendre!

Et ses pieds s'emmêlaient l'un dans l'autre; non seulement la neige ralentissait-elle son avance, mais encore la rendait-elle douloureusement éprouvante. Les rafales crachaient leurs nuages de poudre tourbillonnante qui s'amassaient en congères après avoir décrit dans l'air des arabesques sibériennes. L'engourdissement se généralisait. Des milliers d'épines lui labouraient l'intérieur et l'extérieur du corps. Ses pieds, de plomb, se frappaient mutuellement. Il trébuchait encore et encore... pour se relever toujours plus difficilement. L'air glacial et vif lui cuisait affreusement, chaque bouffée lardant ses poumons de monstrueux coups d'épée.

Ne pas se laisser rejoindre et mettre aux arrêts. Poursuivre, aller n'importe où, au bout du monde, mais ne pas, non, ne pas retourner là-bas.

Des éblouissements, des étourdissements. Omniprésente, dangereusement obsédante, cette blancheur rageuse l'aveuglait. Ses yeux piquaient, s'obstinaient à déverser de la glace. Il n'y voyait plus rien, donnait sans arrêt sur des obstacles.

Sa chair n'irradiait plus que d'atroces picotements: le vent et le froid se moquaient éperdument des minces vêtements qu'il portait. Par endroits, la neige refusait de le porter et il s'y enfonçait, impuissant. La tempête pénétrait son crâne et une froideur immense, comme il n'en avait jamais connue, l'envahissait.

Vite, de plus en plus vite!

Et pourquoi? Pourquoi ne pas se laisser tomber là, dans la neige? Peut-être les rejoindrait-il et...

Ses esquisses d'enjambées, irrégulières, *somnambulesques*, de plus en plus courtes et hésitantes, laissaient derrière lui, pendant un infime instant, des traces en zigzag que la neige avait tôt fait de combler.

Sûr, aucune partie de son corps n'était intacte. Derrière son front, oh! combien lourd, une idée se précisait: celle d'un squelette de verre, d'une carcasse de cristal qui menaçait de se rompre.

Étourdissements. Éblouissements. Froidure qui débusque jusqu'à l'âme.

Mal... Mal... Maaaaaalllllllll...

... et, après un suprême sursaut, il s'effondra, la face contre la blancheur immaculée, suffocante, pour ne plus se relever, un dernier éclair lui zébrant la vision, sa conscience éclatant dans un ultime effort de lucidité: enfin, le repos éternel... et ELLE!

\*\*\*

Le chef de gare était de ceux qui savent jauger quelqu'un en un clin d'œil. Et ce que ses soixante-dix ans avaient vu défiler comme infortune avait distillé, et dans son corps et dans son cœur, un dévouement inébranlable. Un altruisme inégalable. Il était ce qu'il est convenu d'appeler une âme noble, dans tous les sens du terme. Il coulait ses vieux jours ici, où déjà, malgré le jeune âge du village, il faisait partie du folklore. D'un folklore accessible, humain, vivant. Il était, en somme, le résultat heureux d'un mariage réussi entre une philosophie saine de la vie et la vie elle-même.

Bien qu'intrigué, Jos Bouchard ne fit aucun geste pour retenir le malheureux. Habituellement, il ignorait carrément semblables incidents. Après tout, il n'était pas rare, par les temps qui couraient, de voir débarquer en douce de pauvres gueux qui n'avaient pas de quoi payer le voyage... et qui, pour la plupart, s'intégraient par la suite relativement bien à la population. On manquait de bras, alentour, pour défricher, pour bâtir. Et l'Abitibi ne pouvait se payer le luxe de refuser des colons sous prétexte qu'ils étaient trop pauvres pour s'y rendre. Aussi, ce n'était nullement dans l'intention de le confondre qu'il avait hélé l'inconnu mais bien pour faire sa connaissance et, le cas échéant, lui donner certains conseils utiles. Chose sûre, il ne s'agissait pas d'un criminel: il l'eût détecté illico. Et puis... qui donc eût été suffisamment bête, après avoir perpétré un forfait, pour venir chercher refuge là où il lui eût été impossible de subsister sans se faire repérer? Car même si l'Abitibi s'étendait sur un immense territoire, sa population était des plus clairsemées: à peine neuf mille âmes... Quant au village d'Amos, avec ses quelque mille sept cents habitants – qui se connaissaient tous –, il ne constituait certes pas l'endroit idéal où espérer se camoufler indéfiniment.

On avait bien vu, pendant la guerre, quelques groupes de jeunes venir dans le coin fuir la conscription, mais la chose n'y étant pas fatalement tenue pour un crime en soi, ils avaient bénéficié de la complicité indispensable à leur survie. Après tout, personne ici n'avait revendiqué le droit de la faire, cette guerre. Et puis, elle était maintenant, Dieu merci! se félicita Jos Bouchard, définitivement terminée.

Un instant, l'idée lui vint qu'il pouvait peut-être s'agir là d'un des Allemands détenus au camp de Spirit Lake qui avaient, deux ans auparavant, pris la clef des champs. Hypothèse qu'il écarta aussitôt: s'ils étaient demeurés aux environs, les prisonniers n'y avaient sûrement pas fait long feu, la rigueur du climat ne pardonnant que rarement lorsqu'on s'aventurait en pleine nature sans multiplier les précautions.

Quelque chose tarabustait le chef de gare. Un je ne sais quoi d'indéfinissable qui faisait de ce cas une affaire d'exception. Il observa longuement le jeune homme... qui, flageolant sur ses jambes, disparaissait derrière l'entrepôt du magasin de David Gourd.

Lentement, il referma la porte, se demandant confusément quelle conduite tenir. Le coup d'œil que lui avait décoché l'inconnu le tourmentait: l'abîme de désarroi qu'il y avait perçu s'infiltrait au plus profond de lui-même. La sourde angoisse qui l'habitait s'intensifia au point d'en devenir douloureuse alors que, dans l'espoir de transmettre à son vieux corps fatigué un peu de chaleur, il se frottait les mains au-dessus du vieux poêle crépitant au milieu de la salle d'attente.

Un jeune de la ville, il n'y avait pas à s'y tromper... et assurément pas habitué aux terribles sursauts des éléments. Pourquoi s'être sauvé ainsi? Combien de temps tiendrait-il, habillé comme il l'était? Il n'y avait rien dans cette direction, aucun abri possible à des milles à la ronde! Des plans pour y laisser sa peau!

Jos Bouchard en était là de ses réflexions quand un vent furieux se manifesta qui, en empruntant à contre-courant le conduit du poêle, émit des sons qui... qui...

Oui, c'était à s'y méprendre: un appel au secours!

Et la neige qui entrait dans la danse! Et quelle neige: il avait peine à discerner les wagons stationnés devant la fenêtre! Ses tergiversations furent donc de courte durée: il lui fallait, c'était impératif, se porter à la rescousse du jeune homme, autrement...

Il enfila son parka, ses grosses bottes, enfonça sa tuque de laine jusqu'en bas de ses oreilles et sortit dans la tempête, qui allait crescendo. Vaguement, il pensa alerter du monde, trouver de l'aide, mais... non: chaque minute comptait. On n'aurait jamais le temps d'organiser une battue.

Curieux: il éprouvait une fébrilité inexplicable à braver ainsi le poudroiement; sa démarche revêtait, obscurément, un aspect grandiose, comme si elle avait été écrite de toute éternité dans son destin. Il eût voulu s'y soustraire qu'il en eût vraisemblablement été incapable.

Ses pensées se fixaient sur le visage émacié du jeune homme, sur la désolation, sur le désespoir innommable que véhiculaient ses yeux... désespoir d'une bête prise au piège. Sentiment que, pour l'heure, il partageait presque...

Jamais, à sa connaissance, tempête ne s'était levée aussi vite. Déjà, lorsqu'il était jeune, chez lui, à Saint-Prosper, il savait à coup sûr interpréter les signes, les indices que semait la nature. Il pouvait vous prédire un orage, une ondée, une tornade pratiquement deux jours à l'avance tellement il faisait corps avec la terre. Et maintenant... maintenant, ce subit déchaînement des éléments le désarçonnait... et renforçait sa détermination.

Un froid vif referma promptement sur lui ses tenailles. On n'y voyait goutte. La neige, enveloppante, était partout. Le cernait. Il se laissait guider par son instinct... car, dans cet enfer, impossible de suivre des traces. De s'orienter. Les points de repère imprécis sur lesquels il comptait au départ – les rails, le magasin, l'entrepôt – firent place étonnamment vite à une folie blanche.

Il avait un mal fou à retrouver son souffle. Les tourbillons neigeux se succédaient à un rythme accéléré. La neige, vicieuse, s'insinuait dans ses yeux, dans ses narines; même en marchant à reculons, dos au vent, il lui était extrêmement laborieux d'avancer. Mais il le fallait... même si, logiquement, ses chances de porter secours à l'inconnu étaient pour ainsi dire nulles, à moins d'une intervention divine... et encore!

Par à-coups, il éprouvait l'impression de couler dans cette infinité blanchâtre, menaçante. Et pourtant... la fureur de la tempête et son débordement croissant donnaient à sa démarche un caractère encore plus impérieux: poursuivre, coûte que coûte. Ses yeux, piqués par la froidure, coulaient sans discontinuer; et la poudre, mordante, venait se greffer sur cette eau qui irriguait, tout en gelant, sa forte barbe blanche.

Mais... ses pas perdaient graduellement de leur fermeté; son dos se voûtait davantage à chaque foulée... qui, bientôt, nécessita des efforts quasi surhumains. Des larmes de douleur vinrent se mêler à celles que le vent incisif s'entêtait à lui arracher. Avait-il présumé de ses moyens?

Il mit une sourdine, au fur et à mesure qu'ils naissaient, aux doutes qui l'effleuraient: «Et si je tournais en rond?» «Et si j'y restais?» «Et si...»

Comment savoir, aussi... Sur quoi se baser pour s'y reconnaître?

Avancer, avancer...

En silence, il adressa une prière à ce Dieu que l'on disait tout-puissant: quel que soit le prix qu'Il exigerait pour sa promenade téméraire, lui fournir le souffle nécessaire à ce sauvetage insensé! Pourquoi, autrement, aurait-Il, dans Son infinie sagesse, placé cet être sur sa route?

— ... en supplie, guidez-moi, Seigneur! De toute façon, il ne peut être allé bien loin! Aidez-moi à le retrouver. Vous ne voulez quand même pas qu'il meure de froid, hein? Alors faites quelque chose!

Le son de sa voix le ragaillardit. Inconsciemment, comme pour conjurer le mauvais sort, il avait hurlé ses dernières pensées... et c'est en vain que le tonnerre environnant avait essayé de les étouffer.

Ses forces déclinaient cependant. Et rapidement, encore! Depuis combien de temps, déjà, errait-il dans cette pâle et inquiétante noirceur? Il n'avait qu'une chance sur des milliers de tomber pile: le bonhomme avait pu bifurquer cent fois, prendre une multitude de directions différentes, se perdre dans une nature sauvage et, pour le moment, démontée.

Comme il formulait une dernière prière en se répétant que, s'il revenait bredouille, c'est qu'*Il* l'aurait voulu, il trébucha, ses pieds heurtant un obstacle invisible.

Sa chute fut brutale. Et se répercuta dans tout son squelette, lui arrachant un cri perçant. Et puis... alors qu'il cherchait à se relever, ses mains s'agrippèrent à... à...

Miracle!

Instantanément, il sut qu'il avait gagné... sinon la partie, du moins une première manche: sous ses doigts que le froid pervers labourait de mille dards, une masse de chair molle, vivante. Vivante, il en était certain! Pas un instant Jos Bouchard n'appréhenda qu'il pût ne pas s'agir là de l'homme qu'il tenait à sauver. Ce ne pouvait être que lui!

Fiévreusement, il balaya de la main la neige qui recouvrait le corps, qu'il retourna sur le dos pour lui libérer complètement la tête. L'homme respirait à peine, par petites saccades.

«Il était moins cinq!» se dit Jos Bouchard en adressant, mentalement, un pied de nez ironique à la mort, qu'il imaginait rôdant à proximité.

Puis, ce fut la panique: et maintenant? Comment empêcher ce filet de vie de fuir ce corps inerte? Il maudit son inexpérience de ces sortes de choses. La respiration artificielle, sûr... mais comment procéder exactement? Il n'avait jamais eu à faire face à pareille situation. Et là... sous les rafales.

Il replaça tant bien que mal le malheureux sur le ventre, en prenant soin de lui dégager bouche et narines; et, s'agenouillant dans la neige, il s'exécuta... comme il avait déjà vu le faire, un bonne trentaine d'années auparavant: exercer d'abord une forte pression au milieu du dos, du plat des deux mains, remonter en ramenant vers lui les deux bras du blessé, puis recommencer, recommencer, recommencer...

Malgré le décor, démesurément terrifiant, oppressant, le vieillard mobilisa tout ce qui lui restait de volonté pour ranimer ce corps que la vie désertait; mais l'acharnement même qu'il mettait dans ses efforts, conjugué à l'engourdissement qui gagnait ses membres, rendait ses gestes encore plus gauches. Phénomène qu'il croyait compenser, en partie du moins, par les supplices qu'il transmettait, muettement, à son Créateur.

Puis, à certains signes évidents, il comprit que le jeune homme allait continuer, seul pour l'instant, sa lutte pour sa survie. Déjà, sa respiration se faisait plus régulière...

Le ramener! Il fallait maintenant le ramener, et le plus vite possible: le médecin saurait le ranimer. Le sauver. Le sauver absolument.

Mais d'abord le réchauffer! De toute urgence. Il était transi, transpercé par la froidure. Cela se sentait. Cela se voyait: ses mains, nues, s'ornaient de plaques bleues caractéristiques. Mais comment? Comment lui insuffler quelque chaleur? Impossible ne fût-ce que de penser allumer un feu dans cette démence!

À moins que...

Faisant fi de son propre état lamentable, Jos Bouchard se départit de son épais manteau d'hiver. Puis, de la tuque aux bottes, il retira tout ce qui, illusoirement ou non, pouvait conserver un soupçon de chaleur pour en revêtir, de peine et de misère, le moribond... ne gardant que ses souliers et son costume de coton. De toute façon, ces couches protectrices ne lui étaient plus indispensables: déjà, ses membres n'étaient plus que glaçons, son corps n'abritait plus que douleurs et pincements.

Vite!

Plus de temps à perdre. Radicalement épuisé, il commençait à avoir du mal à agencer ses idées. Vite, vite...

Recourant à des réserves d'énergie insoupçonnées, il réussit le tour de force de soulever le garçon et de l'installer sur ses épaules... qui le torturaient. Les mains nues, nu-tête, chaussé de simples souliers et chichement vêtu de son costume de chef de gare pour affronter la pire tempête qu'il eût connue, il entreprit, sans aucune espèce de certitude quant à la direction à prendre, d'emporter le malheureux vers cet îlot de civilisation qu'était Amos.

Dans un recoin de son être, un hymne s'éleva lentement. Qui, bientôt, l'emplit tout entier. Sur lequel il s'appuya pour avancer. Les chœurs, formés d'une cohorte d'anges, le portaient.

Le froid lui glaçait jusqu'au sang: ses globules s'étaient mués en une multitude de minuscules icebergs dont les pointes acérées lui écorchaient à loisir l'intérieur des veines. Chaque pas déclenchait un supplice. Diffusait une douleur infinie dans tout son corps... mais il n'en avait cure. Plus rien ne comptait hormis sauver cette vie en péril. Une vie beaucoup trop jeune pour être annihilée.

Tout son squelette le brûlait.

Ses pensées, de plus en plus confuses, se laissaient submerger par l'hymne solennel, sorte de marche céleste, qu'il se surprit à entretenir comme un feu sacré pour contrebalancer la souffrance... et continuer à mettre un pied devant l'autre: cette existence incertaine qu'il trimballait dépendait de lui, uniquement de lui.

Rafales. Vent. Tourbillons. Neige. Nature déchaînée, cruelle.

Sauver! Sauver le garçon. Le sauver. Sauver. Sauver.

Devant ses yeux se mirent à danser des lueurs qui n'avaient strictement rien à voir avec des lumières artificielles. D'étranges lueurs, qui virevoltaient au rythme de l'hymne merveilleux qui bourdonnait dans sa tête, dans son cœur.

Avancer. Marcher. Sauver le petit. Le sauver.

***

— Venez vite, monsieur le curé! Le vieux Bouchard... Jos, là, dehors! On dirait qu'il est devenu fou!

Le curé Dudemaine considéra posément l'homme qui venait d'entrer, en trombe, dans le presbytère. De petites colonnes de neige en profitèrent pour franchir la porte... qu'un fort coup de vent referma violemment.

— Fou? Comment ça, fou? Explique-toi, Gustave!

— Ben oui, venez voir, monsieur le curé! Il s'en vient par ici. Avec quelqu'un sur le dos. Il comprend pas ce qu'on lui dit! Il est presque pas habillé. On dirait qu'il nous voit pas.

Le tout débité sur un ton saccadé, haché. Gustave était encore tout essoufflé.

— Allons, allons, tu as sans doute la berlue, mon bon Gustave! Jos a vraiment toute sa tête à lui, je t'assure. Ce matin encore, il...

— Venez donc voir, monsieur le curé! le supplia son paroissien. Vous savez ben que je vous raconterais pas des niaiseries!

Gustave avait l'air au plus haut point ébranlé.

Chaussant ses bottes à la hâte, le curé le suivit dehors tout en passant son pardessus; et, dans la lueur crépusculaire, avec, comme toile de fond, une neige drue tourbillonnant sous l'impulsion d'un vent sifflant, il se porta à la rencontre d'un singulier cortège. Dont les détails, flous au départ, ne se précisèrent que pour composer un tableau saisissant. Féérique, même, par certains côtés: surgissant de nulle part, un vieillard, qu'on eût dit sculpté par la tourmente même qui voulait l'engloutir, s'extirpait laborieusement d'un antimonde tournoyant... qui se reformait sans cesse autour de lui. Ses deux bras, figés à la verticale, servaient d'ancres au corps inanimé qui lui ployait les épaules. Sa démarche hésitante, zigzagante, trahissait une fatigue difficilement concevable. Une fatigue transcendante. Que faisaient ressortir les ombres, surajoutées, qui gesticulaient alentour.

Gustave avait vu juste: c'était bien Jos Bouchard qui, visiblement à l'extrême limite de la résistance, gravissait lentement la *côte de l'église*! Mais... c'était un Jos Bouchard méconnaissable: sa chevelure imprécise et sa barbe givrée participaient des intempéries mêmes; son costume et son visage étaient tout «frimassés». Ses pieds disparaissaient complètement sous une gangue de neige et de glace.

Fort de l'expérience acquise au cours des dernières années — une expérience qui compensait sa jeunesse relative —, le curé savait reconnaître une situation critique en un tournemain, déceler instantanément une conjoncture de crise. Ce qui, souventes fois, lui permettait de désamorcer des drames potentiels. Et, dans cette scène émouvante qui se matérialisait devant lui, il pressentait du pas banal. Se tournant vers Gustave, il le pria d'aller chercher le médecin.

— Vite! insista-t-il. Ça presse. Tu le trouveras à l'hôtel Boudreau. Dis-lui de s'amener immédiatement au presbytère. Et ne traîne pas en route. Allez, file!

À pas de tortue, sourd aux offres d'aide des trois bons Samaritains qui l'escortaient, Jos Bouchard poursuivait son ascension, courbant de plus en plus l'échine sous le poids de son fardeau. Le curé s'approcha; du coin de l'œil, il aperçut sœur Clotilde qui, mystérieusement alertée, venait furtivement aux nouvelles. Il lui fit un bref signe de tête... puis signifia aux jeunes gens de rester temporairement à l'écart avant de tenter à son tour, avec une douceur qui l'étonna lui-même, d'établir le contact avec ce vieillard qu'il connaissait – ou croyait connaître – si bien. Mais tous ses essais en ce sens demeurèrent lettre morte...

«Ne pas le brusquer! Surtout ne pas le brusquer!» se répétait le curé, en optant pour l'expectative. Toucher Jos, voire simplement lui crier, c'était risquer qu'il s'adaptât mal à une réalité qu'il avait déjà débordée: on ne réveille pas brutalement un somnambule!

Vacillant, ses mains bleuies crispées sur le corps qu'il transportait, Jos Bouchard gagnait de haute lutte chaque pouce de terrain. On eût juré que chaque effort qu'il fournissait pour se mouvoir misérablement allait être le dernier. Qu'il était impossible qu'il parvienne encore à mettre un pied devant l'autre; qu'il allait s'écrouler là, tout de suite. Et pourtant...

Au bout d'un moment, le curé demanda discrètement à ses trois ouailles de se rapprocher. De serrer Jos Bouchard de plus près: il allait s'affaisser d'une seconde à l'autre! Peut-être, à défaut d'autre chose, pouvait-on amortir sa chute et celle de son protégé?

La scène perdura, au ralenti, Jos Bouchard épuisant ses dernières ressources dans une ascension qui s'apparentait au surplace et tenait en haleine d'impuissants spectateurs. Enfin, après avoir dépassé le presbytère, il s'emmêla une dernière fois les deux pieds, puis s'effondra au bout d'un ultime et interminable instant d'immobilité chancelante. Malgré la rapidité dont il fit preuve, le curé, pas plus que ses trois paroissiens, ne parvint à intervenir: Jos se tassa, s'affaissa littéralement sous son fardeau... qui bénéficia d'un atterrissage en douceur dans l'épaisse couche de neige.

## II

La nouvelle se répandit comme une traînée de poudre: Jos Bouchard n'était plus!

Stupeur et consternation.

Une chape de deuil s'étendit sur la communauté amossoise. Car, bien qu'obligatoirement récents dans la plupart des cas, les liens que le bonhomme avait su tisser avec les gens *du cru* n'en étaient pas moins d'une solidité à toute épreuve. Il n'était pas un Amossois qui, d'une façon ou d'une autre, n'avait déjà eu affaire au personnage. Mieux encore: tous se considéraient plus ou moins comme débiteurs de ce vieillard si particulier, qui pour un conseil, qui pour une parole réconfortante, qui pour un dépannage, épistolaire ou monétaire... car, poète à ses heures, Jos Bouchard – chez qui l'on subodorait un grand chagrin d'amour du temps de sa verdeur – ne refusait jamais, pour secourir une âme en peine, de lui prêter sa plume. Combien de lettres d'amour n'avait-il pas rédigées pour des fiancés fougueux ou des prétendants en mal d'inspiration? Et combien d'argent avait-il avancé à de nouveaux venus... sans jamais redemander un sou de son dû?

— Bof! S'ils ne me le rendent pas maintenant, c'est qu'ils en ont davantage besoin que moi! avait-il répondu un jour au curé, qui s'étonnait de ses largesses.

Quelques heures après sa mort, Jos Bouchard était déjà rejoint par l'histoire locale, ses concitoyens se narrant et se remémorant ses aventures, ses interventions colorées lors des cérémonies publiques et ses bouillantes sorties en faveur des «sans-voix», comme il appelait les

29

miséreux. On se racontait à qui mieux mieux ses faits d'armes, ses bons mots lors des soirées électorales alors que, vêtu de ses plus beaux habits aux armes du Transcontinental, il agissait comme maître de cérémonie... voire comme modérateur si les assemblées étaient dites «contradictoires».

Et comment passer outre au fait que c'était toujours lui qui, beau temps mauvais temps, s'occupait de la chapelle à titre de bedeau de service? Lui qui y œuvrait au cours des offices religieux? Ne procurait-il pas, de par son panache et sa personnalité mêmes, une touche de dignité et de solennité à des lieux qui, miroir de la pauvreté commune, manquaient de ces artifices évocateurs que seules pouvaient se payer les paroisses riches des grandes villes?

Sur l'initiative du curé Dudemaine, épaulé par Hector Authier, agent des terres, et par David Gourd, maire de la municipalité, on sollicita des autorités du Transcontinental une faveur bien spéciale: que Jos Bouchard soit exposé dans SA gare, là où il trônait en maître absolu et où la majorité l'avait entrevu pour la première fois. Permission fut accordée par qui de droit – monsieur Drouin, maître de poste, se montrant particulièrement fier d'avoir servi d'intermédiaire grâce à son téléphone –; et, les choses étant rondement prises en main par des bénévoles – mesdames Authier, Drouin, Gourd, Sicard –, le soir même, vers les huit heures, des dizaines d'Amossois se pressaient dans la salle d'attente de la gare, transformée pour les besoins de la veillée funèbre.

\*\*\*

Le poêle à bois ronflait comme jamais au centre de la pièce, dégageant une chaleur quasiment visible: la base du tuyau de tôle qui le surmontait arborait une rougeur mouvante. Après quelques saluts à la ronde et une première prière près du défunt, les arrivants venaient s'y réchauffer les mains; puis, ils allaient s'entasser sur les banquettes de bois qui couraient le long des murs. Accrochés aux patères alignées au-dessus des têtes dodelinantes, une litanie de manteaux ondulaient... comme s'ils avaient été doués d'une vie propre. D'aucuns s'en servaient comme appuie-tête, d'autres y camouflaient plus ou moins bien une affliction qui frisait l'exubérance.

Il y avait quelque chose de pathétique dans cet adieu, du jamais vu dans la cité naissante. On devinait bien là l'estime que le défunt avait su se gagner au cours des quelques années qu'il avait vécues à Amos.

Le corps reposait sur des planches fixées à des tréteaux de fortune dans le coin opposé à la porte d'entrée, juste en dessous de l'unique guichet. Alentour, on avait disposé quelques chandelles, des images pieuses, un chapelet et, enfin, une statue du Sacré-Cœur. Un Sacré-Cœur aisément reconnaissable pour qui était déjà entré au presbytère: il y occupait, d'ordinaire, une niche dans le vestibule. Preuve du respect et de la considération que le curé portait à cet être d'exception.

La tenue foncée du chef de gare, avec ses nombreux galons dorés, tranchait nettement sur les bandes de soie blanche tendues sur les planches.

Juste à côté, sur la porte donnant accès au bureau, on avait épinglé la photo du défunt: superbe, le chef de gare y affichait, nonobstant son pimpant costume à épaulettes, une allure de patriarche rigolo. De prophète jovial.

Cette photo elle-même avait son histoire, qu'on n'évoquait pas sans sourire: l'été précédent, soit en août 1918, répondant à une invitation lancée par Hector Authier et réagissant aux nombreuses plaintes ayant suivi des reportages peu flatteurs pour les gens d'Amos, *LA PRESSE* avait dépêché un reporter dans la région. Ce dernier, qui s'attendait à débarquer dans l'indifférence, voire dans l'hostilité, s'était vu accueillir, à sa descente du train, par un Jos Bouchard solennel, fier comme Artaban dans son uniforme flambant neuf; un Jos Bouchard tout souriant, cérémonieux, plein de déférence, dont la culture et les propos pittoresques l'avaient fortement impressionné. À tel point même que, insistant fortement, il l'avait convaincu de se laisser *officiellement* photographier. On avait toujours soupçonné Jos, par la suite, d'avoir forcé un peu la dose de gentillesse, d'amabilité... et de ce whisky de contrebande dont raffolait le visiteur; bref, d'en avoir rajouté de façon à ce que l'optique de celui-ci en fût teintée et que ses articles, plutôt que de décrire la région en termes vitrioliques, fussent empreints de cordialité. Et quelle n'avait pas été la surprise de tout un chacun de découvrir à la une de *LA PRESSE*, quelques semaines plus tard, le chef de gare, tout goguenard, coiffé de cette légende: L'ABITIBI VOUS ACCUEILLE... AVEC SON SOURIRE ET SON COSTUME D'APPARAT! Avaient suivi une série d'articles élogieux sur les lieux, qui venaient à point nommé rétablir une situation que moult citadins, ignorants des conditions locales, ne se gênaient pas pour décrier. Quoi qu'il en fût, Jos Bouchard avait ainsi fait le tour du Québec, en première page de *LA PRESSE*. Peu de temps après, Jos avait reçu, par la poste, cette photo portant comme dédicace: «Avec mes meilleurs souvenirs!».

***

Les Amossois, en allant se recueillir à tour de rôle devant le défunt, n'étaient pas sans remarquer sa surprenante rigidité. Ses doigts bleus, gonflés, serraient un chapelet qu'on avait dû avoir toutes les misères du monde à mettre en place; une moue saugrenue déparait son visage. Une crispation maussade qui transparaissait par-delà la mort.

De temps à autre, chuchotements et murmures cessaient de faire concurrence au pétillement continu du poêle; tous, s'agenouillant, récitaient alors à l'unisson une dizaine de chapelet. Régulièrement, la porte s'ouvrait sur une nouvelle fournée de citoyens venus pleurer «leur» Jos Bouchard... et ceux qui étaient sur place depuis un certain temps récupéraient leur pardessus et s'éclipsaient, après un ultime signe de croix près du mort.

Mais une chose déroutante se passait: à intervalles plus ou moins réguliers, le curé entrait en catastrophe, mâchonnait une courte prière et, pensif, ressortait aussitôt. Et lorsque, enveloppé d'un nuage de fumée, il claquait la porte derrière lui en se dissipant dans la noirceur extérieure, les chuchotis redoublaient, chacun y allant de son bla-bla sur sa conduite. Sur les motivations de pareilles allées et venues: d'habitude, ne se faisait-il pas un devoir de veiller presque sans interruption la dépouille de chacune des brebis que lui avait confiées le Seigneur?

— C'est pour le jeune homme, celui qu'a ramené Jos, risquaient les uns.

— Hein? C'est pas une rumeur, cette histoire? s'étonnaient les autres.

— Non non: Jos a sauvé un inconnu que...

— ... un homme venu de nulle part: il l'aurait retrouvé dans la tempête, à ce qu'on dit.

— ... entre la vie et la mort!

— Paraît que le docteur Bigué ne donne pas cher de sa peau!

— Perdre notre Jos pour un... pour un... pour un voleur de grand chemin, allez savoir!

— … ou un Allemand de Spirit Lake: on ne les a pas tous remis en liberté, m'a-t-on dit.

— Monsieur le curé l'a recueilli au presbytère.

La salle était encore bondée et les plus braves s'apprêtaient à «veiller le bon Dieu au corps» la nuit durant quand, vers 23 h 30, le curé reparut en coup de vent pour la énième fois. Prenant place sur le prie-Dieu installé à côté du mort, il attendit patiemment le silence avant d'entamer un chapelet; l'assistance, recueillie, lui donna spontanément la réplique avec un synchronisme qui trahissait une habitude déjà rodée.

Mais on n'en était pas à la moitié des *Je vous salue, Marie* réglementaires que la porte fut poussée, avec fracas, par le docteur Bigué… qui, faisant fi de l'atmosphère de recueillement, se précipita vers le curé, qu'il secoua fortement.

— C'est gagné, monsieur le curé: il vivra! s'exclama-t-il.

Le curé, dans un élan de ferveur que peu oublièrent par la suite, leva les yeux au ciel et s'écria:

— Merci, mon Dieu!

Puis, posant ses mains sur celles, enflées, de Jos Bouchard, il murmura, simplement:

— T'as entendu, Jos? Il est sauvé! C'est ce que tu voulais, non?

Lentement, il se retourna, l'air absent. Les témoins, électrisés, crurent voir des larmes mouiller ses paupières.

Abandonnant le chapelet, monsieur Dudemaine prit le bras du docteur Bigué et l'entraîna à l'écart alors que le bruit de fond montait. On leur cédait volontiers le passage, d'autant plus qu'on vivait là quelque chose d'inhabituel. Une manière de félicité s'instillait dans tous les cœurs.

Le curé repéra un pan de mur libre, s'y adossa et…

— Vous veniez de partir quand il s'est manifesté, lui révéla, enthousiaste, le docteur Bigué. Il est robuste, le bougre! Je ne sais combien de temps il est resté ainsi, mais… bon, quand même, il est rudement amoché. Il faudra probablement lui amputer quelques orteils et deux ou trois doigts de la main gauche. Vous savez, il était bigrement gelé! Enfin, espérons qu'il n'y aura pas trop de séquelles. Pneumonie double, peut-être? Paralysie partielle? Seul l'avenir le dira… ou votre Dieu, monsieur le curé! Car il fallait qu'Il ait ce jeune homme en haute sympathie pour...

Le médecin demeura silencieux quelques instants avant de continuer, songeur:

— C'est que la médecine a ses limites, voyez-vous. Il faut croire que son heure n'avait pas encore sonné! Bon sang, monsieur le curé, vous savez que je commence à croire aux miracles?

— Il... euh... il a parlé?

— Eh, pas si vite: des grognements, quelques mots inarticulés, rien de plus. Il n'a pas encore repris connaissance. Bien entendu, nous le ferons transporter dès demain à l'hôtel Boudreau, n'est-ce pas? Vous ne voudriez pas me faire une concurrence déloyale en le gardant au presbytère, quand même? Non, sérieusement, nous y serons plus en mesure de lui apporter les soins que nécessite son état. Pour l'instant, sœur Clotilde suffira à la tâche, mais...

Le curé hochait de temps en temps la tête; il buvait, comme s'il se fût agi d'un divin nectar, les paroles du médecin. Il entonnait un hosanna... qui se propageait, bourdonnement mélodieux, dans tout l'intérieur de son crâne. Musique merveilleusement douce et délectable. Que perturba un cri retentissant:

— Eh! Regardez! Regardez Jos!

Le silence fut instantané; les regards convergèrent de nouveau vers le défunt, qu'on avait quelque peu délaissé depuis un moment.

Le curé, plein d'appréhension, accourut vers les *planches* et ne put, lui aussi, que constater... qu'une transformation absolument impossible, en vertu de quel principe mystérieux? s'était opérée: Jos Bouchard avait perdu cette moue incompréhensible qui déformait ses traits! Son visage avait retrouvé une quiétude plus conforme à sa personnalité. Comme si ses muscles s'étaient subitement relâchés... et même, même qu'un sourire espiègle ornait maintenant le bord de ses lèvres. Ce sourire en coin qui charmait tant les habitants de la place et qui désarmait jusqu'aux plus malicieux. Avait-on rêvé? Était-on les jouets d'une hallucination collective? Tout à l'heure, Jos semblait pourtant bien anormalement grimaçant alors que maintenant, maintenant...

Inimaginable!

Bien que dépassé, le curé se rasséréna. Une mimique presque *métaphysique* illumina sa figure quand le docteur Bigué lui glissa à l'oreille:

— Décidément, curé, qu'est-ce que je vous disais? Il va me falloir croire aux miracles!

Et l'atmosphère chagrine, cette atmosphère de tristesse et de mélancolie qui, il y avait quelques minutes à peine, régnait en maîtresse absolue des lieux, se métamorphosa sans que quiconque songeât à s'en offusquer; elle acquit une touche de magie, de sérénité, même! On éprouvait davantage l'impression d'assister à de joyeuses retrouvailles qu'à une veillée funèbre. Quelques rires timides se firent même entendre.

— Sacré Jos, lança quelqu'un. Même mort, il réussit à nous jouer des tours!

Trois jours durant, l'«exposition» se prolongea, qui vit défiler toute la population d'Amos et des environs devant la dépouille. Mais les prières ne s'accompagnaient désormais plus nécessairement de pleurs; la nostalgie qu'éveillait cette perte incalculable était compensée par la légende qui, spontanément, venait de naître pour, croyait-on, durer indéfiniment: *Jos Bouchard ne mourra jamais!*

# III

Les scènes qui le hantaient différaient de tout ce qu'il avait connu. Elles provenaient d'un puits de lumière d'une petitesse incroyable situé à l'extrémité, immensément lointaine, d'un tunnel noir, mais noir! Et ce noir contrastait avec la netteté des images, aveuglément lumineuses, qui enflaient, gonflaient, s'amplifiaient avant de déferler sur lui.

Il discernait des étendues inouïes de poudre blanche; une poudre blanche qui, s'élevant du sol au fur et à mesure de sa timide approche, l'enveloppait dans un étau tourbillonnant. Des colonnes de poudre affluaient, l'adoptaient comme point de ralliement. Par vagues d'assaut successives, elles se ruaient sur lui, prostré, dont l'angoisse dépassait l'entendement; leur seule raison d'être: l'engloutir, l'anéantir sans merci! Et ses pieds se rivaient au sol, y enfouissaient des vrilles qui, complices de la poudre cristalline, l'enchaînaient, le privaient d'une mobilité devenue dérisoire face aux attaques répétées des mouvances poudreuses. Son corps blanchissait étonnamment vite. La poussière immaculée s'insinuait partout, profitant du moindre orifice disponible; elle gagnait ses poumons, s'infiltrait dans ses veines, enlevait ses artères. Son sang était pis que glacé: il était glace!

Arbre squelettique, il voyait son énergie s'amenuiser, le quitter et se transformer en fines particules opalines pour s'associer, traîtresses, aux milliards de corpuscules qui lui suçaient son essence vitale.

Douleur. Écrasante douleur. Douleur et tortures intenables.

Conscience. Conscience et inconscience.

Des bruits secs accompagnaient bientôt le souffle rauque des vaporeuses colonnes blanches: ses membres qui se tordaient, qui craquaient; ses prolongements, vitreux, qui cédaient, qui se détachaient... et qui, avant même d'atteindre le sol, se désintégraient en trillions de pellicules blanches s'intégrant sur-le-champ à l'ensemble, dont elles redoublaient l'ardeur destructrice. Et ça repartait de plus belle, encore et encore et encore... jusqu'à ce qu'il fût réduit en insignifiantes parcelles d'une poussière qui s'évanouissait, dans un dernier sursaut, sur une toile de fond wagnérienne.

S'élevait alors de la terre un effroyable cri de terreur, prélude à la retombée des innombrables tornades poudreuses; puis, survenait un calme relatif.

L'image, les images refluaient vers le fond, vers l'extrémité *improbable*, inaccessible du tunnel, emportant sa vie même. Pour revenir en force, sitôt qu'il croyait rompu le fil ténu le reliant à celle-ci.

Un tableau s'imposait en alternance, à une cadence variable. Un tableau maudit. D'abord camaïeu bleu... sonore. Il entendait, surmultiplié à l'infini, un frou-frou monstrueusement évocateur: celui d'une robe – bleue, toujours bleue! – qui emplissait tout l'espace dans une farandole laissant deviner des dessous crinolinés oh combien attrayants... et un corps, fuyant, qui refusait de se préciser tout en accusant les contours d'une Lucie désincarnée. Et quand, d'une haleine agitée, il réussissait à soulever toute cette masse de tissu, une douce toison, dorée, surplombant deux cuisses superbement fermes et tendres, descendait à une allure vertigineuse vers son sexe dressé dans une provocation qui lui aliénait la création entière.

Le tableau se doublait: en surimpression apparaissait un doigt, un doigt dénonciateur énorme, ceint de nuages entremêlés de volutes lui cachant pudiquement les soyeuses zones bleues et chair qui couvraient, en l'engloutissant, tout le paysage... et sa verge. Tour à tour s'imposaient le doigt, une main, un bras et, enfin, un visage, qui exprimait une indicible fureur: Dieu le père, l'Omniprésent, qui le foudroyait du regard, le fustigeait, le maudissait pour les siècles des siècles et le vouait à la damnation éternelle. Et la voix qui tonnait faisait frissonner, puis se dissiper, l'horizon de robe bleue... et sa semence, coupable, se déversait dans le néant qui, illico, l'investissait.

La confusion, la honte teignaient son front, inexistant mais cosmiquement immense, d'un rouge oscillant entre sang et enfer.

«Toujours, toujours! Jamais, jamais!» lui susurraient, odieusement ironiques, des âmes inconnues et vengeresses.

Sa conscience, malmenée, rebondissait entre ces deux pôles cauchemardesques. Son seul avenir prévisible: cette masse blanche qui le réclamait, le demandait, l'appelait... et lui ravissait l'espoir. Y couler! S'y fondre! Couper, couper le fil qui le reliait à la source lumineuse; sectionner résolument ce lien intangible qui naissait là-bas, au bout du tunnel. Ne plus lutter. Se laisser accaparer, pour l'éternité, par cette inadmissible douleur.

Mal. Il avait mal. Incroyablement mal.

Pas une parcelle de sa totalité qui ne lui fît atrocement mal.

***

Un jour, après des millénaires de blanche débandade, une silhouette s'immisça dans son cauchemar. Une silhouette imprécise et titubante dont la seule présence, d'abord aléatoire, lui donna à penser qu'il était peut-être possible de contrer l'inaltérabilité des tableaux-supplices qu'il avait vus, revus... et vécus des centaines et des millions de fois. Une silhouette qui, au fil des vagues tournoyantes, se greffa au paysage de séquence en séquence et se rapprocha indubitablement.

Drôle: elle puisait sa vigueur, tout à fait perceptible, d'une source contiguë à la sienne, persistant, contre toute logique, au fond inaccessiblement profond du tunnel.

Et la silhouette fit partie intégrante du décor.

De siècle en siècle, elle s'affirma. Abandonna son aspect brumeux pour se matérialiser avec toujours plus de consistance. Jusqu'à ce que... jusqu'à ce que...

Un vieillard!

Une silhouette de vieillard!

***

Mal. Mal. Douleur. Cris.

Déchirements.

Luuuuuuuciiiiiiiie!

Doigt. Remords. Vieillard.

Vieillard qui s'incrustait et s'incrustait et s'avançait inexorablement. Et robe bleue. Et nuages blancs. Cuisses, douces cuisses. Et toison lumineuse qui happait son bas-ventre. Et poudre blanche. Squelette qui se décomposait. Qui se désintégrait. Et vieillard qui, courbé sous l'effort, progressait, progressait insensiblement. Vieillard dont la pâleur tranchait sur celle du pollen neigeux qui le bafouait encore et toujours, d'éternité en éternité.

Et des questions surgissaient, le harcelaient: «Pourquoi? Pourquoi les colonnes de poudre ne l'immobilisent-elles pas, lui? Et pourquoi son dos se voûte-t-il toujours plus? Pourquoi... pourquoi?»

Les visions s'éternisaient. Se succédaient. Se chevauchaient. Se heurtaient l'une l'autre. Et le torturaient.

Sûr, le sépulcral vieillard détenait un certain pouvoir sur cette tourmente démentielle: son rayonnement, quasi palpable par à-coups, modifiait – oh, très subtilement – l'enchaînement de scènes qui, depuis toujours, baignaient dans l'immuabilité la plus absolue.

Quelque part, il souhaitait que le vieillard s'évaporât, laissant les vampiriques colonnes blanches parachever leur œuvre mortelle; mais, parallèlement, une partie de lui-même tirait confusément réconfort de sa venue. Qu'il parte; qu'il vienne! Qu'il parte... Qu'il vienne!

\*\*\*

Peu à peu, de manière indiscernable, le vieillard grandit. Pour acquérir une importance qui défiait toutes les lois de la perspective. Plus il progressait dans la fresque, plus sa détermination transparaissait; mieux: les colonnes de poudre blanche ne parvenaient plus à cacher le sourire, vaguement triste, figé sur son masque autrement invisible.

Les choses s'accéléraient! La sève glacée qui l'irriguait manifestait même des velléités de réchauffement. La tornade le maintenait toujours dans ses implacables tenailles, mais... il en était persuadé: le vieillard avait la possibilité de la calmer.

Il s'habitua au vieillard. Il s'attacha à son expression mi-avenante, mi-boudeuse et suivit, sans le vouloir, sa progression.

Puis, en un point imprécis de cette trame intemporelle, le vieillard lui tendit la main. Une main qui, rapidement, se substitua à celle du

Dieu vengeur. Une main secourable. Qui fendait les blanches bourrasques.

Une main... pour lui?

Une main qu'il ne put qu'observer, pendant des générations. Une main qui se tendait, se tendait et se tendait encore.

Mais il ne voulait plus, ne pouvait plus lutter!

Un courant irrésistible traversait ses lignes énergétiques: prendre la main prendre la main prendre la main.

Des années et des années durant, il voulut l'attraper; mais ses membres, cristallisés, se brisaient avant qu'il pût esquisser un mouvement. Et ses pieds, toujours enracinés dans la profondeur de cette géhenne, lui rendaient tout déplacement impossible.

Main tendue, le vieillard se rapprochait.

Le rythme s'accentuait; les colonnes blanches faiblissaient, ses racines mollissaient et ses membres se désagrégeaient de moins en moins vite.

Vieillard. Main tendue. Robe bleue. Et poudre blanche. Main tendue. Main tendue. Main tendue. Dans un suprême effort où le désespoir le disputait à l'infinitésimal fil de lumière argentée qui brûlait encore là-bas, au fond, il mobilisa suffisamment d'énergie pour s'agripper à la main...

Et tout se précipita! À l'instant même où les doigts noueux du vieillard entrèrent en contact avec ses prolongements glacés, une chaleur phénoménale se répandit par tout son corps, qui subit une métamorphose en sens inverse. Et son autonomie de mouvement réapparut avec autant de soudaineté. Mais, ironie, avant qu'une force incoercible le propulsât incontinent vers le puits de lumière, il eut le temps de voir le vieillard essuyer, à son tour, l'assaut de la cendre neigeuse et s'immobiliser, s'enraciner à l'endroit même où il se tenait; et son sourire, légèrement crispé, disparut derrière les circonvolutions des atomes blancs.

# IV

Des voix inconsistantes dominaient parfois le tumulte, imprimant des oscillations au rideau de noirceur qui constituait son horizon. Des voix qui résonnaient lourdement dans sa tête, où régnait un bourdonnement ininterrompu et malaisément soutenable. Chaque son émis alentour s'y répercutait abominablement. Y était amplifié comme dans une caverne. Même les plus petits craquements, les plus infimes chuchotements y acquéraient une sonorité cruellement mordante.

Il n'était plus qu'une masse informe de souffrances.

Mais les voix qu'il entendait étaient bien humaines! Réelles! Rien à voir avec celles d'un cauchemar. Elles lui titillaient l'ouïe à intervalles réguliers. Et se conjuguaient à des bruits... identifiables même si démesurés: grincements de portes qu'on ouvre et qu'on referme, crissements de chaises sur le plancher. Et froufroutements exagérés, frottements exorbitants d'un tissu soyeux. Soyeux... comme une robe. Une robe! Bleue? Bleue!

«Lucie? Lucie est revenue!»

«La voir! La voir, absolument.»

Douloureusement, il entrouvrit les paupières; la lumière crue qui tombait d'une fenêtre l'obligea à les refermer instantanément... pour retrouver la noirceur qui était maintenant son lot. Mais...

«La voir! Dieu, rien que la voir!»

Graduellement, après plusieurs tentatives infructueuses et éprouvantes, il put s'accommoder au jour pendant quelques secondes sans que la chose fût trop gênante. Dans son champ de vision, une fenêtre, rien qu'une fenêtre.

Il essaya, sans succès, de tourner la tête: le froissement caractéristique s'était déplacé; il n'obtint hélas qu'une recrudescence des élancements qu'irradiaient ses muscles.

Lucie. Lucie. Lucie.

La voir. La voir et... chasser le cauchemar.

Bandant ses forces, il murmura laborieusement:

— Lu... Lu... Lu... ciiiieeee?

Une ombre s'interposa aussitôt entre lui et la fenêtre. Une ombre grisâtre, qu'il fut incapable d'attribuer à Lucie.

«Non... pas Lucie... Lucie porterait sa robe... sa robe bleue...» songea-t-il avant de regagner sa nuit... et l'inconscience.

***

Garde Brochu ne mit pas longtemps à réagir. Elle sortit précipitamment et, sans refermer la porte, courut jusqu'au bout du couloir, où l'on avait installé un poste de fortune.

— Docteur! Docteur! Vite: il a repris ses sens! Il a ouvert les yeux! Il parle! Vous entendez: il a parlé!

Sans tergiverser, le docteur Bigué posa les notes qu'il compulsait et se dirigea vers la chambre de l'inconnu. Il allait pénétrer dans la pièce, l'infirmière sur les talons, lorsqu'il se ravisa.

— Faites chercher le curé... en vitesse! marmonna-t-il.

Le curé Dudemaine n'avait-il pas expressément demandé à être prévenu dès que le blessé montrerait des signes d'intelligence? Et, à tout prendre, le docteur préférait qu'il fût là: il saurait sans doute, habitué qu'il était à soigner les âmes, trouver les mots justes, les phrases idoines.

Le malade avait les yeux clos. Sporadiquement, il était secoué de fortes quintes de toux qui le brisaient complètement en deux. Le médecin contrôla le débit du sérum physiologique avec lequel on le nourrissait et examina l'état des pansements qui lui couvraient les mains et les pieds. Puis, il l'ausculta consciencieusement: la respiration n'était guère plus régulière que lors de sa dernière visite. Il hocha la tête.

— Évidemment, grommela-t-il.

Épongeant la sueur qui emperlait le front du garçon, il risqua un premier contact.

— Alors, on se sent mieux?

Un simple frémissement des cils, une légère contraction des paupières. Et encore: il se demanda s'il n'avait pas la berlue. Si, impatient de voir le malade se remettre sur pied et aiguillonné en ce sens par garde Brochu, il ne transposait pas ses désirs dans la réalité.

Comme s'il en avait été à ses premières armes! Il avait pourtant vu défiler plus que sa part de misère, notamment au cours des derniers mois, avec cette grippe espagnole qui l'avait tenu en haleine presque vingt-quatre heures sur vingt-quatre. Pourquoi, dans ce cas-ci, cet incroyable sentiment d'insuffisance? Normalement, lorsqu'il était dépassé ou qu'il devait baisser les bras, il passait vite fait à autre chose... en redoublant d'ardeur, en multipliant les efforts pour secourir ceux qui étaient susceptibles de guérison. Comment expliquer cette sensation d'incapacité alors même qu'il avait, somme toute, limité les dégâts?

Il avait l'impression d'assister à un combat épique: le bouillonnement qu'il devinait dans ce corps inerte pouvait-il être assimilé à une lutte pour l'inconscience?

Le pas si particulier du curé mit un terme bienvenu à ses songeries.

Encore coiffé de son chapeau de laine, son parka à peine détaché, l'abbé Dudemaine entra dans la chambre, précédant de peu garde Brochu; ses grosses bottes de caoutchouc se répandaient en gouttelettes luisantes sur le plancher ciré.

Il lorgna vers le malade; puis, tout en nettoyant ses verres embués, il s'enquit:

— Alors? Notre blessé est réveillé?

— Oui et non, monsieur le curé. Je ne sais plus... physiquement, sa condition est bonne. Enfin, aussi bonne qu'elle peut l'être, je présume. Comme je vous l'ai déjà dit, il y aura assurément des séquelles, encore imprévisibles. Mais, bon: médicalement parlant, ça ira! Pour le reste...

Le docteur balaya l'air en un geste qui lui était coutumier, comme pour signifier qu'il baissait pavillon.

\*\*\*

45

Le curé jeta négligemment parka et chapeau sur la frêle commode qui jouxtait le lit et s'approcha gravement du patient. Il camoufla gauchement un court moment d'incertitude en passant sa main dans ses cheveux, coupés en brosse et prématurément blanchis; puis, il s'assit d'autorité sur l'unique chaise de la chambre.

D'abord casser la glace... mais comment?

Pour la première fois de sa vie, il se surprit à chercher ses mots! Lui qui, avec son franc-parler quand les circonstances l'exigeaient, tombait immanquablement sur le mot juste, sur la parole apaisante ou, même, sur les envolées de semonce, se voyait soudain totalement démuni. Comment amorcer la communication avec cet individu prodigieusement solide, les récents événements l'avaient amplement prouvé, mais qu'il sentait, paradoxe qu'il n'aurait su expliquer, au plus haut point fragile?

Silencieusement, il superposa ses mains râpeuses sur le front du malade; puis, se recueillant, il pria ardemment la Providence, SA Providence: qu'Elle apaise et réconforte cette brebis qui souffrait.

Le médecin et l'infirmière le regardaient, médusés; ils reconnaissaient difficilement leur pasteur dans cet être qui dégageait, pour l'instant, tant de douceur. C'est qu'il avait été forgé à dure école, leur curé! Et les âpres nécessités de son ministère en terre abitibienne justifiaient, en règle générale, une certaine rudesse qui, forcément, finissait par transparaître dans la vie de tous les jours.

— Alors, mon fils, vous allez beaucoup mieux, paraît-il? Je ne vous connais pas, personne d'ailleurs ne vous connaît ici mais tous, autant que nous sommes, nous ne désirons qu'une chose: que vous vous rétablissiez très très très vite. Vous verrez, vous n'aurez, vous n'avez même déjà que des amis et nous avons tous diablement hâte que... oh, pardon! rougit le curé.

Il jeta un rapide regard du côté de la garde et du docteur... qui jouèrent les sourds et ravalèrent prestement le sourire qu'ils ébauchaient.

Le curé reprit:

— ... enfin, nous avons hâte de faire votre connaissance, mon garçon, et de vous accueillir à bras ouverts si votre intention est de demeurer parmi nous. C'est que vous avez réellement failli y passer, vous savez? Heureusement que, là-haut, On avait décidé que ce n'était pas encore votre heure, car vous y étiez, à un cheveu près! Mais tout ça c'est du passé, n'est-ce pas? Nous allons vite oublier l'incident pour nous remettre sur pied et repartir de zéro. La Providence y veillera: Elle semble décidément avoir un faible pour vous! Et sachez que vous pourrez compter sur tous et chacun d'entre nous si vous voulez vous tailler ici une place enviable. Et puis...

Le curé parlait, parlait. Il avait fermé les yeux; le débit de ses phrases s'accélérait. Pour un peu, on eût pu voir un flux étrange filtrer de ses mains dans la tête du malade.

Le médecin fit discrètement signe à l'infirmière et tous deux s'éclipsèrent, sur la pointe des pieds.

***

D'un côté, de douces ondes de chaleur, apaisantes; de l'autre, sa vie complète: tous ses souvenirs, en vrac. Qui le narguaient. Et il luttait, luttait pour les rejeter, tous, en bloc. Tous... sauf un! Pour se réfugier près, tout près de Lucie la douce, de Lucie la sublime. Ah, s'enfouir, pour y trouver l'oubli définitif, sous les crevasses profondes et suggestives de sa merveilleuse robe bleue; caresser à en crever sa peau palpitante, tendre, tendre à vous donner mal au ventre! S'ensevelir dans son sexe grand ouvert et n'en plus sortir! S'y noyer et y exploser dans une dernière étreinte infernale.

«Oh horreur! Mais ça ne peut être moi, ça! Dieu, pardonnez-moi!»

Et le remords le submergeait, le replongeait dans un désespoir sans nom, le refoulait au-delà de la mort, au-delà de la vie. Dans un marécage dantesque. Dans un *no man's land* effrayant.

«Si jamais tu recommences tu iras en enfer dès demain j'en parlerai à monsieur le curé et d'ailleurs tu vas aller te confesser tout de suite allez ouste!»

«Mais maman je jouais tout simplement! Je ne faisais aucun mal, j'te jure!»

Et les souvenirs s'estompaient, renaissaient, se bousculaient, anarchiques, dans sa mémoire troublée. Mais... étaient-ce des souvenirs? Réels? Des fantasmes nés des pensées coupables, des ignobles tentations qui s'étaient immiscées dans son âme d'adolescent?

Tout lui revenait: ce qu'il était, ce qu'il eût pu devenir... et ses centaines d'allers et retours quotidiens sur l'interminable route séparant de la perfection ce corps qui le trahissait, qui l'emprisonnait dans des ténèbres fatidiques distordant chacun de ses instants: pas une seconde où sa conscience ne le pourfendît vertement. L'enfer, le vrai, permanent! Qu'il ranimait. Qu'il revivait. Qu'il vomissait… et qui le vomissait.

Il dérivait, résigné, au fil d'incalculables heures passées dans un confessionnal. Des heures, qui duraient des années, à s'accuser de tous les torts du monde. Il étouffait dans ces étroites cabines où il s'évertuait, inutilement, à démêler l'écheveau. À demander pardon au Seigneur tout-puissant d'être ce qu'il était. De penser ce qu'il pensait. De parler comme il parlait. De marcher comme il marchait. D'aimer comme il aimait. De vouloir ce qu'il voulait, secrètement: être parfait!

Mais il en était si loin, de cette perfection!

À cause de cette masse de chair qui était sienne et qui lui pesait, pesait. Ah, n'être qu'esprit, transparence, transcendance… et libérer son âme de toute contrainte, la débarrasser de cette peau lourde, si lourde. Ou alors: renier cette dernière. La rouler dans la fange. La démolir.

Valse endiablée, saga incoercible qui le ramenait en arrière, qui l'éclaboussait de son propre purin, qui l'obligeait, dans un insatiable espoir de pardon, à se laver encore et encore les mains jusqu'à s'en écorcher la peau, des mains poisseuses de son propre sperme… avant de courir, élan frénétique follement irrépressible, s'agenouiller devant le premier prêtre venu pour quémander la miséricorde divine supposée aller de pair avec la confession.

Combien de fois, Seigneur, combien de fois?

Mais son sexe enfonçait, dans son crâne torturé, des clous qui le crucifiaient à cette méprisable matière… qui corrompait tout. Même… même ce qu'il vénérait le plus. Même… même…

«Luuuciiieeee! Oh, Dieu, pardon, mille fois pardon!»

L'imagination aidant, combien de fois l'avait-il associée, elle, SA Lucie, à ses funestes et inqualifiables séances de délire «masturbatoire»? Il suffisait qu'elle le frôle, qu'elle le regarde: sa pensée faisait le reste et son sexe pleurait, pleurait, déversait des fleuves d'ignominie qui lui creusaient un lit dans le royaume des ombres.

Lui, enfant de Dieu? Mais il était, à l'évidence, un de ces suppôts de Satan dont parlait l'Évangile! Un monstre. Rien qu'un monstre! La pire créature que la terre eût portée. Odieux dégobillage de la nature. Inénarrable accident de parcours. Pas surprenant que les murs des confessionnaux où il s'efforçait lamentablement de cacher sa honte se fussent complu à l'humilier férocement au su de foules hostiles en faisant écho à ses aveux oh combien difficiles!

Et ses jambes et ses cuisses souffraient mille courbatures de la multitude de génuflexions exécutées dans toutes les églises de Québec à la recherche d'un réconfort céleste; et ses bras croulaient de fatigue de tous ces chemins de croix effectués dans la crainte la plus pernicieuse de la damnation éternelle.

Toujours toujours jamais jamais. Toujours toujours jamais jamais.

Comme on avait raison de le toiser de haut, lui, le déchet, le rebut de la chrétienté. Le pécheur ultime! Il n'était que souillure: ne pouvait-on le lire en toutes lettres sur son front? Cette rougeur que provoquait le moindre regard n'était-elle pas flétrissure suffisamment révélatrice? Outre de remords, il n'était même pas foutu de se tenir debout devant le Seigneur... pour recevoir le châtiment qu'il méritait. Mais il rampait! Mais il aurait voulu se terrer à mille pieds sous terre! Et même là: nulle caverne n'eût été suffisamment isolée pour convenir au dédain qu'il s'inspirait lui-même.

«L'œil était dans la tombe et regardait Caïn... L'œil était dans la tombe et regardait... L'œil était dans la tombe...» ces mots, *écrits pour lui*, poussaient dans sa tête de longues racines qui le pourchassaient et le cinglaient, où qu'il fût. Jusqu'à sa démarche, déjà hésitante et craintive, qui en était affreusement affectée.

Ballottement pervers, constant, entre deux pôles atrocement pénibles à assumer: bien et mal, ciel et enfer... l'un et l'autre sordidement retranchés derrière un amas de racontars, de bobards, de règles étriquées, de faux principes et de préceptes refoulants.

Et il voulait quand même vivre! Tout en lui aspirait à la vie... et à la paix, à cette paix qui lui était interdite à lui, paria, déshonneur de sa famille!

«Mais ils sont morts morts morts... à cause de toi!»

«Noooooonnnnnn!»

S'ils avaient su, tous, quelle ardeur il mettait dans les prières répétées qu'il adressait au ciel pour changer, pour devenir plus conforme à ce qu'ils voulaient qu'il fût. Pour aplanir cette différence... qui le traumatisait autant qu'elle leur faisait peur, à eux.

S'ils avaient su quel désespoir accompagnait cette solitude qu'ils taxaient d'anomalie. Quelle détresse ponctuait sa marginalité.

S'ils avaient su avec quelle sauvagerie il sacrifiait à ses rituels pour se punir de ne pas les satisfaire davantage. Avec quelle obstination il s'acharnait à se détruire sitôt que le soleil lui apparaissait de nouveau, comme à tout le monde.

S'ils avaient pu déceler à quel point, au plus profond de son cœur et de son âme, il aspirait à rentrer dans les rangs. À ne pas être ce qu'il était! À ne plus jouer les laissés-pour-compte, au fond d'oubliettes familiales ou sociales, quitte à renoncer à ses rares et éphémères périodes d'euphorie créatrice: elles ne contrebalançaient en rien les ères bâtardes qui lui apportaient la certitude que Dieu n'avait pu consentir à sa naissance. D'ailleurs, n'était-ce pas Lui qui l'amenait à supprimer dans les unes ce qu'il avait pu mijoter et coucher sur papier dans les autres?

***

Il revivait tout... tout.

Ces moments où... petit, tout petit, imperceptible grain de poussière, au fond de l'horizon, qui devenait, avec une rapidité impensable, inimaginablement immense; puis qui se recroquevillait pour n'être plus qu'une infime cellule qui n'existait peut-être même pas! Et ses membres qui se distendaient à leur tour, qui ballonnaient l'un après l'autre, jusqu'à couvrir le ciel entier, dans une enflure démesurément intolérable. Ses mains, ses pieds, qui rapetissaient à une cadence insoutenable, qui s'amenuisaient jusqu'à la disparition et qui lui faisaient mal, mal maaaaaalllllll... et il s'envolait, magiquement délivré de la pesanteur, et s'entêtait, vainement, à leur apprendre à voler.

«Mais ça ne se fait pas ça reviens sur terre tu vas te briser les reins on va passer pour quoi nous autres si les voisins te voyaient qu'est-ce qu'ils penseraient de nous hein pourquoi tiens-tu tant que ça à nous torturer tu ne feras donc jamais rien comme les autres descends descends tout de suite ou on avertit le curé et il va venir chasser le démon qui t'habite.»

Et ses membres grossissaient derechef pour se miniaturiser aussitôt et le doute s'insinuait, le doute et la crainte. Son lit n'était plus que sueur et peur, peur, peur maladive.

«Comment tu as encore trempé ton lit mais pourquoi pourquoi pourquoi docteur qu'est-ce qu'il a le petit qu'a-t-on fait au bon Dieu les autres semblent normaux eux...»

Vite: reprendre son envol!

Se libérer, se libérer à tout prix.

«Mais non mais non mais non tu vois bien que ça ne se fait pas que le Seigneur ne le veut pas sans quoi il nous aurait donné des ailes tu vas tomber et te briser les reins et ça sera bien fait pour toi pauvre imbécile tu seras bien avancé quand tout le monde te montrera du doigt rentre donc dans les rangs une fois pour toutes fais comme les autres comme les autres comme les autres...»

Comme les autres? Horreur! Mais jamais, au grand jamais! Plutôt crever!

S'envoler, rompre une fois pour toutes ce cordon idiot qui le retenait. Briser les chaînes et qu'on n'en parlât plus.

Combattre. Non: se laisser dépérir!

Combattre, envers et contre tous. Contre lui!

Mourra, mourra pas; mourra, mourra pas!


Au loin, prisonnier d'un rideau mouvant de glace et de brouillard, un vieillard, qui lui rappelait obscurément quelque chose, lui faisait des signes de la main.

«Non, non, ne pas revenir vers ce monde. Ne pas ouvrir les yeux! Dire non à cette réalité puante où... où je n'ai pas ma place, pas ma place, pas ma place! Où je n'aurai jamais ma place!»

Et ça repartait de plus belle. Flux et reflux foudroyants. Maelström de clichés, de flashes débilitants.

«Gaston j'ai encore surpris le petit en train de... en train de... en train de... Je pense qu'il faut lui faire voir le médecin et le prêtre mon Dieu on ne méritait pas ça pourquoi nous faire ça à nous je prie suffisamment le ciel il me semble...»

Humiliation. Mortification. Vexation.

Et vive les rives de l'autodestruction! Échapper, fût-ce temporairement, aux diagnostics-sentences, aux verdicts-assommoirs... et ne plus voir, ne plus savoir qu'on était au courant! Qu'il était étiqueté et que l'étiquette était irrecevable, chacune des lettres la composant, issue des flammes sataniques, venant lui roussir l'échine.

Sa cervelle bouillonnait.

Il se démenait, criait, pleurait, implorait le Très-Haut.

«Dieu aidez-moi je ne suis pas réellement mauvais vous savez et je vais prier très très très fort je vous le promets et je vais devenir comme eux comme eux comme eux s'il le faut et si vous l'exigez mais de grâce... nooooooooonnnnnnnn! Par pitié ne me demandez pas ça pas comme eux!»

Surtout pas comme tous ces visages anonymes: ils suintaient le malheur à plein nez! Ils ne vivaient qu'en apparence, que pour les apparences!

«Pas comme eux pas comme eux mon Dieu je vous en prie pas comme eux!»

Mais il y avait Lucie. Lucie l'ineffable. Lucie qui...

«Luuuuuuuuuciiiiiiiie! Non Lucie n'est pas comme eux pas comme moi pas comme... ah, mourir, s'il vous plaît mourir!»

Voler, voler au bout du monde. Flotter dans l'éther. S'y ménager un refuge inviolable.

Cauchemars. Chutes anticipées: le doute l'alourdissait. L'engourdissait.

Mais il ne doutait pas avant! Avant qu'on ne lui crache sa différence en pleine figure. Avant qu'on ne le refoule. Avant qu'on ne ridiculise ses cours de vol.

Chutes-vertiges qu'il appréhendait. Qui l'empêchaient, dorénavant, de trop s'éloigner de l'immense saule qui chatouillait les nuages, juste devant sa fenêtre.

Doute. Incertitude. Refus. Froidure. Sueur. Sueur liquide.

«Oh non tu n'as pas mouillé ton lit pas encore une fois mais Seigneur Dieu pourquoi me fais-tu ça à moi tu la détestes donc tant que ça ta mère et à quoi penses-tu donc pourquoi ne fais-tu pas comme les autres il y a des chaudières pour ça dans la maison tu vas bientôt avoir treize ans quand donc te conduiras-tu comme un homme...»

«Mais maman je ne le fais pas exprès je t'assure je rêve que je fais pipi dans le seau et puis je me réveille et...»

Et ses membres grossissaient et refusaient de reprendre leur taille normale. Membres géants. Membres nains. Membres difformes. Cadence folle. Tourbillon. Tempête. Ouragan. Sueur. Mer de sueur. Et… ouille! cet élancement au bas-ventre!

Et Lucie!

«Luuuuuccccciiiiiieeeee!»

Lucie reparaissait, éclair-réminiscence qu'il croyait profondément enfoui sous des tonnes de contrition et de confusion: elle le surprenait, dans une de ses robes, alors qu'il…

«Lucie Lucie Luuuucccciiiiiie!»

Ne faire qu'un avec elle! Se revêtir d'elle! L'incruster dans sa chair! Se couler dans la sienne!

Sûr, elle avait lu sa détresse… Car elle n'avait rien dit! À personne! Oh, prodige, ils avaient leur secret, leur secret à eux deux!

«Lucie Lucie Luuuucccciiiiiie!»

Lucie-tolérance. Lucie-compréhension.

Était-ce sciemment qu'elle laissait traîner ses effets? Pour qu'il en usât à sa guise? N'envenimait-il pas l'aspect infamant de sa faute en acceptant qu'elle avalise, tacitement, sa misérable pratique? Par là même, ne la poussait-il pas irrémédiablement dans les bras de Satan?

«Oh, Lucie! Lucie!»

Pourquoi? Pourquoi le regardait-on comme ça? Que lui reprochait-on encore?

«Mais non mais non mais non ce n'est pas pour mal faire que je marche comme ça je ne connais pas d'autre façon de le faire ce n'est pas pour vous embêter je vous assure papa je t'aime je vous jure que je vous aime tellement que je donnerais ma vie pour vous tous je sais bien que ce n'est pas grand-chose mais c'est tout ce que j'ai…»

«Mais arrête un peu pourquoi t'entêter à parler de la sorte tu ne peux pas dire les chose simplement comme tout le monde et tiens ta tête droite et pourquoi diable ne te mêles-tu pas aux autres ah Seigneur faites quelque chose ah non tu ne vas pas encore te remettre à brailler comme une fille tu m'énerves nom d'un chien un homme ça ne braille pas comme ça et veux-tu bien ne pas sautiller quand tu marches tu fais honte à tout le monde…»

«Dégoûtant! Salaud! Salopard! Et tu voudrais qu'ils t'aiment en plus? Deviens comme eux. Comme eux, bougre d'idiot! On n'aime pas ceux qui vous déshonorent. Sois comme eux. Comme eux. Comme eux!»

Solitude. Désespoir. Solitude désespérante et désespérée. Amère retraite forcée, perpétuelle, meublée par ses seuls hurlements:

«Mais moi je vous aime tous même si je suis moi... même si je ne suis que moi je vous aime vous aime vous aime vous aime. Aimez-moi par pitié aimez-moi!»

Rejet. Isolement. Loin, si loin de tous... et de tout. Sur les berges d'une rivière hostile qu'ils appelaient la vie. La vie?

«Mais ce n'est pas ça, la vie! Non, pas ça!»

Et l'abdication. Et la démission. Et l'abandon, avec sa demi-paix, avec son équilibre approximatif entre deux conceptions de lui. Deux LUI différents: un lui qui, si c'était le seul moyen de se gagner un peu d'amour, un peu de tendresse gratuite, s'alignerait sur leurs façons de voir et ferait ce que bon leur semblerait, et un lui qu'il confinerait dans son ghetto intérieur.

Arrangement qui, bien que précaire et s'accompagnant de graves crises de conscience, avait valeur de sauf-conduit. D'un sauf-conduit l'habilitant à brûler sa ration d'oxygène sans qu'on se crût obligé de le lui reprocher trop vertement, sans qu'il en ressentît une culpabilité morbide.

«Mon Dieu si c'est là le prix à payer je suis prêt à respecter les règles du jeu de leur jeu je les aime trop beaucoup trop pour assumer leur haine.»

D'autant plus que... parce qu'il les aimait comme personne n'avait jamais aimé personne et nonobstant l'énorme distance qui le séparait d'eux, il était le seul en mesure de les aider: il pressentait chez lui un fluide peu commun, qui dormait encore mais qu'il comptait mettre, le moment venu, à leur disposition pour...

«Mais ils sont morts ils sont tous morts maintenant je les ai tués ils sont morts à cause de moi de moi de moi parce qu'ils ont découvert la supercherie parce que j'existe non ne pas ouvrir les yeux glisser doucement tout doucement reprendre mon envol et monter monter monter toujours plus haut et me laisser tomber tomber tomber dans l'enfer peut-être mais dans l'oubli sûrement.»

Et il voulut repartir, s'évader, contenir la sève lénifiante qui insistait, qui s'emparait de son anatomie, qui pénétrait ses vaisseaux et qui envahissait sa carcasse si peu faite pour vivre. Et il concentra toutes ses forces dans un élan mental terrible et... et rien n'y fit: ça ne marchait plus!

«Ça n'a jamais dû marcher le bon Dieu m'en veut plus encore que je ne le croyais pour s'obstiner à me laisser vivre alors que ne le veux pas que je ne le veux plus...»

Quelque part, dans une explosion de lumière, les clichés, tous les clichés se fondirent en un seul, dans une recrudescence spontanée de lucidité dévorante.

En s'inclinant devant ce verdict, contre sa volonté – contre sa volonté? –, il refit surface.

# V

Le décor lui rappelait vaguement quelque chose: une fenêtre, par laquelle on pouvait voir des nuages s'accumuler dans un ciel brunissant.

En sourdine, un singulier bourdonnement lui parvenait; un ronronnement indiscutablement lié à des paroles, mais à des paroles indistinctes, dont le sens lui échappait. Ici et là, il saisissait quelques mots revêtant une obscure signification, sans plus. Sur son front, une faible pression, oh! pas douloureuse, d'où émanait l'étonnante chaleur qui rayonnait dans tout son corps. Il s'efforça de nouveau de tourner la tête, de changer légèrement de position pour voir qui se tenait à son chevet; il en fut incapable: ses membres refusaient de lui obéir. Il n'insista pas et se laissa flotter sur cette espèce de litanie monocorde.

Il n'eut pas à s'interroger longtemps: tout près, le gémissement étouffé d'une porte mobilisa son attention. Sitôt après, il entendit un léger rire. Un rire!

«Dieu! Cela existe donc encore?»

À moins qu'il ne fût au paradis? Ou... ou en enfer?

Mais... allons donc! Un rire? En enfer?

— Eh oh! Doucement, monsieur le curé! Vous allez manquer de salive et d'inspiration pour le sermon de demain! Gardez-en un peu pour vos autres paroissiens, sans blague. Sérieusement, vous devriez aller vous reposer un peu.

Les paroles, graduellement, cessèrent. La pression, sur son front, s'atténua pour s'effacer complètement.

Ainsi, il y avait un prêtre dans la pièce? Bizarre! Autant il s'était promis de se tenir loin des porte-parole de ce Dieu qui agréait tant de souffrances et tant de morts, autant la chose l'indifférait.

Une certaine sérénité? Une saturation qui empêchait quoi que ce fût – ou qui que ce fût – de le blesser davantage? Un retrait? Ni amour ni haine: le calme plat.

— Je... je vous prie de m'excuser, docteur. Je ne sais pas ce qui m'a pris. J'ai dû m'assoupir et... et... et parler en dormant.

— Ah ça, monsieur le curé, plaise à Dieu que vous n'ayez jamais la bonne idée de nous servir un sermon de cette eau-là! Trois heures déjà! Vous vous rendez compte? Trois heures, faut le faire! Qu'est-ce que vous pouviez bien lui raconter pendant tout ce temps? Remarquez, je ne dis pas ça pour vous vexer, mais...

— Trois heures? Mais c'est impossible! Je ne passais que pour dix minutes. Monsieur Authier m'attend pour me conduire à la mission de Landrienne!

— Ne vous en faites pas pour Authier, monsieur le curé: vous n'étiez pas là-dedans depuis plus de cinq minutes qu'il venait déjà aux nouvelles. Il a sûrement gobé les sornettes de garde Brochu à propos d'un vague mourant et des derniers sacrements, car il n'a pas insisté. Elle a bien failli lui laisser croire que vous étiez au repos... ce qui, au demeurant, n'aurait rien de surprenant! Avec l'énergie que vous consa-crez à vos paroissiens, vous allez vous brûler la santé. Vous savez, tout béni que vous soyez, vous n'êtes pas à l'abri des maladies et du surme-nage, n'est-ce pas? Vous pâlissez à vue d'œil, ces temps-ci. Bon, on verra ça tout à l'heure. Et notre malade?

— Je... je vais vous étonner: je n'en sais rien! Je crois bien qu'il n'a pas bougé d'un poil.

— Voyons voir ça!

Le médecin contourna le lit.

— Ah! Ça par exemple! lança-t-il joyeusement. Regardez, non mais regardez: vous ne lui avez sûrement pas servi un sermon ordinaire car, au lieu de l'endormir, vous me l'avez bel et bien réveillé!

Plutôt que de relever la boutade, le curé vint constater de visu si on ne se payait pas sa tête. Deux prunelles incandescentes se fixèrent sur lui.

— Vous... vous pouvez parler? s'informa le médecin.

Aucune réaction.

Il comprenait bien ce qu'on lui demandait, mais articuler un son paraissait hors de sa portée.

— Vous pouvez bouger vos bras? vos jambes?

Il s'y essaya, pourtant… et dut renoncer aussitôt.

— Est-ce que vous me comprenez?

En guise de réponse, il cligna des paupières. Deux fois.

— Écoutez, mon ami, repartit le médecin dans un raclement de gorge, j'aime autant vous prévenir que votre escapade vous…

— Non non, docteur, pas tout de suite! objecta le curé. Notre protégé a certainement besoin de tout son ressort pour remonter la pente. Il est réveillé, c'est déjà ça de pris. Peut-être même serait-il préférable de le laisser seul? Qu'en dites-vous, mon fils?

Nouveau clignement des paupières.

Abruptement vidé, exténué, le curé avait du mal à contrôler son émotion. S'il avait pu, Dieu, s'il avait pu prendre à son compte quelques-unes des misères que cette jeune vie avait connues… oh, il n'aurait su dire avec précision de quoi il retournait, mais de dures images l'avaient assailli alors qu'il touchait le front du malade. Des images de désolation et de mort… que sa somnolence avait travesties en rêves? Oui, la fatigue sans doute.

Il se retourna pour dissimuler son trouble.

— À la réflexion, vous avez raison, admit le médecin. Il aura ample-ment le temps d'apprendre où il en est et comment il a abouti ici. Allons, venez, curé… et au revoir, mon garçon. Surtout, ne vous inquié-tez de rien: vous êtes sous bonne garde!

***

Il frisait l'euphorie. Le fait de goûter, enfin, quelque tranquillité? De ne plus percevoir de menaces, directes ou indirectes, peser sur lui? De subodorer qu'il venait de tourner irrévocablement une page de sa vie?

Rien? Tout cela à la fois? La délivrance inhérente à l'intime convic-tion qu'il lui serait impossible de retomber aussi bas?

Un brouillard se levait, salutaire, prêt à occulter ses souvenirs, à les draper dans un voile non seulement de révolu, de dépassé, mais également de refus: n'était-ce pas un peu quelqu'un d'autre qui était passé par là?

Ainsi, il était vivant… et on ne le lui reprochait pas nécessairement? Il s'abandonna à une demi-conscience prodigieusement lucide, enclenchant un mécanisme tout à fait indépendant, sorte de catapulte surpuissante, qui le projetterait vers l'oubli… ou l'avenir? Son avenir? Il tressait une trame à partir d'un enchevêtrement de lignes de force que sa raison, sans qu'il y fût pour rien, pesait, voyait, pressentait, détachait, dessinait, retranchait, coupait, supputait. Avec une clairvoyance faramineuse, son *intellect* s'orientait docilement dans un labyrinthe aux avenues innombrables. Hier, aujourd'hui, demain, tout s'emmêlait et se démêlait, s'embrouillait en un amas inextricable pour reprendre aussitôt une tangente logiquement et humainement acceptable. N'était-il pas en train de conclure un pacte avec le destin? Une convention tacite avec la vie? Doublée d'une mise au rancart définitive d'un passé disparu? Ne procédait-il pas à une réorganisation massive de son moi, psychiquement et… physiquement? À une restructuration d'ensemble? Était-ce là ce qu'ils appelaient une nouvelle naissance? Une renaissance?

«Il faut tuer le vieil homme si l'on veut naître à nouveau!» se souvenait-il avoir lu quelque part…

«Mais tu n'as pas véritablement choisi ce qui t'est arrivé, ce qui t'arrive!» se moquait une petite voix lointaine.

«Mais si: il n'y a pas de hasard! Rien n'arrive pour rien!» arguait-il pour conjurer le sort.

«On ne vit pas contre son gré contre son gré contre son gré…»

«Mais je ne vis plus contre mon gré! se rebiffait-il. Plus maintenant!»

Un *autre* s'apprêtait à prendre la relève. Mais c'était quand même lui, lui, toujours lui! Qui vivait, vivait… et vivrait!

En s'entrechoquant, ces mots zébraient sa conscience et le revigoraient. Oui, il avait opté… ou plutôt, il optait! Pour la VIE… À moins que la vie ne fût en train d'opter pour lui? Qu'importait: il vivrait!

C'est dans cet état d'esprit qu'il s'endormit.

***

Le curé revint maintes et maintes fois, souvent seul, parfois flanqué de l'infirmière ou du médecin. Était-ce la mort de Jos Bouchard, qu'il voulait interpréter comme un signe du ciel, qui l'incitait à venir se pencher quotidiennement sur la couche de l'inconnu? Ou l'affection qui, dans ce cas-ci, le disputait chez lui à la charité chrétienne? Un fait était indubitable: cette brebis, qu'il assimilait au fils qu'il n'aurait jamais, vu son sacerdoce, suscitait de sa part une tendresse naturelle, spontanée. Et, illusion? il croyait deviner une certaine réciprocité à cet égard… même si celle-ci ne reposait sur rien de concret: pouvait-il tenir cette insistance dans le regard pour un germe de complicité?

Quoi qu'il en fût, tous les matins, lorsqu'il disait la messe, le curé adressait à *qui de droit* une supplique spéciale pour son protégé. Mieux: il osa même, et plusieurs dimanches encore, suggérer expressément à ses ouailles de prier pour sa guérison.


Le docteur Bigué dut se rendre à l'évidence: contre toute logique médicale et malgré ses prédictions alarmistes, le garçon s'en tirerait sans séquelles apparentes. À l'exception, peut-être, mais seul l'avenir le dirait, d'une légère claudication.

Ce qui en faisait, pour le praticien, un cas. Quelques semaines auparavant, il avait relevé tous les symptômes d'une pneumonie double et s'attendait à une paralysie à tout le moins partielle, et voilà que…

D'accord, le patient demeurait muet, mais ses réactions donnaient à penser qu'il comprenait parfaitement ce qu'on lui disait. Et la lueur qui animait par moments ses yeux – des yeux qui dévoraient sans détour ce qui les sollicitait – dénotait une intelligence certaine. Oh, il était encore loin de la grande forme, mais ça viendrait: il ne toussait à peu près plus et avait même commencé, parfois, à se nourrir seul.

Le miracle accepté, rien ne s'opposait plus à ce qu'il se levât; mais lorsqu'il ne dormait pas, il restait étendu dans son lit, apathique…

***

C'était une drôle de sensation. Il prenait plaisir à garder les yeux ouverts le plus longtemps possible, jusqu'à l'irritation… car le soleil, qui pénétrait en force dans sa chambre, lui semblait s'adresser directement à lui. Ses rayons le transperçaient avec une ardeur inouïe.

Son sarcophage de noirceur s'effilochait, s'évaporait, n'avait plus que des velléités d'existence.

Des clichés, tristes, noirs, revenaient quelquefois le harceler, le poursuivre. Mais il savait, intuitivement: l'effroyable tunnel dans lequel il avait rampé continûment depuis sa naissance avait une fin proche, mais proche. Il n'avait qu'à tendre la main pour ouvrir cette porte l'isolant encore de la lumière.

\*\*\*

En sourdine, le pasteur esquissa des démarches afin que, le moment venu, il lui fût possible de caser son protégé… si, comme il l'espérait, ce dernier devait demeurer à Amos. À son grand soulagement, il n'eut pas à quémander longtemps. Il est vrai que le rescapé était l'objet d'une curiosité inégalée dans le village, comme tout ce qui rompait la grisaille quotidienne, une grisaille décuplée par l'hiver, où la rigueur du climat ne se prêtait pas particulièrement aux distractions mondaines.

Il ne tarda donc pas à recevoir des offres qui lui firent chaud au cœur. Et qui lui prouvèrent, s'il en était encore besoin, qu'il avait raison non seulement de chérir ses ouailles, mais d'en être éminemment fier: ces gens, pour la plupart pauvres comme Job, venus de partout et installés à la diable sur un immense territoire isolé, méconnu et mal connu, faisaient preuve d'un courage exemplaire en défiant une nature des plus sauvages avec les moyens du bord. La vitalité, la chaleur, l'intensité qu'ils manifestaient contrebalançaient largement les avantages qu'eût pu lui procurer un ministère en pays plus civilisé. Pour la ixième fois, le curé bénit le ciel pour une nomination qui, sur le coup, avait présenté toutes les caractéristiques d'un calvaire.

Ainsi, quand monsieur Sicard accepta d'embaucher le *miraculé*, quand madame Ouellette lui fit savoir que le jeune homme bénéficierait, en tout temps, d'un couvert au restaurant, quand madame Authier lui manifesta son intention de l'habiller de pied en cap et que monsieur Boudreau offrit de le loger à l'œil, le curé eut peine à ne pas laisser exploser sa joie! On eût cru qu'il n'était pas un seul de ses paroissiens «en moyens» qui, d'une façon ou d'une autre, ne tînt à prendre part à l'opération «sauvetage». C'est donc débordant d'allégresse qu'il s'engouffrait en coup de vent, tous les jours où c'était possible, dans la chambre du garçon: il avait tant et tant de bonnes nouvelles à lui annoncer! Un miracle n'arrivant jamais seul, pourquoi ne pas se raccrocher à l'idée que cela brusquerait sa convalescence?

***

Extérieurement, mademoiselle Brochu ne payait pas de mine: vieille fille plutôt rêche, elle affichait plus que sa cinquantaine naissante sous des dehors pour le moins ingrats. Elle s'efforçait de compenser le peu de générosité de la nature à son endroit par un dévouement de tous les instants. Un dévouement souvent bourru, parfois même carrément maladroit et pas toujours opportun, mais un dévouement à toute épreuve. Elle ne connaissait le bonheur que par patients interposés… et dans la seule mesure où elle parvenait à les soulager.

Infirmière émérite, elle œuvrait à Amos depuis plusieurs années déjà; et, comme ses consœurs s'y faisaient plutôt rares, elle ne chômait pas! Mais depuis les tout débuts de la grippe espagnole, alors que ses journées frôlaient leurs vingt heures de travail éreintant, on n'avait pas été sans lui découvrir une deuxième – voire une première – jeunesse: elle acquérait, en se tuant à l'ouvrage pour alléger le fardeau de misère de ses contemporains, une touche de *sereine maturité* qui, tranquillement, la transfigurait. Un rayonnement, une certaine bonne humeur transparaissaient et prenaient de temps à autre le pas sur sa maussaderie. Sa rudesse apparente et ses sautes d'humeur sentant alors leur camouflage à des milles, le curé et le docteur se permettaient de la taquiner gentiment, lui faisant savoir qu'ils avaient percé ses «déguisements de pimbêche acariâtre».

Sa métamorphose s'accentua avec la venue de l'étranger. La transformation était telle que, par moments, on se demandait comment on en était arrivé à la surnommer le «berger allemand de l'hôtel Boudreau»!

Il est vrai qu'elle faisait un peu la pluie et le beau temps dans cet hôpital de fortune que, vu les circonstances, on avait installé dans l'hôtel Boudreau, sur la première avenue. Mais, somme toute, cela arrangeait bien tout le monde: à situation de crise, personne à poigne! se répétait-on en rigolant. Et si ses pas pesants et sans grâce faisaient naître plein de sourires, ils avaient quelque chose de rassurant.

Garde Brochu voyait plus qu'une énigme médicale dans cette vie qui paraissait se débattre contre elle-même: sa fragilité, quasi perceptible, recelait un appel. Un appel qui avait ouvert en elle une soupape jusqu'alors inconnue. Et si, au départ, le malade n'avait été à ses yeux qu'un patient comme les autres, il avait rapidement acquis une importance peu banale… au point où tous ses muscles raidissaient lorsqu'elle voyait passer, dans son regard autrement indéchiffrable, les différentes phases d'une torture intenable.

Elle lui prodiguait des soins plus qu'assidus et tenait le médecin au courant, minute par minute, de ses progrès. Invariablement, lorsque ses autres *clients* lui laissaient un brin de répit, elle accourait dans sa chambre, où elle avait installé une chaise berçante vétuste et déglinguée, dénichée chez quelque colon «... pour le cas où», et s'y réfugiait, attentive.

Elle avait enfin trouvé SA cause!

Un dimanche après-midi, en venant aux nouvelles, le curé et le docteur eurent droit à un spectacle qui les émut profondément: yeux mi-clos, l'inaccessible Émilienne Brochu berçait doucement, en lui caressant tendrement les cheveux, le convalescent qui, replié sur lui-même dans une position qui n'était pas sans rappeler celle d'un fœtus, suçait son pouce et pleurait à chaudes larmes.

Fugitivement décontenancée, l'infirmière fusilla les deux spectateurs involontaires d'un regard qu'elle leur déroba avant de se mettre à chantonner, à l'oreille de son patient, une douce mélodie... qui, graduellement, le calma.

# VI

Jamais il ne parlait de son ancienne vie. Et pour cause: les jours passant, il se persuadait que les cauchemars dont elle était tissée relevaient autant du rêve que de la réalité. Consciemment ou non, il instillait des trous noirs dans ses souvenirs. Il s'accrochait: son existence commençait ici, dans cette ville naissante. Il n'y avait tout bonnement pas eu d'*avant*!

Et il n'y en avait plus... sauf par intermittence, lorsque des détails le replongeaient accidentellement dans un état d'affolement passager.

«Quel est votre nom?»

Un nom? Avait-il un nom? En avait-il déjà eu un?

«D'où venez-vous?»

«Vous avez de la famille?»

Chaque fois qu'on l'interrogeait sur ses antécédents, on se heurtait au même mur de silence obstiné, à la même incompréhension butée. Si une partie de lui-même connaissait les réponses aux questions posées, des tonnes de débris mnémoniques l'aiguillaient vers les limbes de l'oubli, assimilaient son passé à une vision d'horreur qui s'éloignait, s'éloignait...

Peut-être était-ce cela qu'ils appelaient amnésie? Une manière de bouée de sauvetage qu'on se glisse autour de la conscience? Une couverture qu'on fixe devant sa mémoire et que ne parviennent à soulever que des tempêtes occasionnelles?

Amnésie? Pourquoi pas!

Tout comme le médecin et l'infirmière, le curé souscrivait sans réserve à ce diagnostic; mieux encore, il tenait cette amnésie, volontaire ou non, pour une volte-face divine: le garçon avait assez souffert! Même son sourire portait la marque d'un effroyable supplice… qui expliquait peut-être ce rayonnement qui fouillait jusqu'au tréfonds de votre âme? ou cette ingénuité, incompatible avec la méchanceté, qui transparaissait dans toutes ses paroles, dans tous ses gestes, pourtant parcimonieux?

Mais si les rares personnes qui l'approchaient étaient persuadées de la nature intrinsèquement bonne de l'inconnu, certaines mauvaises langues s'évertuaient à entretenir des bruits le concernant.

— Amnésie, amnésie… on ne m'ôtera pas de l'idée que c'est Dieu qui le punit: il est rongé par le remords!

— Allez savoir! Peut-être un voleur de grand chemin!

— … un cambrioleur de banque…

— … un criminel sadique…

— Qui nous dit qu'il n'a pas tué père et mère?

— … avant de venir jouer la carte du repentir ici.

— … le temps de se faire oublier par «en bas»!

— C'est pratique, tiens, une amnésie semblable!

— Tu parles: oublier pour se faire oublier…

Si ces suppositions n'étaient pas le fait de tous, elles trahissaient le clivage qui, avant même la première sortie du garçon, divisait la population amossoise en deux clans à son sujet.

D'un côté, il y avait les partisans du respect de son amnésie – et, partant, de son anonymat – et, de l'autre, ceux qui tenaient mordicus à ce que l'on procédât – «… quand même, on ne sait jamais, non?» – à certaines vérifications.

C'est ainsi que, profitant d'un voyage à Montréal, vers la fin de mars 1919, monsieur Hector Authier – agent des terres et secrétaire de la Chambre de commerce de l'Abitibi – effectua, auprès de la police montréalaise, de timides tentatives en ce sens. Timides car… «s'il avait fallu que!»

Sa démarche demeurant vaine, il communiqua, par téléphone, avec son ami d'enfance, Augustin McCarthy, chef de la police provinciale, à Québec. Après consultation du fichier central, ce dernier le rassura: ses services ne recherchaient personne qui correspondait, de près ou de loin, à la description sommaire du jeune homme. Personne, non plus, n'était porté disparu. Oh, il y avait bien eu, début janvier, un incendie suspect à Québec, dans la basse-ville, mais... bien qu'on n'eût pas retrouvé le corps de l'occupant de la maison dans les décombres, il était plus que probablement déjà mort et enterré lors du sinistre. «Cette grippe espagnole, n'est-ce pas, a décidément brouillé toutes les cartes!»

Les réticences des plus sceptiques, si elles ne s'envolèrent pas d'emblée à la vue du rescapé, furent balayées par un événement qui allait susciter son adoption inconditionnelle.

***

Mi-avril 1919.

Forte des recommandations formelles du docteur Bigué, garde Brochu se faisait un devoir de sortir «son» patient de l'isolement de sa chambre. Tous les jours, en augmentant graduellement le temps consacré à chaque promenade, elle l'emmenait prendre l'air et lui faisait les honneurs de son nouveau port d'attache; car, dans son optique, il allait, à coup sûr, demeurer parmi eux. Très fière, rayonnante, elle le présentait aux Amossois qu'ils croisaient en chemin.

Bien sûr, quelques plaisanteries soulignèrent les premières apparitions publiques du *nouveau couple* – «Cocasse et mignon tout plein, non?» –, mais elles ne firent pas long feu. Les deux protagonistes, étrangers à ces basses considérations, trouvaient leur compte dans ces balades: elle, maternelle à souhait, s'accrochant ostensiblement à son bras et savourant tous les instants d'une réalité affective qui lui avait toujours manqué, et lui, retenant en étau sa main contre son corps... pour pallier son état de faiblesse, certes, mais aussi pour goûter le contact, la compagnie rassurante de quelqu'un qui ne le rejetait pas d'emblée. Qui l'acceptait sans lui poser la moindre question. Ou qui, s'il en posait, ne s'offusquait pas de ne pas recevoir de réponses.

Ce jour-là, garde Brochu le mena vers l'attraction du moment à Amos: le pont couvert, encore embryonnaire, dont le parachèvement allait sonner le glas du bac qui servait de lien entre les deux rives de l'Harricana. Elle se donnait une contenance en émaillant sa «visite guidée» de savoureux détails.

— Dangereux, très dangereux, cet engin-là. D'accord, il ajoute au pittoresque et son charme suranné en séduit plus d'un, mais... si je vous

67

disais que souvent, lui confia-t-elle, rougissant comme une rosière, des amoureux l'empruntent pour y échanger quelques baisers et meubler leurs loisirs!

Loisirs qui, elle en convenait, étaient plutôt rares... si l'on se refusait à fréquenter les *blind pigs*, ces débits de boisson clandestins. Que tous connaissaient, que tous condamnaient avec plus ou moins de conviction, mais qu'on finissait malheureusement par tolérer...

— C'est une honte! s'indigna-t-elle. S'il n'en tenait qu'à moi, je vous jure qu'on aurait tôt fait de se débarrasser de ces... oui, bon, revenons à notre bac: peut-être fait-il se pâmer les citadins en mal de dépaysement, mais plus la population grossit, plus il devient source d'inquiétude. Tenez, l'an passé, deux chevaux y ont péri; et c'est miracle si l'on n'a pas eu à déplorer, jusqu'ici, de victimes humaines. Quelques alertes, sans plus, des chutes qui se sont soldées, Dieu merci, par plus de peur que de mal. Mais vivement qu'on achève la construction du pont et que tout danger soit écarté!

Il n'écoutait que d'une oreille distraite les propos enflammés de son cicérone: posant un œil neuf sur choses et gens, il s'absorbait dans sa contemplation. Il se soûlait de soleil, de printemps, de sourires; il s'enivrait de l'air pur, se délectait de cette ambiance de printemps qui vous fait oublier et la vie et la mort et qui vous transporte, peu importe votre âge ou ce que la vie vous a réservé comme vacheries.

Les abords du chantier étaient bondés de curieux que le dimanche après-midi libérait de toute obligation... une relâche doublement essentielle pour des déracinés que les aléas de l'existence obligeaient à vivre et à travailler, pour la plupart, comme des bêtes de somme.

Le dégel ayant emporté le pont de glace mis en place durant l'hiver, le passeur avait *repris du service*, solennel, il orchestrait pompeusement le chant du cygne de son bac, à moitié pourri. Et, nostalgie, même si l'on savait qu'il fallait en passer par là, nombreux étaient ceux qui laissaient libre cours à un certain vague à l'âme à la pensée que le progrès aurait bientôt raison de ce traversier rudimentaire. Cette mélancolie portait monsieur Caouette — le nautonier, comme l'appelaient les facétieux — à croire qu'il allait réaliser ses plus intéressantes recettes au cours de cette ultime saison.

Les gens, très nombreux, se pressaient sur les deux berges. On admirait le pont en construction, on parlait technique et on se livrait à de savantes comparaisons, chacun faisant référence par le fait même à son lieu d'origine. Mais secrètement, on venait un peu, comme tout le monde, pour prendre le bac.

— Oh, juste un aller-retour, Germaine.

— Dix cents, c'est pas la mer à boire!

— Viens donc! Regarde: les Vachon nous attendent, là-bas...

— Allons, Roger, c'est peut-être la dernière fois!

— Il faut faire connaître ça au petit: plus tard, en saison, on n'aura pas le temps de...

Et ce n'étaient que saluts amicaux que s'adressaient, des deux côtés de la rivière, les Amossois.

Les parents, après les recommandations d'usage aux petits, se retrouvaient entre eux près du quai, les enfants préférant se regrouper tout juste sur la rive, à lancer des cailloux dans l'eau.

\*\*\*

Il ne se rassasiait pas des images qui frappaient sa rétine. Ses yeux allaient et venaient, scrutaient tout avec avidité; la plus banale des choses y allumait une certaine flamme... la vie, peut-être? Garde Brochu, qui l'épiait subtilement, notait, intérieurement, ses réactions... et s'en félicitait.

Une gaieté *surréaliste* se dégageait de l'atmosphère, terriblement animée. Une gaieté vibrante, tangible, étourdissante. Cette naïve explosion de bonheur paysan, cette bonne humeur saine qui, tout autour, s'exprimait en ineffables sourires, le plongeait dans un ravissement inconcevable. Il ne respirait qu'avec peine, se sentait sur le point d'éclater. L'intensité même de sa joie le survoltait. Il n'avait pas assez de ses sens pour intégrer l'ensemble... et c'est d'une voix forte et tremblante, où perçaient à la fois candeur et enthousiasme, qu'il s'écria, d'un ton qui en fit se retourner plusieurs:

— C'est merveilleux, garde! Vous entendez? Ils rient! Ils rient! Regardez: là, là... et là! Ils rient!

Et, au vu d'une garde Brochu émue et amusée, il se mit à tourner en tous sens, désignant successivement telle ou telle personne, criant de plus belle:

— Ils rient! Voyez, ils rient!

Ameutés, beaucoup de gens les encerclèrent. Il s'esclaffa avec exubérance et une partie d'entre eux, gagnés d'avance à la distraction, reprirent en chœur son rire tonitruant. Un rire tonnant mais candide, communicatif, irrépressible.

Transformé, rayonnant, riant toujours aux éclats, il virevoltait et se dandinait comiquement sur place, devant une foule grossissante. L'austère Émilienne Brochu, à son tour pleine d'entrain, le contemplait, ravie et quelque peu perplexe: devait-elle intervenir pour refréner cette ardeur joyeuse et bruyante ou, au contraire, laisser le trop-plein s'éliminer de cette façon... tapageuse peut-être, mais d'une totale innocuité?

Certains, abusés par le caractère innocent de semblable exaltation, pointèrent leur tempe avec leur index, illustrant ainsi les doutes qu'ils entretenaient quant à l'état d'esprit du *chevalier servant d'Émilienne*.

Alertés, les enfants délaissèrent leurs jeux et coururent se mêler au joyeux tintamarre. Bientôt, tout le monde rigola à n'en plus pouvoir. Un fou rire indescriptible provoqué par l'inconnu qui, hilare, distribuait à gauche et à droite, au rythme d'une danse improvisée, mimiques, grimaces et saluts loufoques.

Des arrivants venaient sans cesse ajouter à l'amplitude du délire collectif. Des remous se formaient dans la grappe humaine. Des remous qui épousaient les va-et-vient et autres farandoles du *clown de l'infirmière*... un clown que celle-ci trouvait méconnaissable: rien ne transpirait plus de l'âme croulant sous le chagrin qu'elle avait tenté, dans la faible mesure de ses moyens, d'épauler.

Le cercle s'élargit. Les badauds s'écartaient sur son passage; les petits, inconditionnellement séduits, le suivaient dans sa course gambadante, entraînante, rafraîchissante. Et il riait, riait, multipliant simagrées et soubresauts cocasses.

La scène était à ce point fascinante qu'on en avait oublié et le pont et le bac... qui déversa sur le quai sa cargaison de passagers; ceux-ci, mis en train par la retentissante sarabande, s'y associèrent spontanément.

Rien ne laissait présumer la fin du manège... lorsque, sans raison manifeste, ses gambades et galipettes l'ayant mené près des ébauches de piliers du nouveau pont, au bord de l'eau, l'inconnu se pétrifia. Son rire en cascade cessa. Son sourire à la Pierrot disparut pour céder incontinent la place à un affreux rictus... qui sembla affecter tout son corps. Il se figea dans une posture déconcertante et, un bras levé, l'index montrant le large, il lança un hurlement strident que le soudain silence rendit plus tragique encore. Un hurlement déchirant.

— Luuuuuuuuuuuuuciiiiiiiiiiiiieeeeeeeeee!

Il se précipita, bousculant au passage deux ou trois personnes et plongea dans l'eau froide, qui charriait encore des reliquats de glace.

Alors, et alors seulement, les spectateurs, pétrifiés, levèrent les yeux dans la direction qu'il avait indiquée et virent... une tache sombre, au milieu de la rivière. Un morceau de tissu, bleu, entourant une masse blanchâtre qui s'agitait faiblement.

Comme c'est souvent le cas en pareille conjoncture, les témoins s'englurent dans une sorte de torpeur. Chacun fut exagérément lent à réagir. À bien saisir toute la portée de l'accident. Et, avant que trois gaillards plus dégourdis que les autres n'eussent réussi à mettre une chaloupe à l'eau, l'inconnu avait presque rejoint la tache bleue et blanche... qui s'abîmait lentement, après être réapparue par deux fois à la surface.

***

Sa vision s'était brouillée à l'instant même où il avait décelé, à environ cent pieds du rivage, cette masse que l'eau voulait avaler. Une sourde et trouble panique, d'une rare violence, l'avait brutalement ramené en arrière, à une période qu'il avait enfouie sous des himalayas de NON agressifs, qu'il avait lavée de niagaras de larmes.

De l'explosion de clichés anarchiques qui le renversèrent, rien ne subsista, hormis une image folle, mais folle... qui se fixa dans ses pensées par ailleurs confuses, y enfla, s'y cramponna comme une sangsue. S'y fit obsession et prit instantanément toute la place. Plus rien n'existait, désormais, ni éléments ni êtres... rien n'avait plus de sens, rien ne comptait que cette désespérante idée-cauchemar, véritable massue géante qui lui matraquait l'entendement: Lucie! Lucie se noyait! Une Lucie dont l'expression, malgré la netteté de la vision, lui était indéchiffrable. Une Lucie-douleur. Une Lucie-souffrance. Une Lucie qui n'existait plus... et qui, pourtant, allait être engloutie d'une seconde à l'autre.

Et sa gorge, brûlante de la terreur qui l'avait écorchée, cherchait avidement un air qui, sournoisement, ne pénétrait ses poumons qu'en s'accompagnant d'une eau glacée, mortelle.

Les cris des gens demeurés à terre ne lui parvenaient pas: toutes ses facultés, tous ses sens étaient orientés vers ELLE!

Son corps, gelé à outrance, se débattait maladroitement dans l'eau froide et sale. Ses vêtements le gênaient énormément, lui pesaient, l'attiraient vers le fond. Une sorte de vapeur acide obstruait ses yeux en permanence; il n'y voyait pratiquement rien... sinon une tache bleue qui voulait disparaître, disparaître.

«Tenir jusque-là. À tout prix. Lucie ne doit pas, ne doit pas, ne doit pas mourir une deuxième fois. La sortir de là.»

Ses membres n'étaient plus que métal tordu et l'objectif lointain, lointain... inaccessible. Impossible à localiser, par moments. Et ses forces déclinaient. Le fuyaient.

— Luciiieee... put-il quand même crier en atteignant, à bout de résistance, cette fragile chose bleue et blanche qui avait cessé de se débattre. Et, comme dans une scène déjà vieille qu'il aurait répétée des centaines de fois, il agrippa le corps flottant entre deux eaux pour le faire remonter à la surface. Et c'est presque en souriant qu'il se laissa lui-même diluer dans l'oubli: au moins, ils mourraient ensemble!

# VII

Un ange passa, enveloppant la foule dans un calme de fin du monde, l'immobilisant dans une attitude de résignation, d'attentisme frileux. Une rare oppression avait supplanté la gaieté: celle, vaguement culpabilisante, que connaissent ceux qui, témoins impuissants d'un drame, souffrent silencieusement pour les victimes tout en remerciant le ciel de leur «avoir épargné ça»!

Même les enfants, pénétrés eux aussi par le tragique de la situation, respectaient maintenant un silence quasi religieux.

Debout sur le bac amarré au quai, un couple sanglotait, uni dans une même douleur: les Breton, nouvellement arrivés à Amos. La femme, robuste campagnarde d'entre deux âges, couverte d'un châle et vêtue d'une robe paysanne usée, mordillait nerveusement un mouchoir tout imbibé de larmes, mettant ainsi une sourdine aux gémissements qu'elle avait d'abord poussés en se rendant compte que, dans le brouhaha qui régnait sur le radeau, sa fille Ginette était tombée à l'eau sans que quiconque s'en aperçût. Lui, très digne, très *fataliste*, était secoué de spasmes que retransmettaient bizarrement ses haillons, rapiécés tant bien que mal. Des sanglots coulaient sans arrêt sur ses joues mal rasées et allaient se perdre dans son col de chemise, déjà tout trempé. Un bras passé autour de la taille de son épouse, il s'enlisait lentement dans l'horreur.

Tout près d'eux, Émilienne Brochu... dont l'impénétrable façade, déjà ébréchée, avait volé en éclats. Pleurait-elle la noyade de l'enfant? Celle, plus que prévisible, du jeune homme? Dans son esprit comme dans celui de tous, une certitude s'imposait: l'eau de l'Harricana frôlant le point de congélation à cette époque de l'année – les glaces tardives qui s'y baladaient parlaient d'elles-mêmes –, ni l'un ni l'autre n'avaient de chance de s'en sortir.

Inexplicablement, le tableau s'éternisait.

Tous virent le garçon fournir des efforts désespérés pour atteindre l'enfant; tous retinrent leur souffle quand, parvenu au but, il se retourna sur lui-même, se glissa sous la forme bleue et blanche et cessa de se débattre.

Quand la chaloupe parvint enfin sur place, les deux corps allaient être happés, absorbés par des profondeurs que nul ne connaissait encore. L'un des trois occupants de l'embarcation plongea à son tour... et tout se passa alors très vite: il réussit à rattraper l'enfant, qu'il confia à ses compagnons; puis, il replongea pour empoigner le garçon, de justesse, par les cheveux. Avec l'aide des deux autres, il le hissa de peine et de misère dans la barque. La température de l'eau commençait incontestablement à agir aussi sur lui, car il dut s'y reprendre à deux fois et se cramponner à ses camarades pour grimper à bord.

À ce moment, et à ce moment seulement, garde Brochu récupéra quelque peu; rompant sa léthargie, elle chargea deux gamins d'aller quérir le docteur, puis le curé... et de dénicher des couvertures. Mais elle ne prenait ces initiatives que par acquit de conscience, sans conviction: tout n'était-il pas déjà écrit?

L'accostage de la chaloupe mit un terme à la passivité générale. Toujours en respectant un mutisme peureux, tous s'amassèrent près du bac, sur lequel on allongea les corps inanimés.

Un des hommes présents, Armand Bigras, ex-pompier montréalais, entreprit de donner la respiration artificielle au garçon tandis que garde Brochu, sanglotant, faisait de même pour la fillette. Quant au brave qui les avait repêchés, il se couvrit d'une vieille bâche qui traînait sur le chantier et courut changer de vêtements et avaler un grog chaud. Il en fut quitte, on le sut par la suite, pour un bon rhume.

*** 

Le silence était saisissant.

Une fois la fillette étendue sur le bac, sa mère, poussant une plainte sauvage comme au sortir d'un cauchemar, voulut s'élancer vers elle;

mais son mari la retint d'une poigne solide et l'entraîna plutôt sur la terre ferme: déjà, on peinait pour ranimer la gamine et ils n'eussent rien pu faire de plus.

Au lieu d'insister, la femme s'agenouilla, sortit un chapelet de son sac à main mille fois ravaudé et, les yeux clos mais avec une ferveur peu commune, se mit à réciter des Pater et des Ave d'une voix étrangement nasillarde, que les gémissements rendaient pratiquement inintelligible. Presque aussitôt, plusieurs femmes convergèrent vers elle, ployèrent les genoux et se joignirent à ses prières. Après un regard touchant vers le ciel, son mari, sentant probablement que là résidait leur seule chance, sécha ses pleurs, enleva résolument son chapeau et se prosterna à son tour. Les hommes, indécis, s'entre-regardèrent d'abord timidement, soucieux de ne pas prêter au ridicule aux yeux des autres; puis, pressentant dans tout ça une sorte de nécessité, ils se risquèrent à imiter leurs femmes qui, maintenant, s'étaient toutes unies au mouvement: un, puis deux, puis trois d'entre eux, se découvrant, donnèrent l'exemple et, mettant un genou en terre, répondirent en chœur aux *Je vous salue, Marie*. Les enfants, tous les enfants, sans qu'il fût nécessaire de le leur demander, s'avancèrent enfin et se mêlèrent pieusement à leurs aînés.

Bientôt, il ne resta plus personne debout, alentour... sinon ceux qui, sur la plate-forme, se tenaient prêts, le cas échéant, à prendre la relève de garde Brochu et d'Armand Bigras.

C'était hallucinant!

Désespérant... et merveilleux à la fois!

Le chantier résonnait des prières de la foule agenouillée... que les flâneurs rejoignaient sans barguigner, avant même de savoir ce qui se passait.

Impulsivement, garde Brochu avait tenu à s'occuper de la petite; elle était même rudement soulagée que quelqu'un d'autre se chargeât de son protégé, auquel elle se garda bien de jeter ne fût-ce que l'ombre d'un coup d'œil: si jamais il était trop tard, comme elle le craignait, elle ne se reprocherait pas toute sa vie d'avoir échoué. Et, elle le savait pour l'avoir déjà vu à l'œuvre, l'ancien pompier était un expert en matière de réanimation.

Elle s'acharnait, hoquetant, sur le corps frêle. Sa respiration, douloureuse, s'apparentait de plus en plus à un reniflement. Au bout d'un long moment, elle dut, la mort dans l'âme, se faire relayer: des étourdissements l'empêchaient de continuer. S'agenouillant légèrement en retrait, elle surveilla la poursuite de l'opération.

Après un laps de temps indéterminable, l'homme qui l'avait relevée tourna vers elle un visage rayonnant.

— Garde! Garde, elle respire! lui cria-t-il.

L'infirmière renifla de plus belle… et l'assistance redoubla d'ardeur: tous, du plus petit au plus grand, se remirent à leur prière un instant interrompue. Seuls les parents vinrent, lentement, tout lentement tant ils redoutaient d'avoir mal interprété le message, se pencher sur la fillette qui, si elle respirait, n'avait pas encore repris conscience. Usant d'infinies précautions, le père la souleva et l'enlaça tendrement en lui chuchotant des mots inaudibles à l'oreille pendant que la mère la couvrait de baisers.

Sur les conseils, quasi silencieux, d'Émilienne Brochu, monsieur Breton redéposa doucement l'enfant que, sans un mot, sa femme enroula dans les plaids qu'on venait d'apporter et, de concert, ils retournèrent prendre place au milieu des autres qui, fiévreusement, égrenaient des Ave Maria. Car la bataille n'était pas terminée: soit, la petite était sauvée, mais l'autre?

Les minutes s'écoulèrent, interminables.

Quand Armand Bigras se retourna finalement vers garde Brochu pour lui signifier que tout était consommé pour le jeune homme, la plupart des témoins auraient pu jurer leurs grands dieux qu'il y avait des heures et des heures qu'il s'échinait, alors qu'en fait…

Émilienne Brochu s'effondra, inconsciente; monsieur Bigras ne put la retenir qu'*in extremis*. D'un seul mouvement, la foule baissa la tête, résignée.

Le silence était absolu. Émouvant à l'extrême.

Quelques-uns, recouvrant leurs moyens, décidèrent de transporter à l'hôtel Boudreau la fillette, garde Brochu et le cadavre: on y serait sûrement plus à même de voir venir. Qui sait, on y tomberait peut-être sur le curé et le docteur, retenus par un même moribond?

À la hâte, on constitua trois brancards de fortune avec des pieux et des couvertures. Avant de soulever le noyé, on lui recouvrit la tête avec un vieil imperméable; puis, solennellement, le cortège s'ébranla vers la première avenue. Mais au moment de s'y joindre, la mère de la fillette s'écria, en indiquant d'un doigt tremblant la civière où reposait le mort:

— Il-a-bou-gé! Il a bougé! Je vous jure qu'il a bougé!

Comme on ignorait son intervention, la tenant pour une séquelle du choc qu'elle venait de subir, la femme s'arracha aux bras de son mari, se rua en avant et, rageusement, retira l'imperméable qui cachait le visage du noyé... et... Dieu: il avait les yeux ouverts!

\*\*\*

Ciel, ce chahut!

Que se passait-il?

Qui étaient tous ces gens... qui... qui le dévisageaient comme un animal en cage? Avait-il commis une bêtise? Mais... mais... mais où le trimballait-on! Et couché, en plus! Sur... sur... sur une civière!

— Ce n'est pas ma faute, pas ma faute, pas ma faute! s'efforça-t-il de plaider, contrit. Je... je ne l'ai pas fait exprès, je vous le jure, pas fait exprès.

Mais allez donc trouver une oreille attentive dans pareil tapage! À croire qu'il était condamné d'avance et que... et que... mais... mais ils lui souriaient! À lui? Pourquoi? Et... et... pourquoi cette femme n'arrêtait-elle pas de lui baiser la main? Elle pleurait, riait, pleurait et riait encore.

\*\*\*

Le trajet, commencé si tristement, prit rapidement des allures de parade. On se bousculait pour le voir, pour le toucher. Les gens qui habitaient le long du parcours sortaient sur le pas de leur porte; captivés par l'électrisant vacarme, ils se mêlaient au défilé et buvaient goulûment le récit coloré, passionné et quelque peu enjolivé du sauvetage.

Jamais, au grand jamais, hôpital – car pour l'instant, il fallait bien considérer l'hôtel Boudreau comme un hôpital – n'avait reçu patients de si tapageuse façon! Dans un enthousiasme aussi débordant!

Alors que les porteurs s'engouffraient, avec leurs brancards, dans l'hôtel-hôpital, la troupe rebroussa chemin et refit en sens inverse le chemin parcouru. Et l'animation qui y perdurait en disait long sur l'état d'esprit de tout un chacun.

\*\*\*

Le docteur Bigué, qui avait dû se rendre à Spirit Lake pour y soigner un ex-prisonnier allemand établi dans le coin depuis la fin de la guerre, ne connaissait pas tous les dessous de l'affaire. Juste l'essentiel, que lui résuma la consœur d'Émilienne Brochu: son patient revenait de loin, la fillette était hors de danger et sa principale collaboratrice, si elle avait été franchement ébranlée, ne risquait vraisemblablement rien.

En se présentant devant garde Brochu, qui s'enfonça la tête dans son oreiller pour lui cacher ses yeux rougis, le médecin, facétieux à ses heures, se composa une expression renfrognée, accusatrice.

— Vous savez que vous m'en faites de belles, garde? attaqua-t-il d'entrée de jeu. Bientôt, on ne pourra plus vous laisser sortir sans surveillance? On vous confie un malade et vous ne trouvez rien de mieux à faire que de…

— Oh, je vous en prie, docteur! le supplia l'infirmière, déconfite. Ce n'est vraiment pas le moment!

— Ah parce que ce n'est pas le moment, en plus! Vous en avez de bonnes, vous: on la surprend en flagrant délit de paresse, alors qu'il y a tant et tant à faire, et elle prétend que ce n'est pas le moment! Vous devriez avoir honte! Vous, d'ordinaire si vaillante!

Visiblement secouée, mademoiselle Brochu comprenait de moins en moins. Ses paupières, bouffies, se fermaient d'elles-mêmes; les hoquets qui la secouaient ne laissaient passer que difficilement une voix fluette:

— S'il vous plaît, docteur, n'en rajoutez pas, je vous en conjure. C'est si injuste! Il ne devait pas mourir. Plus maintenant.

— Mourir… mais… mais que me chantez-vous là?

— Dieu n'avait pas le droit: il est des limites à la souffrance qu'il peut imposer à ses créatures et… et… et… il est parti comme une flèche, docteur. Je n'ai pas pu le retenir.

Le médecin, subodorant tout à coup la gaffe, changea radicalement de ton.

— Écoutez, je… je suis sincèrement désolé, croyez-moi, garde. Je pensais vous faire une bonne blague et je crois que… que je me suis bêtement mis les pieds dans les plats. Ainsi, vous… vous ignorez que… qu'il n'est pas mort? Personne ne vous a prévenue?

— Quoi? Comment? Vous dites que… qu'il n'est pas mort? Qu'il est vivant? Mais c'est… mais c'est imp… imposs… impossible! Comment… oh, mon Dieu!

De saisissement, elle s'évanouit de nouveau.

\*\*\*

Mis au courant des événements de l'après-midi à son retour de Landrienne, où il était allé célébrer la messe, le curé en éprouva un surcroît de tendresse pour son protégé. Une tendresse teintée d'un soupçon de fierté: ainsi, il avait vu juste! Le garçon savait se montrer d'une abnégation totale! C'est donc le cœur en fête et plein de reconnaissance envers le Très-Haut qu'il se précipita à l'hôtel Boudreau.

Le bilan succinct que lui traça le médecin l'ayant pleinement rassuré sur l'état de santé de tout son monde, monsieur Dudemaine se rendit d'abord dans la chambre assignée à garde Brochu, histoire de prendre *de visu* le pouls de sa «vieille complice».

La malade avait l'air des plus calmes. «L'air qu'elle devait avoir à vingt ans!» pensa le curé. Le fait de savoir le garçon en vie? D'avoir pu, ne fût-ce qu'à contrecœur, vivre intégralement ses émotions? Elle rêvassait en souriant, les yeux mi-clos. Elle ne bougea pas, ne sourcilla pas lorsqu'il s'approcha de son lit; elle ne s'anima que lorsque, assis à califourchon sur l'unique chaise de la chambre, les coudes appuyés au dossier, il se racla la gorge à répétition pour attirer son attention.

— Oh, monsieur le curé, bredouilla-t-elle, gênée.

Monsieur Dudemaine, taquin, accentua excessivement son aspect sévère; refrénant le sourire de bienveillance qui lui chatouillait les lèvres, il lui déclara, le plus sérieusement du monde:

— Mademoiselle Brochu, j'ai… euh… une mission fort délicate à remplir. Pour l'instant, c'est votre curé, et non pas l'ami, qui vous parle! Je le précise pour éviter que… que mes paroles soient… hum, enfin… disons, mal interprétées, n'est-ce pas?

Déjà échaudée et flairant anguille sous roche, garde Brochu opta dare-dare pour la défensive. Fixant sur le prêtre des yeux arrondis à la fois par l'étonnement et l'incertitude, la crainte et la réserve, elle lança, mi-figue, mi-raisin:

— En voilà des manières, monsieur le curé! Que me vaut cette entrée en matière? Vous ne faites pas tant de chichis, de coutume!

— C'est que… aujourd'hui, garde Brochu, vous… vous n'y allez pas avec le dos de la cuiller! Et quand on dépasse les bornes, il faut s'attendre à ce que…

La pauvre femme fut sur le point de défaillir derechef: elle avait eu sa dose d'émotions fortes pour la journée. Elle lutta, lutta férocement pour chasser les épines qui lui labouraient les intestins et pour circonscrire, à l'extrême limite d'une façade peaufinée par les ans, l'appréhension qui lui comprimait la poitrine. Une appréhension qui tenait de la fureur et de l'irritation. Oh, elle vit bien une lueur d'espièglerie dans les pupilles de son vis-à-vis, mais elle était trop ahurie pour en tenir compte.

— Monsieur Dudemaine, rétorqua-t-elle, faussement calme et un brin agressive, en insistant outrancièrement sur le «monsieur», pourquoi ne pas y aller carrément et cesser de tourner autour du pot, comme un vulgaire débutant?

Même s'il se garda de le faire ostensiblement, le curé se réjouit: qu'elle mordît à l'hameçon avec un bouillonnement qui frisait l'outrecuidance ne laissait planer aucun doute quant à sa «récupération».

— Mais détrompez-vous, mademoiselle, je ne tourne pas autour du pot! J'essaie simplement de vous procurer un moyen hmmm... disons: honorable, voilà, un moyen honorable de vous en sortir sans que votre réputation en souffre abusivement!

— Ah, ça, par exemple! s'emporta-t-elle, outrée, au comble de l'indignation. Un moyen honorable? Ma réputation? M'en sortir? Et me sortir de quoi, monsieur? Aurais-je commis quelque faute dont je doive rougir?

— Comment oserais-je, mademoiselle, répondre à la place de votre conscience!

— Oh!

— Je me suis quand même laissé dire que...

— Que? le relança-t-elle, tremblant de tous ses membres.

— Que... vous savez, l'asticota-t-il, les petites localités, c'est comme ça: vraies ou fausses, les nouvelles se répandent, les cancans se multiplient et... bref, les gens racontent...

— Ah, parce que les gens se permettent de raconter! Et sur mon compte, encore! Alors que je me dévoue corps et âme pour...

— ... que le jeune homme et vous, vous...

— Quoi? s'insurgea l'infirmière, piquée au vif.

Soudain mal à l'aise, le curé n'en continua pas moins sur sa lancée.

— Il paraîtrait que... enfin, que vous vous affichez publiquement, sans pudeur aucune! Et que vous...

— Et que vous? suffoqua-t-elle.

— Euh... que vous... que vous hum... oh, rien! Je blaguais, garde. Oubliez cela, voulez-vous?

Garde Brochu déglutit, puis se ressaisit. L'indignation le disputait, chez elle, à la colère.

— Oh que non! Ce serait trop facile, monsieur le curé. Poursuivez, je vous prie!

Monsieur Dudemaine s'en mordait les pouces: la tangente – pourtant prévisible – qu'empruntait leur tête-à-tête le dépassait. Quoique... n'était-ce pas là l'«ouverture» qu'il attendait pour «vider la question»? De toute façon, eut-il pu lui présenter les choses autrement? À froid? Et puis... le moyen de différer encore la conversation?

Incapable de faire demi-tour, il devait cependant jouer de prudence: il évoluait sur un terrain éminemment glissant. Sa connaissance de l'humain n'en faisait pas un fin psychologue... surtout face à la gent féminine, dont la nature profonde lui était aussi inaccessible que celle du Dieu qu'il servait avec désintéressement. Car, tout ecclésiastique qu'il fût, force lui était d'admettre que le contact des femmes lui procurait une sensation plus agréable, de beaucoup, que celui des hommes... même s'il ne savait par quel bout les attraper lorsque, par hasard, il devait aborder avec elles certains sujets plutôt délicats. Oh, il n'avait jamais, au grand jamais, remis en question sa vocation sacerdotale, mais encore une fois, dans un recoin secret de son âme, s'inscrivait en filigrane le point d'interrogation ultime: sa vie n'eût-elle pas connu une tournure différente s'il avait véritablement su parler aux femmes?

Ce n'est qu'après s'y être repris maintes fois pour avaler la salive qui lui bloquait la gorge qu'il se jugea à peu près d'attaque.

— Euh... je... j'ai été des plus heureux d'apprendre que... que notre petite Ginette et son sauveteur s'en étaient sortis à si bon compte. Mais, je l'avoue et pardonnez mon langage, garde, la nouvelle de votre malaise m'a toutefois flanqué une sainte frousse. Et j'ai pensé que... et j'ai... saviez-vous que selon notre bon docteur, votre surmenage des derniers mois ne serait pas totalement étranger à votre perte de conscience? Je lui laisse évidemment le soin de vous en convaincre, mais je peux d'ores et déjà vous annoncer qu'il compte bien vous forcer à garder le lit pendant un certain temps. Nous nous demandions justement si...

Garde Brochu avait retrouvé une apparence de tranquillité; elle toisa froidement le curé et, avec une ironie mordante, elle lui balança, en détachant bien chaque syllabe:

— Vous ne croyez pas, monsieur le curé, qu'il y a eu suffisamment de noyades pour aujourd'hui?

Déconcerté, son interlocuteur lui repartit:

— Noyades? Je ne vous suis pas très bien...

— Pourtant, depuis que vous êtes entré dans cette chambre, vous cherchez à noyer le poisson! Ça commence à bien faire, non? La pêche et moi, vous savez, on n'a jamais fait bon ménage... surtout quand on me réserve le rôle du poisson. Alors: les gens jasent, disiez-vous?

Le curé dut reconnaître que le sens de l'humour de garde Brochu n'avait rien perdu de son acuité.

— Euh... jaser est un bien grand mot, n'est-ce pas? Quelques petites allusions sans gravité, tout au plus, selon lesquelles le garçon et vous, vous... euh... vous...

— Et vous avez cru ces racontars?

— Vous pensez bien que non!

— Mais ce n'est qu'un enfant! s'enflamma-t-elle. Un enfant qui a énormément souffert. L'affection que je lui porte est toute maternelle, vous m'entendez: maternelle! Uniquement maternelle!

— N'empêche, vous savez comment sont les gens...

— Trop, monsieur le curé! Je ne le sais que trop! Mais... vous-même, ne craignez-vous pas que votre... mansuétude, que vos nombreuses démarches auprès de mon... euh... de mon «pré-ten-dant» n'en arrivent à faire jaser également?

Cette fois, ce fut au tour du curé d'être outré. Comment imaginer semblable insanité!

— Oh, mademoiselle! rugit-il. C'est scandaleux! Vous, énoncer une telle ineptie!

— Pas plus scandaleux que cette autre bêtise que vous venez de me servir!

— Mais je me considère comme son père spirituel! Après tout, ne suis-je pas le pasteur de cette communauté? Et quand bien même j'éprouverais de l'affection pour lui... ce ne sera jamais que... comme un père pour son fils, voilà tout! Comme un père pour le fils que j'aurais pu avoir si...

— Eh bien, nous y voilà: si vous jugez que cet... que cet enfant a besoin d'un père, fût-il spirituel, pourquoi n'aurait-il pas besoin également d'une mère? D'une mère qui soit quasi immatérielle, comme... comme... moi?

— Mais, garde, c'est... c'est...

— Pour ne rien vous cacher, je n'ai pas forcément peur des miroirs, voyez-vous! Si mes... si mes appas se sont montrés inopérants quand j'avais vingt ans, je ne vois pas comment, aujourd'hui, ils pourraient inciter un mâle normalement constitué à jeter son dévolu sur moi, à découvrir des charmes que je n'ai pas et à me proposer sans rire de l'épouser... ce qui me permettrait, si la nature y mettait du sien, beaucoup beaucoup beaucoup du sien, d'avoir également ce fils qui me fait tant défaut...

Elle n'acheva pas sa tirade: simultanément, ils pouffèrent...

Le calme revenu, ils décidèrent que, désormais, bien qu'il fût préférable que la chose ne s'ébruitât pas, – «... pour l'instant, du moins! Dans quelques mois, nous aviserons...» –, ils agiraient, envers et contre tous, comme les parents adoptifs du *grand enfant* que Dieu leur avait envoyé.

# VIII

Quelques éphémères frissons, de légers tressaillements. Il lui était difficile de cerner ce qu'il ressentait: état exaltant et triste, à mi-chemin entre douleur et plaisir. Sorte de surexcitation morale, de tension cérébrale mais aussi, à certains points de vue, de sérénité.

Il ne démêlait que difficilement ce qui s'était réellement passé pendant l'après-midi. Oh, c'était bien lui qui s'était précipité à l'eau: avec le recul, il revoyait très bien la scène qu'une vision troublante l'avait empêché de discerner avec précision. Et... ce nom qu'il avait crié, Lucie! Ce nom qui vibrait perpétuellement, à fleur de mémoire, alors qu'il jonglait à le répéter dans sa tête. Seul point de repère de son ancienne vie qui ressuscitait journellement, presque *sur demande*. Car pour le reste, le stratagème, inconscient ou non, avait fort bien réussi: des lambeaux épars qui ne le harcelaient plus qu'épisodiquement. Mais là, cette enfant dont l'image s'était effacée devant celle d'une Lucie intemporelle...

Il reconnut le curé et lui sourit.

— Eh bien, mon fils! l'aborda le pasteur. Vous avez fait sensation, à ce qu'il paraît? Voilà que vous monopolisez toutes les langues du village: on ne parle plus que de vous!

Il baissa les yeux et, écarlate, attendit que son visiteur continuât.

— En un sens, votre action d'éclat tombe à pic: elle m'offre l'occasion que j'attendais pour... pour vous entretenir d'un projet que... que... Écoutez, je vous l'ai dit et redit: vous avez une place privilégiée parmi nous. De ça, je suis persuadé... encore que je ne sache pas pourquoi! Sans doute Dieu nourrit-il des desseins secrets à votre égard?

Hummm... bon... bref, voilà bientôt trois mois que vous êtes là, à peu de chose près, non? D'ici peu, il vous faudra envisager la suite: ou bien vous partez à la recherche de votre passé ou vous décidez de vous fixer ici, ce que nous souhaitons ardemment, si, bien sûr... heu... en un mot, j'ai une proposition à vous faire et j'aimerais que vous l'étudiiez très attentivement. Vous ne me répondrez que lorsque le docteur Bigué vous estimera rigoureusement et définitivement guéri! Pour l'heure, il craint que votre... que votre baignade impulsive, si je puis dire, n'ait de suites fâcheuses. Et, donc, voici...

***

La tête cachée dans ses mains, il s'escrimait à gober ce simple fait: on l'aimait! On ne songeait même pas à le condamner! Personne, parmi ceux qui l'approchaient, ne lui reprochait... d'être! Mieux: non seulement on l'acceptait, mais, en plus, on le souhaitait tel qu'il était! On ne lui demandait pas de changer. De se camoufler. De se déguiser en quelqu'un d'autre. De faire semblant. D'être autre chose que lui, lui, lui!

Et, telles des vagues venant laver des escarpements rocheux qu'auraient souillés des torrents de boue, ses larmes, flux et reflux libérateurs, se succédaient, attaquant, grugeant, emportant pour, finalement, les mêler aux aléas acceptables de la vie, les hideurs qui le ravageaient encore.

Il bouillonnait, comme fleuve en crue. La fièvre? Non: une éruption d'espérance! Était-ce là ce que... ce qu'ils appelaient *pleurer de joie?* L'impression d'exploser? De se répandre en une «exubérance intérieure» dévorante?

C'était à lui qu'on proposait ça? À lui? Mais c'était insensé: il débarquait tout juste! Il se trouvait sûrement ici même, à Amos, un tas de jeunes qui feraient fort bien l'affaire!

Lui, bedeau?

Lui qui, il en avait parfois souvenance, même si ses motifs demeuraient nébuleux, avait éhontément juré, craché sur ce Dieu qui s'était joué de lui aussi inconsidérément. Un Dieu qu'il associait non pas à ces figures béatement paternalistes et protectrices qui peuplaient l'imagerie religieuse du Québec, mais à un juge rébarbatif, courroucé et intransigeant, qui pointait vers lui un index accusateur d'où partaient des éclairs conçus pour le terrasser, pour le foudroyer. Et c'était lui, misérable vermine, qu'IL avait choisi pour...

Un travail? Un véritable travail pour lui? Lui? Qui aurait, comme tous les autres, le droit de vivre? Mais n'était-ce pas un leurre? Une illusion qui, tôt ou tard, l'engloutirait? Un chemin détourné qu'IL prenait pour s'assurer encore plus de sa soumission?

Lui, bedeau?

***

Un léger frottement, quelques bruits étouffés le réveillèrent. Il faisait nuit. On avait tiré les rideaux et ne régnait, dans la chambre, que la faible lueur d'une lampe à huile: la nuit, le générateur qui alimentait – à grands frais – l'agglomération en électricité ne fonctionnait pas. Sauf cas de force majeure.

Il humait une présence. Une présence différente de celles qu'il connaissait. Une petite voix zézayante, qui aurait pu être celle d'un chérubin, s'enquit doucement:

— Vous dormez, m'sieur?

Un sourire s'alluma dans sa tête. Il se retourna pour voir qui émettait ce chuchotis au moment même où celui-ci reprenait, plus suave encore.

— Pssstttt, psssiiiitttt, est-ce que vous dorm...

Comiquement vêtue d'une «jaquette» à l'évidence trop grande pour elle, une petite bonne femme se dandinait d'un pied sur l'autre, à quelques pas du lit. À vue de nez, il lui donna six ou sept ans.

Constatant qu'il la regardait, elle ne termina pas sa phrase; et, espiègle comme tout, elle mit un doigt sur sa bouche en insistant:

— Chutttt!

Amusé par cette intrusion et trouvant l'enfant adorable, il lui dit simplement:

— Bonjour!

... en même temps qu'une flopée d'images toutes plus exquises les unes que les autres l'assiégeaient. La petite, semblant issue d'un conte de fées, avait quelque chose d'indéfinissable, de cocasse. Elle remit ça, en arborant une moue lutine.

— T'es réveillé, hein? Sûr? Comment tu t'appelles?

— Moi? Je ne sais pas... je ne sais plus!

Incrédule, elle s'avança d'un pas avant de lancer, sentencieuse:

— Ben voyons: tout le monde sait comment il s'appelle!

— Tout le monde peut-être, mais pas moi!

— Ah bon... tant pis!

— Et toi?

— Oh, moi, j'me souviens: c'est Ginette. T'oublieras pas, hein? Ginette: GI-NET-TE. C'est toi qui m'as sortie de l'eau? Papa me l'a dit.

Elle l'examinait sans vergogne, à la recherche d'un signe, d'une marque quelconque. Elle murmura finalement, en haussant les épaules:

— Je peux m'asseoir?

Sans attendre son assentiment, elle sauta et se retrouva assise en petit bonhomme sur le lit.

Elle était mignonne tout plein; ce sans-gêne qui affleurait trahissait une candeur inouïe. Une naïveté qui, parce qu'elle filtrait sa perspective du monde, la mettait à l'abri de la méchanceté, des calculs et des manipulations égoïstes. Sa frimousse exaltée lui donnait même un air vaguement gouailleur: on l'imaginait aisément se faufiler, à la va-comme-je-te-pousse et sans ménagement aucun, dans les méandres de l'univers des grands.

Elle dodelinait sans arrêt de la tête; elle le regardait, portait son regard ailleurs dans la chambre et revenait à lui.

— Qu'est-ce que tu fais ici? C'est à cause de moi?

— Non non, n'aie pas peur, tu n'y es pour rien, je t'assure. J'ai... j'ai eu quelques petits ennuis, mais maintenant, ça va beaucoup mieux!

Comment s'y prenait-elle pour le séduire à ce point? Quelle corde sensible faisait-elle vibrer en lui? Ses gestes, ses poses, ses mimiques, tout en elle incitait à la vie, irradiait allégresse et émerveillement.

— Des ennuis? Quels ennuis? T'es malade?

Que lui répondre? Tout était tellement flou! En lui parlant, il redevenait petit, tout petit... Il n'était plus qu'enfance! Et insouciance.

— Plus maintenant. Enfin, beaucoup moins... j'ai bien failli mourir, je crois. De froid. J'étais tout gelé, qu'ils m'ont dit.

— Gelé? Comment ça, gelé?

— C'était... je ne sais pas, moi: il y a eu une tempête de neige, je courais, je me suis perdu et puis... et puis voilà: tu sais tout, maintenant!

— Une tempête de neige? Une grosse tempête?

— Oh, oui, alors! Une fichue de grosse tempête! Nécessairement: pour que je m'y perde! La pire qu'on ait jamais vue par ici! Je marchais, je courais dans la neige et...

— Pourquoi tu courais dans la neige? Qu'est-ce que tu faisais dehors en pleine tempête?

— Là, tu m'en demandes vraiment trop: je ne sais plus!

— Oh, s'il te plaît, dis-moi, qu'est-ce qui s'est passé?

— Un homme d'ici m'a sauvé la vie, exactement comme je l'ai fait avec toi. Sauf que lui, il en est mort.

— Ah, bon... il est mort? Ça, c'est triste, hein? C'est comme Bibi, mon chat: lui aussi, il est mort. J'ai drôlement pleuré quand c'est arrivé. Toi, t'as pleuré quand il est mort, ce monsieur?

— Non, parce que je ne l'ai su que plus tard, bien plus tard. Quand je me suis réveillé et qu'on m'a raconté tout ça.

— Il s'appelait comment, ce monsieur?

— Jos. Jos Bouchard.

— Il était comment? Il te ressemblait?

— Est-ce que je sais, moi? Je ne l'ai jamais vu!

\*\*\*

— Mais qu'est-ce que tu fais là, toi?

La voix, bougonne, claqua sèchement et les fit sursauter.

Ils échangèrent un coup d'œil complice avant de se tourner, l'air confusément coupable, vers une garde Brochu qui avait du mal à se montrer inflexible. Faussement contrite, la fillette se remit lestement debout et se campa dans une attente circonspecte. Quant à lui, encore sous le charme frondeur de l'enfant, il risqua:

— Voyons, garde, ne la grondez pas! Elle ne faisait rien de mal. Elle est si... si...

— C'est qu'elle devrait dormir depuis belle lurette! Surtout après son aventure de cet après-midi, plaida-t-elle avant d'ajouter, à l'intention de la petite: Allez, ouste, au dodo!

Mais la fillette ne broncha pas. Toujours immobile au pied du lit, elle se demandait quel chemin prendre pour s'effacer sans passer à portée de main de l'infirmière... qui lui bloquait la seule issue possible.

Tout sourire, le jeune homme vint à son secours:

— Mais vous-même, garde, comment se fait-il que vous soyez là? Dans cette tenue et à cette heure... hummm?

L'arrivante, s'arrêtant brusquement à l'inconvenance qu'on pouvait prêter à sa visite, serra plus fort contre elle le châle rose, à demi déchiqueté – *relique* qu'une patiente avait oubliée au fond d'une garde-robe –, qui ne couvrait que partiellement sa «jaquette de malade»: ainsi accoutrée, il lui était difficile d'asseoir son autorité. Elle bafouilla des excuses qui n'avaient rien pour convaincre qui que ce fût:

— Euh... c'est le docteur, voyez-vous, qui a décidé de... une soudaine fatigue... je voulais simplement voir si c'était vrai que vous...

— Ne faites donc pas cette tête d'enterrement! Venez plutôt vous joindre à nous! Vous verrez: Ginette vous séduira, tout comme elle m'a séduit!

— Mais... je ne sais pas si c'est convenable! S'il fallait qu'on nous surprenne!

— Bof! répliqua-t-il. Nous verrons bien, d'accord?

— Oh, oui, venez! supplia Ginette en sautillant. S'il vous plaît!

Garde Brochu rendit les armes et s'avança gauchement vers le lit; elle tendit une main maladroite vers l'enfant et, doucement, lui caressa la joue.

— Ainsi, tu t'appelles Ginette? Ginette comment?

— Ginette Breton... et to... et vous?

— Vous venez d'arriver à Amos, n'est-ce pas?

— ... dites: vous savez que j'ai failli me noyer? C'est lui, là, qui...

— Ça, je sais! ne put retenir garde Brochu.

En un tournemain, Ginette réintégra la place qu'elle occupait avant l'entrée inopinée de la garde. Soit directement sur le lit du malade qui, amusé, la contemplait sans mot dire. Sans coup férir, elle prit la situation en main; et, ayant retrouvé son assurance et sa vivacité, elle déclara, doctorale, à la nouvelle venue:

— Vous savez qu'il a oublié son nom? Moi, en tout cas, si je connaissais plus mon nom, je...

C'était merveille que de voir ce petit bout de femme palabrer, gesticuler, avancer à la fois les questions et les réponses, discourir, enfin, comme seuls les enfants savent le faire lorsque leur logique n'a pas été contaminée par le monde des adultes. Elle passait sans transition du grave à l'aigu; trop jeune pour adopter des poses étudiées, elle les prenait d'instinct.

— Pour moi, c'est pas bien compliqué! leur confia-t-elle. Ou tu retrouves ton nom et on saura comment t'appeler, ou on t'en trouve un autre. Le monsieur, là, qui l'a *dégelé*, il est mort, non? Et quand on est mort et qu'on monte au ciel, papa me l'a dit, c'est pour toujours! Alors pourquoi tu lui emprunterais pas son nom? Comme il en a plus besoin, ça enlèverait rien à personne, hein? Moi, si j'avais un autre chat, je l'appellerais Bibi, comme le premier. Comme ça, j'aurais un peu l'impression qu'il est pas mort. C'est pareil pour le monsieur: il serait peut-être un peu moins mort si tu t'appelais comme lui? C'est pourtant simple, hein?

Le principal intéressé se régalait au plus haut point. Et garde Brochu, envahie par la volubile et pétillante enfant, se surprenait à sourire. L'ambiance? Le fait de s'être rassurée en LE voyant?

— Mais c'est vrai, ça! admit-elle après un instant de réflexion. Elle a tout à fait raison: vous êtes un peu le fils de Jos! Alors, en attendant que vous retrouviez la mémoire, si...

— C'est une véritable réunion de famille, ma parole!

En chœur, ils découvrirent le docteur Bigué qui, appuyé au chambranle de la porte, les regarda longuement tour à tour avant de poursuivre:

— Je ne voudrais surtout pas interrompre les festivités, mais... garde, soyez raisonnable, allons! C'est comme ça que vous comptez reprendre des forces? Vous avez vu l'heure? Et cette enfant, là? Et notre malade? Décidément... allez, chacun chez soi! Vous reprendrez la discussion demain matin.

En quittant le lit, Ginette demanda au médecin:

— Et Jos, je pourrai revenir le voir, dites?

— Bien sûr que tu pourras, mais dem... Jos? Comment ça, Jos? Oh, et puis ça ne fait rien: allez, file!

\*\*\*

Cette fois encore, le médecin dut baisser pavillon et s'avouer vaincu: malgré son séjour dans l'eau froide, son patient s'en sortait admirablement bien! Il n'était pas au meilleur de sa forme, naturellement, mais ni plus ni moins qu'avant son plongeon. De quoi en perdre son latin!

\*\*\*

Le dimanche suivant, les paroissiens eurent droit à un sermon un peu spécial de la part de leur curé.

Après les communiqués d'usage concernant la semaine qui s'annonçait, après les remarques relatives à l'assistance à la messe et quelques observations bien senties sur les «écolletages qui saluent le retour du beau temps» – le tout assorti de menaces non voilées quant aux dangers qui guettaient «ces filles de Dieu qui tenteraient Belzébuth» –, le curé, respectant un silence qui dura anormalement, inspira profondément et attaqua:

«Mes bien chers frères! Il n'est pas dans mes habitudes de puiser ailleurs que dans les saintes Écritures la matière première de mes sermons. Sauf quand des circonstances exceptionnelles nous mêlent à des événements qui, n'ayons pas peur des mots, se révèlent d'inspiration céleste. Sauf quand nous sommes témoins de faits qui, parce qu'ils incitent ces créatures imparfaites que nous sommes à se dépasser, éveillent en elles de nobles sentiments et redoublent leur foi en leur Créateur.

«Vous savez tous, mes bien chers frères, à quoi je fais allusion. Il vous est impossible d'ignorer que s'est produit ici, dimanche dernier, tout près du pont en construction, un sauvetage qui sent son miracle à des milles à la ronde! Ainsi, vous avez pu voir un des vôtres, j'insiste: un des vôtres, risquer sa vie pour sauver une malheureuse enfant de la noyade.»

Le prédicateur promena son regard sur l'assemblée, cherchant à repérer la victime de l'accident... comme, du reste, la plupart des fidèles. Il la découvrit, au troisième rang, qui se cachait le visage tout contre son père. Il parut hésiter avant de continuer d'une voix un brin sarcastique, un sourire un rien moqueur sur les traits:

«Soit dit en passant, d'ailleurs, cette tragédie, heureusement évitée, doit avoir gagné même les plus réticents à la cause du pont, j'imagine? Nonobstant l'argent que nous sommes appelés à débourser? Car, sitôt le pont achevé, de telles mésaventures ne pourront plus survenir. Et, qui sait: l'an prochain? dans deux ans? Un? Deux? Trois? Combien de nos enfants bien-aimés aurions-nous perdus? Et fût-ce pour sauver une seule vie, la dépense de tous les millions de la terre ne serait-elle pas amplement justifiée?»

Mouvements de tête et quintes de toux montrèrent à l'orateur que ses remarques avaient porté et que les détracteurs du pont étaient fin prêts à faire amende honorable. Bon prince et ne voulant pas tourner le fer dans la plaie des *nouveaux convertis*, il reprit, conciliant:

«Mais laissons ces considérations banalement matérielles qui ont failli, un temps, nous diviser, et revenons à nos moutons. Ainsi, disais-je, cette fillette se noyait... et pourtant, elle est là! Grâce à ce jeune homme qui en a intrigué plus d'un il y a quelque temps. Oui oui: celui-là même que d'aucuns sont allés jusqu'à soupçonner de crimes inavouables. Évidemment, il y avait cette fameuse amnésie qu'on s'est plu à considérer comme un paravent...

«... et pourtant, Ginette est là, parmi vous! Et c'est ce bandit, cet assassin, ce voleur de grand chemin, ce repris de justice, ce loustic ou que sais-je encore? Cet être louche et peu recommandable, qui s'est précipité pour la tirer des griffes de la mort? Holà! Qu'est-ce à dire? Je vous pose la question: a-t-on déjà vu meurtrier ou autre gibier de potence sacrifier sa vie pour celle d'autrui? Un meurtrier, un véritable meurtrier s'entend, vendrait père et mère plutôt que de perdre ne fût-ce qu'un seul de ses cheveux! A-t-on déjà vu un voyou, un suppôt de Satan, s'amuser à...»

Les paroissiens étaient tout ouïe: le pasteur enflammé qu'ils découvraient n'avait rien de commun avec celui qu'ils connaissaient, à l'éloquence plutôt *casanière*.

«... oh! je ne prétends pas que, tous, vous ayez entretenu de coupables pensées face à cette âme étonnamment fragile. Face à ce pauvre malade que le docteur et garde Brochu ont dû veiller des nuits et des nuits durant, qu'ils ont extrait de l'ombre au compte-gouttes, pour ainsi dire... comme ils l'auraient fait, n'en déplaise aux mauvaises langues, pour n'importe lequel d'entre vous! Je n'avance pas que tout un chacun réprouvait, secrètement, l'acharnement qu'on a mis à soigner cet être si mal en point qui, je ne le sais que trop, vous a enlevé Jos Bouchard. Comme je n'affirmerai pas non plus, Dieu m'en préserve, qu'on est allés jusqu'à soutenir que l'argent de la communauté aurait pu être consacré à meilleure cause. Mais je vous le demande sincèrement: quelqu'un d'entre vous a-t-il eu à souffrir de sa présence ici? Quelqu'un d'entre vous a-t-il dû se priver pour qu'on puisse garder en vie ce... ce presque enfant, affreusement mal portant, que la Providence a mis sur notre route? Et dont la seule activité, depuis qu'il est à peu près apte à se tenir sur ses jambes, est de verser sans arrêt des larmes? Il était si désemparé, si vulnérable! Pourquoi ne pas avoir, dans votre cœur, médité cette parole de l'Évangile: "Ce que vous ferez au plus petit d'entre les miens, c'est à moi que vous le ferez?"

«Pour un instant, un court instant seulement, oubliez tout le reste et essayez de vous imaginer tremblant, tremblotant de tous vos membres et, en même temps, vous démenant comme un moulin à vent pour agripper une surface où vous arrimer. Où vous cramponner. Où vous retenir juste un peu, mon Dieu, juste un peu, quelques secondes, sans plus, pour reprendre votre souffle. Essayez de vous voir si flageolant, si peu vivant, si peu consistant, que le soleil vous passe pour ainsi dire à travers le corps.

«...

«J'ai vu cet enfant au seuil de la mort, frissonner, frissonner à vous donner froid dans le dos, incapable de réaction humaine. Dont les seuls mouvements pouvant révéler un soupçon de vie se résumaient à des convulsions... qui le secouaient comme feuille déjà morte emportée par une bourrasque, comme bateau essuyant "la" tempête du siècle.

«Je l'ai vu, mes frères, de mes yeux vu!

«...

«Feriez-vous semblant d'être aveugles, mes frères, si vous vous trouviez devant une souffrance telle qu'elle vous arrache jusqu'aux tripes? Devant une souffrance qui vous fait cracher sur votre propre bien-être et maudire votre santé tant est aiguë la culpabilité qui vous submerge? Vous abriteriez-vous derrière une tonne d'indifférence plutôt que d'entendre des hurlements si déchirants de douleur rentrée qu'ils vous font souhaiter devenir sourd pour l'éternité? Sauriez-vous demeurer de glace face à un appel au secours qui vrille le fond même de votre conscience? J'ai entendu... oh, Dieu, j'ai entendu... et...

«J'ai vu, mes frères, j'ai vu ce fils de Dieu mourir cent fois. Subir mille agonies. Désespéré, je l'ai vu et revu s'écrouler, vidé de toute substance, sauf de larmes. Je me suis noyé dans ses yeux grands ouverts, obstrués par une mer démontée. Ses yeux qui ne distinguaient rien... rien du moins qui me fût perceptible. Et le mal qui s'en échappait en torrents impétueux, en geysers intarissables, atteignait aux confins du supportable. Un mal pire, infiniment pire que celui qu'on aurait pu associer à une plaie ouverte d'où se seraient échappés des flots de sang.

«J'ai vu, de mes yeux vu... un enfant vivre et revivre un interminable trépas!

«...

«Et puis, miracle, j'ai vu...

«J'ai vu, graduellement, ses tremblements s'estomper. Ses spasmes, lentement, s'espacer. Pour se faire sporadiques. Au rythme de va-et-vient que je ne pouvais qu'imaginer, j'ai vu ses yeux déverser, encore et toujours, leur trop-plein d'eau salée... et la marée d'affliction refluer avant de remonter. Et j'ai vu le pauvre bougre, dans ses moments d'accalmie, redevenir pratiquement fœtus, perdre pratiquement toute forme humaine. Je l'ai vu, véritable balancier cosmique, osciller d'une fin à l'autre en émettant des sons inarticulés. Des râles. Des mots sans suite.

«Dieu a permis que je le voie, véritable poupée désarticulée, hésiter, puis revenir à tâtons vers les rives de la vie. Dieu a permis... et je ne vivrai certes pas assez longtemps pour oublier. Car cette brebis désemparée m'aura fait connaître mes propres limites, admettre mon impuissance. J'ai vu, vu, vu... et j'ai tendu mon âme à l'extrême dans une ardente prière pour qu'Il me laisse endosser, prendre à ma charge ne fût-ce qu'une partie des tortures qui minaient cette existence si peu ancrée dans sa chair. Hélas! Hélas! Hélas!»

Le soudain mutisme du curé n'étonna personne: il s'inscrivait presque dans la logique des choses.

«Je sais que tous, reprit finalement le curé, vous nourrissez maintenant à son endroit une certaine admiration. Que plus personne ne songerait, aujourd'hui, à mettre en doute sa nature bienveillante. Qu'il vous a, bien involontairement, conquis... mais à quel prix, Seigneur, à quel prix! Au péril de sa vie, encore si délicate! Vous en parlerez au médecin: il saura, sans doute mieux que moi, vous décrire l'enfer qu'a connu notre amnésique. Eh oui: le jeune homme est amnésique. Et, à mon sens, définitivement. Et alors? Tout est très bien ainsi! Il ignore qui il est, d'où il vient et tout le tralala habituel? Qu'à cela ne tienne! Si j'osais, j'applaudirais et j'ajouterais: tant mieux! Ne risque-t-il pas, ainsi, de connaître un certain répit? Que voulez-vous, pour moi, la souffrance est, sur Terre, le seul dénominateur commun à tous les hommes. Dans bien des cas, elle vaut infiniment mieux qu'une carte d'identité ou des montagnes de références. Mais dormez tranquilles tout de même: nous avons fait procéder à certaines vérifications pour rassurer les plus sceptiques. Et nous pouvons vous affirmer qu'il n'est ni recherché, ni dangereux, ni en rupture de ban.

«Je m'en voudrais, mes bien chers frères, de vous fustiger davantage. Car les marques de sympathie à son endroit ont afflué bien avant l'aventure de dimanche dernier. En m'emportant ainsi, cependant, je crois vouloir également prévenir les coups, quels qu'ils soient et d'où qu'ils viennent. Mes amis, je peux vous sembler dur, aujourd'hui, mais je vous l'ai déjà dit et je vous le répète: pour rien au monde, je ne vous échangerais contre quelque paroisse que ce soit! Et... tenez, lorsque j'ai pris connaissance des péripéties de dimanche dernier, je me suis laissé gagner par une énorme bouffée d'orgueil dont je devrai me confesser: jamais pasteur n'a été si heureux, si fier d'avoir charge d'âmes comme les vôtres! Des âmes qui ont si bien su toucher la mansuétude du Seigneur par leurs prières spontanées qu'Il s'est laissé attendrir.

«Oui, mes bien chers frères: j'étais fier de vous et, plus encore, d'être des vôtres! Si tous les chrétiens du monde adoptaient, en toute circonstance, une attitude comme celle-là, le monde ne connaîtrait peut-être pas les terribles fléaux qui sont son lot. Dieu leur épargnerait des épreuves inutiles.

«...

«Sachez, mes chers paroissiens, que nous avons désormais un nouveau bedeau: nul autre que... que Jos Bouchard!»

Comme il savait être goguenard, le curé se paya encore quelques minutes d'arrêt. Mais cette fois, ce fut pour jouir au maximum de la surprise de ses ouailles.

«... eh oui: il a bien voulu accepter mon offre de remplacer celui qui l'avait sauvé. Jos l'a voulu vivant? Alors Jos sera servi, et deux fois plutôt qu'une: le garçon lui subtilisera son nom pour continuer sa tâche. Ainsi, la boucle sera bouclée et Jos, là-haut, n'y trouvera sûrement pas à redire. Sitôt, donc, qu'il sera complètement remis, un autre Jos Bouchard remplira de nouveau, si j'ose dire, la charge de sacristain, ce qui libérera quelque peu les religieuses... qui doivent souvent voir à tout, n'est-ce pas, les volontaires se faisant parfois rares et les bonnes âmes ne se bousculant pas toujours aux portes de la sacristie quand il s'agit de mettre la main à la pâte. Dieu vous bénisse!»

Et, chose qu'on n'avait jamais vue à Amos: sitôt le sermon terminé, les fidèles, spontanément, se levèrent et, en chœur, applaudirent leur curé à tout rompre.

# INTERMÈDE

-1-

**A**u début, encore sous le charme de son action d'éclat, la communauté l'adopta d'un bloc: inconsciemment et par le jeu du hasard, Jos Bouchard devint, pour les Amossois, ce symbole, cette cause commune indispensable aux petites collectivités qui n'ont pas atteint leur vitesse de croisière, qui en sont encore à leurs balbutiements.

Cette chaleur dont on l'entourait, cette ardeur qui bouillonnait autour de lui, partout, dans cette ébauche de ville qui se cherchait une vocation, avaient l'effet d'un baume à nul autre pareil.

L'idée ne lui souriant guère d'habiter l'une des garçonnières où logeaient la plupart des célibataires mâles de l'endroit, Jos prit une chambre chez le dentiste Marcoux, dans l'immeuble qu'habitait garde Brochu. Et l'on ferma les yeux sur ce traitement de faveur, sur cette entorse à la règle tacite voulant que les célibataires des deux sexes ne se retrouvent pas dans les mêmes maisons de chambres.

Affectueusement encadré d'une part par un curé des plus paternalistes et, de l'autre, par une garde Brochu qui veillait plus farouchement sur lui que s'il avait été son véritable rejeton, il prit rapidement possession de sa nouvelle peau et… s'acclimata à lui-même.

Il s'acquittait avec un rare zèle, vivement et sans bavure aucune, des tâches qu'on lui confiait; quelques semaines lui suffirent pour apprendre et retenir tout ce qu'on attendait de lui.

Il ne se mêlait cependant que fort peu aux gens de son âge. Ou alors, il le faisait bruyamment, avec excès, comme s'il avait refusé de se laisser cerner, saisir. Il préférait, de loin, la solitude... ou la compagnie de ceux qui l'avaient déjà apprivoisé.

Sa drôle de démarche dansante et sautillante fit bientôt partie intégrante du paysage folklorique, au même titre que ses séances extravagantes et impromptues où, devant un public médusé, il improvisait loufoqueries, pirouettes, pitreries et grimaces. À certains moments, il eût tenu expressément à passer pour un dément ou un simple d'esprit qu'il n'eût pas agi autrement. Mais les plus avisés ne s'y trompaient pas et n'assimilaient pas fatalement le rictus qu'il leur servait alors à une marque évidente de folie: par instants, ses sourires véhiculaient une telle tristesse, un tel manque à gagner face à la vie que ses yeux, véritables chalumeaux, vous brûlaient la conscience.

***

Quelquefois, lorsque le temps l'y autorisait et qu'un certain vague à l'âme l'empoignait, il disparaissait dans la nature; il allait s'«épivarder» dans les savanes et les hautes herbes, disperser dans les abatis et les bois avoisinants une vigueur surabondante... ou semer les visions d'horreur, les visions d'*avant* qui venaient l'importuner dans sa quiétude quasiment frénétique. Il évitait soigneusement le camp des Indiens, installé pour la belle saison près des rapides, et galopait jusqu'à perdre haleine.

Au fil des jours, ces assauts d'antan se raréfièrent. Et sa volonté, sa détermination de ne plus prêter le flanc à l'angoisse en venaient rapidement à bout.

Il s'absorbait dans son travail: sans trêve, il frottait, astiquait, décorait orgueilleusement l'autel... en orientant la presque totalité de ses pensées vers les possibilités d'avenir que soulevait le curé.

-2-

L'abbé Dudemaine défendait contre vents et marées, avec une rare conviction, l'idée d'une église colossale, extravagante et sans commune mesure avec l'environnement immédiat... nonobstant le fait que la majorité des Amossois tiraient carrément le diable par la queue. Si certains, le tenant pour un visionnaire, lui emboîtaient le pas dans cette voie, plusieurs, alertés par ses sorties publiques sur le sujet, le taxaient d'entêtement et parlaient de folie des grandeurs.

Car même s'il n'avait pas arrêté de choix définitif quant au style qu'il privilégierait, le curé voyait grand... et avec passion: il n'était que fougue lorsqu'il abordait son grandiose dessein! Lorsque, devant un Jos médusé et attentif, devenu son confident, il rêvait tout haut d'un temple indestructible et à tout le moins démesuré vu la modeste population et la pauvreté relative du village... état de choses dont témoignaient éloquemment presque tous les bâtiments: construits à la hâte et sans plan très précis, ils accusaient un aspect plutôt rudimentaire... et temporaire.

Qui plus est, ce diable de Jos jubilait pratiquement sans retenue lorsque la conversation glissait vers le projet d'église... projet qu'il avait fait sien avec fébrilité: invariablement, lorsque le sujet tombait, *par hasard*, sur le tapis, ses prunelles s'illuminaient, ses gestes s'accéléraient, sa voix vibrait ou, plutôt, elle héritait de sonorités inhabituelles, touchant presque au murmure onirique.

Du plus profond de lui-même, Jos ne pouvait que suivre l'abbé sur ce terrain. Il se considérait comme partie prenante dans ce défi qui lui procurait une raison d'être supplémentaire... susceptible, même, de supplanter toutes les autres. Pareil projet l'exaltait, lui insufflait une énergie bouillonnante: il était de cette race d'individus qui, pour survivre, ont un besoin viscéral de se donner corps et âme à une cause et de l'avoir constamment, sinon devant les yeux, du moins à l'esprit. Qui, vivant tout très intensément, gaspillent sans le vouloir leur dynamisme à des futilités lorsqu'ils sont incapables de le canaliser dans une direction donnée.

Dans sa tête virevoltaient des tableaux faramineux. De majestueux édifices voyaient le jour, se superposaient les uns aux autres, s'agrandissaient et s'élevaient sans arrêt, portant toujours plus haut des dorures nobles et altières. Et lui, maître d'œuvre de tout ce bazar, s'identifiait à ces chimères, s'imbriquait à ces tours de Babel, son propre visage en venant à épouser trait pour pierre ces temples prétentieux.

-3-

L'euphorie des premiers pas l'aiguillonnant, Jos s'intéressa de près à son nouveau décor: il était de tout, furetait partout, se passionnait pour tout. Lorsque les devoirs de sa charge ne l'accaparaient pas outre mesure, il parcourait les trottoirs de bois et les rues grossièrement gravelées du village, jetant un regard inquisiteur dans les plus infimes recoins. Il visita successivement les cinq moulins à scie de l'endroit et plusieurs des fermes des alentours; il suivit, étape par étape, la construction du pont et prit l'habitude, chaque fois qu'un train s'annonçait en gare, de se joindre au «comité d'accueil», histoire d'assister au débarquement et d'offrir ses services.

En juin, il obtint de l'abbé Ivanhoé Caron, *missionnaire colonisateur*, la permission de l'accompagner dans sa tournée de recensement à Amos et aux environs. Et, lors de la visite de l'honorable Joseph-Édouard Perrault, ministre de la colonisation, il fut constamment aux premières loges: il buvait du petit-lait en assistant aux discours apologétiques sur la «colonisation et le développement à outrance et à tout prix».

Il était infatigable: bedeau, servant de messe, concierge… et *touche-à-tout*, il faisait la navette entre l'ancienne école-chapelle, devenue église temporaire, le presbytère et le couvent. Rien ne l'ennuyait, rien ne le rebutait. Et, lorsqu'on sollicitait de sa part un service quelconque, ses lèvres se retroussaient en un large sourire.

Tous reconnaissaient sans se faire prier la pertinence du choix du curé dans ce sacristain à la fois jeune et vieux, empressé et dévoué à l'extrême, à l'intériorité indéniable et sérieux comme un pape… mais drôle, hilarant même, lorsqu'il le fallait.

***

Émilienne Brochu regardait évoluer ce *fils* avec une dévotion qui, parfois, se mêlait d'appréhension: son exubérance passagère n'était-elle pas qu'écran? Il était si… insaisissable. Il ne se livrait pas, ou alors très parcimonieusement; et, s'il ne réclamait rien des démonstrations de tendresse qu'on lui prodiguait, il les avalait avec une avidité dévorante… et ne les rendait que malhabilement.

Mais si elle faisait abstraction de cette «ambiguïté affective» et de quelques petites déconvenues inévitables, l'infirmière baignait dans une fontaine de jouvence: elle avait trouvé son but. Et, au dévouement sans faille qui la caractérisait, elle ajouta bientôt une bonne humeur indéfectible.

Certains soirs, lorsqu'elle n'était pas retenue par le médecin, elle lui mijotait quelque plat plus ou moins exotique... mais rarement réussi, son côté cordon-bleu étant plutôt élémentaire.

Plus souvent qu'autrement, cependant, Jos mangeait avec le curé, au presbytère, ou seul, dans la chapelle, où il grignotait les casse-croûte que lui préparaient, en échange de menus travaux, les sœurs de l'Assomption. Il ne s'attablait au restaurant qu'exceptionnellement: son besoin de solitude s'accommodait mal au tohu-bohu de l'endroit.

\*\*\*

Tous les jours où elle avait de l'école, Ginette venait mettre Jos à contribution: elle l'obligeait à jouer au grand frère et à la guider dans ces labyrinthes du savoir où elle s'enlisait de belle façon. Jos se prêtait au jeu avec un agrément inimaginable: il l'emmenait chez lui et, devant le bureau bancal – vieilles caisses et planches branlantes – qui occupait la moitié de sa chambre, il lui faisait recommencer des devoirs qui l'assommaient ou réciter des leçons qu'il avait lui-même déjà apprises... dans un passé immensément lointain.

Quand les circonstances s'y prêtaient, il raccompagnait Ginette chez ses parents, qui insistaient inévitablement pour le garder à souper. En règle générale, il déclinait l'invitation, les finances du couple étant des plus précaires. Il avait même demandé au curé, contre promesse de garder là-dessus le plus absolu des secrets, de faire parvenir aux Breton une partie de son maigre salaire.

## -4-

Peu disert avec des tiers, le curé affichait une faconde inépuisable devant Jos. La fascinante ingénuité de ce dernier, son rafraîchissant potentiel d'émerveillement et sa droiture d'esprit le régénéraient.

Il lui racontait ses premières armes en pays d'Abitibi, alors qu'il en desservait tous les coins avec l'abbé Caron qui, lorsqu'il ne parcourait pas les forêts pour apporter réconfort et saintes espèces aux chrétiens isolés, faisait le tour de la province et d'une partie de l'Ontario pour y rabattre des colons n'ayant plus rien à espérer chez eux. Ou dont les familles, trop nombreuses, ne parvenaient plus à se nourrir d'une terre ancestrale carrément chiche ou trop sollicitée.

Pour l'abbé Dudemaine, Amos était appelée à jouer un rôle de prédilection dans cette région aussi vaste que plusieurs pays d'Europe; sa future église, place forte de la chrétienté en terre abitibienne, serait à la fois le berceau et le fer de lance de l'incroyable opération de colonisation, qui s'amorçait à peine.

— Dis-moi, Jos, tous les espoirs ne sont-ils pas permis? Imagine un peu: il y a dix ans à peine, on ne voyait ici que savane et forêt vierge! De Mont-Laurier à la baie James, une distance de je ne sais pas, moi, disons mille milles, tu n'aurais rencontré qu'Indiens isolés et prospecteurs de passage là où, maintenant, naissent des dizaines de paroisses. Des paroisses vers lesquelles affluent des centaines et des centaines de familles qui drainent dans leur sillage des immigrants de toutes races. Tu sais ce que ça veut dire, ça, Jos? Hein? Fort probable que l'Abitibi, et Amos en particulier, verra l'émergence d'une population unique au monde, genre de creuset où l'amour de Dieu va fermenter pour s'étendre et s'étendre, à l'infini.

Une fois lancé sur ce chapitre, le curé discourait des heures et des heures, en termes électrisants, avant de bifurquer, immanquablement, vers l'église. Vers leur église. Il devenait quasi surhumain. Grandi. Immodérément grandi. La foi étant, à ses yeux, le seul critère qu'il faille retenir, le monument qui l'*étofferait* – ou qu'elle susciterait – ne pouvait souffrir de comparaison qu'avec ce qui s'était fait de plus beau. De plus impressionnant.

— Ah, Rome! s'enthousiasmait-il devant un Jos Bouchard tout oreilles et qui en salivait presque. Tu ne connais pas Rome, n'est-ce pas, Jos? Hmmmm... non, évidemment. Mais moi, j'ai eu ce privilège, mon garçon, de contempler, *de visu*, des merveilles dont tu n'as pas idée! Des merveilles d'une incomparable majesté. Des monuments indestructibles et indescriptibles élevés, au prix d'efforts inouïs, pour rendre gloire au Très-Haut. Des monuments extraordinaires, Jos. Bâtis par des hommes, je veux bien, mais des hommes qui avaient une foi hors du commun! Qui ne reculaient devant aucun sacrifice pour sculpter leur hosanna dans la pierre. Dans le marbre. Des siècles et des siècles pour élever des églises gigantesques, Jos, peux-tu comprendre cela? Des générations et des générations d'artistes, de sculpteurs, de peintres se tuant à la tâche et consacrant toute une vie de labeur à cette seule fin: construire, en SON honneur, des édifices impérissables. Des temples qui défient l'imagination et, parfois même, le bon sens. Des églises dont les flèches, dont les multitudes de flèches, dans certains cas, tutoient le firmament. Autour desquelles les nuages, ces chevelures d'anges, s'amusent à former un hymne visuel céleste, comme si les serviteurs du Seigneur s'y rassemblaient pour entremêler leurs ailes diaphanes.

Tout en parlant, le curé arpentait nerveusement son petit bureau du presbytère; sa soutane flottait au rythme de son va-et-vient saccadé et ses bras, véritables sémaphores, se balançaient sans arrêt.

Jos écoutait, écoutait... jusqu'au moment où la tête lui tournait: une pléthore de formidables arabesques et d'entrelacs venaient dessiner dômes, clochers, chœurs, nefs dorées, jubés étonnamment haut perchés, croix immenses s'élevant par-dessus la voûte céleste, bâtiments mirobolants qu'il tenait, lui, Atlas dans la plénitude de sa forme, au bout de ses bras pour les présenter, sur un plateau, à ce Dieu qui, autrefois, l'avait rejeté si loin.

Bouche bée, il assistait à sa propre métamorphose. Il devenait lui-même une superconstruction consacrée au culte: ses jambes, énormes colonnes torsadées, supportant dais, chaires et autels; ses doigts de pied formant portes grandes ouvertes par où pénétraient moult pèlerins venus chanter les louanges du Seigneur; ses bras cruciformes composant des ailes mouvantes au merveilleux temple. La fumée de l'encens, après mille et une boucles hiératiques, se répandait, douce et enivrante, dans son crâne-bulbe servant de faîte à l'édifice. Une musique profonde, mystérieuse, décrivait d'interminables circonvolutions sonores avant de se répercuter à l'infini contre ses poumons-parois qui vibraient, palpitaient. Les fidèles défilaient. Par centaines et par milliers, ils entraient et sortaient après être allés s'agenouiller dans son cœur à lui qui n'était autre que maître-autel, chœur et nef. D'extase, il tressaillait; et bientôt, tout cet échafaudage mental chambranlait, lui échappait pour s'écrouler sur des dizaines et des dizaines de croyants qui ne parvenaient pas à se frayer suffisamment vite un chemin vers ses portes-orteils.

— Oh, bien sûr, admettait le curé, il serait carrément utopique, voire sacrilège, de vouloir recréer ici, dans cette forêt reculée et isolée du monde, une église digne des cathédrales d'Europe. Un sanctuaire qui puisse être comparé à ces chefs-d'œuvre gothiques ou romans campés, et depuis longtemps encore, dans leur éternité. Non non: ce serait prétentieux et Dieu condamne la prétention! D'autant plus que sous notre climat, hein? Mais, par contre... que veux-tu, Jos, je sais qu'Amos va devenir un centre important. Elle ne demeurera pas éternellement petit chef-lieu d'arrière-pays: un jour, j'en suis persuadé, elle sera élevée au rang de siège épiscopal. Et, alors, nous aurons besoin d'une cathédrale. D'une cathédrale digne de ce nom. Quelque chose d'unique. Et il ne faudrait surtout pas que nos descendants puissent nous reprocher d'avoir par trop lésiné sur les moyens, n'est-ce pas?

\*\*\*

Fin juin 1919. L'été s'annonçait torride. Le soleil, particulièrement fort en cette période de l'année, plombait dru sur la région, asséchant complètement les forêts et tirant des arbres jusqu'à leur dernière goutte de sève. Les Amossois paniquaient: il n'était tombé, depuis des semaines, que d'infimes gouttes de pluie. La situation était des plus préoccupantes: une seule étincelle, dans ces circonstances, et toute la population pouvait y passer!

Le 30, en début de soirée, un incendie se déclara au nord de l'agglomération, près des rapides, non loin du campement saisonnier des Indiens. Attisé par un vent du nord-ouest, le feu prit rapidement des proportions incontrôlables.

À la hâte, les Indiens se réfugièrent, en pleine nuit, à l'intérieur du village, bientôt imités par des dizaines de colons inquiets, qui préféraient mettre leur famille à l'abri... dans une sécurité toute relative.

Pendant deux jours et trois nuits, tous les hommes valides d'Amos furent mobilisés par les ingénieurs forestiers et les «garde-feu» pour creuser des tranchées autour des points les plus névralgiques.

Quand le vent se mettait de la partie, tournant ou toupillant en bourrasques, il entraînait son panache de boucane dans une danse macabre qui enveloppait successivement tous les quartiers du village et provoquait toux, lamentations, larmes... et prières. La fumée, extrêmement dense, pénétrait pernicieusement les narines et rendait la respiration difficile même à l'intérieur des maisons. L'épais nuage opaque déposait, partout et sur tout, une suie d'encre.

De nuit, le spectacle était saisissant: une lueur d'un mauve sombre cerclait la localité d'une aura de cataclysme et nimbait d'inquiétude le visage de centaines de personnes. On n'osait aller dormir, de crainte que l'incendie ne puisse être maîtrisé. Les femmes avaient rassemblé leur marmaille tout près de la rivière, dont les berges grouillaient littéralement de monde.

Dans toute cette pagaille, Jos se dépensait comme s'il avait eu le diable au corps. Lorsque, épuisé, il ne pouvait plus creuser et qu'on l'astreignait au repos, il s'esquivait en douce et allait proposer ses services ailleurs. Il fut de toutes les chaînes qui, spontanément, se formaient ici et là pour acheminer, à l'aide de seaux, l'eau qu'on puisait dans l'Harricana et qu'on déversait dans les zones momentanément plus exposées. Il prit part à toutes les prières improvisées qu'alimentaient et le feu et le curé et, finalement, tout danger étant écarté, il poussa, de concert avec les habitants, un immense soupir de soulagement.

\*\*\*

Malicieusement, le curé ajouta cette corde à son arc. Ce message du ciel n'était-il pas assez éloquent: il fallait construire une église qui fût à l'épreuve de tout... pour le cas où un tel événement se reproduirait. Sourire en coin, il déclara d'ailleurs à Jos:

— S'il ne manquait que ça pour convaincre les récalcitrants, il en fleurirait partout, alentour, des incendies semblables!

Car si le dossier progressait, c'était à pas de tortue! On savait pourtant que la future église se dresserait sur la butte, ce monticule rocheux autour duquel s'articulait le village: monseigneur Latulipe, évêque d'Haleybury, avait tranché lors d'une de ses premières visites paroissiales – le 12 juin 1912. On avait même sciemment construit l'école-chapelle provisoire plus à l'est, pour ne pas avoir à la déménager par la suite. Et depuis...

En 1918, plus précisément le 11 août, les paroissiens avaient élu un comité chargé d'étudier sérieusement la question; ce comité avait donné naissance, le 26 janvier suivant, à un corps des syndics... qui se faisait un peu tirer l'oreille. Oh, on avait bien demandé à un architecte de Montréal de se pencher sur les plans d'une église, mais la plupart des syndics avaient poussé un gros soupir de soulagement lorsque l'évêque avait opposé son *veto* – il trouvait trop «imposant» l'édifice projeté et excessives les dépenses inhérentes à sa réalisation.

Le curé se désespérait: à ce rythme-là, les poules auraient des dents qu'il rêverait encore de son église... même si, comme tout un chacun était à même de s'en rendre compte, la chapelle ne satisfaisait plus du tout aux besoins du culte. D'accord, elle ne servait plus de presbytère ni d'école – le presbytère et un couvent avaient vu le jour respectivement en 1915 et en 1916 –, mais elle demeurait beaucoup trop petite: depuis qu'on l'avait bâtie, en 1913, la population avait plus que septuplé, passant de deux cent quarante et une à mille sept cent cinquante âmes.

Le 8 décembre 1919, l'incendie du couvent vint légèrement brouiller les cartes: on envisagea un projet commun qui eût permis de reloger les trois cents élèves qui le fréquentaient. Car il était hors de question que la chapelle pût de nouveau servir d'école, sinon à des coûts exorbitants qui auraient compromis, pour longtemps, le projet d'église. On décida, au grand soulagement du curé, de laisser à la commission scolaire le soin de reconstruire son école, quitte à temporiser encore pour l'église.

Autre fausse alerte: la fabrique et la paroisse adoptaient, le 2 mai 1920, une résolution stipulant qu'il fallait tout mettre en œuvre pour agrandir la chapelle existante. Mais, là encore, les solutions avancées furent rapidement écartées: elles n'eussent été que transitoires. Et, de fil en aiguille et vu la hausse du coût des matériaux et de la main-d'œuvre, on résolut d'attendre encore un peu; au besoin, on paierait un autre vicaire – en plus de l'abbé Joseph Anctil qui, depuis janvier, remplaçait l'abbé Beaudoin – pour célébrer une troisième messe le dimanche, ce qui pourrait accommoder tout le monde et éviter les frais qu'entraînerait l'agrandissement de la chapelle.

Il fallait cependant se rendre à l'évidence: la nécessité d'un nouveau temple était loin de faire l'unanimité. On savait bien qu'un jour ou l'autre, il faudrait en passer par là, mais... déjà que la dette flottante de la communauté atteignait un niveau inquiétant, compte tenu de la sempiternelle remise en cause de l'aqueduc *provisoire* et de la facture – beaucoup plus salée que prévu – du fameux pont. On tergiversait, on différait les décisions ou, alors, on préconisait des palliatifs, des cataplasmes.

Certains suggéraient même, pour limiter les dégâts, de se cantonner dans le modeste et d'oublier architecte, ingénieur, entrepreneur et tout le tralala: nombreux étaient, sur place, les artisans, les maçons, les menuisiers... et on ne manquait pas d'idées!

Mais monsieur Dudemaine s'opposait véhémentement à tout compromis. Souvent, il s'épanchait auprès de Jos:

— Parfois, je me demande si certaines de mes brebis ne méritent pas le triste sort qui est le leur. Se borner à des considérations bassement matérielles alors qu'il est question de la gloire du Seigneur! Pour moi,

Jos, rien, absolument rien ne peut être trop beau pour célébrer SES louanges. Oh, Dieu, aie pitié de nous… et, surtout, d'eux!

Même s'il n'y avait pas droit de parole, Jos assista quelquefois aux réunions du corps des syndics, pratique qu'il dut abandonner: il en ressortait triste et rembruni. Il préférait, de beaucoup, se réfugier au sous-sol du presbytère où, parfois en compagnie du curé, il compulsait des nuits durant les livres rares, véritables trésors, qui regorgeaient de gravures et de reproductions des plus célèbres sanctuaires européens. Saint-Pierre de Rome, Notre-Dame de Paris, Canterbury, Sainte-Sophie, Chartres, Reims, Ulm, Florence, devinrent vite des noms familiers pour lui. Il percevait là-dedans comme un appel; un appel qui le prédestinait à remplir un rôle encore obscur… mais inéluctable.

# IX

Au bout d'une année environ, une fois estompées euphorie et grisantes retrouvailles avec la vie, Jos se fit plus taciturne. Manifesta une propension aux sautes d'humeur imprévisibles. Oh, il se montrait toujours d'une serviabilité à toute épreuve et ne rechignait jamais à l'ouvrage, mais sitôt sa besogne accomplie et ses repas ingurgités à la hâte, il courait s'isoler dans sa chambre.

Quelque chose le minait. L'obnubilait. Un poids lui voûtait les épaules. Lorsqu'on le questionnait sur ce qui motivait son attitude évasive, il prétextait une immense fatigue, une quelconque migraine... et s'esquivait avant qu'on pût en savoir plus.

Pendant des mois, sa chambre fut une tanière des mieux gardées, que personne ne fut habilité à violer. Même Ginette, sa «petite sœur», s'en vit interdire l'accès: Jos avait obtenu du curé la permission de la recevoir à la chapelle où, entre deux bancs, il l'aidait à s'y retrouver dans les dédales d'une connaissance qui la laissait plutôt froide. Un peu peinée, la fillette eut beau revenir maintes fois à la charge, le résultat fut le même.

— Non, tu ne peux plus venir là. Un point c'est tout! lui disait Jos, mystérieux.

— Mais pourquoi? pleurnichait la gamine. Avant, tu disais jamais rien. Tu m'aimes plus? Hein, c'est ça?

— Oh, ne dis pas ça, Ginette! Tu sais bien que je t'aime toujours autant! Tu es et tu seras toujours ma petite sœur. J'ai... c'est juste que... que tu ne peux plus venir là pour l'instant, voilà!

— Tu veux plus qu'on s'voie? J'te dérange?

— Mais non, c'est que… j'ai… j'ai un secret. Comprends-tu? Un secret! Alors, forcément, je…

— Ah, tu vois? Si t'as un secret avec moi, c'est pareil: ça veut dire que tu m'aimes plus et que tu veux plus me voir et je m'en vais, là! le menaçait-elle pour, aussitôt, faire volte-face et tenter de percer ses défenses. Qu'est-ce que c'est, Jos? C'est quoi, ton secret?

— Je ne peux pas te le dire: c'est un secret! lui expliquait-il en souriant. Si je te le disais, ce ne serait plus un secret!

— Oh, toi alors, c'que t'es compliqué! bougonnait-elle. Tu m'le diras bientôt?

— Un jour peut-être, concédait-il.

— Jure-le, sinon je m'en vais! se renfrognait-elle.

Elle ramassait ses cahiers éparpillés sur le banc et se levait, décidée. À la perspective de son départ en catastrophe, Jos, attendri, la serrait contre lui et lui déposait un baiser sur le front.

— Ça va, c'est promis! lâchait-il. Un jour, je te montrerai. Mais seulement quand je serai prêt. D'accord?

\*\*\*

Légèrement dépités, priant pour que la situation ne fût que tempo-raire, garde Brochu et le curé Dudemaine s'employèrent, en autant que faire se pouvait, à resserrer les liens affectifs dont ils entouraient ce fils impénétrable. Mais, quoi qu'ils fissent, ils ne parvinrent ni l'un ni l'autre à forcer sa réserve butée. Oh! Ils n'avaient rigoureusement rien de concret à lui reprocher, mais cette solitude, cette obstination à vivre *à part*, fermé et reclus ne laissait pas de les tracasser! Après tout, Jos s'était montré, au cours de sa première année, si ardent, si jovialement animé.

Ils finirent par s'en ouvrir l'un à l'autre.

— Qu'est-ce qu'il a, à votre avis? demanda un jour garde Brochu au curé. Il n'est plus reconnaissable!

— Si vous saviez comme j'aimerais pouvoir vous répondre, lui avoua tristement l'abbé. Il n'est pas une seule journée où je n'assomme Dieu d'une litanie de prières à son sujet. Parfois, je me demande s'il n'est pas exagérément torturé par le démon de la chair…

— Allons, monsieur le curé! Notre Jos! l'interrompit garde Brochu, rougissante.

— Oh, vous savez, ce serait bien de son âge!

***

Garde Brochu avait travaillé très tard, cette nuit-là: aux côtés du docteur Bigué, elle avait lutté d'arrache-pied pour sauver un des fils Lachapelle, qui avait encaissé une ruade de cheval dans le thorax.

En se débarrassant de son surtout maculé de sang, l'infirmière se demanda si Jos s'était inquiété de ne pas la voir. De ne pas la *savoir* là, tout près. Car il avait malgré tout gardé certaines habitudes: ainsi, il ne manquait jamais, quand il ne mangeait pas avec elle, de venir la saluer avant de courir s'enfermer à double tour.

Elle consulta sa montre: 2 h 30. Il était sûrement couché depuis belle lurette: il se levait vers 5 heures pour aller servir la messe de 6 heures.

En arrivant devant la maison du dentiste, où il occupait la chambre voisine de la sienne, elle leva quand même impulsivement la tête, nostalgique, en se remémorant les bons moments qu'ils partageaient tout récemment encore.

Illusion? Simple reflet de la lune sur le carreau? Elle crut déceler un faible rai de lumière.

Intriguée, un brin inquiète, elle pénétra dans la maison en retenant son souffle et, sur la pointe des pieds, gravit en vitesse les marches d'un escalier qui craquait à n'en plus pouvoir. Ses tourments crûrent au fur et à mesure de sa montée: de la lumière? Chez Jos? À cette heure tardive? Serait-il malade?

«S'il vous plaît, mon Dieu, faites qu'il n'en soit rien!»

Tout était d'une tranquillité absolue. Pas de bruissement, pas de sifflement, rien... sinon le raclement de sa respiration. Le long corridor était d'une noirceur quasi intégrale et aucun rayon ne se faufilait par les interstices des planches des murs et des portes, sauf...

Pantelante, elle se tint immobile, en haut de l'escalier. Pendant plusieurs minutes, elle s'efforça au calme. Son cœur battait la chamade: elle n'avait pas eu la berlue! Sous la porte de la chambre de Jos, un scintillement filtrait! Loin de diminuer, les battements de son cœur se firent tocsin et sa respiration soufflet de forge alors que son imagination s'en mêlait: Jos ensanglanté, moribond, n'agonisait-il pas de l'autre côté de la cloison? On l'avait poignardé? Décapité? Étranglé? Il s'était pendu? Il avait eu une attaque? Et s'il n'était pas tout à fait mort? Il l'espérait? Il râlait peut-être encore? Il l'appelait? Oh, oui, il l'appelait, du fond de son calvaire; ça expliquait ces sons étranges qui bourdonnaient à ses oreilles: un appel au secours!

Elle n'y tint bientôt plus: prête à tout, se forgeant une carapace imparable, elle s'enhardit et s'en fut ouvrir la porte d'un pas qu'elle eût voulu décidé.

Jos était assis à son bureau; il sursauta et se retourna brusquement. Ahuri, affolé, véritable animal blessé, il la regarda sans comprendre tout en tentant maladroitement de rassembler, pour les soustraire à sa vue, les dizaines et les dizaines de feuillets épars devant lui. Il bredouillait, pantois, des paroles sans suite.

Figée, la main sur la poignée de la porte, l'infirmière ne savait quelle attitude adopter: d'un côté, elle se sentait éminemment fautive d'être ainsi entrée sans frapper et, de l'autre, elle éprouvait un soulagement à nul autre pareil. Elle risqua enfin un œil circulaire: sur le lit défait, dans la garde-robe ouverte, par terre, partout s'empilaient, pêle-mêle, des papiers qui, pour autant qu'elle pût en juger, étaient tous recouverts de barbouillis.

Jos eût voulu se retrouver cent pieds sous terre. Sa figure, cramoisie, le piquait atrocement; son cœur pompait à tout rompre le feu dévorant que charriaient ses veines.

Son univers basculait! Une culpabilité imprécise, surgie d'un autre âge, le taraudait. Comment expliquer? Que dire? Qu'inventer pour se justifier? Qu'il n'était qu'un fat? Qu'il avait stupidement succombé à la prétention? Des débris de souvenance, lointains, très lointains, lui martelaient le crâne: il était piégé! Une trappe était sur le point de s'ouvrir, là, sous lui, et il allait être, séance tenante, englouti dans une profusion de flammes.

— Oh, Jos, Jos... que se passe-t-il donc? murmura garde Brochu qui, s'étant ressaisie, avait refermé la porte et s'avançait vers lui. Calme-toi et raconte, veux-tu?

— Je... je... bredouilla Jos.

Libérée de ses appréhensions, ayant réendossé sa peau d'infirmière, elle lui releva la tête et, doucettement, lui murmura à l'oreille:

— Jos... allons, allons, c'est fini, là. Tranquillise-toi un peu, d'accord? Qu'est-ce qui ne va pas? Tu n'as rien fait de mal, que je sache, alors détends-toi, mon grand! Raconte-moi. C'est ça: assieds-toi... comme ça. Allons... chut, c'est moi.

Elle lui caressait tendrement les cheveux.

— Je... je... je suis désolé! reprit Jos, hésitant, après une longue période de prostration. Je regrette infiniment, je vous le jure. Promettez-moi que vous n'en parlerez à personne.

— Mais de quoi parles-tu, Jos? Qu'est-ce que je ne dois pas dire?

Nerveusement, il agitait ses bras dans tous les sens et montrait les papiers dispersés. Il semblait perdu, dépassé... exactement celui qu'elle avait connu, qui avait tant besoin d'être dorloté.

Tout en lui marmonnant des paroles lénifiantes, mademoiselle Brochu observa à la dérobée les feuilles étalées tout près d'elle. Stupéfaite, elle s'exclama:

— Jos! Mais, Jos! Pour l'amour de Dieu, qu'est-ce que c'est que tout ça? C'est... mais c'est... fantastique!

Elle découvrait des esquisses d'églises, de temples, de chapelles, de clochers.

— Oh, par pitié, pardonnez-moi, je vous en supplie! insista Jos en se jetant à genoux. Je sais: je n'aurais jamais dû...

Après l'avoir forcé à se rasseoir et faisant fi de ses protestations, garde Brochu entreprit d'examiner plus avant les innombrables dessins qui traînaient dans tous les recoins de la chambre. Elle était estomaquée: ce n'étaient que projections, esquisses, épures, ébauches, perspectives et plans d'églises, de baldaquins, de croix, de clochers, de chaires, d'autels, de tabernacles, de tourelles. Vues intérieures, vues extérieures, coupes... quelquefois assez rudimentaires ou carrément naïves, à d'autres moments relativement habiles et soignées. Le tout dans un désordre inénarrable, un fouillis qui n'avait d'égal que la persistance de deux ou trois motifs. De ce fatras ressortait cependant un modèle, traité tantôt presque en filigrane: une coupole surmontant de rondes formes inachevées, véritable leitmotiv qu'on devinait, qu'on *pressentait*, qui affleurait partout. Mélange de lignes courbes et ovales qui mariait, dans une certaine confusion, plusieurs styles à la fois.

«C'est bien Jos, ça, se dit-elle: tout et rien en même temps, insaisissable et si présent, toujours égal à lui-même et tellement différent.»

Garde Brochu avait retrouvé son aplomb: Jos, dans sa solitude, ne se livrait pas à quelque bassesse!

— Jos, oh, Jos! Pourquoi n'avoir rien dit? Pourquoi?

Jos pleurait doucement, le visage caché dans ses mains.

— Je sais, hoqueta-t-il, je n'avais pas le droit. Non, pas le droit de…

— Mais pas le droit de quoi, Jos?

— Tout ça, ces affreux dessins, là. J'ai été prétentieux, voilà tout! Oh, Dieu, ayez pitié!

Il lui jura tout ignorer de ce qui le poussait ainsi, depuis des mois, à dessiner et à redessiner, à recouper sur papier différentes lignes qui, toutes, le ramenaient à cette église qui manquait au village et à laquelle tenait tellement le curé. Il n'était sûr que d'une chose: il y avait là obligation à laquelle il lui était impensable de se dérober.

Était-ce orgueil? Fatuité? Divagation d'illuminé? Pis encore: pied de nez à ce Dieu qui l'avait châtié? Car ce Créateur qu'il se souvenait avoir honni, il le rejoignait presque avec ses projections époustouflantes!

Il sanglotait, en proie à des sentiments contradictoires.

Elle lui prit affectueusement la main; désespéré, il n'opposa aucune résistance et se laissa entraîner vers la vieille chaise à bascule qui, au moins une fois, se rappelait-elle, avait abrité une scène presque identique. Et là, jusqu'à l'aube, elle berça *son* grand enfant en lui chuchotant d'apaisantes paroles.

Jos sombra finalement dans un sommeil où la quiétude le disputait à la culpabilité; bizarrement, sitôt que sa conscience fut libérée, des cohortes d'anges, tous vêtus de longues tuniques bleues, à la soyeuse chevelure dorée et aux ailes translucides papillotant sur un ciel agrémenté d'étoiles multicolores, le portèrent à l'entrée d'un royaume qu'il avait cru lui être à jamais interdit. Le déposant là, ils s'évaporèrent et apparut, auguste et solennel, Dieu le Père qui… qui souriait? Qui lui souriait à lui, âme damnée s'il en était? Un Dieu le Père au panache de… de chef de gare! Un Dieu le Père bienveillant qui lui tendait la main en un geste de bienvenue! Jos s'en saisit et… il connut une paix immensément profonde.

***

Quand il ouvrit les yeux, un soleil déjà fort avancé éclairait sa chambre. Un soleil de fin de matinée. Il était étendu dans son lit, tout habillé; une couverture l'enveloppait de la tête aux pieds. Il ne se souvenait pourtant pas d'avoir tiré les rideaux... encore moins de s'être couché.

Il paniqua: trop tard, beaucoup trop tard pour se rendre à la chapelle! Qu'allait dire le curé? Son malaise s'accrut avec la mémoire des événements de la nuit: où étaient tous les feuillets qui jonchaient son lit? Vite: les «rapailler» et les détruire!

Un bruit feutré râpa le silence: sûrement garde Brochu, qui compulsait toujours ses documents. Tant mieux: elle allait l'aider à s'en débarrasser. Il se retourna... et manqua s'étouffer!

Assis devant l'échafaudage plus ou moins stable qui lui tenait lieu de surface de travail, le curé Dudemaine, profondément absorbé, contemplait posément ses dessins; il hochait la tête, la balançait, l'inclinait...

Jos retint son souffle et se garda de bouger.

La surprise passée, il se rasséréna quelque peu: même s'il ne voyait le curé que de dos, il le connaissait suffisamment pour ne pas attribuer à la colère ce mouvement de tête si particulier. Il ne broncha pas, cependant, préférant attendre et voir venir. Il n'espérait quand même pas s'en tirer à si bon compte: qui avait servi la messe? Qui avait fait le ménage de la chapelle? Qui...

L'abbé se savait-il observé? Ne retardait-il l'instant ultime que parce qu'il hésitait quant à la façon de lui annoncer qu'il n'avait plus sa place à Amos? Quand il se tourna finalement vers lui, il rayonnait d'une joie à peine contenue. Aucune trace de vexation ou de colère. Mieux encore, il débordait de bienveillance.

— Eh ben, ça! s'exclama-t-il. Si je m'étais attendu! Non mais... dis quelque chose, au moins! Explique-toi, nom de nom!

— ...

— Toi alors... si j'avais pu me douter! Non mais, si j'avais pu me douter! J'ai l'impression que tu n'as pas fini de nous étonner, mon fils!

*** 

Jos fut dégagé d'une invraisemblable angoisse: pas une seule fois il ne fut question de le renvoyer vers ce cul-de-basse-fosse qu'il associait maintenant à son ancien *chez-lui*!

En riant, le curé lui confisqua ses croquis.

— Ah! parce que tu t'imagines que je vais te laisser les jeter aux ordures? Tu dérailles, mon fils: pour moi, c'est de l'or en barre, tout ça!

Jos ne chercha pas à démêler les tenants et les aboutissants de l'histoire. Il y avait tant d'exaltation, tant de démesure dans ces dessins que, même s'il savait s'y être projeté, il n'aurait pu s'y retrouver.

***

L'architecte montréalais Beaugrand-Champagne, qui avait déjà soumis des plans pour une éventuelle église, était un vieil ami du curé Dudemaine. Sans trop savoir pourquoi et sans entretenir d'illusions, ce dernier décida de lui envoyer les dessins les plus significatifs de Jos... lui demandant simplement d'y jeter un coup d'œil. Il n'attendait pas vraiment de réponse, d'autant plus que l'architecte avait manifesté quelque dépit lorsqu'on avait dédaigné son projet.

Trois semaines plus tard, il recevait cette missive:

«Dis donc, vieille branche, tu n'y vas pas de main morte, hein? Ça va, je risque le coup encore une fois. Mais prépare-moi quand même un peu tes syndics, pour le cas où... Et donne-moi une couple de mois, d'accord? Comme convenu, vous – toi et tes brebis de malheur – ne me réglerez mes honoraires que si le projet est accepté. ABC»

Le curé se doutait bien que si son ami signait de cette façon, comme il le faisait au collège, c'est qu'il était emballé ou qu'il avait une idée derrière la tête. Aussi multiplia-t-il les longs et parfois fastidieux plaidoyers, lors des assemblées des marguilliers et des syndics, pour aménager le terrain, à tout hasard.

***

Jos tourna la page, reprit un rythme de vie qu'on eût pu qualifier de normal et redécouvrit le village... qu'il avait, il s'en rendait maintenant compte, considérablement négligé depuis des mois. Il retrouva ses habitudes auprès d'une Ginette aux anges, d'une garde Brochu rayonnante et d'un curé jovial.

En arpentant de nouveau les rues d'Amos, il fut surpris d'y dénombrer plein de nouvelles constructions qui, en son *absence*, avaient poussé

116

comme des champignons. Des gens, beaucoup de gens le saluaient. Des gens qui ne lui étaient pas inconnus, mais dont l'apparition dans sa vie était nébuleuse.

Il s'intéressa de près, mais comme dans un rêve, au chantier du palais de justice… qui promettait d'être tout un édifice. Il est vrai qu'ici, en pleine jungle, tout ce qui n'était pas construit de rondins et de billots équarris à la va-comme-je-te-pousse était tenu pour exceptionnellement audacieux.

Il évoluait dans une espèce de brume bienheureuse. Dans un bonheur attentiste.

Ainsi, lors du terrible incendie qui détruisit, dans la nuit du 11 au 12 novembre 1921, l'hôtel Windsor et toutes les maisons avoisinantes, il avait pleinement conscience de sonner l'alarme, de tirer des flammes – de justesse! – le jeune Belmont et d'aider à sauver les meubles… mais le brouillard perpétuel dans lequel il baignait ne lui en laissa qu'un souvenir flou.

Il se montrait d'une jovialité à toute épreuve, furetait ici et là et s'amusait même, de temps à autre, aux dépens des gens qu'il connaissait le mieux. Sans jamais, toutefois, se laisser véritablement *approfondir* par qui que ce fût. Il donnait l'impression d'être étranger, détaché de ce bas monde ou des préoccupations qui, normalement, dévoraient les autres: il était irrémédiablement spectateur.

Jusqu'à la fin, il serait en gestation.

# X

Dimanche 27 novembre 1921. Le curé sifflotait dans la sacristie. Depuis quatre ou cinq jours, il affichait une bonne humeur qu'on ne lui connaissait pas. Fait rarissime entre tous, il s'était permis, pendant son sermon, quelques brèves pointes d'humour. Dans sa hâte évidente d'en finir avec la messe, il avait même écourté, voire carrément escamoté certaines des formules rituelles. Tout, dans son attitude, dénotait une jubilation, une fébrilité inhabituelles.

Ses vêtements sacerdotaux enlevés à la va-vite, son aube repliée tant bien que mal et sa barrette remise de guingois sur son crâne, il s'orienta vers la porte sans dire un mot. Puis, comme s'il s'était ravisé à l'instant même où sa main entrait en contact avec la poignée, il se retourna et jeta évasivement, à la fois ténébreux et plein de contentement:

— Pendant que j'y pense, Jos, tu viens bien dîner au presbytère, tout à l'heure, n'est-ce pas?

— C'est que... euh... Vous avez de la visite. Je ne voudrais pas vous déranger, monsieur le curé. Garde Brochu doit être seule, alors...

— Justement, Jos, justement: peut-être ma visite, comme tu dis, te concerne-t-elle? Allez, pas de *rouspétance*: je te donne ou plutôt «nous» te donnons... hum, disons...

Monsieur Dudemaine regarda alentour, cherchant à évaluer le travail qui attendait son sacristain.

— ... disons une demi-heure, ça te va?

— Mais qu'est-ce que votre visiteur me...

— Et puis perds donc cette manie d'ergoter à propos de tout et de rien, veux-tu? Sois au presbytère dans trente minutes!

Coupant court à toute objection, le curé tourna les talons.

Jos se précipita à la fenêtre… et n'en crut pas ses yeux: plutôt que d'échanger longuement poignées de main et nouvelles de la semaine avec ses fidèles, comme il le faisait de coutume après la messe du dimanche, l'abbé se contenta de saluer hâtivement ceux qui l'attendaient. Il louvoya entre les groupes et poursuivit prestement son chemin vers le presbytère.

Sombre, contrarié, Jos rétablit en vitesse un semblant d'ordre dans la sacristie; puis, nerveux, il plaça à la diable les chaises dans la chapelle. Une sourde inquiétude le minait: qu'avait-il à voir avec ce singulier personnage que recevait le curé?

Comme tout le monde, il avait eu vent des allées et venues du bonhomme: dans une si petite localité, tout ce qui revêt un tant soit peu l'apparence d'une nouvelle passe rapidement de l'un à l'autre pour être décortiqué, commenté et pimenté d'anecdotes. Seul passager du train du vendredi, ce monsieur à l'allure distinguée, à la moustache abondante et à la drôle de barbiche qui lui donnaient un âge incertain – il hésitait entre la trentaine avancée et la cinquantaine naissante –, portant canne et redingote, suscitait plein de curiosité: il logeait à l'hôtel Amos et, entre les repas, qu'il prenait au presbytère s'ils vous plaît, il arpentait sans arrêt les rues poussiéreuses du village. En décrivant des cercles plus ou moins concentriques qui le ramenaient, infailliblement, vers la butte.

Il avait consacré la soirée du vendredi – «En pleine noirceur, madame! Vous vous rendez compte?» «Vous me direz que c'était la pleine lune, mais quand même…» «À croire qu'il a des yeux de chat…» – et toute la journée du samedi à ce manège: il s'éloignait quelque peu puis, comme s'il voulait apprécier une perspective ou un quelconque panorama, il pivotait et regardait en direction de la butte… avec autant d'exaltation dans le regard que si, musulman, il s'était tourné vers La Mecque, s'était dit Jos qui l'avait surpris à deux reprises, la veille.

Et s'il s'agissait d'un policier? Chargé de le retracer, lui? Ses simagrées n'avaient-elles pour but que de l'abuser? De lui donner le change? Avait-on découvert quelque chose le concernant?

Et quand bien même… qu'avait-il fait, au juste? Tout était tellement loin… et imprécis.

Quoique... non: jamais le curé ne se prêterait à ce petit jeu de cache-cache! se persuada-t-il.

Ses gestes se firent de plus en plus brusques. Malhabiles. Tremblant, il décida de remettre le balayage à plus tard. Son angoisse allait croissant, nourrie par le côté impromptu de cette convocation. De cet ordre, en fait. Ce qui, en soi, avait déjà de quoi l'inquiéter: jamais, au grand jamais, le curé ne lui avait donné d'ordre! Des suggestions, tout au plus.

Tandis que là...

Le cœur gros, d'une démarche fort mal assurée, plein d'une appréhension maladive, il se dirigea vers le presbytère.

*** 

Le vicaire Beauregard le fit entrer. C'était un gaillard de six pieds et des poussières, exagérément doux, qui débarquait à peine de Saint-Hyacinthe et n'était pas encore parvenu à se faire pour de bon à la colonie. Il manifestait à l'égard de Jos une sympathie toute naturelle... et partagée. Il lui souhaita la bienvenue et s'éclipsa en s'excusant: il allait porter le saint sacrement à madame Lavoie mère, qui se mourait sur la ferme de son fils, à quatre milles du village.

Jos demeura seul, sur le pas de la porte. Il perçut du bruit dans la cuisine: sœur Clotilde préparait le dîner du curé... et le sien, forcément. Par la porte entrouverte du bureau lui parvenaient des éclats de voix et de rire. Il reconnut le *timbre* du curé. Quant à l'autre...

Il dansa d'un pied sur l'autre pendant un moment, jonglant avec l'idée de s'enfuir à toutes jambes. Peur de l'inconnu, sans doute; crainte, toujours sous-jacente chez lui, d'être banni pour n'avoir pas été à la hauteur. Il s'apprêtait à filer à l'anglaise lorsque le curé parut.

— Jos! Je commençais à me demander où tu avais bien pu passer. Viens, entre! Et ne fais pas cette tête-là, je t'en prie!

Jos, hésitant, conservait sa mine dubitative. Le curé s'esclaffa, le prit par le bras et l'entraîna vers le bureau:

— Allez, installe-toi. Deux ou trois mots à sœur Clotilde et je reviens.

Assis dans le fauteuil du curé, le petit bonhomme lui souriait, taquin et chaleureux en même temps. Sans son chapeau, il faisait presque anachronique. Ses moustaches, sa petite barbichette en pointe et une espèce de mimique espiègle évoquèrent, chez Jos, une gravure illustrant *Les trois mousquetaires*, d'Alexandre Dumas. Si l'on avait remplacé sa redingote par une cape et camouflé sa calvitie naissante à l'aide d'une perruque et d'un de ces chapeaux à plumes d'époque, il ne lui aurait manqué que l'épée au côté, pensa-t-il en se détendant: c'était ce d'Artagnan tout craché dont les aventures, qu'il avait lues et relues jusqu'à plus soif – un des livres que garde Brochu lui avait prêtés –, l'avaient fortement impressionné.

L'homme se leva et s'avança à sa rencontre. Il fit tonner une voix de stentor... qui arrivait presque à contredire son air avenant.

— Ainsi, c'est vous, ce Jos? Savez-vous, jeune homme, que vous m'en avez donné, du fil à retordre? dit-il en tendant la main.

Quoi? Comment? Qu'avait-il fait, bon Dieu?

Instantanément, il fut pris d'un violent tremblement et ses phobies, ses craintes, ses peurs se ravivèrent. Ce n'est que lorsqu'on le secoua par l'épaule qu'il réussit à se ressaisir quelque peu: le curé était de retour.

— Jos! Tu ne donnes pas la main à monsieur? Jos... Jos, que se passe-t-il? Tu ne te sens pas bien?

— Oh, rien... rien, je vous assure! lâcha Jos, du bout des lèvres, en s'emparant de la dextre d'un *d'Artagnan* inoffensif et bienveillant. Un... un simple étourdissement, c'est tout.

— Viens, assieds-toi! lui proposa le curé, qui le guida doucement vers la chaise la plus proche en échangeant un regard complice avec son visiteur.

Jos était tout pâle; il serrait fermement les poings pour ne pas frémir comme un fétu de paille.

— Je... je ne vois vraiment pas ce que... ce que vous avez à me reprocher.

— Te reprocher? gloussa le curé. Mais qui songerait à te reprocher quoi que ce soit, mon fils?

Aux abois, Jos regardait tour à tour le curé et son hôte. Un immense ballon surmontait ses épaules. Un ballon qu'on s'amusait à gonfler et à dégonfler. Et qui voulait éclater.

— Mais c'est votre... votre ami, là, hoqueta-t-il. Il m'a dit que... que je lui avais donné du fil à retordre alors que... alors que... de toute façon, je ne le connais même pas.

Ses deux vis-à-vis, maintenant assis, éclatèrent de rire. Après s'être franchement régalé, monsieur Dudemaine laissa tomber:

— Jos, Jos, tu es décidément impayable! Mais tu as raison, je ne t'ai pas présenté mon ami, n'est-ce pas? Alors voilà: je te présente Aristide Beaugrand-Champagne, architecte.

Le visiteur salua d'un signe de tête. Jos en fit autant.

— Quant à toi, reprit le curé, je n'ai pas besoin de te présenter: je lui ai tellement parlé de toi qu'il doit avoir l'impression de te connaître depuis toujours! N'ai-je pas raison, Aristide?

L'architecte émit un son qui pouvait passer pour un assentiment.

— Bon... la glace est rompue, maintenant? Alors passons aux choses sérieuses, Aristide, avant que mon bedeau ne tombe dans les pommes. Regarde, il a autant de couleur qu'une statue de plâtre. Allons, Jos, remets-toi: nous avons une surprise pour toi. Une grosse surprise. Voilà: j'avais pensé que... oh, et puis non, je ne te dirai rien! Va plutôt examiner les papiers, là-bas, d'accord?

Un peu à reculons, indisposé par ces cachotteries, Jos se leva et s'approcha maladroitement de la grande table que le curé désignait: s'y étalait toute une série de documents, qu'il effleura à peine du coin de l'œil.

— Dieu, ce qu'il est bête! pouffa le curé. Mais regarde-les, bon sang! N'aie pas peur: ils ne mordent pas! Feuillette-les, étudie-les, scrute-les mais, de grâce, abandonne une fois pour toutes cet air de chien battu!

Dans son dos, comme des vrilles, pesait le regard des deux hommes. Ses frissons leur étaient-ils perceptibles? Ses mains, hésitantes, coururent sur le papier glacé. Ils baissa enfin les yeux.

— Des... des... des plans! bégaya-t-il lourdement en tentant de résister à l'idée folle, mais folle, qui l'assaillait.

Fiévreusement, il écarta les deux premières planches, où dominaient surtout des *écritures*, et qui devaient avoir trait à des considérations techniques. L'incrédulité se mêlait chez lui à la joie, à une explosion de joie sans pareille.

— C'est une blague! Une farce. C'est impossible! Vous vous moquez de moi, monsieur le curé!

Car sur les «bleus» que ses yeux décryptaient apparaissait, merveilleuse, majestueuse et superbe, l'église. Son église! Plusieurs fois, il se frotta les paupières, se pinça, toussa pour s'assurer qu'il ne rêvait pas.

Il déchiffrait nerveusement une épure, puis passait à la suivante avant de faire un saut en arrière pour vérifier tel ou tel détail. Plans, projections, profils, coupes, tout y était.

Une voix intérieure qui allait s'amplifiant hurlait un OUI ininterrompu, répétitif, sur fond de hosanna solennel; et, par-dessus les lignes, les courbes et les arcs de cercle, se superposaient et s'égaillaient, derrière un voile que des larmes de joie tissaient généreusement devant et par-delà ses yeux, des êtres animés.

On lui parlait, on babillait dans son dos, mais en pure perte. Il avait fermé la porte à l'extérieur. Hermétiquement. Était inaccessible. En même temps que l'assommait son absolue petitesse, il se voyait charrier, par les images qui se poussaient l'une l'autre à la vitesse de sa pensée, d'un passé désuet à un futur indétectable. Et, partout, un petit garçon prostré qui s'éveillait sous un dôme parfait. Un petit garçon qui s'estompait devant un vieillard qui... qui était lui! Toujours lui!

Joie. Humilité. Orgueil. Incrédulité. Espoir et...

Le gamin lui faisait des signes, désespérés, qu'il relayait au vieillard qui, à son tour, l'utilisait comme intermédiaire pour s'adresser au garçon. Il se faisait entremetteur entre lui enfant et lui vieillard.

Et il admirait, décodait des lignes... qu'il reconnaissait: toutes ces formes, toutes ces structures que, dans ses moments d'égarement, il avait couchées sur papier dans des croquis que le curé lui avait «subtilisés». Tout y était, à quelques broutilles près! Amélioré, sans doute. Plus équilibré, assurément. Certains ajouts avaient évidemment *gonflé* l'ensemble. Des données – «Contraintes matérielles, sans doute!» – avaient obligatoirement distendu tel ou tel détail, mais il n'y avait pas à s'y tromper: c'était lui! Non seulement reconnaissait-il là «L»'édifice qu'il avait concocté dans sa frénésie délirante, mais encore cet édifice était-il lui! Lui dans toute son essence. Comme s'il avait projeté sa nature même dans la pierre... dans les piliers, dans les arches de ce temple.

Et, surnaturellement, s'installa en lui une dimension nouvelle... et permanente. Une dimension inaltérable. Qui le soudait à un socle d'éternité. Une étincelle, une étincelle scintillante à l'extrême, partait du jeune garçon malheureux et replié sur lui-même et, brûlante de tous les espoirs, de toutes les larmes, de toutes les pensées incongrues entassées, au fil des ans, dans sa tête souffrante, passait par lui, lui-monument, lui-chair, lui-pierre, lui-os avant d'aller nourrir ce vieillard qui, les bras en croix, supportait le dôme, gigantesque, coiffant l'église. Une explosion… qui campa définitivement en lui sa nouvelle vision, sa nouvelle peau.

Graduellement, il revint sur terre.

Il s'accrocha à la voix qui faisait vibrer l'air depuis un bon moment derrière lui.

— … naturellement, nous avons dû procéder à certaines modifications, n'est-ce pas? Quelques détails sont… euh, comment dire? Différents? Mais dans l'ensemble, nous avons respecté, Oscar, ces fameux dessins que tu m'as envoyés.

Oscar?

Voilà qui trahissait une intimité drôlement profonde entre les deux hommes. Il ne lui était jamais venu à l'idée que l'on pût remplacer «monsieur le curé» ou «monsieur l'abbé» par un prénom en bonne et due forme.

— Tu avais diablement raison, Oscar! Ton protégé paraît au plus haut point absorbé par l'église. Aurait-il eu, par hasard, la chance d'étudier les dessins que tu m'as fait parvenir?

Jos était trop chamboulé pour découvrir pourquoi, mais il pressentait que les deux hommes s'amusaient ferme… à ses dépens! Ce sentiment se trouva renforcé lorsqu'il entendit le curé répondre, badin:

— Je n'en sais rien, mon vieux! Rien de rien! Le mieux serait peut-être que tu le lui demandes, non?

Lentement, Jos se retourna.

— Alors, jeune homme, ce projet d'église vous plaît?

Si la chose lui plaisait? Mais il était transporté! Il ne se tenait plus de joie et s'étonnait même qu'on lui posât la question: toute sa physionomie, éclairée, radieuse à l'extrême, devait exprimer mille fois mieux que des mots son état d'âme.

— Et hum… jugez-vous que mes piètres gribouillis respectent un tant soit peu l'œuvre originale? Enfin, l'idée que véhiculaient les dessins que… mais dites-moi: votre curé vous les avait bien montrés, au moins, ces fameux dessins?

— Alors, Jos, qu'en dis-tu? renchérit le curé, rayonnant.

Jos nageait dans l'euphorie; des susurrements sublimes lui illuminaient l'intérieur, l'imprégnaient, montaient le long de sa colonne vertébrale et allaient s'épanouir en bouquet du côté de son cerveau. De son cerveau-dôme.

— C'est... c'est... les mots me manquent, monsieur le curé. C'est merveilleux. Fantastique. Phénoménal et... et...

— Attention, Jos, ne t'emballe pas trop vite, l'avertit le curé: c'est loin d'être dans la poche! Tu sais bien ce qu'ils pensent, hein? La majorité serait sans doute d'accord, mais avec ces sempiternelles questions d'argent... bon sang! Je le sais bien, que la paroisse est pauvre, mais ce n'est pas une raison pour ne pas voir plus loin que le bout de son nez!

Et c'était reparti: le curé sortit ses grandes explications de gala! En termes fougueux, il brossa, pour son ami – Jos n'écoutait plus –, un tableau peu reluisant des finances de la fabrique et s'étendit sur l'endettement chronique de la municipalité. Tout y passa, du palais de justice en construction à l'hôpital hypothétique en passant par les problèmes qu'on rencontrait avec un certain Thibodeau et la *Compagnie d'Aqueduc et de Pouvoir d'Amos*: les coûts immodérés des «installations sanitaires», dont l'aménagement n'en finissait pas de traîner en longueur, grevaient passablement l'avenir financier des contribuables.

Jos était ailleurs. Le doute, vite rejeté, n'obscurcit que fugitivement un coin de son visage. Il entendait bien ce que disait le curé, mais il avait trop à faire pour s'y arrêter: toute son attention lui était nécessaire pour diriger d'une main de maître cette kyrielle de chœurs qui, en cadence, y allaient de chants liturgiques qui l'enveloppaient, en écho, dans une chape d'émerveillement.

# XI

L'assemblée des syndics, au cours de l'après-midi, fut des plus houleuses. Plusieurs soutenaient s'être fait manipuler et criaient à l'abus de pouvoir: cette fois-ci, contrairement à ce qui s'était passé deux ans auparavant lors d'une première démarche auprès de l'architecte, l'abbé Dudemaine n'avait reçu ni leur aval ni celui de l'évêque. Il avait procédé unilatéralement, à l'insu de tout le monde.

La plupart, d'ailleurs, tiquèrent sérieusement lorsque l'architecte dévoila les plans qu'il avait concoctés; médusés, ils toisèrent sans aménité ceux, très rares, qui paraissaient séduits par les études, avant d'étaler franchement le fond de leur pensée:

— ... par trop extravagant!

— ... dans une contrée aussi sauvage, quelle idée!

— C'est de la provocation: la paroisse a besoin d'une église, pas d'une basilique!

— ... et encore moins d'une... d'une pâle réplique plus ou moins baroque de Saint-Pierre de Rome! C'est pure folie.

Même en admettant que le tout pouvait avoir effectivement de la gueule à certains points de vue, reconnaissait-on du bout des lèvres, même si, d'accord, il s'agirait là d'un édifice unique en son genre – à tout le moins pour l'Abitibi –, son coût allait se révéler aussi salé que son *audacieuse originalité*! Une originalité que l'on n'associait pas tant aux formes, qui n'avaient rien de traditionnellement québécoises, qu'aux difficultés de logistique.

— Enfin, ne perdons quand même pas de vue que nous sommes en pleine brousse, ici!

— Une église ordinaire, avec son clocher pointu, conique, ne manquerait pas nécessairement de panache! Elle ferait tout aussi bien l'affaire... et à bien meilleur compte encore!

— Pourquoi chercher midi à quatorze heures?

— ... et nous endetter pour l'éternité?

— Toute la foi du monde ne rendra pas votre poignée de fidèles plus riches, monsieur le curé. Vraiment, vous rêvez en couleurs! Une église ronde! Ici? Non, franchement...

***

Le curé était dans l'eau bouillante. On interprétait fort mal son initiative. Aussi, après avoir écouté stoïquement les commentaires acerbes qui ponctuèrent la présentation, par monsieur Beaugrand-Champagne, des plans et des planches techniques, il s'abandonna carrément à une diatribe douce-amère qu'on ne fut pas près d'oublier! Avec une verve qu'il était loin de manifester dans ses sermons, il fustigea ceux qui, ne fût-ce qu'un fugace instant, avaient cru qu'il avait abusé de leur confiance, qu'il avait manœuvré pour les placer devant un fait accompli.

— C'est scandaleux! Outrageant! Il faut avoir l'âme passablement chagrine pour penser que mon ami Beaugrand-Champagne et moi avons pu ne fût-ce qu'envisager de traficoter pour vous imposer nos vues! C'est une chose qui jamais, vous m'entendez, jamais, ne nous a effleuré l'esprit. J'ai, il est vrai, demandé à monsieur d'étudier une version d'église plus... disons moins banale que nos traditionnelles églises à clocher pointu. Ce qu'il a accepté de faire sans demander un sou si son projet ne nous souriait pas. Et alors, où est le mal? Il se trouve que, comme tout perfectionniste, mon bon ami s'est piqué au jeu et qu'il a parachevé ce qui ne devait être qu'une étude... entreprise, je vous le rappelle, à titre purement gratuit. J'insiste: s'il m'a accordé cette faveur, d'abord par amitié puis, ensuite, par défi professionnel, monsieur Beaugrand-Champagne l'a fait de son plein gré, en sachant fort bien que votre refus pouvait signifier pour lui des centaines d'heures de bénévolat. Mais allez, je ne suis pas inquiet pour lui: quoi qu'il advienne, il lui restera la satisfaction d'avoir osé, d'avoir innové en quelque sorte. Car ce monument qu'il nous propose, véritable gageure technique et

128

architecturale, trouvera sans doute preneur ailleurs. Libre à nous de jouer les timorés et de nous rabattre sur des à-peu-près pour bourgade sous-développée, genre chapiteau de cirque ou, pourquoi pas, vulgaire «camp en bois rond». Puisons dans cette panoplie d'archétypes éculés d'églises ternes, sans cachet aucun, qui, si elles laissent intact votre portefeuille, vous vident proprement le cœur...

Le curé, déchaîné, parla et parla; et, quand Beaugrand-Champagne reprit la parole, passant outre à une pointe d'amertume bien compréhensible, plusieurs syndics, déjà ébranlés, étaient presque prêts à faire amende honorable et à entrer de plain-pied dans la danse avec lui.

L'architecte n'avait rien, tant s'en faut, de l'orateur chevronné; il savait cependant, quand la situation l'exigeait, se montrer persuasif.

— Je vous mentirais si je prétendais que votre réaction me laisse froid, commença-t-il; je n'avais certes pas prévu pareille levée de boucliers. Car tout en concevant que mes épures puissent de prime abord vous sembler un peu révolutionnaires, j'avais naïvement escompté, je le confesse, que vous seriez sensibles à ces lignes nouvelles, à ces formes peu courantes. Je misais même sur leur petit côté... hum, racoleur, si vous me passez l'expression, pour venir à bout d'éventuelles réticences. C'est ma faute: mon point de vue se situait aux antipodes du vôtre. Après tout, je pensais architecture et vous pensez finances! Je pensais perspectives et coups d'œil, rondeurs et lignes, et vous pensez dettes! J'imaginais défi quand vous vous arrêtez au strict concept de nécessité. Je voulais joindre la beauté à la durabilité là où vous vous cantonnez dans le «beau, bon, pas cher». Je tendais la main aux générations futures et vous vous contentez d'un timide bonjour à votre voisin immédiat. Je voyais grand, à long terme, vous pensez modeste... et temporaire. Je visais l'éternité, vous reluquez vers le «maintenant», le terre à terre. Je percevais l'éventuelle cathédrale dans un temple que vous voulez église paroissiale, voire chapelle. Mais votre curé a raison: rien ne vous pousse à me suivre dans cette voie. Après tout, il ne m'a pas forcé la main, ni moralement ni autrement. Rien ne m'obligeait à me pencher à nouveau sur les besoins de votre paroisse. Rien ne me forçait à m'échiner sur ces planches que vous voyez là et qui, à première vue, vous hérissent. Par contre...

L'architecte fixa longuement ses plus féroces opposants; il ne fit rien pour soulager leur inconfort, presque palpable. Il luttait contre l'envie de remballer tout son matériel et de décamper, de s'en aller n'importe où... mais ailleurs. De faire fi du principe voulant qu'il faut battre le fer pendant qu'il est chaud. Il reprit, dans un silence gêné:

— Par contre, disais-je, je vous savais à un carrefour. À un carrefour devant lequel vous piétinez, où vous faites du surplace. Peut-être était-ce ma façon à moi de vous rappeler que... que les balbutiements que vous émettez, comme village naissant, comme région et, qui sait, comme pays, devront s'entendre encore dans des siècles? Car il en va d'une collectivité comme d'un homme: ce n'est pas le quotidien de celui-ci qui perdure et que retiennent ses fils et les fils de ses fils, mais bien son potentiel de projection. Sa capacité de se dépasser pour *être*, littéralement et dans tous les sens du terme, sa progéniture lointaine. Voilà: c'est sa *dimension future* qui rend l'homme éternel. Son aptitude à baliser non seulement sa route, mais aussi celle des générations qui le suivent. Dans cette optique et parce qu'elles transcendent leur point de départ, ses actions ont presque valeur prophétique. L'Homme doit être capable de s'oublier au profit de la pérennité virtuelle de ce qu'il laissera derrière lui... ou devant, peut-être?

«...

«De toute façon, même en sachant que c'était vous, et vous seuls, qui auriez le dernier mot de cette histoire, j'ai joué le jeu avec toute la ferveur, avec toute l'honnêteté dont je suis capable. On ne se refait pas! Depuis deux jours, je suis là à me balader dans vos rues, à fureter un peu partout et à essayer, avec mes yeux d'architecte, d'imaginer à quoi ressemblera votre coin perdu dans cinquante, cent ou même deux cents ans! Quelles perspectives auront les Amossois de l'avenir en contemplant leur temple. Et, croyez-moi, ma solution, la solution sur laquelle vous levez le nez, m'apparaissait et m'apparaît toujours, à moi, comme étant la seule et unique envisageable. Mais n'ayez crainte: je n'éprouverai aucun ressentiment contre qui que ce soit si vous négligez d'y souscrire et si vous optez pour la facilité, le banal, le «tristement ordinaire». Car, Oscar vous le disait tout à l'heure, je ne suis nullement inquiet pour mon jeu d'épreuves: il servira bien un jour ou l'autre... sous d'autres cieux!

Le président de l'assemblée eut du mal à faire cesser le brouhaha, chacun tenant à s'exprimer en même temps. Finalement, il résuma l'opinion générale en déclarant, en substance:

— Écoutez, même en oubliant la forme et les dimensions disons... surprenantes de l'édifice, on ne peut faire abstraction de son coût global.

Voyez-vous, monsieur l'architecte, même si nous avalisions votre projet, nous n'aurions pas les moyens de le mener à terme sans endetter la fabrique pour des générations et des générations. Et cela, nous ne pouvons en aucun cas nous le permettre. Si, comme le curé et vous nous le laissez entendre, nos descendants doivent pouvoir se montrer fiers de nous et de notre foi, ils ne nous pardonneraient jamais de les avoir étouffés avec des dettes dont ils ne verraient jamais la fin!

— Ah vraiment? répliqua l'architecte, sarcastique un brin. Mais pourquoi donc des formes nouvelles ou inhabituelles devraient-elles coûter plus cher? Quand Victor Hugo accouchait de ses chefs-d'œuvre, dépensait-il plus de papier qu'une présumée Noëlla Grandmont qui, dans le même temps, se serait échinée sans bon sens à peaufiner en pure perte un document dont personne n'eût voulu et qui n'eût pas valu l'encre qu'elle eût gaspillée pour le pondre? Quand Michel-Ange, quand Léonard de Vinci, quand Rembrandt peignaient ou sculptaient, avaient-ils besoin de plus de matériel que d'autres qui, moins talentueux mais armés peut-être des mêmes bonnes intentions et habités des mêmes affres créatrices, dilapidaient pour ainsi dire la matière? Quand vous érigez une bâtiment de dimensions X, la forme que vous lui donnez influe-t-elle sur la quantité des matériaux, sinon à un degré véritablement négligeable? Quand vous marchez dans telle direction, avalez-vous plus d'air que lorsque, dans des conditions rigoureusement identiques, vous avancez dans la direction opposée?

Quand la séance fut levée, une décision avait été prise qui satisfaisait tout le monde, à peu de chose près: l'architecte retournait à Montréal et, si monseigneur était d'accord, on allait procéder à un appel d'offres. Si les soumissions démontraient la justesse de ses vues et si les chiffres avancés ne dépassaient pas de beaucoup – on prévoyait un coussin de quelques milliers de dollars – les dépenses projetées pour un édifice plus conforme à la norme, on construirait le temple qui tenait tant à cœur au curé.

***

Jos n'assista pas à la réunion.

L'eût-il fait, d'ailleurs, qu'il eût été incapable de contenir, dans des limites *respectables*, l'énergie qui le transportait. De camoufler les sentiments qui l'aiguillonnaient. De canaliser la fougue qui le survolait. Repoussant l'invitation du curé, il se réfugia dans la chapelle, où il se grisa des horizons merveilleux qu'il subodorait pour très bientôt. Et qui le catapultaient, lui, au septième ciel.

C'était un bouillonnement inouï. Un foisonnement irrépressible de sensations fascinantes. Une béatitude exquise. Un état voisin de l'absolu.

Oui, ce devait être ce que les poètes appelaient un «bonheur insoutenable». Cette enivrante projection où tous ses ballottements, ses tâtonnements, ses peines, ses douleurs, ses souffrances, ses flirts avec l'infini, ses rares joies, ses hésitations et jusqu'aux souvenirs estompés s'inséraient dans un gigantesque, dans un invraisemblable puzzle. Mais un puzzle libérateur, qui n'avait rien... d'un casse-tête. Tous ces petits morceaux de vie, hier encore épars et à la raison d'être indéchiffrable, prenaient, sous le coup d'une impulsion magique, leur véritable place. Il avait conscience de tout... et endossait tout. Sa vie s'étalait devant lui sans qu'il en éprouvât ni regrets, ni remords, ni ressentiment. Une manière de réconciliation globale. Avec lui-même, vivant!

Et là, devant l'autel, dans un calme inespéré, il pria, pria avec une ferveur multipliée par mille.

Aucun malaise ne surnageait dans ce magma qui l'animait. Son sort était en train de se sceller en même temps que celui de l'édifice? Et alors? Pour lui, aucune controverse n'eût pu tenir: son église serait, point à la ligne. Il la voyait, la *savait*! Toutes ses fibres la devinaient. Pas un recoin de son corps et de son âme qui ne la touchât. C'était plus, infiniment plus qu'un rêve ou une virtualité: elle s'inscrivait dans une réalité tangible, au même titre que cette chaise sur laquelle il était assis, que cet autel qui lui faisait face, que ce corps qu'il habitait. Peu importaient les réticences de certains ou les difficultés financières du village, SON église s'enchâssait dans l'avenir immédiat. Après tout, il était bien, lui? Alors elle serait! Mieux: ILS SERAIENT ensemble!

Sur ses lèvres se dessinait un sourire ineffable. Il voguait, fabuleusement placide, sur une mer de velours. De son corps fusaient des lignes qui, fluctuantes et impressionnantes, allaient graver des courbes, des cercles, des ondes de vie dans la pierre... et son crâne, comme souventes fois par le passé, s'arrondissait en coupole sommée d'une immense croix plongeant en lui ses racines.

Une petite, toute petite voix, lointaine et pointue, s'immisça dans sa conscience.

— Jos... Jos, réveille-toi!

Il eut peine à s'extirper de son rêve et dut faire effort pour revenir sur terre et reconnaître Ginette qui, l'air vaguement inquiète, le secouait énergiquement.

— Jos! Enfin! soupira-t-elle. Tu dormais tout éveillé, hein? Garde Brochu et moi, on t'a cherché partout.

Ce disant, elle fit un mouvement du menton vers garde Brochu, demeurée quelques pas en retrait.

— Ginette! Garde! Mais il ne fallait pas vous inquiéter pour moi! Voyez: je vais très bien. Merveilleusement bien, même!

Se levant, il souleva vivement l'enfant, comme s'il se fût agi d'une plume.

— Jos! Pas ici! le sermonna, gênée, l'infirmière.

Ignorant la remarque, Jos installa Ginette sur ses épaules; dans un grand éclat de rire, il saisit garde Brochu par le bras et l'entraîna dehors.

— Venez, «mâ-man»! la taquina-t-il. Je vais vous montrer quelque chose.

— Hein? Quoi quoi quoi quoi? Qu'est-ce que c'est? s'enquit Ginette, du haut de son perchoir.

Comme toujours quand il l'appelait *maman*, garde Brochu ne put celer son trouble; en moins de rien, une rougeur quasi fluorescente envahit ses joues et son front. Son émoi, plutôt que de diminuer, ne fit qu'augmenter quand Ginette, réagissant à retardement, risqua:

— Mais, Jos, pourquoi tu l'appelles maman?

Jos laissa derechef libre cours à son hilarité. Une hilarité tonitruante, apte à réveiller les morts. Heureusement pour garde Brochu, les environs étaient déserts et personne ne put se rendre compte qu'elle jubilait comme une collégienne.

Il les mena vers la butte, exactement là où, deux ans et quelques mois auparavant, il avait fait son entrée à Amos. Là où s'était écroulée cette figure de légende que certains appelaient encore, occasionnellement, le «vrai» Jos Bouchard.

Soudain sérieux comme un pape, il déclara, embrassant d'un regard brûlant le terrain qu'ils parcouraient et le leur désignant d'un geste théâtral:

— Eh bien, qu'en dites-vous? Hein? Soyez franches l'une et l'autre: comment trouvez-vous ça?

Ne comprenant visiblement pas où il voulait en venir, l'infirmière marqua quelques secondes de stupéfaction. Car ce sur quoi Jos attirait leur attention n'avait rien que de très banal: de la roche, des broussailles et, un peu plus loin, le presbytère, toutes choses qui étaient là la veille et l'avant-veille.

De retour sur le plancher des vaches, Ginette fit candidement remarquer:

— Ben quoi, Jos? Je vois rien, moi!

Ses grands yeux naïfs, après avoir cherché en vain quelque mystère, s'attachaient maintenant à ceux de Jos: blaguait-il, comme il lui arrivait souvent de le faire?

Décontenancée, Garde Brochu prit le relais:

— Ginette a tout à fait raison, Jos! Qu'y a-t-il là-dedans qui vaille le détour?

Jos joua la surprise à merveille:

— Qu... quoi? Co... co... coco... comment? bégaya-t-il, vous voulez dire que... que vous ne voyez rien, là, devant?

Par acquit de conscience et même si elle était de plus en plus persuadée qu'elle et Ginette étaient les dindons de la farce, mademoiselle Brochu balaya les alentours d'un nouveau regard circonspect et lui reprocha, douce-amère:

— Tu te paies notre tête, hein, Jos? On ne peut rien voir puisqu'il n'y a rien à voir!

— Allons, allons, avouez: vous vous fichez de moi toutes les deux, n'est-ce pas? grogna-t-il. Vous voulez dire que...

Abandonnant son masque sévère, il s'éloigna quelque peu et, mi-figue, mi-raisin, se lança dans une autre de ces tirades dont, se dit garde Brochu, il paraissait avoir le secret.

— Non, non et non: je ne vous crois pas! Enfin, ce n'est pas possible! Vous avez pourtant des yeux, quoi! Vous voulez dire que...

Il fit quelques innocents petits pas et, comme l'eût fait un professionnel du mime, heurta de plein fouet un mur invisible. L'illusion fut si parfaite que garde Brochu s'en voulut presque de ne pas avoir détecté l'obstacle. Jos se retrouva les quatre fers en l'air pour poursuivre son monologue, pathétique à outrance:

— Non non non et non, c'est impossible! Je ne vous crois pas! Vous voulez dire que vous… que vous ne voyez pas ce mur, là? Ni cette colonne? Ni ce… nnnnoooooonnnnn: vous me faites marcher, dites-le! Soyez gentilles, hein avouez que vous me faites marcher! Ou bien… ou bien vous êtes aveugles, toutes les deux. Parfaitement: aveugles!

La consternation de ses deux spectatrices eut finalement raison de Jos. Il gloussa sans retenue… mais n'en reprit pas moins son manège; il accéléra même le mouvement et haussa le ton, ses savantes *manœuvres* l'éloignant sporadiquement de son public.

— … et ce portique-ci? Vous le niez aussi? Et cette merveilleuse rosace, là-haut, vous allez la bouder longtemps? Et ce maître-autel superbe? Et ce jubé? Et cette chaire resplendissante? Et cet extraordinaire tabernacle? Cette balustrade en marbre d'Italie? Cette sainte table?

Transfiguré, il courait ici et là; parfois, sa voix devenait hachurée, sa respiration saccadée. Il allait et venait, attirant l'attention sur tel ou tel détail, fournissant des explications que nul ne lui réclamait. Puis, se reculant d'une bonne centaine de pieds, il leur cria, en détachant chaque syllabe:

— Et le dôme? Qu'en dites-vous, du dôme? Vous en avez déjà vu un plus beau? Un plus sublime? Un plus parfait? Un dôme plus… plus…

# XII

Jos planait, benoîtement, sur les jours et les semaines qui le rapprochaient de l'instant où tout prendrait forme. Où, le cap du non-retour étant franchi, les événements ne pourraient plus infléchir son destin. S'immiscer dans ce qu'il considérait désormais comme le cours naturel des choses.

Les mois s'écoulaient. Charriant dans ses veines des tonnes de sang qui lavaient ce que le passé avait pu laisser comme vestiges.

Il était en attente. En latence.

Sachant qu'il serait, il se laissait devenir.

N'ayant prise ni sur ce qu'il était ni sur les conjonctures, il acceptait ces dernières comme inéluctables... et comme le reflétant inéluctablement.

Il avait conscience... Dieu, qu'il avait conscience! Une conscience douloureuse. Une conscience de toute chose. Globale. Dont l'intensité finissait par déformer son jugement. Étaient-ce les choses qui changeaient? Lui qui ne les voyait plus de la même manière?

Un voile, oh! bien mince, arachnéen, s'interposait en permanence entre le monde et lui.

\*\*\*

Originaires d'un peu partout dans la province, les Amossois avaient presque tous eu l'occasion d'admirer les plus beaux fleurons architecturaux que comptaient les Montréal, Québec et Trois-Rivières. Il en était même quelques-uns qui, en des jours meilleurs, avaient musardé dans les *vieux pays* où ils s'étaient extasiés devant des merveilles dont ils gardaient un souvenir impérissable.

Mais ici?

Dans les «colonies»?

On commentait à l'envi le futur temple... qui prenait, au gré de discours fougueux, enflammés, des allures de palais des mille et une nuits, de forteresse médiévale ou d'un Versailles servi à la sauce «Maria Chapdelaine» – roman qui avait déjà fait le tour de la colonie. Le ouï-dire aidant, il acquérait même des dimensions et une portée qui faisaient exploser la banalité quotidienne, qui titillaient les imaginations les plus blasées.

L'effervescence était à son comble... et perdurait.

Car avec ce qu'il supposait comme chambardement, le monument envisagé ne laissait personne indifférent. Surtout qu'en peu de temps, on s'était habitué à évoluer dans un cadre de vie simple, à l'horizon végétal, sans fioritures d'aucune sorte. Un horizon qui parlait au cœur et qui, d'emblée, rejoignait l'essentiel.

Certains craignaient même vaguement que tout ce branle-bas ne mette en péril une existence somme toute relativement paisible, aux soucis quotidiens situés aux antipodes de l'éternité. Pour eux, le calme enfin retrouvé, après la guerre et la grippe espagnole, contrebalançait largement l'isolement et sa trompeuse grisaille.

Parfois, les débats véhiculaient une ferme incrédulité:

— Allons donc! Une vraie coupole? Comme à Rome?

— Ici? En pleine forêt?

— Un dôme? Recouvert de cuivre? Laissez-moi rire!

— Plus de cent pieds de haut, madame! Et aucun pilier avec ça! Ça tiendra par miracle... si ça tient, bien sûr!

— C'est extravagant, si vous voulez mon avis.

— ... et trop compliqué, c'est sûr!

— Beaucoup, beaucoup trop imposant pour nous.

— Il devrait le savoir, le curé: la simplicité n'est pas obligatoirement dénuée de charme, ce me semble.

— Pourquoi construire ça ici? Ils auront l'air fin, ensuite, quand ça va s'écrouler sur le monde!

— Pour sûr que jamais, au grand jamais, je ne mettrai les pieds dans une bâtisse pareille! Prenez-en ma parole.

— Bof, vous tracassez pas: ils nous font marcher! Ils n'iront pas jusqu'au bout. C'est impossible.

— Trop dangereux! Vous allez voir: ils vont se raviser à la dernière minute…

— Pour moi, notre curé fait un peu de chapeau… c'est pour ça qu'il tient à tout prix à coiffer l'église d'un béret ridicule, si vous voyez ce que je veux dire.

***

À la fin mars 1922, une véritable frénésie s'empara du village. Chaque fois que le train s'annonçait, en provenance du *bas de la province*, tous ceux qui n'étaient pas expressément occupés à des tâches impossibles à différer se pressaient vers la gare où s'entassait déjà, pêle-mêle, un assortiment hétéroclite de matériaux et d'objets les plus divers. Souvent flanqué du curé, Jos Bouchard, énigmatique et souriant comme jamais, y venait assister au déchargement de la multitude de sacs de ciment, de caisses et de boîtes soigneusement emballées que l'on supposait contenir des «précieusetés» et autour desquelles s'articulaient bien des hypothèses.

Jos était toujours là!

Et, sans que la chose fût vraiment voulue, réfléchie, on en vint, le plus naturellement du monde, à se reposer sur lui pour se mieux renseigner sur ce coup de maître appelé à éclipser les autres chantiers qui, alors, foisonnaient dans l'agglomération. Mieux encore, les *autorités* s'en remirent également à lui pour veiller au grain et organiser une foule d'opérations ponctuelles: vérification des arrivages, recrutement au pied levé de manutentionnaires, entreposage sous d'immenses toiles de fortune, etc.

Jos jubilait. Exultait. Couvait tout d'un regard extatique qui, bon gré mal gré, en imposait.

Il n'était pas nécessaire de quémander ses bons offices: véritable ange tutélaire, obéissant à un sixième sens, il accourait aussitôt que la future église était peu ou prou en cause. Il était l'âme et le cœur du projet.

Quand s'amorcèrent pour de bon les travaux, dans les derniers jours d'avril, la fébrilité connut un summum difficilement explicable. Surtout chez Jos, où elle se mariait à une manière de ravissement.

L'architecte avait mandaté son adjoint et un ingénieur pour superviser les phases préliminaires de la construction; dans les faits, cependant, on aurait parié qu'ils n'étaient que les assistants de Jos Bouchard, qui consacrait de longues heures à la révision des plans et devis de *SON* église. À plusieurs reprises, il attira l'attention de l'architecte délégué sur quelque détail boiteux, sur quelque vice potentiel... et sa justesse de vue ne fut jamais prise en défaut. Il eût pratiquement pu dire les yeux fermés dans quel futur recoin on allait visser tel ou tel boulon en apparence insignifiant, où allait prendre place telle dalle de béton et quelle précaution particulière requérait la manipulation des précieuses plaques de cuivre ou de marbre... qui arrivaient en vrac, comme tous les matériaux, qu'ils dussent servir au fignolage ou au gros œuvre.

Il ne cessait d'étonner. Déjà lors des toutes premières corvées, alors qu'il fallait débroussailler, puis enlever la couche de terre qui recouvrait le roc sur lequel on comptait asseoir l'église...

\*\*\*

Il faisait chaud. Étrangement, même, compte tenu de la saison peu avancée. Dès le milieu de la matinée, les affreuses mouches noires se mettaient à l'œuvre. Et leur voracité matinale ne laissait rien augurer de bon pour l'après-midi, moment où elles se déchaînaient. Les spirales, hélices et autres figures incroyablement complexes qu'elles traçaient, en nuages compacts, ne faisaient vibrer la corde poétique de personne. On savait très bien à quoi s'en tenir: d'ici quelques heures, la situation allait se révéler intenable. Pas étonnant que, en règle générale, la plupart des colons préférassent, de beaucoup, vaquer à leurs occupations tôt le matin... encore que si l'on devait en juger par les épouvantables nuées de bestioles, les fermiers des environs ne devaient pas trop avoir à se plaindre des insectes par les temps qui couraient: ceux-ci s'étaient tous, du premier au dernier, donné rendez-vous ici, près du chantier naissant.

Les terrains vagues, tout près, formaient une espèce de marais vaseux qui s'étendait d'une part jusqu'à la rivière, de l'autre jusqu'à la forêt de conifères. Au-dessus de cette étendue marécageuse stagnait en permanence une vapeur que le soleil n'arrivait presque jamais à diluer complètement. L'effet de serre aidant, les mouches noires y pullulaient;

par centaines de millions, elles s'en donnaient à cœur joie alentour, en quête d'une nourriture qu'elles se disputaient âprement.

Les travailleurs, pour la plupart nouvellement débarqués, donc citadins jusqu'à la veille, cédaient franchement à la panique: des centaines et des milliers de morsures cuisantes, qui les obligeaient à se gratter jusqu'au sang, témoignaient de leur impitoyable initiation à la nature. En ville, jamais le diable ne se manifestait de si cruelle façon!

Avant que leur faciès n'arbore force pustules rouges, les moins éclopés se réconfortaient, philosophes, en risquant qu'ils étaient privilégiés d'avoir pu trouver ce travail... qui, pour au moins un an, un an et demi, allait assurer une certaine sécurité à leur famille. Mais cette consolation, qui n'endiguait en rien la rage des moustiques, s'effilochait au fil des vagues d'assaut successives.

Ce n'était pourtant pas faute d'avoir essayé si l'on n'avait trouvé aucune parade à cette peste: tout y était passé, des trempettes dans l'huile à lampe aux bains de boue répétés, de l'aspersion d'urine de cheval à l'absorption d'eau bénite. Rien n'y faisait! Même les feux de broussailles ou de branches d'épinette étaient inopérants; au plus petit sursaut d'un vent capricieux, leur épaisse fumée provoquait un concert de toux qui paralysait le chantier... et les seuls moustiques dont on venait à bout étaient ceux qu'on avalait en aspirant avidement un air qui vous faisait défaut.

Ces damnées créatures, que l'on se refusait à croire aussi «du bon Dieu», étaient assez coriaces pour qu'on les croie à l'épreuve de tout. Elles labouraient férocement la moindre parcelle de votre peau, vous arrachaient l'épiderme, vous transformaient dare-dare en plaie ambulante, vous horripilaient jusqu'à la damnation et vous donnaient un avant-goût de l'enfer. Si, au moins, une fois votre corps métamorphosé en cloque nauséeuse, plaie mille et mille fois butinée, ces affreuses bêtes avaient abandonné la partie! Mais non: insatiables, elles revenaient sans cesse à la charge, s'obstinaient, s'acharnaient.

Le contexte, insupportable, émoussait le courage des plus irréductibles; plusieurs fois, on fut sur le point d'abandonner. De déserter le chantier, en masse. C'était inhumain. Infernal. Débilitant et désespérant.

Les hommes maugréaient. Et se réfugiaient de plus en plus souvent sous l'immense toile de tente qu'on avait eu l'heureuse idée d'ériger en contrebas, du côté du presbytère, et qui faisait office de bureau, de cantine, de salle de repos et de poste de secours.

Même monsieur Lagacé, un dur de dur, qui louait ses quatre chevaux pour les gros travaux, se rebiffait. Et pourtant, il en avait vu d'autres! Sitôt ses quadrupèdes attachés à la va-comme-je-te-pousse à des piquets de fortune, il rejoignait les autres, en catastrophe, sous le précaire abri. Précaire car... les grillages en tissu qui tenaient lieu de murs, plus symboliques qu'efficaces, n'eussent assurément pas protégé contre une attaque en règle. Mais de ce côté-ci de la butte, le gros des troupes paraissait circonscrit à peu de chose près au pourtour de l'église, grossièrement délimité par des câbles presque invisibles. Comme si les voraces attaquants avaient trouvé là un territoire de prédilection.

Parmi les ouvriers, il en était qui accordaient valeur de présage au phénomène, hypothèse renforcée par un fait indubitable: les moustiques étaient en avance d'un bon mois. Ne devait-on pas y voir un avertissement du ciel? Peut-être était-ce sacrilège de vouloir ériger cette bâtisse ici? Ne valait-il pas mieux renoncer avant que Dieu, outré, ne lâchât ses foudres pour de bon?

Les chevaux hennissaient, piaffaient, meurtrissaient le sol. Leur longue queue battait une mesure endiablée. Chacun de leurs mouvements soulevait un nuage de poussière noirâtre qui, pendant une fulgurante seconde, donnait à penser qu'il engloutirait un de ces bataillons sauvages... mais il stagnait à quelques pieds du sol où il formait comme une couche instable.

Les hommes murmuraient de plus belle. Grommelaient. Mettaient une mauvaise volonté manifeste à regagner le périmètre qu'affectionnaient particulièrement les moustiques.

Ils rêvaient d'une intervention divine... d'une légion d'anges qui, agitant de concert leurs ailes salvatrices, eussent pu créer un courant d'air leur permettant de respirer sans ingurgiter une flopée de monstres miniatures.

Le moral était au plus bas. Même les blagues les plus éprouvées tombaient à plat. On ne se voyait définitivement pas affronter pendant des mois semblable péril qui, pour le peu qu'on en connaissait, était pire que tout.

À l'écart, assis contre une pile de planches et contemplant lui aussi l'affligeant spectacle, Jos pestait et ronchonnait. Et l'on commençait à peine: on n'en était qu'à la phase débroussaillage, essouchement, nettoyage. S'il fallait que ces hordes de l'au-delà s'entêtent, on prendrait un retard considérable. Et tout retard était inacceptable!

Il supputait. Jonglait. Imaginait des ruses toutes plus insensées les unes que les autres. Ruminait des contre-attaques.

Masse de désolation.

La seule vue de cet incroyable bulbe noirâtre et mouvant lui donnait la nausée. Son ondoiement même lui communiquait frémissements de dégoût et haut-le-cœur irrépressibles.

Du sol humide retourné, alentour, montait une odeur de pourriture. Une odeur d'humus. De terre en décomposition.

Les mouches voletaient, bruyantes à souhait.

Les ouvriers refusaient de s'aventurer à découvert.

Et lui... lui avalait douloureusement sa résignation. Et paniquait: car aux mouches s'ajoutaient les chevaux, qui trépignaient, qui s'agitaient... et qui lui inspiraient une peur bleue. Il se hérissait rien que d'en savoir à proximité.

S'il le fallait, il sauterait cette étape de la construction, mais... surtout, ne pas s'approcher des chevaux. Ne pas les toucher. Les chevaux étaient... funestes. Intrinsèquement néfastes. N'avaient été créés que pour trimballer les gens au cimetière. Que pour les ramener à la terre.

Parfois, le bleu du ciel n'apparaissait que fugitivement dans les trouées incertaines ménagées dans l'immense nuage noir. Et tout s'emmêlait.

Il n'y avait plus de ciel! Plus de nuage noir!

Que des voiles. Des linceuls bleus. Qui zébraient l'horizon. Qui faisaient des brèches dans une coupole. Une coupole de mort.

Chevaux, chevaux, chevaux.

Mouches. Voile bleu.

Mouches. Nuées de mouches.

Bruissement incessant. Agaçant. Hallucinations vivantes qui cravachaient et les sangs et les chairs. Cacophonie effrayante, ahurissante, qui mordillait l'entendement.

Jos cédait carrément à l'épouvante. Tout s'embrouillait à outrance. Les chevaux dansaient leur gigue mortuaire et l'amas de mouches noires se muait en charrette, une charrette brinquebalante, pleine de bières, qu'ils traînaient... et leur traction étirait, étirait jusqu'à l'infini, jusqu'à l'ultime limite de la ténuité, son fragile cordon ombilical. Qui allait se rompre. Qui ne pouvait pas ne pas se rompre. Qui s'effilochait. S'étiolait.

Il avait peur. Indiciblement peur.

Et puis...

— Noooooooooonnnnnnnnnn!

Son cri claqua dru. Fit sursauter tout le monde.

Solennel, il s'ébroua.

D'un œil angoissé à l'extrême, comme au sortir d'un cauchemar, il évalua la situation: l'infinité de mouches; les hommes, dont certains s'apprêtaient à rentrer chez eux; les chevaux qui attendaient... qui attendaient? Qui l'attendaient?

Et soudain, il n'y eut plus de chevaux. Plus de chantier ni de tente ni de mouches. Plus rien... qu'une femme. Une vieille femme. Digne. Noble à n'en plus pouvoir. Aux cheveux blancs ramassés en chignon.

Dans ses bras, un enfant. Tout jeune. Trop jeune pour comprendre. Trop jeune pour souffrir.

La bouche de la vieille dame s'ouvrait et se fermait régulièrement. Tendresse. Délicieuse berceuse. Berceuse qui parlait de calme, de sérénité.

Ses lèvres s'arrondirent; sa langue se lova contre son palais alors que, gauchement, il se mettait à siffler... cet air si apaisant. Si léger. Qui naissait spontanément dans sa gorge.

Sans qu'il y prît garde, il se retrouva abruptement tout près du premier cheval. Une grosse bête brune. Nerveuse.

Les hommes étaient tout yeux.

Jos sifflait.

Cet air si doux, si exquis, qui le mobilisait totalement. Qui oblitérait tout le reste.

Il sifflait en s'emparant, quelque peu malhabilement, des rênes du cheval et en attelant ce dernier aux godets de bois qui servaient de pelles et à l'aide desquels on décapait le roc.

Il sifflait toujours lorsqu'il entreprit de guider l'animal. Sa main tremblotait: il avait peur que... que n'apparût subitement, entre les brancards, une charrette pleine de cercueils. Mais il chassa ce tableau, le refoula. Et sa main prit de l'assurance en même temps qu'il renforçait le mur invisible qu'il dressait entre lui et les mouches.

En moins de deux, ses gestes se firent décidés.

Les hommes l'observaient. Se poussaient du coude. Se demandaient combien de temps leur bedeau allait tenir. Oh, il y avait bien quantité de mouches noires qui lui voletaient autour, mais il tenait bon! De temps en temps, il fouettait l'air de son bras gauche pour disperser les plus entreprenantes bestioles. Mais il n'en continuait pas moins son manège, comme si de rien n'était. Sans plus s'en préoccuper.

Les ouvriers palabraient.

Le soleil plombait.

Jos n'osait s'imaginer à quoi ressemblerait l'après-midi: déjà, la sueur lui dégoulinait de partout. Des espoirs, qu'il entretenait amoureusement, lui tenaient compagnie. Lui interdisaient de prêter attention aux rougeurs, boursouflures et boutons qui lui parsemaient la peau.

«Un jour ou l'autre, se persuadait-il, elles finiront bien par se lasser.»

Et il sifflait. Cet air qui lui venait d'une enfance qu'il ne se souvenait pas avoir vécue. Un air qui mariait mélancolie et douceur. Un air qui lui insufflait courage et détermination.

Les ouvriers délibéraient. Cherchaient une ouverture.

— Paraît qu'on s'habitue! lâcha quelqu'un.

— Branchaud prétend qu'elles meurent une fois qu'elles nous ont piqués!

— Hein? C'est pas vrai!

— Je te dis! Branchaud en démord pas... et il s'y connaît en moustiques: il en a épousé un!

Tout le monde partit à rire.

— ... et ils mourraient après nous avoir dévorés tout crus?

— Parole!

— Faut croire qu'on n'est pas mangeables!

— Allez jamais dire ça devant ma femme, vous autres: elle qui répète tout le temps que je suis un poison!

Nouveaux éclats de rire.

— ... dans ce cas, les gars, moi j'y retourne: si c'est le seul moyen de s'en débarrasser, tel que vous me voyez, je pars en croisade. À vue de nez, je peux vous dire que je vais en exterminer plusieurs milliers et pas plus tard que tout de suite.

— Paul a raison! J'y vais aussi. De toute façon, on ne va pas rester ici jusqu'à la saison prochaine, hein?

— Moi aussi!

— Moi aussi!

— Eh, attendez-nous! Vous voulez quand même pas priver ces maudites bibittes: c'est nous, les hors-d'œuvre!

# XIII

La vie, la vraie, achevait de s'instiller en lui.

Rien d'une vie houleuse et outrageusement tape-à-l'œil. Mais la vie simple. Banale. De tous les jours.

La vie routine et la vie exaltation.

La vie trépidante de quotidienneté.

La vie qui le continuait. Qui le projetait. Qui le prolongeait.

La vie avec ses hauts et ses bas. Son alternance de joies et de peines, de misères et de grandeurs. Avec ses pleurs et ses grincements de dents. Ses petits riens et ses grandes choses. Ses histoires drôles et ses drôles d'histoires.

La vie, avec ses tracas et ses exubérances. Ses couchers de soleil. Ses ondées balisées par des arcs-en-ciel. Ses bouffées de félicité... qui le propulsaient, un peu plus, vers l'infini. Vers son infini.

C'était plus, infiniment plus que de l'euphorie.

Il vivait plus intensément que jamais. Ou, plutôt, il procurait, à ce qu'il accaparait d'emblée par l'esprit, par les sens, une intensité unique.

Dans une large mesure, les autres, ports d'attache ou catapultes vers une vérité ultime, cessaient de lui être nécessaires: pour se manifester, sa réalité n'avait dorénavant plus besoin du point d'appui qu'ils constituaient. Elle l'éloignait même de tous... et de tout, imperceptiblement.

Ses pas, ses gestes et jusqu'à ses respirations tendaient vers un seul but: SON temple. Nulle de ses démarches n'y était étrangère. Nulle de

147

ses pensées qui ne s'y référait. Nulle de ses prières qui n'en tenait compte.

Ce temple, ce serait son point d'ancrage à lui. Il graviterait tout autour.

Là était sa fin et son commencement. Son recommencement.

Sa finalité… terrestre.

La durée? Foutaise!

Le temps? Ineptie!

Il se détachait, irrémédiablement, de ce temps qui marquait, qui bornait la vie des autres. La succession des secondes et des minutes, la fuite des jours et des nuits revêtaient, lorsqu'il les décodait, une signification incompatible avec celle que leur accordaient ses semblables. Ces minutes, ces mois ne faisaient que jalonner, de façon très accessoire, cette litanie d'instants qui le masquaient à lui-même.

***

Les jours chassaient quand même les jours.

Jos respirait. Peinait. Vivait.

Travaux éreintants. Corvées harassantes. Heures inégales, qui s'étiraient à n'en plus finir ou qui prenaient fin sèchement.

Fatigue subtile. Salutaire.

Mouches harcelantes. Qui se repaissaient de sa chair après s'être abreuvées de ses différentes couches de sueur.

Blessures. Enflures.

Journées éternité.

Chapelle. Messes. Offices.

Et église promise. Et coupole merveilleuse qui, en attendant de dominer le ciel d'Amos, lui composait comme un casque protecteur et brouillait les rares visions qui refluaient du passé. Avec leurs fragments de Lucie… des fragments qui se fondaient dans de longues traînées de bleu.

Lucie!

Marie, dans la chapelle, portait aussi une robe bleue. Une belle robe bleue qui lui cachait jusqu'aux orteils. Elle aussi avait des cheveux d'or. Qu'on imaginait translucides, au soleil.

Lucie? Marie?

\*\*\*

Messes. Chapelle.

Volées de cloches.

Repas expédiés à la hâte. Sur le pouce.

«Charroyage» d'innombrables sacs de ciment et de brouettées de sable. Empilage de treillis métalliques. De pierres. De briques.

Il allait et venait sans arrêt sur ce chantier animé, coloré, qui avait tout de la ruche bourdonnante.

Mais, là où les autres s'échinaient pour gagner leur croûte, Jos se dépensait pour *sa* cause et, conséquemment, ne regardait pas à sa peine. La mesure n'était pas, ne pouvait pas être commune: ne donnait-il pas pleinement la sienne que dans la démesure? Et quand les hommes, fourbus, se hâtaient de quitter le chantier à la fin de la journée, lui, souriant, s'y attardait. S'y incrustait. S'y baladait... en sifflant. Des mélodies qui s'imposaient d'elles-mêmes. Des airs d'autrefois, des complaintes de *là-bas* que lui susurrait une vieille grand-mère dont il avait oublié jusqu'au prénom. Et, subrepticement, les refrains s'enrubannaient d'une écharpe bleue. De voluptueux mouvements, éthérés, d'azur, bleu...

Mouches abominables. Qui lui mettaient le squelette à nu. Qui le convertissaient en immense cloque.

Piqûres. Brûlures.

Sacs de ciment. Mortier. Madriers. Planches. Clous. Moules.

Ses mains enflaient. Ses muscles se tordaient, endoloris. Ses jambes refusaient de le porter.

Ampoules. Écorchures. Blessures.

\*\*\*

Jos ne se coupait pas de la *permanence* des autres: elle n'avait jamais été sienne.

En décortiquant la chose, il lui arrivait même de souffrir réellement pour eux: où se *fixaient*-ils, tous? À quoi accrochaient-ils leurs rêves? Quelle utopie les «sous-tendaient»? Que poursuivaient-ils comme chimères? Leur mirage préludait-il *aussi* à un monument? À une tour d'ivoire? Aussi impénétrable que la sienne? Car il y serait inaccessible. Définitivement à l'abri.

Et... cette pensée l'effleurait parfois: même Dieu y penserait à deux fois avant de le marquer – de nouveau? – au fer rouge! Il habiterait sa maison! Le fustiger n'équivaudrait-il pas, pour le Tout-Puissant, à se désavouer? Un maître n'est-il pas toujours éclaboussé par l'infamie touchant son domestique?

Il bûchait, sifflait... et se laissait flotter dans un bonheur vaporeux auquel ne participait qu'une pincée de personnes. Comme garde Brochu et Ginette, qui prirent l'habitude de le relancer au chantier... d'où elles l'extrayaient, de force, pour l'obliger à se sustenter avec elles. Et il n'était pas inaccoutumé, en ces temps bénis entre tous, que le curé – qui ne ratait jamais une occasion de visiter le chantier – se joignît à eux pour prendre une bouchée entre deux bénédictions, entre deux confessions.

***

Messes.

Jours heureux.

Pelletées de sable. Corvées de ciment. Transport de madriers. Clouage. Ancrage.

Merveilleuses et interminables soirées, qui annonçaient une pénombre moelleuse: il prenait plaisir à inspecter, à la lueur vacillante de chétives chandelles, ces moignons de murs de béton qui rasaient encore le sol, ces «plantations» de madriers campés dans un garde-à-vous approximatif.

Ses flâneries, qui se prolongeaient fort avant dans la nuit, furent à l'origine de drôles de rumeurs que propagèrent certains Amossois insomniaques... qui voyaient, avec frayeur, une pâle et inquiétante luminosité animer la foultitude de pieux montant la garde, sur la butte.

Cette période se couvrait, pour Jos, d'une bruine de rêve. Un rêve extatique qui embrassait, sitôt qu'ils étaient exécutés, les faits les plus anodins... pour les inscrire dans une trame mnémonique nébuleuse apte à les glorifier, à leur conférer des lettres de noblesse onirique.

Ses jours s'échelonnaient sur des centaines d'années.

Il s'usait la conscience au bonheur. Il se forgeait l'âme à l'éternité. Il baignait dans un océan de bien-être qui ne se démentait jamais.

Il se tuait à la tâche. Se blessait. Ployait sous des fardeaux trop lourds pour lui. Mille fois plutôt qu'une, on le crut sur le point de défaillir tant les efforts qu'il fournissait ressortissaient à l'exagération. Mais, même en nage et à l'extrême limite de la résistance, il refusait de déposer les armes, fût-ce temporairement.

Et, quoiqu'il trimât comme dix au chantier, il refusait d'encaisser plus que sa paye de bedeau. C'était une question de principe: reçoit-on un salaire pour construire sa propre maison?

Il avait l'œil partout!

Il n'était pas un boulon qui fût mis en place, pas une parcelle de béton qui fût coulée, pas une planche qui fût clouée sans qu'il en eût connaissance, d'une façon ou d'une autre.

Il courait sans arrêt.

Pour un peu, on eût juré qu'il possédait des ailes... qui eussent expliqué, en partie, son omniprésence.

*** 

La cathédrale était déjà là! Encore église, pour l'instant, mais pas pour lui... qui n'eût pu lui imaginer des limites. Qui ne laissait pas son appréhension des choses la restreindre, ni dans le temps ni dans l'espace. Qui n'admettait pas que sa vision le cantonne dans des dimensions humaines. Cette église qui s'élevait lentement, même si elle ne possédait aucune des particularités qui l'eussent classée parmi les temples les plus renommés du monde, n'en était pas moins, pour lui, un «grand monument»: elle était à la fois symbole, catalyseur et cause.

Elle était... lui!

Lui dans ce qu'il affichait de plus pur. De plus éthéré... et de plus durable, aussi. De plus humain... et surhumain. Et la forme qu'on lui réservait aurait pu, à la rigueur et au point de départ, varier à l'infini, cela n'aurait eu qu'une incidence relative: qu'importait l'enveloppe dans laquelle il se fût glissé, n'eût-il pas été toujours le même?

Il contemplait *son* église, la voyait émerger graduellement du chaos comme un acteur admirerait le costume qui, sous peu, lui permettrait de donner la mesure de son talent. À une différence près: c'est son âme qu'il enfilerait, pas sa peau de comédien! C'est son destin qu'on mettait en place, pas le décor d'une tragédie!

Pour d'autres, une simple église prenait forme; mais ce n'était pas, ce n'était plus «l'»église: il couvait jalousement la certitude, en son for intérieur, que *c'était lui qu'on construisait là*! Une réplique en béton et en pierre de ses souffrances, de sa torture, de ses tourments. Et, pourquoi pas, de ses évidences. De ses croyances.

Tout... jusqu'à ses envolées spirituelles qui se retrouveraient bientôt dans les murs.

Il vivait en constant état d'émerveillement. Désormais, le puzzle ne prenait pas forme lentement: il s'imposait à la vitesse grand V. Et les morceaux s'emboîtaient si parfaitement les uns dans les autres, se mariaient si spontanément, qu'il en arrivait à se demander pourquoi l'ensemble avait pu, auparavant, se montrer sous un jour si obscurément obtus. Tordu.

Maintenant, la réalité était à la remorque de ce qu'il pensait. De ce qui prenait corps dans son cerveau. À certains égards, elle se pliait presque à sa volonté, empruntant les rails qu'il traçait. Et, s'il pouvait reprocher quoi que ce fût aux événements, c'était d'accuser quelque retard par rapport à la voie qu'il leur réservait.

Jusqu'alors, il avait joué maladroitement un rôle qui ne lui convenait pas; désormais, il jouait sa vie. Concrètement et mentalement. Dans l'univers des autres et dans le sien.

***

Dans sa tête, il y avait une cathédrale.

Dans son cœur. Dans son moi. Une église immense, colossale, dont le dôme, disproportionné, se faisait Terre sur laquelle prenait appui Dieu le Père dans toute sa splendeur. Et chacun des mouvements du Créateur engendrait des vibrations dans l'espace imparti au globe... qui se mettait à trembler! Et le globe n'était que son crâne à lui, Jos!

Tête?

Dôme?

Planète?

Les gouttes rosées collant au revêtement de cuivre, les gouttes de pluie ruisselant sur le dôme le réveillaient: il lapait goulûment ses propres larmes... qui nettoyaient les murs de béton du temple.

Il ne touchait plus terre.

Il volait.

Il volait?

Comme... mais c'était loin, tout ça! Il y avait tellement, tellement longtemps, *lorsqu'il donnait des cours de vol*, peut-être? Et il repartait: la coupole devenait piste d'envol et il enseignait à ses pareils, pauvres rampants, à déployer des ailes qu'ils refusaient. Des files d'attente s'étiraient et s'étiraient. Formaient un long serpent qui ondulait jusqu'à l'horizon: il ne serait pas né en vain! Ils allaient se redécouvrir, enfin. Ce n'était pas trop tôt! Dieu merci, ils allaient comprendre!

«Comme ça, vous voyez? Détendez-vous! Ça va aller! Il suffit d'avoir la foi. Regardez, c'est tout simple: faites comme moi...

«Dangereux? Allons donc! Où allez-vous chercher ça? Dangereux! Pffffuuuiiitt! Pas du tout! Pas plus que quand vous respirez! Pas plus que quand vous labourez un champ ou traversez une rue... et puis le Christ marchait bien sur les eaux, lui? Vous pensez et hop! Vous vous envolez! Voilà, c'est ça, vous y êtes? Un autre essai?

«... Et si vous vous enrouliez autour de la croix? Ça vous aiderait peut-être, au début? Allez: essayez encore. Non: surtout, ne raisonnez pas, voyons! N'ergotez pas. Ne ramenez pas tout à des dimensions logiques. Oubliez la raison. Il est des choses qui n'y cadrent pas. Qui ne s'y plieront jamais. Vous réfléchirez plus tard, d'accord? Pour l'instant, laissez de côté tout ce qui est susceptible de vous alourdir...

«... oui oui oui oui... continuez, vos pieds touchent à peine le dôme. Vous voyez comme c'est facile? Et dites-vous bien que votre autonomie de vol sera à la hauteur de votre foi...

«... Eh... je savais bien que vous y arriveriez! Dites donc: encore un peu et vous n'aurez même plus besoin de moi. Voilà voilà voilà... Comme ça... doucement... doucement. Suivez-moi maintenant. Allez, hop! On y va, d'accord?»

Quelle sensation merveilleuse!

Délices d'entre les délices!

Liberté. Grandeur. Immensité. Paix. Bonheur.

Les choses, les paysages, les gens défilaient sous lui en de grandioses perspectives; les forêts se transformaient, les océans se voulaient villes et les montagnes étoiles; les...

«Et les autres? Où sont les autres?

«Mais? Eeeeeehhhhhhhhooooooohhhhhhh? Répondez-moi! Où êtes-vous tous passés? Pourquoi m'avoir laissé croire que...»

Solitude!

Solitude d'autant plus pesante qu'il avait cru l'extase partagée.

Retour instantané.

Il les retrouvait, tous, qui sur la coupole, qui juchés en haut des murs, s'agrippant les uns aux autres ou se retenant aux moindres aspérités, qui sur le sol, trépignant dans la cohorte mouvante.

Leurs yeux!

Leurs yeux, plus que tout, le blessaient. Leurs regards accusateurs. Où sourdait même une menace. Pauvre, pauvre nature humaine. Parce qu'ils ne pouvaient le suivre, était-il condamné à végéter, à rester cloué au sol?

# XIV

L'automne avait rapidement fait son nid. À peine quelques brefs rappels de l'été qui venait de s'achever. Faible consolation – «C'est toujours ça de pris!» applaudissaient les hommes –, il avait au moins eu raison des mouches!

Les gelées nocturnes, de plus en plus mordantes, annonçaient un hiver précoce et rigoureux.

\*\*\*

Le chantier avait tout de la tour de Babel. Un réel foutoir, pour les non-initiés. «Charabia à trois dimensions» où seul l'œil exercé pouvait déceler une intention architecturale *intelligente*.

Des madriers. En masse. Debout. Oscillants. Une litanie à n'en plus finir de bras tendus vers le firmament dans un apparent fouillis mais qui répondaient pourtant à des nécessités bien précises: *vêtus* de panneaux, de planches, de lattes et reliés les uns aux autres, ils allaient servir d'ancres temporaires aux murs de béton qu'on se proposait de couler avant l'hiver.

Impressionnante forêt de poteaux. Qui formaient autant de mâts attendant qu'on leur fixât des voiles pour emporter d'hypothétiques navires. À certains moments, l'imagination aidant, on se serait cru dans un port. Avec plein de bateaux au mouillage se balançant mollement au gré de vaguelettes.

*\*\*\**

Octobre charriait du désespoir.

Le ciel était gris.

Bas. Anormalement bas.

Les hommes grelottaient. Rechignaient. La désillusion, sinon carrément la peur, se lisait sur leurs traits: beaucoup n'étaient pas encore rompus aux débordements du climat, à ses sautes d'humeur; c'est avec crainte qu'ils voyaient le ciel s'assombrir et les nuages s'amasser pour des attaques éclair. Pour un peu, ils eussent laissé libre cours à une panique latente, atavique, superstitieuse. Il y avait un je ne sais quoi d'inquiétant, de mystérieux dans l'air, de plus en plus triste, de plus en plus lourd. Bientôt, il faudrait le tailler au couteau.

Le chantier se vidait tous les jours un peu plus tôt. Furtivement, chacun récupérait sa boîte à lunch et s'en allait à grandes enjambées... implorant le ciel d'attendre encore avant d'envoyer sa purée préhivernale.

Il se tramait quelque chose; l'atmosphère était au cataclysme. Ouragan? Tornade? Cyclone? Tout cela à la fois? Même en sachant que de tels phénomènes étaient improbables ici, on se préparait au pire... qui, de toute façon, était imminent.

Et si les bourrasques qui piquaient allégrement l'épiderme ne donnaient ne fût-ce qu'un tout petit avant-goût de l'hiver, mieux valait multiplier les précautions pour se prémunir contre les éléments et... prier!

*\*\*\**

Jos se réveilla en sursaut, plein d'appréhension. Incapable de trouver le repos, il tournait et viraillait sans arrêt dans un lit détrempé.

Il suait sans bon sens. Éternuait à répétition.

Il se pelotonna sous ses couvertures, qui puaient l'humidité.

Il était maussade. De funestes pensées le tourneboulaient.

— Bof, ça passera. La lune doit être pleine! marmonna-t-il en prenant bien garde de ne pas ouvrir les yeux. Ce faisant, n'aurait-il pas offert plus de prise à ce froid qui le convoitait? À cette froidure qui le transperçait?

Depuis une ou deux semaines, l'automne le mordait aux tripes. Le rendait exagérément frileux. Lui collait l'âme tout contre le squelette.

Une bonne partie de la journée, sa respiration émettait des jets de protestation, des râles visibles qui relevaient plus de l'agonie que de la maladie. Ses rouages qui hibernaient? Qui, déjà, se languissaient de la chaleur? Alors qu'ils en avaient pour des mois et des mois, autant dire une éternité, avant de se réconcilier avec la nature!

Lui qui avait espéré pouvoir se réfugier, pour le prochain hiver, dans son cocon-église! Un retard en provoquant un autre, il se voyait entreprendre la saison à nu. Le corps exposé aux intempéries.

L'automne, c'était l'aube de la mort. La vie qui déclarait forfait. Le début de la décrépitude.

Pourquoi, cette nuit, cette poignante sensation de désolation était-elle plus forte que d'habitude? Déjà que le jour, il avait toutes les peines du monde à s'y faire, alors la nuit...

Il se faisait violence: surtout, ne pas hurler!

Peut-être qu'en tirant les lourdes draperies, la caricature de chaleur qui s'attardait dans sa cambuse n'essaierait pas de s'échapper? Peureusement, à rebrousse-poil, il «déploya» ses paupières, opération qui exigea des efforts disproportionnés.

La pâle lueur de la lune était plus fantomatique encore qu'elle ne l'aurait dû. Entrecoupée de gouttelettes de noirceur, elle dansait paresseusement sur le mur.

— Autant s'y faire! philosopha-t-il.

Sous peu, ils joueraient tous aux cadavres. Cadavres vivants se démenant sous une couverture blanche, s'efforçant de convaincre Dieu qu'ils n'étaient pas encore tout à fait trépassés. Qu'il restait de la vie dans leur système. Que s'ils fonctionnaient au ralenti, c'était parce qu'Il le voulait ainsi.

Depuis que le temps faisait des siennes, c'était devenu sa hantise: que l'hiver ne les prît par surprise et ne vînt repousser les échéances. Le priver de sa demeure. De son moi.

Selon *d'Artagnan* – qui se payait souvent le voyage depuis Montréal –, si rien ne venait leur mettre des bâtons dans les roues et si les gros froids n'étaient pas exagérément hâtifs, on pourrait couler les murs et ériger les structures portantes de l'édifice avant décembre... de sorte qu'avec une bonne toile par-dessus tout ça, les travaux continueraient vaille que vaille.

— Sinon? s'était inquiété Jos quand l'architecte avait évoqué cette possibilité devant lui.

— Sinon? Bah… ce ne sera pas bien grave, n'est-ce pas? On en sera quitte pour différer le tout d'un an.

— Un an! Mais c'est impossible! On ne peut pas attendre un an. Vous vous moquez de moi?

— Mais pourquoi? Qu'est-ce qu'une année? À peine trois cent soixante-cinq jours de plus, non? Et, je t'assure, ce n'est pas énorme pour une bâtisse semblable.

— Pour une bâtisse ordinaire, peut-être! s'était étouffé Jos. Mais pour moi?

«Mon Dieu mon Dieu mon Dieu, je vous en supplie, gardez-nous de l'hiver pendant quelque temps encore, voulez-vous? Si trois cent soixante-cinq jours, c'est supposé ne pas être grand-chose pour moi, j'imagine que pour vous, ce n'est rien, mille fois rien! Alors un petit effort, hein? Cette église, j'en ai besoin presque autant que vous, alors de grâce…»

Les nerfs en pelote, il se leva et, à contrecœur, gagna la fenêtre.

La neige, à gros flocons cotonneux, avait déjà recouvert de blancheur le gravier de la rue. La magie de l'instant le captiva, lutta contre ces tracas qui lui donnaient le cafard: le spectacle était féérique. Divin. Éphémère peut-être, mais irremplaçable.

Il hésita, en équilibre instable, entre plusieurs états d'âme. D'un côté cette fascination, cette soyeuse ivresse qui jouait sur ses cordes sensibles de poète et de l'autre, tous ces souvenirs flous, à la limite du «conscientisable», qui avaient la neige comme point de départ.

Méditatif, la tête appuyée contre le chambranle, charmé, ensorcelé, il capitula sans condition: nulle tristesse, nul chagrin n'eût pu résister à cette poudre magique. À cette mouvance douce.

Somnolent, il se laissa flotter.

***

La neige. L'immensité. L'eau. D'infinies étendues d'eau. De glace. De blancheur. Des océans de certitude.

Le moelleux enchanteur du mouvement de l'onde était tonique.

La mer rêvait-elle, elle aussi?

Il dérivait lentement.

Il était bien! Divinement bien.

Des remous...

Des remous agitèrent le frêle esquif sur lequel il ne se souvenait même pas s'être embarqué.

Il se crispa; puis, il s'abandonna carrément à la panique: la tempête se levait. La mer grondait. Les vaguelettes s'étaient faites vagues qui, inquiétantes, déferlaient de plus en plus fort.

Il raffermit ses mains sur les avirons et rama, rama et rama. Pas une seconde à perdre: le port, là-bas! De menaçantes et instables spirales le coiffaient, faisaient pendant aux énormes rouleaux qui le heurtaient; leurs mouvements, conjugués, risquaient de le gommer du paysage.

Gagner les éléments de vitesse. Trouver un abri... avant que... avant que...

Sa respiration était saccadée. Il ahanait.

Ses rames touchaient l'eau avec une fougue indescriptible. Sûr, il se rapprochait: certains détails du port lui devenaient discernables.

Vite: son embarcation, ballottée comme coque de noix, prenait l'eau et valsait tant et plus.

Han! Han! Han et Han!

Ils auraient dû rentrer les bateaux: ils allaient chavirer, sombrer et compromettre la navigation dans le port. Les mâts, filaments aux soubresauts ininterrompus, apparaissaient et disparaissaient.

Rrrrannnn! Rrrrannnn!

La mer, le vent, le ciel aboyaient de colère dans un méli-mélo cacophonique. Par moments, ils fusionnaient en une explosion subite.

Une pluie épaisse et neigeuse entra dans la danse, lui cingla le dos, les reins, la nuque, le martela à l'écorcher vif. Ses vêtements, déjà mouillés par un embrun visqueux, ne le protégeaient à peu près pas.

Là-bas, il serait hors de danger. Il se changerait. Se réchaufferait. Se reposerait.

Conque naturelle, le port agissait comme caisse de résonance et lui relayait le tumulte de tous les diables que produisaient les mâts, les câbles et la structure même des bateaux… qui geignaient, se plaignaient. Malgré la distance, leurs râles retentissants étaient parfaitement reconnaissables et leurs sinistres craquements dominaient presque, par à-coups, les bourrasques, les vagues et même le tonnerre, qui s'en donnaient à cœur joie.

Les centaines de mâts giguaient comme des damnés. Fendaient, en sifflant, des nuages noirs et denses. Les bateaux tanguaient et tanguaient; des lames rapprochées, violentes, les poussaient les uns contre les autres.

Il n'était plus très loin.

Il accrochait ses yeux au rivage en ramant de toutes ses forces, déclinantes. Un danger le guettait… mais lequel? Un danger impalpable.

Tant bien que mal, il essayait de maintenir le cap sur… sur… sur… mais quel était ce grand trois-mâts dont les voiles, bleues, mal serrées, claquaient sèchement? Pourquoi était-il à l'écart? Si loin du port?

Le port: une bulle noirâtre l'enveloppait! S'y ourdissait-il d'inavouables complots?

Tout s'embrouillait. Il ramait, vers ce havre menacé, avec l'énergie d'un désespoir activé par des vagues qui le portaient avec une mauvaise grâce évidente. Curieusement et contre toute attente, sa cadence augmentait continuellement. Atteignait l'insupportable. Le laissait lui-même pantois.

Il devait, c'était vital, arriver là-bas.

Peut-être pourrait-il y enrayer la rage des éléments? Y circonscrire les dégâts?

Était-ce Satan qui le narguait? Comment, sans l'intervention directe du Très-Haut, oserait-il prétendre être à même d'infléchir le cours des choses? C'était folie. Foutaises. Orgueil.

Mais… mais… mais le port s'éloignait!

L'onde, de plus en plus violente, se jouait cyniquement de son esquif; à plusieurs reprises, ce dernier frappa des récifs, qui créèrent d'autres voies d'eau par lesquelles s'immisçaient des tentacules qui venaient, étaux liquides, lui emprisonner les chevilles.

Il continua, s'entêta, s'escrima… en priant. Mais ses supplications, mort-nées, s'abîmaient dans l'impossible, étaient avalées par la folie ambiante.

Il rama et rama encore. Tout empirait, respiration après respiration. Le seul abri qu'il pût escompter dénicher lui échappait. À moins que… le trois-mâts aux voiles bleues, peut-être? Vite, pas une seconde à perdre. Changement de cap pour… pour… horreur: le trois-mâts n'était plus! Avait disparu. Avait coulé, peut-être?

Où aller? Ses espoirs vacillaient, grugés par l'eau traîtresse qui attaquait sans répit. Dérisoires, les minces parois de bois s'effilochaient; son bateau ne flottait plus qu'à moitié… et par miracle. Ses rames s'enfonçaient malgré tout, vite, toujours plus vite, dans des profondeurs qu'il ne connaissait pas et… Dieu! il n'avait plus de bateau! Il n'avait jamais eu de bateau! Et ses bras, énormes pales des moulins à vent de son enfance, bougeaient convulsivement dans tous les sens, cherchant à saisir des rames irréelles. Il se noyait et tendait, vers l'inconcevable vide, des mains implorantes.

De guerre lasse, il s'abandonna, aspiré par l'abysse… et retrouva un univers cauchemardesque, que seul son instinct reconnut comme familier. Il se frotta vigoureusement les yeux pour chasser les reliquats de bateaux, de mâts et de câbles qui s'attardaient sur sa rétine.

Impitoyable, le vent s'engouffrait par la fenêtre ouverte; de perfides rafales y poussaient des tourbillons de pellicules blanches qui s'empressaient de fondre. Son pyjama était tout trempé. Les épaisses chaussettes de laine qu'il portait pour dormir n'étaient plus que chiffons humides. Ses pieds macéraient dans une flaque qui, il le devinait, grossissait sans cesse. Les draperies, pourtant fort alourdies par l'eau absorbée, s'agitaient sans cesse et lui râpaient le visage. La neige n'évoquait plus du tout une dentelle cotonneuse mais plutôt un mur de brique rugueuse.

— L'église! s'affola Jos.

Angoisse indicible.

Haletant, trébuchant, il s'élança hors de la chambre et descendit quatre à quatre les marches de l'escalier; il franchit la porte, qu'il referma machinalement d'un coup de pied en se précipitant dans la bourrasque. Une bourrasque à l'opacité blanchâtre.

De par son extravagance même, le décor, dantesque, animé, avait quelque chose de racoleur. Mais Jos ne s'éternisa pas en contemplation: comme tous les décors de rêve, cette tempête était merveilleuse à contempler, pas à traverser.

Une idée le monopolisait, l'obnubilait, reléguait au second plan les frissons qui le secouaient: lui sur place, l'église ne risquerait plus rien. Il désamorcerait la crise, saurait parer au plus pressé s'il survenait un imprévu susceptible de retarder les travaux.

C'est à tâtons qu'il trouva son chemin dans ce monde irréel. Dans ce dessin-tourmente. Fantôme trouant une nuit blanchie de milliards de pointes d'inquiétude. Les quelques chevaux qu'abritait l'écurie municipale lui étaient boussoles, cornes de brume: leurs hennissements se mariaient aux plaintes du vent.

Il trébucha contre le trottoir en bois... et s'affala de tout son long. Il jura sourdement.

Les volutes neigeuses valsaient interminablement et s'ingéniaient à produire des hurlements inimaginables qui le sollicitaient, l'appelaient.

Ses chaussettes glacées, véritables boulets, amplifiaient les coups que lui portait la pierraille du chemin. Son pyjama, collé sur sa peau, intensifiait la déchirante emprise du froid.

Il tituba. Tomba.

Se releva et tomba derechef.

Il se remit debout et courut, vola presque pour se retrouver, enfin, devant le chantier abandonné, lugubre, sinistre, baignant dans une aura fantastique. Une aura formant bulle dont la fine pellicule cristalline freinait la percée pernicieuse de la neige.

Hallucinant! Il retrouvait, transposé sur la terre ferme, le port qu'il cherchait tant à rejoindre quelques minutes plus tôt! Les mâts. Les voiles qui claquaient, au gré des rafales. Les câbles s'entrechoquant et jouant du métronome sur un assortiment hétéroclite de planches, de poutrelles, de poutres, de madriers que la nuit, aberrante, déguisait en moulins que n'aurait pas désavoués Cervantès: ils auraient ravi Don Quichotte.

Le vent se faufilait là-dedans de partout à la fois. Y affirmait son empire de magistrale façon: il pinçait toutes les cordes, glissait sur tous les angles, s'écorchait en miaulant sur toutes les arêtes des milliers de pièces de bois, de métal et de pierre de toutes les dimensions dressées dans une attente presque sépulcrale.

Jos était paralysé. Démuni... et si vulnérable. Le souffle, se gonflant jusqu'à son paroxysme, incrustait ses hardes gelées dans sa peau.

Il demeurait là, figé dans un bloc d'impuissance. De désapprobation. De contestation.

— Ggggrrrrrrrrrrrrrrrrrggggggrrrrr...

Douleur.

Élancement interne inouï. Ça partait de son entrejambe et ça l'électrisait. Ça lui traversait les testicules et lui cuisait le pénis avant de s'infiltrer dans son ventre, de lui labourer l'estomac, de lui bloquer les artères, de lui gonfler l'œsophage et de se perdre quelque part au fond de sa gorge.

— Gggggggggggggrrrrrrrrrrrrrrggggggggggggrrrrrrrrrrrr...

Il n'existait plus rien de cohérent en lui. Ni à l'extérieur de lui. La tempête prenait toute la place. Lui arrachait la vie. Le propulsait vers un purgatoire dont il ne sortirait jamais. L'église s'évanouissait. S'écroulait. Il n'était plus.

Mal. Mal. Mal.

Ses mâchoires s'ouvraient et se fermaient. À la recherche d'un hurlement qui ne voulait pas sortir. Qui enflait, enflait là-bas, au fond, tout au fond de sa gorge. Une gorge qui le brûlait, brûlait. Qui interceptait sa respiration.

Il allait rendre l'âme ici même. C'était une question de secondes. De fractions de seconde.

Mal. Il avait mal. Universellement mal. Cosmiquement mal.

Et rien ne voulait sortir de sa gorge. Aucun cri. Aucun hurlement libérateur. Sinon ce gargouillement innommable et quasi inaudible. Gémissement de bête, happé par quelque force obscure avant même d'être extériorisé.

— Gggggggggggggrrrrrrrrrrrrrrggggggggggggrrrrrrrrrrrr...

C'était pourtant là, tout près. Sous la luette. Derrière la langue.

— Gggggggggggggrrrrrrrrrrrrrrggggggggggggrrrrrrrrrrrr...

Le mouvement des madriers acquérait valeur d'hypnose. Le pétrifiait. L'ondoiement continu des bouts de bois le réclamait, l'accaparait, le frustrait de son libre arbitre. Il n'ignorait pas ce qui allait suivre si ÇA persistait: c'était patent. Désespérément inévitable.

Adieu église. Temple indestructible. Moi et surmoi éternels et palpables. Pierreux et immatériels.

Dotés d'une vie propre, les piquets, attaches, planches et bouts de bois tanguaient. Toupillaient. Répondaient à l'invite d'une brise dévastatrice. Meurtrière.

— Ggggggggggggrrrrrrrrrrrrrrggggggggggrrrrrrrrrrr...

Au-delà du désespoir se dessinait la fascination.

Il grelottait de partout. Frissonnait. Claquait comme voile dans l'ouragan. N'avait plus conscience de rien. Sinon des mouvements de va-et-vient, des tournoiements effectués par tous ces éléments disparates qu'on avait précairement fixés. Et ces mouvements le tenaient prisonnier. Toutes ces pièces hétéroclites le piégeaient. L'amarraient.

— Ggggggggggggrrrrrrrrrrrrrrggggggggggrrrrrrrrrrr...

Et, toujours, au fond de son larynx paralysé, ce gargouillis nauséeux à force d'intensité. Ce terrible rictus sonore qui se bloquait, s'emmêlait dans ses cordes vocales.

Il étouffait. Eût voulu crier, crier à en perdre la raison. Mais tout ce que son reste de volonté réussissait à tirer de sa bouche grande ouverte était ce balbutiement de demeuré, avec quelquefois une légère variante:

— Ggggggggggggrrrrrrrrrrrroooooooooooaaaaaaaaaaa...

Ce ne fut que plus tard, après des ères et des générations de stagnation, que la scène connut un illusoire dénouement. Quand, finalement, après être revenu encore et encore à la charge, le vent lança son assaut final et que Jos assista, plus apathique que jamais, à la reddition de *son* château fort, son cri se transforma. Se fraya un chemin hors de sa carapace. S'exprima enfin dans un crescendo qui n'allait plus finir pour souligner la chute de toutes les pièces de l'immense puzzle.

— Gggrrroooooaaaaaaaahhhhhhhnnnnooooooonnnnnnnnnn!

Une à une, mais à une vitesse prodigieuse, les poutres s'inclinèrent et, comme l'auraient fait une série de dominos, entraînèrent dans leur chute les suivantes qui firent tomber les autres et les autres et les autres. La réaction en chaîne, qui s'accompagna d'un fracas épouvantable, ne parvint pas à étouffer ce hurlement que Jos poussa, *des heures et des heures durant:*

— Nnnnooooooonnnnnnnnnnnnnnnnnnnnnnnnnnnnnnnnnn!

Cri du condamné? Geignement du combattant qui dépose les armes? Plainte assourdissante de l'animal blessé qui livre un dernier combat? Désespérante prise de conscience de sa petitesse?

— ... Nnnnoooooonnnnnnnnnnnnnnnnnnnnnnnnnnnnnnnn!

Ses lamentations, infinies, qui durent s'entendre par toute la jeune cité, achevèrent de le fixer dans cet informe amas de matériaux... qui n'avait même pas commencé à jouer son vrai rôle. Auraient-elles jamais pris fin si le curé, réveillé en sursaut, n'était venu aux nouvelles et n'avait, par le fait même, rompu le charme et ramené son bedeau sur terre?

# XV

Passager d'un carrousel sans fin, prisonnier volontaire d'un maelström ininterrompu, Jos réagissait tantôt à des tourbillons de bonheur, tantôt à des tornades de détresse.

L'eût-il conservée jusque-là, il en eût perdu la notion du temps: celui-ci pouvait-il se contracter «pour de vrai»? L'oublier dans la plénitude? L'extraire de ce *prisme de durée* qui falsifiait, fatalement, toute vision des choses, des idées, des gens?

Et les choses, les idées, les gens pouvaient-ils se «dépalpabiliser», se «détemporiser» au point de se fondre les uns dans les autres, d'embrasser l'éternité pour s'amalgamer à une conscience qui perdurait et perdurait? Les événements étaient-ils obligatoirement communs à tous? Les individus, simples figurants, ne constituaient-ils pas les démarcations temporelles, ponctuelles, leur prêtant substance et réalité?

Jos effleurait le monde, sans se prêter sérieusement au jeu. Et les éléments servant de prétextes à ses envolées – comme à ses souffrances – n'auraient soulevé qu'indifférence chez autrui. Auraient été tenus pour des banalités. Des foutaises. Tant dans son âme que dans son corps, il ne reflétait pas tout à fait la même humanité que ses contemporains. Une note d'étrangeté qui, parfois, estompait toutes les autres, le rangeait dans une catégorie à part.

Il virevoltait toujours entre deux eaux. Se maintenait, en équilibre plus ou moins stable, directement en bordure de l'existence. Sur la frange du réel. À contempler des horizons différents. Mais rien n'y surnageait comme certitude, rien n'y tranchait carrément, sinon…

167

... sinon cette cathédrale, dans sa tête: une cathédrale si parfaitement intégrée à ses tripes, à son MOI, qu'il transposait, dans l'église en construction, nombre des pseudo-faits qui s'y déroulaient, campant leur vraisemblance dans un environnement parfaitement plausible où figuraient des personnages qui auraient pu lui marcher *réellement* sur les pieds. Tant et si bien que, au bout du compte, il se révélait incapable de démêler l'écheveau: les hasards qui le marquaient n'étaient-ils que le fruit de son imagination ou survenaient-ils dans une trame qui les rendait perceptibles aux autres? Duraient-ils deux heures ou deux ans? Germaient-ils spontanément dans son esprit? Avaient-ils trait à sa cathédrale ou à l'église?

***

Mai 1923.

Le soleil était splendide!

Un de ces dimanches après-midi tout simplement fascinants, où la douce tiédeur de l'été prend déjà le pas sur la renaissance printanière pour vous offrir un avant-goût des délices qui s'annoncent. Une de ces journées où l'on voit presque courir sur sa peau comme une vague d'euphorie venue de partout à la fois. La nature qui vous réconcilie avec sa beauté. Avec LA beauté. La nature femme, quoi. Enjôleuse. Qui mobilise tous ses appas pour vous séduire.

Une heure avant le début de la procession, une foule nombreuse était déjà massée devant le presbytère. On n'avait d'yeux que pour le chantier, que chapeautait le reposoir: s'entremêlant de la plus bizarre façon pour former charpente provisoire, une quantité invraisemblable de pièces de bois s'élevaient déjà à une hauteur qui, compte tenu de la latitude de la ville, de ses modestes dimensions et des piteuses constructions qu'on y érigeait, ne pouvait pas ne pas impressionner le commun des mortels.

Le curé exultait: il lisait une promesse dans l'expression heureuse de ses fidèles, dans leur regard enthousiaste. En son for intérieur, il se félicitait d'avoir choisi la bonne carte. S'il s'en remettait aux réactions – et aux commentaires –, il savait que, pour l'église à tout le moins, il avait réussi le tour de force de rallier même les plus entêtés. Car, il en avait l'intuition, malgré qu'on eût pu taxer son idée de folie des grandeurs, ce temple unique en son genre allait bientôt devenir symbole de fierté pour toutes ses ouailles.

À ses côtés, un Jos Bouchard radieux... qui ne se gênait pas pour commenter et expliquer, à l'intention des «profanes» intéressés, les échafaudages et les murs de bois temporaires qui préfiguraient déjà, pour quiconque était doté d'un tant soit peu d'imagination, la future église.

Une fois encore, monsieur Dudemaine se réjouit du changement: un rayonnement transparaissait chez Jos en permanence. À un palier différent du sien, certes, mais avec une ténacité exacerbée, son fils attachait une importance primordiale à ce temple.

✶✶✶

Jos avait lancé l'idée d'installer le reposoir de la Fête-Dieu directement sur les échafaudages. S'il n'avait adhéré qu'avec réticence à cette suggestion – «Mais, Jos, c'est dangereux! T'imagines s'il survenait un accident?» –, le curé lui reconnaissait maintenant un symbolisme saisissant.

Il faut dire qu'on avait fait les choses en grand, et dans le secret le plus absolu: la veille, après la tombée du jour, Jos et deux ouvriers avaient gagné le faîte de cette pyramide irrégulière pour y improviser une plate-forme et un reposoir de fortune qu'ils avaient, à la seule lumière blafarde de la lune et suivant une inspiration toute spontanée mais pas nécessairement des plus orthodoxes, pavoisés de banderoles, de bannières et d'oriflammes. Comme les gens sortaient peu, n'ayant nulle part où aller, les chances étaient bien minces qu'on découvrît le pot aux roses avant le lendemain.

Le curé était doublement satisfait de son coup: il leur réservait, à tous – y compris à Jos –, un autre coup de théâtre. Et celui-là, il l'avait concocté tout fin seul, ne mettant à contribution que sœur Clotilde.

✶✶✶

Encadré par deux enfants de chœur et portant fièrement la croix, Jos, en tête du défilé, jubilait ouvertement, sans retenue aucune. De par son intensité même, son sourire avait quelque chose de mystique... mais aussi de pathétique: la profondeur qu'il accusait avait de quoi faire frissonner et donner le vertige. On l'associait sans peine à une certaine fièvre. À un bouillonnement. Ce qui correspondait fort bien à l'idée qu'on se faisait du personnage: comme bedeau, il eût été difficile de trouver mieux! Aujourd'hui comme jamais, il affichait indubitablement le physique de l'emploi: sa démarche singulière, son «intériorité» et jusqu'à ses manières, si gauches, ne venaient, en fait, qu'accentuer sa différence. Sa marginalité. Sa façon d'être, inimitable.

Derrière Jos avançait la procession: dames et demoiselles, dames de Sainte-Anne et Enfants de Marie; suivaient les hommes, les écoliers et, finalement, les enfants de chœur, qui précédaient le dais, superbement décoré par les sœurs du couvent, abritant le saint sacrement... que couvaient gravement le curé et ses acolytes. Fermant la marche, les chantres égrenaient sur tout cela des notes latines qui ajoutaient à l'ensemble un soupçon de solennité.

Jos était transporté: l'ambiance, le bonheur naïf que dégageait la communauté, l'encens qui, l'absence de vent aidant, pénétrait ses narines, tout concourait à sa légèreté.

Il ondoyait. Se sentait libéré des contraintes et des contingences bassement terre à terre. Plusieurs fois, il vérifia si ses pieds étaient encore en contact avec le sol. Il n'aurait pas été autrement surpris de se mettre carrément à voler...

«À voler? Oh oui... comme, comme... comme dans le temps, là-bas! Quand...»

Subrepticement, profitant du combat fascinant que se livraient ombres et rayons de soleil, ses pensées bifurquèrent. Innocemment d'abord, Jos se mit à évoquer des éléments d'un passé auquel il ne s'identifiait plus guère. Au début, la chose ne fut qu'anodin badinage avec une portion de sa mémoire qui ne lui appartenait plus que sporadiquement. Mais, très vite, les clichés se succédèrent qui influèrent même sur son allure.

Sa vision se brouillait.

Il n'entendait plus que par bribes *Pater*, *Ave* et chants religieux: un bourdonnement aigu faisait vibrer ses tympans et le retranchait du monde extérieur.

Des gouffres se creusaient alentour. Où qu'il regardât, les perspectives étaient déchirées par des lambeaux d'ailleurs. Le soleil, par un jeu de miroitement incompréhensible, greffait des pans entiers de souvenirs refoulés aux arbres, qu'il endeuillait, aux maisons, qu'il enflammait et aux objets, qu'il animait.

Le souffle lui manquait.

Il anhélait, pompait l'air avidement... et de plus en plus bruyamment. Bientôt, il émit des râles qui écorchèrent les oreilles des dames qui le talonnaient. Son pas, déjà hésitant, se fit tortueux à l'extrême, comme celui d'un homme ivre.

Des soieries se déchirèrent. Un visage, d'abord entièrement recouvert de bleu, se dévoila, se dévoila et le rideau bleu tomba pour lui révéler dans toute sa nudité un corps splendide... et les arbres chassèrent la vision inqualifiable à grands coups de bourgeons inquisiteurs et des reproches, durs, amers, se mêlèrent incontinent aux cantiques et aux actes de foi.

Complètement déphasé, Jos avançait toujours. En lui ne subsistait qu'assez de lucidité pour l'empêcher de flancher.

«Tenir, tenir, tenir jusqu'au bout.»

Bientôt, avec les prières et les oraisons, tout s'effacerait, redeviendrait comme avant.

«Tenir, tenir à tout prix.»

Tout ça n'avait jamais existé. Il était né ici. Avait toujours vécu ici. Et et et Lucie était...

«Lucie? Lucie!»

Ce nom lui heurtait l'entendement; sa conscience était parcourue d'éclairs zigzagants.

Lucie! Lucie! Lucie!

Il trébucha en proférant, d'une voix d'outre-tombe, des paroles sans suite, étrangement sonores. Perturbées dans leurs «pieuseries», les plus bigotes, derrière lui, commencèrent à le montrer du doigt. Leur mouvement aurait pu faire tache d'huile n'eût été le fait que...

Un «Oohhh!» retentissant s'éleva lorsque le cortège déboucha sur la deuxième avenue, là où la construction en jetait vraiment plein la vue. Et les regards s'animèrent, pétillèrent d'intérêt lorsqu'ils se portèrent, tous, vers le haut des échafaudages, qu'indiquaient des centaines de doigts.

Le curé ne se tenait plus de jubilation. Il vivait là l'un des moments les plus émouvants de son sacerdoce. Même s'il savait parfaitement à quoi s'en tenir, il ne put s'empêcher, l'espace d'un milliardième de seconde, d'être lui aussi saisi, presque subjugué. L'effet de stupeur ressortissait au sublime: surplombant madriers et inélégants panneaux de planches «embouffetées», quatre anges bleus, immobiles, montaient la garde auprès du reposoir enrubanné et surdécoré de bannières, à environ 60 pieds du sol; de connivence avec le soleil, le vent interprétait, dans leurs longs cheveux d'or et dans leurs amples tuniques azurées, un concert époustouflant de lumières, d'ombres, de rayons, de reflets.

Du Michel-Ange animé.

Une œuvre symphonique visuelle.

Une allégorie tridimensionnelle.

***

Les exclamations poussées par la foule amenèrent Jos à se ressaisir quelque peu. Il leva des yeux exorbités... et la secousse qui le traversa le priva presque de raison: les anges bleus chatoyants qui avaient pris possession du reposoir le pétrifièrent, le clouèrent sur place... au grand dam des dévotes des premiers rangs qui, mobilisées elles aussi par le spectacle, le suivaient maintenant d'instinct et en oubliaient de scruter ses réactions à la loupe. Quelques-unes le heurtèrent et s'*entrebousculè-rent* en pépiant comme des poules couveuses; de fil en aiguille, il s'ensuivit un brouhaha du tonnerre.

Un chassé-croisé de souvenirs et de tableaux vivants catapultait Jos à un point d'éclatement. Tous ses sens acquéraient une acuité insupportable et se conjuguaient pour lui fournir des fragments surdimensionnés d'un méli-mélo rêves-fantasmes-illusions-réalité... et Lucie, *sa* Lucie, lui apparut, ses traits se superposant à la perfection à ceux d'un des anges. Malgré la distance qui, normalement, aurait dû l'empêcher de les distinguer, les détails étaient parfaitement décelables... et cuisants de vérité. Tout y était: le velouté de la peau, le petit grain de beauté qui marquait la fossette gauche, la profondeur abyssale d'un iris bleu, bleu, d'un bleu qui se prolongeait dans la tunique...

Délaissant le rassemblement confus et chaotique que menaçait de devenir la procession, stoppée par sa faute, et sous des centaines de regards curieux, Jos gravit, en titubant, la pente de la deuxième avenue. Il n'était plus que pupilles géantes béatement rivées sur le reposoir. Pupilles au pouvoir surmultiplié. Qui allaient chercher des détails pour les grossir, les grossir, s'en nourrir et les repousser, en retenir, pour comparer, rapprocher de nouveau, ajouter, biffer... sans qu'il y fût pour rien.

Le potentiel de bousculade fut bientôt jugulé: l'atmosphère était d'exception, non de catastrophe.

Les gens se figeaient, attendaient.

Inquiet, le curé vint aux nouvelles; les deux mains sur les hanches, il se campa là, quasiment envoûté. Séduit d'emblée. Revoyant un autre Jos Bouchard qui, trois ans auparavant, avait grimpé cette même deuxième avenue, en pleine tempête de neige, avec son étrange fardeau sur les épaules.

Il joignit les mains pour bénir son bedeau avant de se réfugier dans le silence qui avait gagné ses paroissiens... des paroissiens qui, pour l'heure, eussent pu figurer dans un musée de cire tant était parfaite leur immobilité.

Prenant appui sur sa croix pour ne pas tomber, Jos montait la pente en criant:

— Luuuuciiiiiie! Luuuuciiiiiie! Luuuuciiiiiie!

«Des étoiles, et en plein jour encore! Tu scintilles de partout, ma douce Lucie: pour un peu, on jurerait que tu es un ange et... et... et tu y as mis le temps, sais-tu? Bon bon d'accord, n'en parlons plus, tu es là, maintenant... et dans ta robe bleue encore! Rassure-toi: elle te va toujours à ravir. Tu sais que le paradis ne t'a pas changée le moins du monde et que je t'attendais, t'attendais et t'attendais encore mais pourquoi m'avoir laissé croire que tu étais morte, Lucie, morte, morte...»

Ses membres s'enroulaient spasmodiquement autour de la croix-béquille, sa tête dodelinait et son cou se tordait de telle sorte que tout son corps en apparaissait comme désarticulé. C'est une véritable poupée de chiffon qui, parvenue près du presbytère, s'écroula.

***

Ainsi, ELLE était enfin venue? Revenue, plutôt.

Dans la brume où il baignait, le visage lointain d'une Lucie immatérielle et intemporelle se confondait avec celui d'un ange, tout bleu, dont les cheveux blonds décrivaient, sous l'impulsion d'une brise complice, des arabesques mouvantes lui composant une auréole fluide, subtile.

Elle était plus vraie que nature. Car c'était *elle*! Elle à n'en plus pouvoir: il l'aurait juré sur la tête de tous les saints du paradis. Elle qui le rejoignait non plus pour le hanter, non plus pour aviver des plaies qu'il mettait un point d'honneur à nier, mais bien parce qu'elle était, en tout point, son complément. Parce qu'ils ne formaient qu'un. Parce qu'elle allait LE devenir... ou qu'il allait LA redevenir?

Et, autant la fébrilité qui l'avait terrassé était paroxystique, autant la paix, le calme qu'il ressentait maintenant étaient incommensurables. Sa certitude ne souffrait nulle nuance!

Il savait! Les dés étaient jetés. Cet ange blond, cette Lucie réincarnée, était là pour lui... rien que pour lui!

***

Il était étendu dans son lit et se sentait en pleine forme. Aucune inquiétude ne le taraudait.

Il faisait déjà noir: à peine s'il pouvait discerner, par la fenêtre aux rideaux béants, une légère lueur crépusculaire... qui trouvait son pendant à l'intérieur, où on avait allumé une bougie. La lumière, vacillante, lui permit de découvrir garde Brochu qui, comme aux bons vieux jours, le veillait dans la berçante.

L'infirmière se retenait presque de respirer pour ne pas brusquer quoi que ce fût. Surtout, ne pas faire de vagues: elle le devinait, mon Dieu, si fragile, malgré des apparences de robustesse qui trompaient parfois tout le monde.

Constatant qu'il était réveillé, elle lui sourit.

— Jos! Comme tu m'as fait peur, mon petit! Je te l'avais dit, aussi, c'était fatal! Tu en as beaucoup trop fait, ces derniers temps. Tu vas devoir y mettre un peu du tien, bon sang: tu ne peux pas attendre de perdre connaissance pour te reposer. Si je m'écoutais, je...

— Maman, maman... si vous saviez!

L'émoi de la pauvre femme fut instantané: s'il la portait aux nues, ce «maman», dont Jos était trop avare à son goût, ne signifiait-il pas qu'il traversait une mauvaise passe? Que quelque chose le préoccupait outre mesure?

Stoïquement, elle affronta son regard perçant et refusa ne fût-ce que de tenter de camoufler le rouge qui lui montait aux joues. Elle laissa son

174

cœur retrouver un rythme plus ou moins normal avant de s'approcher; s'assoyant sur le lit, elle prit sa main, étonnamment puissante, dans la sienne, chétive et parcourue d'un léger tremblement.

— Que s'est-il passé au juste, mon grand? Qu'est-ce qui te tracasse?

— Oh, je vous en supplie: pas de questions! C'est elle, vous m'entendez, maman? C'est ELLE!

— Elle? Mais de qui parles-tu, Jos?

«Mais *d'elle*, d'elllllllle!» eût-il voulu crier.

— Lucie, vous savez bien, se contenta-t-il de répondre à mi-voix.

— Lucie? Mais... qui est Lucie? Suis-je censée la connaître? Tu ne m'as jamais parlé d'elle, je te jure.

Jos resta coi. Ses yeux, pétillants, brillaient: la flamme de la bougie s'y mirait, en deux exemplaires minuscules.

Pleine d'appréhension, garde Brochu avala sa salive, extrêmement pâteuse. Ses orbites s'emplirent de larmes. Son pouls se répercutait jusqu'au bout de ses doigts, où sa peau frémissait exagérément. Son cœur cognait à grands coups redoublés: Jos lui cachait des choses... et des choses importantes, encore! Il allait lui échapper, peut-être?

— Tu... euh... comment dire, Jos? D'accord, ce ne sont pas mes affaires, mais j'ai besoin de savoir: tu ne te serais pas fait une petite amie, par hasard?

— Moi? Oh, pensez-vous! protesta-t-il, comme si la chose avait été inconvenante.

— Mais qui est cette Lucie, alors?

— Maman maman maman! Qu'allez-vous chercher là? Lucie... c'est... c'est... Lucie est...

Il se raidit; la lumière tremblota de plus belle, au fond de ses pupilles. Il poursuivit... mais sa voix n'était pratiquement plus audible:

— Lucie est... morte, vous le savez bien!

— Morte? Mais, Jos, comment le saurais-je?

Sa main enserra plus fortement encore celle de Jos: était-il en train de retrouver la mémoire?

Il frissonna; tout son corps parut se contracter pour, immédiatement, se dilater. Sous l'effet d'une braise interne s'évapora la buée qui, l'instant d'avant, avait voilé ses prunelles. Il ne resta plus qu'un puits dont la profondeur ne pourrait jamais se mesurer à l'échelle humaine.

— Oui, morte. Et pourtant...

— Et pourtant?

— ... pourtant, ça n'a plus d'importance: elle est là! Dites-moi tout, d'accord? Elle vient d'arriver, n'est-ce pas? Ce qui expliquerait pourquoi je ne l'ai jamais aperçue auparavant. Ou alors elle se cachait? Non, c'est peu probable: quand on est si radieuse, on ne se cache pas! Ce serait offenser Dieu. Ce sont les autres qui vous cachent, comme les nuages occultent le soleil. Un ange! Sûrement un ange! Quel est son nom? Allez, maman, ne me faites pas languir, dites-moi qui elle est, de grâce.

Il se tut, essoufflé par sa tirade. Il devait absolument tout apprendre à son sujet. Et vite. La découvrir... non, la redécouvrir, le plus tôt possible!

Émilienne Brochu était chamboulée: comment s'y retrouver dans le discours de son fils? Un discours qui frisait l'incohérence. Mentalement, elle procéda à un inventaire des Lucie qu'elle connaissait et... non, franchement, elle ne voyait pas de qui il voulait parler. À moins qu'il n'eût le béguin pour... pour Lucie Chapman? Impensable: la vieille chipie avoisinait la soixantaine! Et, toujours échevelée et attifée comme la chienne à Jacques, elle était l'antithèse même de la séductrice. Jos ne descendrait quand même pas si bas!

— Enfin, Jos, de qui parles-tu?

— Vous savez que, pendant un moment, j'ai cru qu'il s'agissait d'un ange véritable? Même maintenant, j'ai peine à croire que...

— Un ange? répéta en écho garde Brochu. Alors tu auras rêvé, mon garçon. Il est plutôt rare que les anges viennent flirter avec les bedeaux.

— Non non non, elle était là, j'en suis sûr: la procession, le reposoir, l'ange... je n'ai pas rêvé, j'en mettrais ma main à couper.

La lumière se fit dans l'esprit de garde Brochu.

— Oh! Je vois: les anges du reposoir.

— Les anges? Comment ça, *les* anges? Il n'y en avait qu'un!

— Non non, Jos, il y en avait quatre, je t'assure. Quatre jeunes filles qui...

— Vous divaguez, maman: il n'y en avait qu'un! décréta-t-il, impétueux. Un seul vrai. Les autres? Pfuittt: des figurantes, rien de plus! Qu'elle éclipsait haut la main! Et, même, qu'elle...

Il marqua une pause, à la recherche d'une formule-choc qui pût différencier *son* ange des autres.

— ... qu'elle reléguait au rang de banales cariatides qui... qui supportaient des nuages en guise de corniches! Voilà... Mais elle... elle... je veux tout savoir, vous m'entendez, maman: tout, de A à Z! Son nom, son âge, son histoire, ce qu'elle aime, ses loisirs. C'est ELLE! Voilà que Dieu la replace sur ma route alors que je n'y croyais plus, que j'allais me résigner... S'il vous plaît, dites-moi que ce n'est pas un hasard. Parce que des hasards comme ça...

Tout son être s'animait. S'embrasait.

Émilienne Brochu valsait, bien maladroitement, sur la corde raide. Devait-elle se réjouir ou s'attrister? Une autre, c'était à prévoir, allait le lui ravir! Et puis ce n'était que justice: Jos lui avait été prêté pendant un bref moment et...

«Mais à quoi t'attendais-tu donc? se chapitra-t-elle. Que pouvais-tu espérer? Tu n'imaginais quand même pas que Jos allait, un jour, dans un élan d'aveugle passion, jeter son dévolu sur une vieille folle comme toi?»

Plein de questions l'assaillaient: toutes celles que, depuis l'apparition de Jos, elle n'avait jamais accepté de se poser; la remise en cause fut inouïe, brutale. En un éclair, elle traversa toute la gamme des émotions, des pulsions, des états d'âme et des regrets qu'elle avait connus depuis sa plus tendre enfance. Envie. Culpabilité. Jalousie. Désenchantement. Possessivité. Amour. Tendresse. Solitude. Affection. Maternité. Désillusion. Dévotion. Honte. Gêne. Absence. Absence. Absence.

Absence de mâle dans son lit. Dans sa chair. Dans sa vie.

Mal.

Néant.

De but en blanc, elle osa se regarder. Pour la première fois, elle se fit face dans la glace de sa conscience; et, instantanément, elle capitula... et devint mère.

Sur-le-champ.

Ce fut bref. Extrêmement bref. Et fort douloureux. Comme tout enfantement.

177

Puis, elle découvrit la paix. Une paix qui chassa le trouble l'ayant souvent gagnée devant Jos: non, aucune femme, jamais, ne le lui *enlèverait*. Elle venait d'en accoucher et ça, rien ni personne n'y pouvait désormais quoi que ce fût.

— Maman! Maman... dites, vous dormez?

— ... hum?

Elle s'extirpa à grand-peine de ses réflexions. «Sans doute les tranchées!» plaisanta-t-elle, pour elle-même.

— Vous ne m'écoutez même pas! Vous m'y reprendrez, je vous jure! Vous insistez pour que je vous livre mes pensées et voilà que vous faites la sourde oreille!

— Oh, Jos, ne sois pas méchant. Je rêvassais un peu... et puis tu n'étais pas forcément absent de mes pensées, mon petit.

— Alors, vous êtes d'accord?

— D'accord? Mais d'accord pour quoi?

— Là, vous voyez? Vous n'avez rien entendu de ce que...

— Mais si, mais si... je m'inquiétais pour toi et j'essayais de voir ce que je pouvais faire...

— Alors, vous voulez bien m'enseigner tout ça? Me dire ce qu'il faut faire et ce qu'il ne faut pas faire? Je ne sais pas, moi... comment lui parler. Comment l'aborder. Que lui offrir. Je ne voudrais surtout pas risquer de tout jeter par terre simplement parce que je n'ai pas l'habitude de ces choses. Elle est si... si...

— Franchement, Jos, tu me prends un peu au dépourvu! D'autant plus que... je ne suis pas sûre de connaître à fond le sujet, vois-tu: on ne m'a pas suffisamment courtisée pour que...

— Oh, ne vous faites pas prier, je vous en supplie. Quelles que soient vos connaissances en ce domaine, elles sont infiniment plus élaborées que les miennes: je pars de zéro. Et puis, en tant que femme, vous savez sûrement, d'instinct: comment auriez-vous aimé qu'on vous parle? Qu'auriez-vous voulu recevoir? Qu'est-ce qui vous aurait plu ou déplu? Vous savez, toutes ces choses qui font que les filles ne peuvent résister à un garçon et que... Allez, soyez gentille: dites oui. À qui donc voudriez-vous que je m'adresse? Vous êtes la seule femme que je connaisse.

Le pire, constata-t-elle, mi-figue, mi-raisin, c'est qu'il était sérieux! Elle recouvrit soigneusement de logique maternelle toutes ces impressions, tous ces sentiments contradictoires qui s'attardaient au fond de son âme, nourrissant son atermoiement, et c'est le sourire aux lèvres qu'elle lui dit, presque ingénument:

— Mais oui, Jos! Bien sûr que j'accepte, mon grand. Il faudrait être une mère dénaturée pour laisser son fils croupir dans l'ignorance.

\*\*\*

Il allait frapper quand elle ouvrit... et la magie ne se démentit pas.

C'était *elle*, tellement *elle*.

— Bonjour!

Sa voix, veloutée, divine à souhait, le catapulta subito au septième ciel.

— Oooohhhhhh... eurghhhhh... surtout, ne m'en veuillez pas si je... heu, c'est que, vous savez, je pensais que... pardonnez-moi de vous dire ça, mais vous aviez l'air si... que je n'ai pu m'empêcher de...

Au comble de la gêne, Jos bafouillait tant et plus... et son cafouillage attisait son embarras, l'empirait, le propulsait vers des sommets.

Elle rit. D'un rire d'archange égaré ici-bas. Et ce rire ouvrit une fenêtre dans son cœur.

Elle fit mine de s'esquiver.

— Un instant, monsieur le bedeau. Je vais chercher maman, d'accord? Surtout, ne bougez pas: nous revenons tout de suite.

— Non non non, c'est... c'est vous que... que je veux voir! bredouilla-t-il en piquant un fard.

— Ça, je sais! avoua-t-elle le plus spontanément du monde en hochant une tête infiniment délicate. Mais il ne serait peut-être pas correct de... oh, et puis tant pis, se ravisa-t-elle.

Dieu, ces prunelles!

Ce port de tête!

Il n'eut pas le temps de s'étonner qu'elle sût déjà: plusieurs frimousses chafouines l'encadrèrent. Il compta sept enfants en bas âge... qui venaient sans doute aux nouvelles.

— Mes frères et sœurs... allez, vous autres, dites bonjour et disparaissez. Ouste, soyez gentils!

Ses manières. Sa grâce. Féline et aérienne à la fois.

Ils piétinaient gauchement dans le tambour; revenant aux convenances, elle lui tendit une main qui, pour lui, évoqua l'antiquité. Une main qui n'aurait pas déparé une statue grecque. Fougueusement, il s'en empara et, maladroitement, y déposa un baiser... qu'il eût voulu discret mais que les murs, énormes peaux de grosse caisse, amplifièrent désespérément.

Elle allait le prendre pour un parfait imbécile, c'était couru! Et ses parents? À moins d'être sourds, ils ne pouvaient pas ne pas avoir entendu cette bruyante manifestation enfantine. Sans doute se faisaient-ils violence pour ne pas venir le jeter à la rue comme un malpropre! Quant à opérer une retraite en catimini, inutile d'y penser: tous les voisins, alertés, devaient l'attendre sur le pas de leur porte! On se gausserait de lui pendant des jours et des semaines. L'histoire ferait le tour de la ville. De la région. De la province.

À deux cheveux de l'apoplexie, il bégaya, bégaya et bégaya... en cherchant des excuses qui ne venaient pas.

Elle lui sourit... et ses angoisses s'évanouirent.

Il voulut se reprendre et trébucha encore.

Nouveau sourire.

Il se calma à peu près, mais laissa couver sa colère... contre lui-même. Il se traitait de tous les noms! Comment pouvait-on être aussi inepte devant une jeune fille? Elle ne s'y méprendrait pas et si elle l'éconduisait vite fait, ce serait bien de sa faute! Après tout, pourquoi si belle fleur s'encombrerait-elle d'un pareil empoté? C'est donc en s'apprêtant à essuyer une fin de non-recevoir qu'il fixa ses yeux au fond des siens... pour y lire tellement de candeur, tellement de bonté, tellement d'amour qu'il s'abandonna, risqua le tout pour le tout.

— Heu, ben voilà, je m'appelle...

— Oui oui, je sais: vous vous appelez Jos.

Elle savait! Ça aussi?

Amusé et médusé, il s'entendit lui demander:

— Vous... vous ne seriez pas un peu sorcière, par hasard?

Elle partit d'un grand éclat de rire. Franc. L'innocence même, reconnut Jos.

— Seulement les soirs de pleine lune, badina-t-elle. Mais sorcière ou pas, il m'eût été difficile d'ignorer votre visite: l'infirmière et le curé sortent à peine d'ici!

— Comm... comment? s'étouffa Jos. Ils vous ont prévenue que... que...

— Que? pouffa-t-elle.

— Que vous... que je... euh...

— Et vous-même, vous êtes mal placé pour parler de sorcellerie, ce me semble: comment diable pouviez-vous connaître mon prénom? Si vous les aviez vus sursauter quand mes parents m'ont présentée...

— Quoi? Lu... vous... vous voulez dire que... que vous vous app... que vous vous prénommez vraiment Lucie?

— Ça dépend...

— Comment ça, ça dépend?

— Ben... oui et non...

Si elle s'amusait de son inconfort, c'était sans méchanceté aucune. Devant sa mine déconfite, elle poussa cependant plus loin les explications:

— En fait, la plupart des gens m'appellent Lucie... c'est plus court. Mais mon vrai prénom, c'est Lucie-Martine. Voilà, vous savez tout.

Ce fut aussi simple que ça!

Au bout de cinq minutes, la gêne s'étant dissipée, Jos et Lucie-Martine se connaissaient depuis que le monde était monde.

# XVI

Toutes les objections que l'on eût été tenté d'opposer à leurs fréquentations s'envolaient quand on les voyait ensemble: ils respiraient l'amour. S'en nourrissaient par tous les pores de leur peau.

Le curé, d'abord réticent quand Émilienne Brochu lui avait rapporté sa conversation avec Jos, avait changé son fusil d'épaule au vu de Lucie-Martine:

— Si notre bedeau de fils doit souscrire aux exigences de la chair, autant que ce soit avec pareil morceau de roi! avait-il blagué.

Car bien qu'au sortir de l'enfance, Lucie-Martine était déjà femme aux appas phénoménaux! Femme jusque dans son ingénuité: chez elle, l'innocence même s'apparentait à la séduction.

Sa jeunesse relative s'effaçait quand ses yeux vous débusquaient: des ères de sagesse vous dévisageaient alors, des âges où se bousculaient questions et promesses vous remuaient jusqu'à l'âme.

Elle était ensorcelante. Splendidement ensorcelante.

\*\*\*

Du jour au lendemain, ils furent indispensables l'un à l'autre. On ne les vit plus qu'ensemble; même quand ils étaient *matériellement* séparés, on ne parvenait pas à les imaginer isolément.

Ce fut immédiat, sans transition aucune: dès l'instant où ils se reconnurent, leur vie commença... et continua; seuls quelques petits ajustements de part et d'autre... et elle atteignit sa vitesse de croisière.

Ils ne s'embarrassèrent pas de tâtonnements sociaux, ne mirent pas des semaines et des mois à s'apprivoiser: leur apprentissage mutuel remontait à leur naissance, ils habitaient l'un dans l'autre depuis toujours, mentalement, spirituellement et… physiquement: ses épaules à lui étaient faites pour recevoir sa tête, ses bras pour l'étreindre tendrement, ses narines pour se délecter de ses doux effluves, leurs mains pour s'entrelacer, leurs bouches pour fusionner, pour échanger une même bruine vitale.

Là où les autres tergiversaient et départageaient difficilement leur avenir, ils s'ancraient dans une bienfaisante certitude. Là où, à coups d'illusions, les autres se bâtissaient des rêves qu'ils mettraient toute une vie à regretter, ils les redécouvraient, les vivaient et les incrustaient dans leur chair. Là où les autres campaient soigneusement leurs échelons respectifs d'une vie commune, ils confondaient les leurs jusqu'à la perfection.

Ils ne se posèrent même pas de questions quant à leur éventuel mariage: ce dernier allait de soi. Tout le reste n'était que fioritures, banale mise au point dont des tiers pouvaient fort bien se charger.

Ils convinrent simplement d'être, dans la mesure du possible, le premier couple qu'on unirait dans la nouvelle église.

\*\*\*

Jos ne modifia que fort peu ses habitudes, ses façons de faire: leurs quotidiens s'imbriquaient à la perfection; *elle* était là, que demander de plus? Candidement, il mettait en place d'autres points de repère: elle lui insufflait l'élan voulu pour aller au bout de lui-même, pour s'aventurer au-delà des strictes bornes humaines… et s'y retrouver. Une fraction d'instant suffit à Lucie-Martine pour faire partie intégrante de son paysage intérieur. Pour en assumer, même, la quintessence. Elle embrassa spontanément sa cathédrale, s'y lova de toutes ses cellules, y logea l'entièreté de son être. Elle s'y *emboîta* si bien qu'il ne sut plus les dissocier l'une de l'autre. L'amalgamation eut lieu naturellement. Sans à-coups. Simplement, le décor de l'édifice en fut affiné, atteignit au sublime.

\*\*\*

Pour le reste et parce que Lucie-Martine le confortait dans ce qu'il était, Jos demeura fidèle à lui-même... à quelques nuances près: il poussa plus loin encore les mouvements d'humeur intempestifs. Comme il lui était totalement inacceptable qu'on pût remettre en cause ne fût-ce qu'un rivet de l'église, les différents aléas de la construction, tout comme les inévitables frustrations qui les accompagnaient, lui fournissaient ample matière à d'impétueuses sorties-exutoires, à des réflexions orageuses que le curé tempérait tant bien que mal.

— S'il est vrai que la peur donne des ailes, préparez-vous à prêcher dans une basse-cour, monsieur le curé! Ils sont désespérants, tous: des poltrons. Rien que des poltrons. Des pleurnicheurs. Prêts à tout abandonner pour courir se réfugier sous les jupes de leur mère à la moindre peccadille. Ce n'est pas un dôme qui devrait surmonter l'église, mais une jupe! Leur illusion de sécurité serait parfaite. Mais où voient-ils donc du danger? Bande de pleutres. Si l'enfer existe, on devrait y réserver des places de choix pour les peureux. Vous pourriez d'ores et déjà y orienter le gros de vos fidèles: je me porte garant de leur couardise. Vous verriez: ils auraient d'ailleurs tellement peur de rater le coche qu'ils se bousculeraient au portillon pour être de la première fournée. Il y aurait une telle affluence de zouaves et de *pelleteux de boucane* que la queue s'étendrait jusqu'ici. Lucifer devrait embaucher de la main-d'œuvre supplémentaire. Je vous jure que...

— Du calme, Jos, du calme! Tu me désâmes, mon fils. Sois un peu tolérant, veux-tu? Ton intransigeance t'aveugle... et me désole. Ton impétuosité, ta fougue t'empêchent de te mettre dans la peau des autres... et je t'assure que quelquefois, ça ne saurait t'être que salutaire...

— Dans leur peau? Ça, ce serait le comble: si on me condamnait à revêtir leur peau, je plongerais de suite, tête baissée, dans les filets de Satan! Il garde sûrement quelques bonnes places au chaud pour faire face aux imprévus.

— Tuttutututtttt, tu t'égares, Jos: ne joue pas ainsi avec le Malin. Tu prends ça trop à cœur. Au fond, qu'est-ce que tu leur reproches? D'être eux-mêmes? Peux-tu leur tenir rigueur de n'être pas comme toi? Après tout, ne t'ont-ils pas, eux, accepté... tel que tu étais? Avec un peu d'aide de ma part, d'accord, mais quand même...

— Un peu d'aide? Vous voulez rire! Vous oubliez que ce sont ces mêmes gens, ou leurs semblables, qui me condamnaient, me honnissaient, me vouaient aux gémonies et m'auraient sans remords lapidé sur la place publique quand je suis arrivé. J'ai déjà goûté à leur médecine et je sais que leur jugement, que le jugement des gens en général, est sans appel et ne repose que sur des à-peu-près et sur un effet d'entraînement. Et puis, peu importe: ça ne change rien à la chose, n'est-ce pas? Pffffffff... des lâches. Et tout ça pour une toute petite coupole de rien du tout!

— Mais comprends un peu, Jos: ils n'ont jamais vu ça! C'est nouveau pour eux. Il faut leur laisser le temps, les amadouer, leur montrer qu'ils ne courent aucun danger, quoi qu'en disent défaitistes, mauvaises langues et compagnie...

— Nouveau, nouveau... et Saint-Pierre de Rome? Et les Invalides? Et le Panthéon? Et le Capitole, à Washington? Ils n'en ont jamais entendu parler, je suppose? Ce ne sont pas des dômes, peut-être?

— Si, Jos, *mais ailleurs*. Des dômes imaginés et construits par d'autres. La nature humaine est ainsi faite, mon fils et que tu te rebelles ou non, tu n'y pourras rien changer: l'herbe est toujours plus verte dans le pré du voisin! Les gens ont peine à croire que ce qu'ils accomplissent peut être aussi valable que ce qu'accomplissent les autres. Et sérieusement, Jos, peux-tu blâmer ces pauvres diables, qui n'ont que des épinettes, des tempêtes de neige et des maringouins comme horizons, de reconnaître aux penseurs et aux concepteurs d'ailleurs plus de mérite qu'aux leurs? De leur accorder plus de crédibilité? Sans compter que, tout ça mis à part, les dômes de Saint-Pierre de Rome, de Sainte-Sophie et des Invalides jouissent de plusieurs longueurs d'avance sur tout ce qu'un contemporain pourrait proposer: ils ont déjà passé l'épreuve du temps... et sous des latitudes, faut-il te le rappeler, qui sont beaucoup plus clémentes que celles d'ici.

— N'empêche: qu'espèrent-ils? Qu'on démolisse et qu'on recommence? Qu'on *équarrisse* et qu'on assoie une piteuse boîte carrée sur les murs? Qu'on coiffe l'église du pignon traditionnel?

— Tout doux, Jos. Ça se tassera, tu verras. Ce n'est l'affaire que de quelques jours. Ils vont revenir à de meilleurs sentiments. Souvent, il suffit d'un rien pour renverser la vapeur.

Maussade, Jos épiait les abords du chantier désert par la fenêtre ouverte. Le crépuscule assombrissait les alentours... et son âme. Des dates s'entrechoquaient en cadence dans sa tête. S'y tamponnaient et s'y télescopaient à qui mieux mieux.

— À ce rythme-là, se désola-t-il, on y sera encore dans trois ou quatre cents ans. Ce n'est pourtant pas une cathédrale gothique qu'on érige!

Les travaux s'engluaient, traînaient en longueur depuis qu'on avait parachevé le coulage des murs de béton. Les ouvriers ne se risquaient qu'à reculons aux abords du dôme naissant: ils piétinaient, ergotaient pour un oui ou pour un non, s'engueulaient à tout propos et se livraient à tout un cirque pour ne pas monter là-haut. Il en était même qui faisaient de longs détours pour ne pas avoir à passer *sous* l'esquisse de coupole. Un trou béant surplombait les échafaudages, ponctué çà et là de squelettiques membres de bois qui pendouillaient bêtement dans le vide ou qui s'élevaient sans raison pour soutenir le néant.

Une litanie incroyable de billes, de planches, d'échelles, de rambardes et de câbles greffés aux échafaudages n'y changeaient rien: c'était vicieusement présent, en latence. Il n'eût servi à rien de multiplier à l'infini les mesures de sécurité, de dresser d'autres remparts et garde-fous ou de faire durer les travaux jusqu'à la saint-glinglin.

— … à mon sens, d'ailleurs, c'est plus une question d'atavisme que de sécurité, Jos. C'est la crainte de l'inconnu qui fait des siennes…

— Atavisme ou pas, c'est totalement injustifiable… et incompatible avec la civilisation. Le singe aurait mieux fait de rester dans son arbre que d'en descendre avant d'être apte à assumer la condition humaine. Ils sont là, cloués au sol, perplexes, incapables de bouger. Vous devriez les voir, au chantier: ils me toisent sans arrêt et se demandent jusqu'où j'oserai aller. Ils m'examinent et se tournent vers là-haut, prêts à suivre des yeux la planche qui va se détacher pour venir me défoncer le crâne. Et si l'accident fatal survenait qui vienne confirmer leurs dires, ils se féliciteraient jusqu'à leur mort de n'avoir pas tenté le diable. Ils décortiqueraient mes derniers jours pour y dénicher des comportements suicidaires ou des motifs ayant pu susciter la colère de Dieu. Ils craignent et en même temps souhaitent de tout leur cœur de froussard que le ciel s'entrouvre et que Dieu, mécontent de notre arrogance… car pour eux, il s'agit bien d'arrogance, monsieur le curé, ne vous y trompez pas… que Dieu, donc, me transforme en exemple vivant. Ou plutôt en exemple mort! Qu'Il me foudroie pour me punir… d'avoir… d'avoir essayé, à ma manière, de me dépasser. Parce que se dépasser, c'est vouloir humilier son Créateur, peut-être? Surtout, ne pas remettre quoi que ce soit en question. Petits ils sont et petits ils entendent rester. Comme si Dieu pouvait se sentir diminué par notre volonté de nous parfaire, de faire éclater nos limites dans toute la mesure de nos moyens. Et même dans toute la *démesure* de nos moyens. Que risque-t-Il dans l'aventure? Qui sait si ce n'est pas là qu'Il nous attend, d'ailleurs? Au bout, au-delà de nous-mêmes. Car il a bien fallu qu'Il commence par là, Lui aussi. Tout Dieu qu'il soit, Il a bien été obligé, un jour ou l'autre, même si Ses secondes se comptent en millénaires, de faire face à Ses bornes. De s'efforcer de les éliminer…

— Holà, ça suffit, mon fils! N'oublie pas ton petit catéchisme: Dieu est tout, toujours, partout. Il est omnipotence, omniprésence, omniscience. Il n'a pas de limites et ne saurait en avoir, sans quoi Il ne serait pas Dieu. Ne t'arroge surtout pas le droit de Le juger, Jos: ce serait outrepasser tes prérogatives. Nous ne sommes que Ses créatures, imparfaites hélas, mais créées à son image.

— Ah oui? S'Il nous a faits, conçus, imaginés, fignolés à Son image et à Sa ressemblance, pourquoi diable sommes-nous si désespérément *sommaires* et éphémères? Ne pourrions-nous ne fût-ce qu'espérer Le rejoindre… je ne sais pas, moi, un jour, par-delà les tabous et les restrictions qu'Il nous impose ou qu'Il accepte qu'on nous impose? Dans des années de lumière, par exemple. Ou dans d'autres systèmes solaires ou stellaires. Dans des dimensions que notre petitesse nous cache peut-être mais qui sont malgré tout à notre portée.

— Jos, un jour ou l'autre, il va bien falloir que tu arrêtes de résister à l'enseignement divin! L'Église, notre sainte mère, ne nous enseigne-t-elle pas que les mystères transcendent l'homme? Qu'ils sont et doivent demeurer au-delà de la compréhension humaine? Que leur inaccessibilité n'est qu'une preuve de plus de la grandeur de Dieu? Et si Dieu l'a voulu ainsi dans Son infinie sagesse, c'est pour que nous, pauvres mortels, ne soyons pas tentés par l'impossible. Nous sommes des hommes, Jos, rien que des hommes!

— Allons donc: vous vous gargarisez de formules toutes faites, mon père! Même si vous m'assommiez pendant des siècles de «pauvres mortels, pauvres mortels», vous ne m'empêcheriez jamais de déceler certaines lacunes dans l'enseignement de l'Église… qui, au demeurant, n'a pas nécessairement l'apanage de la vérité…

— Mais vas-tu cesser de provoquer Lucifer, à la fin! L'Église n'agit qu'en vertu des lois divines. Elle obéit aux impulsions du Créateur de toute chose. Mettre ses enseignements en doute, c'est ouvrir la porte à toutes les hérésies. Si tu blasphèmes de nouveau, j'exigerai de t'entendre en confession. Et puis en voilà assez: tu frôles le sacrilège. Un bedeau, un serviteur de Dieu qui profère de telles inepties! C'est une honte!

***

Quand Jos détournait la conversation et abordait le chapitre des inconsistances émaillant le dogme de l'Église, le curé s'emportait quelque peu. Mais, en règle générale, il s'en repentait aussitôt. Car, si Jos tâtait de l'impertinence dans ses rapports avec le Très-Haut, il se posait au moins des questions... ce qui n'était pas le cas de tout un chacun.

Il regrettait d'être sorti de ses gonds. Son courroux était tel qu'il l'empêchait de dormir.

Bon: il lui faudrait s'excuser, comme le plus humble des pécheurs. Hélas, il n'était lui aussi qu'un être humain; et, au même titre que Jos, il déplorait de ne pas être ne fût-ce qu'un soupçon de plus. Au soir de son existence, serait-il dans la triste obligation d'admettre qu'il avait été logé à la même enseigne que le dernier des derniers et qu'il avait vogué de péché en péché? La seule différence relevant de la nature des fautes?

Il faisait les cent pas devant le presbytère en attendant que Morphée le réclame.

— Monsieur le curé! Monsieur le curé!

Il reconnut la voix bien avant d'apercevoir le personnage. D'accord, le verbe d'Émilienne Brochu portait plus haut et plus fort qu'une corne de brume, mais... il jaugea la chiche clarté dispensée par la lune: même en clignant des yeux à l'extrême, il n'y voyait goutte. Comment s'y prenait-elle pour le discerner dans ce noir quasi total? Une conjonction planétaire particulière jouait-elle sur l'acuité de sa vision? Ou alors... la nuit venue, se muait-elle en chat? Il sourit en l'imaginant en chatte étique rasant les murs sales de quelque ruelle mal famée d'une grande ville, miaulant de tous ses poumons et soupirant après les matous en vadrouille.

Elle parut, en sautillant, dans le rai pâlot que la lune projeta entre deux percées de nuages. Elle semblait au bout du rouleau: elle était en nage et se tenait la poitrine, cherchant à reprendre sa respiration. Rien, sur ses épaules, qui pût la protéger du froid cru qui, le soir, s'entêtait.

— Vite! Jos a disparu! râla-t-elle.

Le sang du curé ne fit qu'un tour:

— Quoi?

— Jos. Il a disparu, vous dis-je!

— Disparu où? Disparu comment? Qu'est-ce que ça veut dire, ça? À l'heure qu'il est, il doit dormir à poings fermés. Il m'a paru singulièrement fatigué, ce soir. Fatigué et agressif. Toutes ces manières que font les ouvriers lui mettent les nerfs en boule.

— Je suis passée chez lui à deux reprises. Il-n'y-est-pas! J'ai visité tous les endroits où il pourrait se trouver.

— Vous êtes allée chez les Marcotte? Vous savez, à son âge et avec ce mariage qui se profile à l'horizon, peut-être que...

— Par-tout! Il n'y avait aucune lumière chez Lucie-Martine. Je n'ai pas cru bon les réveiller: pourquoi inquiéter inutilement la petite? Je suis allée à la chapelle, à la gare... à croire qu'il s'est volatilisé. J'espérais vaguement qu'il était avec vous, ou encore au chantier. Mais j'ai vérifié: la seule voie d'accès possible en est cadenassée de l'extérieur.

— Ah, ça... vous m'inquiétez joliment, garde. Et vous avez essayé chez... euh... dans les...

— Ah, vous y pensez aussi, n'est-ce pas?

Le curé prit un peu de recul: Jos ne serait quand même pas descendu jusque-là!

— ... ah oui? Et à quoi, garde?

— Allons, nous n'avons pas le temps de barguigner, monsieur Dudemaine: aux *blind pigs*!

— Impensable, garde! Jos n'oserait pas se compromettre ainsi... lui, un bedeau! D'ailleurs, vous l'avez déjà vu en état d'ivresse, vous?

Les *blind pigs*: débits de boissons clandestins où d'aucuns allaient noyer leur malheur dans une piquette innommable ou du caribou à faire vomir les non-initiés. Antres de débauche et de perdition pour les puritains, maux nécessaires pour les autres... que les autorités toléraient tant qu'elles pouvaient sauver la face et qu'il n'y avait pas exagération: beaucoup trouvaient là la seule soupape aux vicissitudes de l'existence.

Ni pour l'infirmière ni pour le curé, il n'aurait su être question d'entreprendre une *tournée des grands ducs*. La première, parce qu'elle était femme et le deuxième parce qu'il eût été bougrement fâcheux qu'on le vît dans l'un de ces bouges. Comment eût-il pu, par la suite, simuler l'ignorance?

En catimini, ils s'approchèrent du plus *réputé* des «établissements» en cause.

Garde Brochu se sentait investie de ce feu sacré qui devait, jadis, présider aux croisades. Toutes griffes dehors et forte de cette illusoire invulnérabilité que communique le *bon droit*, elle n'eût pas hésité à affronter les lions dans les arènes de Rome pour tirer Jos des pattes du démon.

Pas âme qui vive en vue. Seule une petite lampe à huile, à l'entrée, indiquait qu'il y avait là une quelconque activité. Les abords respiraient la tranquillité.

De temps en temps, la porte s'ouvrait et un type plus ou moins éméché venait se rafraîchir les idées avant de retourner à l'intérieur. Une fumée dense en profitait pour s'échapper; quelques rires fusaient.

— Vous entendez, monsieur le curé? Il y a du Satan là-dessous! Si je m'écoutais, je... oh, tenez: ce fruit-là me semble mûr.

— Mais c'est... mais c'est Roger Simard! Ça par exemple!

— ... oh! le salaud! Pas plus tard qu'hier, je lui ai prêté cinq dollars pour qu'il achète une robe à sa gamine et des médicaments pour sa femme! Je vous jure qu'il ne perd rien pour attendre, le salopard. Voyez dans quel état il est. Décidément... tous pareils, les hommes: des cochons!

— Émilienne Brochu, n'oubliez pas à qui vous parlez! Je demeure un homme, malgré cette soutane qui m'empêche de vous dire ce que je pense de vos jugements à l'emporte-pièce. Ah, elle est belle, votre charité chrétienne!

— Quoi? Comment osez-vous! s'étouffa l'infirmière. Vous avez bien dit «Émilienne»? Qui vous a permis?

— Chuuuuttttttt... nous réglerons ça plus tard! décréta le curé d'un ton sans réplique.

Mal à l'aise, empêtrés dans un guet qui n'en finissait plus, ils ne savaient comment se cacher l'un de l'autre. La situation dégénérait et ils auraient donné plusieurs années de leur vie pour se retrouver ailleurs. Malgré tous les efforts qu'ils faisaient pour se dominer, leurs voix changeaient progressivement de registre pour acquérir une sonorité qui, n'eût été l'état lamentable dans lequel se trouvait leur *client* potentiel, lui eût mis la puce à l'oreille.

Au bout d'une éternité d'hésitation, Roger Simard, visiblement ivre comme un Polonais, entreprit de descendre... et de redescendre l'escalier supposé le mener à la rue. Supposé car, pour ce qui le concernait, il n'y avait rien de moins évident: dix fois, il reprit l'exercice et dix fois, il faillit débouler jusque sur le trottoir de bois. Mais Dieu seul sachant comment le bonhomme s'y prenait, une rampe, bien que bringuebalante, remplissait son office et le retournait illico vers le haut des marches. C'était à la fois cocasse et pitoyable.

Quand, après sa périlleuse descente, Roger Simard parvint finalement à leur hauteur, le curé retint *in extremis* garde Brochu qui, agressive, s'apprêtait à l'interpeller; ils se dissimulèrent soigneusement en attendant que le grand gaillard disparût... après avoir, au grand dam de l'infirmière, uriné avec désinvolture contre le mur qui leur servait de paravent.

Ils en furent quittes pour attendre que quelqu'un d'autre, un tantinet moins saoul, déserte la «tanière à Moreau» et passe à leur portée. La diplomatie maladroite de garde Brochu étant inopérante, le curé dut miser sur la culpabilité latente du gars... pour apprendre que Jos ne comptait pas parmi les habitués et que...

— ... vous penshhhez bien, hic, m'shhieur l'curé, que chhh'est moi-même la oups, shh'cusez, hhh'ai failli tomber, hips... moi-même, chhhhh'est la première fois que... que j'mets les pieds là-dedans, j'vous jure! Croix de bois, croix de fer, hips, shhhi j'mens j'vas en enfer.

Ayant obtenu le même résultat négatif en furetant près des quatre *blind pigs* d'Amos, monsieur Dudemaine et mademoiselle Brochu, s'ils furent temporairement soulagés, déchantèrent rapidement: si Jos n'était nulle part, alors...

Leur inquiétude crût à la vitesse de la lumière.

***

Lucie-Martine avait tenu mordicus à aider Jos sitôt qu'il lui eût fait part de ses intentions... qu'il n'eût d'ailleurs pu lui celer. Elle l'avait rejoint, la nuit venue, près de son «passage secret» – un panneau escamotable grâce auquel il accédait au chantier sans avoir à enlever le

cadenas de la porte temporaire; pareil subterfuge amenant les a[...]
croire les lieux vides, il pouvait s'y attarder à loisir.

Trop heureux qu'elle fût là, il n'avait pas eu le courage de lui
demander comment elle avait pu s'éclipser ou quelle raison elle avait
invoquée pour fausser compagnie à ses parents.

La toile, plissée, déchirée par endroits, avait connu des hiers plutôt
ténébreux aux alentours du chantier. Elle était même d'une propreté
douteuse; mais il n'en avait cure. Pour ce qu'il en attendait, elle ferait
parfaitement l'affaire. Ils l'étendirent par terre et la *lestèrent* de blocs de
béton. Puis, il tendit des fils de fer auxquels elle fixa, à l'aide de deux
ou trois épingles à linge, de vieilles couvertures qu'elle avait dénichées
chez elle: elles serviraient de paravents. Un grabat rudimentaire, un pot
de chambre à l'émail écaillé... et le *home* de Jos était prêt! Le «toit»
pouvait attendre.

Sa main... du velours.

Des frissons le traversèrent, se faufilèrent jusqu'à sa colonne vertébrale. Chacun des mouvements qu'elle esquissait était empreint de cette
délicatesse qu'il jugeait héritière de quelque antiquité. Voilà: une statue
antique. Une sculpture grecque. Étrusque, peut-être? Elle en avait
d'ailleurs la maladive blancheur. La langueur, aussi.

Ses yeux plongèrent dans les siens. Et s'y perdirent pratiquement
corps et biens. Seules des brindilles lumineuses, reflets vivants de la
chandelle, surnagèrent...

Il souffla vivement sur la flamme et respira bruyamment, combattant
les pensées qui lui titillaient la virilité: elle était par trop pure, virginale
jusque dans ses manières, dans l'air même qu'elle exhalait, pour qu'il
laissât libre cours à ses... à ses bas instincts, comme le curé le disait si
justement en chaire! N'empêche, il en avait des picotements qui ressemblaient à s'y méprendre à ceux qui l'avaient terrassé lorsque, par inad-
vertance, il avait fureté autour de la génératrice du bonhomme Bibeau.
Sensation qu'il n'était pas près d'oublier! Lucie-Martine était... électrique! Mais les picotements qu'elle provoquait n'avaient, contrairement
aux autres, rien de désagréable, loin de là!

Dans un désir effréné de les y souder à jamais, il colla ses lèvres sur
sa bouche juteuse... mais il résista à l'envie, fantastique, de caresser ses
seins qu'il imaginait, palpitant frénétiquement, derrière la mince bar-
rière de coton qu'elle portait.

«Non non non non et non: ce serait trop terrible! Surtout ici!»

Elle se blottit contre lui, essayant de s'ajuster aux moindres replis de sa chair, comme pour s'enfoncer dans son corps, se fondre en lui. Paradoxalement, l'obscurité quasi totale accentuait sa pâleur, la rendait presque translucide.

Elle avait l'air si fragile!

Il l'enveloppa de ses bras: il saurait la protéger. Contre tout, contre tous. À eux deux, ils seraient invincibles. Rien ni personne ne les délogerait de leur bonheur-forteresse. Il compenserait sa fragilité par une solidité et une détermination inébranlables.

Là-haut, tout là-haut, sur un fond d'encre, noir, magique, qui ne pouvait procéder que de l'absolu, on apercevait des étoiles... comme celles qu'elle éveillait dans son cœur, dans ses veines.

Des étoiles... comme elle, au fond. Exactement comme elle. Dieu ce qu'elles étaient belles, l'une et les autres: la perfection qui se manifestait aux deux extrémités de la création.

— N'est-ce pas qu'elles sont merveilleuses, vues d'ici?

— Hum...

Elle allait s'assoupir! À contrecœur, il décida de la reconduire chez elle. Elle s'y reposerait mieux.

— Allez, viens, je te ramène. Tu as l'air tellement fatiguée.

— Oh non, pas maintenant, je t'en prie!

— Mais tu dormais presque...

— ... parce que j'étais trop bien dans tes bras, c'est tout. Sois gentil, attends encore un peu.

Il se rendit sans combattre et s'abîma derechef dans la contemplation des étoiles.

— Je ne sais pas si tu as remarqué, mais elles brillent drôlement plus depuis que tu es là. Avant, elles étaient fades, menaçaient de s'éteindre. Même que, par moments, je leur trouvais un petit côté terne. Alors que là, on jurerait qu'on vient de les astiquer. Sûr, tu dois avoir un effet sur elles.

— Tu crois? demanda-t-elle, entrant dans son jeu.

— Mais c'est évident, voyons!

— Évident, évident... c'est vite dit: tu as les moyens de vérifier, peut-être?

— Et comment! Tiens, regarde, là, au bout du grand chaudron. Non, pas là: là! Voilà. Cette étoile, c'est Cassiopée! Eh bien figure-toi que l'année dernière, elle s'est subitement évaporée. On a eu beau chercher et chercher, elle demeurait introuvable. Un temps, on a cru qu'une bande de voleurs venus d'ailleurs s'en était emparée pour éclairer je ne sais quelle constellation en mal de lampadaires. C'était triste, mais, bon, qu'y pouvait-on? Philosophes, on finit par se faire à l'idée, on se dit qu'après tout, une étoile de plus ou de moins, ce n'est pas la mort d'un homme et, miracle: tu apparais dans le décor et pouuuummmmmm, la voilà qui scintille de nouveau! Et puis l'autre, là, Proxima du Centaure, tu vois ses feux intermittents? Eh bien ils sont dix fois plus éclatants que d'habitude, je te jure. Elle y met le paquet, que veux-tu: elle est jalouse de toi, mon amour! C'est fatal, tu lui portes ombrage. C'est bien fait pour elle: comme tant et tant de ses congénères, elle est prétentieuse. Il faut la remettre à sa place de temps en temps. Et rien de mieux qu'une étoile plus éblouissante pour leur rabattre le caquet. Celle-là, près de la planche tordue, ses soupirs sont presque visibles, non? C'est Stellaris. L'autre, au fond, c'est Arcturus, je crois bien. N'est-ce pas qu'elle a l'air au bord de l'asphyxie? Et la petite rougeâtre, tout à côté, celle qui tire la langue, dans la queue de la constellation de...

— Tu sais nommer les étoiles? s'étonna-t-elle.

Il y avait de l'admiration dans sa voix. Il rigola un bon coup.

— Penses-tu! Je fais semblant, rien de plus. Oh, j'ai souvent eu envie d'apprendre leur nom. De me familiariser avec elles: il y a plein de traités d'astronomie parmi les piles de livres que le curé me permet de compulser, au sous-sol du presbytère. Et puis j'ai changé d'avis.

— Pourquoi? On ne peut savoir trop de choses, non? Et puis, tu pourrais m'enseigner.

— Oh, c'est sûr, ça vaudrait peut-être le coup de démystifier tout ça, d'approfondir ma culture en la matière: je connaîtrais les systèmes et les amas par le nom que leur ont attribué les hommes, j'accolerais une étiquette aux étoiles, je les situerais en un tournemain et je retapisserais la galaxie à laquelle elles appartiennent ou, je ne sais pas, moi, je m'orienterais sans coup férir d'un soleil à un autre. Mais il me semble que j'y perdrais en poésie ce que j'y gagnerais en pseudo-savoir: je ne verrais plus le ciel sous le même angle. Les choses doivent conserver un certain mystère à mes yeux. Trop de pragmatisme, trop de rationnel tue la spontanéité, l'enthousiasme, l'émerveillement... et je tiens férocement à ma vision du monde, comprends-tu? Je veux continuer à rêver, à me balader d'une étoile à l'autre en négligeant sciemment leur côté matériel, leur profil scientifique, leur évolution logique ou leur inscription dans l'ordre naturel des choses. Au bout du compte, qu'elles soient réellement notre passé, des soleils qui éclosent, une galaxie en voie de formation, le point d'accès de la voie lactée pour d'autres civilisations, notre futur ou tout cela à la fois n'importe pas tellement... pourvu qu'elles échappent à l'entendement humain, dans une certaine mesure. Pourvu qu'elles soient plus que ce qu'elles sont peut-être, en réalité. Ou, à tout le moins, qu'elles soient plus que ce qu'elles sont pour les savants et consorts. C'est une question de survie, pour moi: les étoiles doivent demeurer les fenêtres à travers lesquelles je contemple l'infini. Une porte d'entrée vers l'ailleurs. Un jour, je t'y amènerai, d'accord? Je te montrerai à voler, à te moquer de leurs sacro-saintes lois physiques et tous les deux, en secret, nous errerons d'étoile en étoile. Tu ne courras aucun danger: je serai là! Tu n'auras qu'à me suivre. Nous partirons de là, tu vois, au bout de mon doigt, et nous nous projetterons vers ce point-là. Nous aurons tout notre temps: tout se passe tellement vite là-haut que rien n'y presse vraiment. Tu n'as qu'à y penser et hop, tu y es. De toute façon, mon âme, que tu le veuilles ou non, il est trop tard pour reculer: d'ores et déjà, quand je vais là-haut, tu es un peu avec moi. C'est patent: je suis de plus en plus toi depuis que tu as révolutionné mon système, depuis que tu as bouleversé mes cellules, depuis que tu as chamboulé mon organisme, depuis que... que... depuis que je t'aime, depuis que tu m'aimes et... dis, tu veux bien, hein? Sitôt que nous serons seuls et que nous disposerons d'un peu de leur temps, je t'enlève et nous partons en voyage. Nous ferons les cent pas d'étoile en étoile, nous parcourrons l'univers, nous sauterons d'un système à un autre, nous découvrirons des mondes et nous foulerons de nouvelles galaxies... si tu es d'accord, naturellement? Hein, qu'en dis-tu?

Nulle réponse... mais sa respiration, des plus régulières, le renseigna: harassée, elle s'était proprement endormie dans ses bras. Elle avait beau être la vaillance même, ses journées exigeaient d'elle une somme d'énergie qu'elle n'était pas toujours à même de fournir: s'occuper de sa mère, tombée malade récemment, vaquer à l'ordinaire, entretenir la maison et veiller sur ses frères et sœurs, c'était beaucoup pour une frêle jeune femme de seize ans.

Sa vision s'étant acclimatée, il la contempla longuement, s'attardant au frémissement, tout léger, des narines, détaillant le coin espiègle des lèvres... et glissant vers sa poitrine, «faite pour abreuver l'enfant Jésus lui-même... ou moi!» rêvassa-t-il.

Honteux, soucieux de ne pas plonger plus avant dans le péché, il revint précipitamment au visage et orienta ses pensées vers de moins dangereux traquenards.

Quelle heure pouvait-il bien être? Minuit? Deux heures? Ses parents allaient s'inquiéter. Mieux valait y aller, sans doute... mais il n'avait pas le courage de la réveiller. Ne se sentait pas le droit de troubler son repos. Et puis...

«On doit être déjà dimanche, après tout! C'est jour de repos, non? Dix minutes de plus et je la leur rends.»

Il ferma les yeux... et la rejoignit sur-le-champ au pays des rêves.

Des secousses. Des lumières. Des étoiles qui le narguaient. Des nuages qui s'amoncelaient au loin: tiens, il y avait de l'orage dans l'air! Des visages qui grimaçaient. Des têtes qui dodelinaient et dont le port même exprimait la désapprobation. Des corps qui avançaient, en rangs serrés. Des expressions rageuses. Des visages heureux. Des mers. Des forêts. Des montagnes. Des cheveux dorés. Des montagnes de cheveux dorés. Des robes... bleues.

«Rien à faire, ils ne veulent pas apprendre à voler... et pourtant, ce n'est pas dangereux, je t'assure. Non... pas dangereux pour deux sous! Toi, au moins... Lucie? Lucie-Martine? Toi, au moins, mon amour, tu vas apprendre, n'est-ce pas? Dis, tu vas apprendre?»

Le flou perdurait.

Les masques étaient imbibés d'irréalité.

Mais par-delà, tout juste derrière eux, il y avait, il y aurait toujours, cette cathédrale... cette cathédrale-tremplin vers *autre part*.

*** 

Les parents adoptifs de Jos avaient remué ciel et terre, fait le tour de tous les *points stratégiques*, frappé aux portes des rares personnes susceptibles de les éclairer: rien!

Ils avaient finalement admis l'évidence: Jos avait disparu. Même en tournant et en retournant en tous sens les événements de la veille, ils n'y dénichaient rien qui laissât présumer une fugue de leur fils. D'accord, celui-ci avait longuement bougonné parce que le chantier se trouvait plus ou moins paralysé et que l'échéancier accusait un sérieux retard, mais ce n'était là rien que du très banal. Il avait sans doute protesté vigoureusement devant l'interdiction d'y poursuivre, le lendemain, des travaux en solitaire, mais il s'était rendu aux raisons sous-tendant l'inflexibilité du curé: le dimanche était jour sacré... et doublement dans la future maison de Dieu. Il y allait de la crédibilité même de l'Église.

Le curé et l'infirmière avaient sonné le rappel des volontaires et mis en branle le *plan de secours*; lessivés, vidés, ils se prêtaient comme de véritables zombis aux préparatifs et notaient machinalement le nom des secouristes qui se présentaient au presbytère. Pour eux, jamais aube n'avait tant tardé à se lever! À croire que la nature s'y était mise à son tour: une épaisse couche de nuages étirait inconsidérément le manteau de la nuit.

Les battues en règle n'étant pas monnaie courante dans la région, on piétinait visiblement un peu. On répartit la vingtaine de volontaires en trois groupes auxquels on assigna un périmètre approximatif, à l'extérieur du village; en attendant l'heure du départ, les hommes discutaient ferme et faisaient le pied de grue entre le chantier et le presbytère.

Sitôt que le soleil cessa de bouder, les trois équipes s'ébranlèrent; on en constitua immédiatement deux autres avec les retardataires, qui arrivaient maintenant par grappes de trois ou quatre.

Le bouche à oreille faisait merveille: vers huit heures, sept groupes d'éclaireurs battaient déjà la campagne, un huitième s'apprêtait au départ et les femmes accouraient pour préparer leur retour. On aménageait un quartier général – en l'occurrence, le perron du presbytère –, on se partageait les différentes corvées et on prenait des dispositions pour parer au plus pressé: café, petits pains, beignes, sandwiches, fèves au lard.

Il fallait se dépêcher pour que tout fût prêt: les trois pelotons de tête devaient revenir vers dix ou onze heures, après avoir patrouillé de fond en comble leur territoire respectif, tout près du village.

***

Garde Brochu regarda s'éloigner les ultimes secouristes; instinctivement, elle consulta la pendule qui égrenait les secondes dans l'entrée du presbytère. Le premier groupe devait être sur le point de revenir, maintenant... mais elle ne voyait pas trop bien ce qu'elle pouvait espérer: si Jos avait marché toute la nuit dans une même direction, jamais ils ne le rattraperaient. Et s'il s'était pris le pied dans un piège à ours, comme c'était arrivé deux semaines auparavant à Victor Comeau? Le pauvre s'était pratiquement vidé de son sang et y avait laissé une jambe. S'il s'était enlisé dans un marécage? S'il avait été traqué par une meute de loups affamés? Si, le confondant avec une bête, des coureurs des bois l'avaient pris pour cible et qu'il gisait quelque part dans l'immensité, moribond? Le sol se repaissait lentement de son sang pendant qu'elle...

La pendule était triste. Comme elle.

Songeuse, elle se demanda pour la énième fois ce que serait sa vie si Jos n'était plus. S'il s'envolait... comme il était apparu.

Des frissons la parcoururent.

Comment tromper l'attente? Ses nerfs étaient sur le point de la lâcher. En allait-il de même pour le curé? Silencieux derrière son bureau, il croyait peut-être donner le change en faisant mine de se consacrer à la lecture de son bréviaire, mais elle n'était pas dupe: il n'avait pas tourné la page une seule fois en une demi-heure.

La pendule avait quelque chose de cabalistique.

«À la longue, pourrais-je en arriver à faire de même? médita-t-elle. À émietter le temps, point à la ligne? Ne serait-ce pas là la solution idéale pour le genre humain? Se prolonger comme balancier temporel! Mesurer le temps universel.

«Mais, au fond, n'est-ce pas d'ores et déjà ce que nous faisons tous? En arguant, bien sûr, d'une doctrine de pacotille apte à justifier en profondeur notre présence ici-bas. Voilà: nous égrenons bêtement les secondes au fil de notre brève existence. Mieux: nous servons de seconde-repère à quelque dieu voyageur qui nous plante là comme on plante une vieille horloge au milieu d'un vestibule, sa seule mission étant de nous rappeler que le temps passe. Balanciers! Nous ne sommes que balanciers! Et notre Créateur nous a placés là pour Lui rappeler que, s'Il est immortel à notre échelle, Il ne l'est peut-être pas à la sienne. Ce n'est pas sorcier à comprendre: Son temps s'écoule à une autre cadence que le nôtre, mais il s'écoule quand même. C'est simple. Nous sommes Ses pense-bêtes. Ses tic-tac. Dans cette optique, que Jos fût présent ou pas n'aurait aucune espèce d'importance: un balancier se préoccupe-t-il d'un autre balancier? Une montre de poche s'inquiète-t-elle de l'état d'âme de son propriétaire? Comptabilise-t-elle les fois où celui-ci se penche sur elle? Un balancier... rien qu'un balancier. Et c'est très bien ainsi: comme ça, plus de questions, plus de souffrances, plus de grands soucis mystiques, métaphysiques ou philosophiques. A-t-on déjà entendu parler de balanciers philosophes? Ou de balanciers vieilles filles? Un balancier... rien qu'un balancier. Qui se moque éperdument du qu'en-dira-t-on! Qui se fiche d'être laissé-pour-compte comme il se fiche de tout: ni inerte ni conscient. Oui, c'est ça... un autre petit effort. Ce n'est pas tout d'être balancier, il faut l'assumer, cesser de se ronger les sangs. Ce doit être facile... et fascinant. Plus grand-chose à penser ni à faire, uniquement se laisser aller, doucement, de gauche à droite et de droite à gauche... se laisser aller aller aller, jusqu'au bout, au bout, au bout et ne plus penser, ne plus penser, ne plus penser...»

— Émilienne! Eh oh! Émilienne Brochu! Vous ne vous sentez pas bien? Vous êtes là à danser d'un pied sur l'autre, à vous balancer, comme...

Elle battit tous les records: jamais elle ne s'était empourprée avec une telle rapidité. Elle n'était plus que feu de braise. Et elle dégageait sûrement de la fumée. D'ici à ce qu'il émanât d'elle une odeur de roussi... même son tailleur s'y mettait: ça la cuisait de partout!

Elle bafouilla. S'excusa.

Le curé, les deux mains sur les hanches, la contemplait avec une sorte de ravissement. Était-ce l'étonnement qui lui donnait cet air guilleret? Ou... une once de méchanceté, peut-être? Se réjouissait-il de la surprendre en flagrant délit de détresse?

Ne tenant pas à déterrer la hache de guerre, elle lui octroya le bénéfice du doute... mais demeura de marbre. Qu'elle le voulût ou non, il lui faudrait, sous peu, régler cette délicate question avec ce prêtre de malheur: par deux fois déjà, il l'avait appelée par son prénom! Il dépassait les bornes!

Devant son mutisme, le curé revint à la charge, goguenard:

— Ah, ça, j'aurais juré que vous... que vous marquiez le temps. Vous prendriez-vous pour une... pour une «horloge grand-mère», par hasard?

— Euh, je… je pensais à Jos. Je me demandais si nous avions fait tout ce qu'il fallait pour… Plaît-il? Une quoi? s'insurgea-t-elle en le foudroyant du regard.

Et il avait le culot de rigoler! Elle reprit, acerbe:

— Je commence à comprendre pourquoi vous avez les cheveux coupés en brosse, monsieur le curé. Avec le toupet que vous avez, vous auriez vite fait de vous y prendre les pieds!

Loin de disparaître, le sourire du curé s'épanouit.

— Vous savez que nous sommes bêtes, garde?

— Je vous en prie…

— Je vous jure: nous faisons de piètres parents adoptifs, vous et moi! Nous nous complaisons dans une tristesse que nous jugeons de circonstance, à désespérer comme s'il était déjà mort. Ça m'a frappé, à l'instant: à nous voir, Jos est déjà enterré! Pas une seule minute nous n'avons essayé de nous mettre à sa place, de «penser comme lui». Et de ce fait, pas une de nos hypothèses n'a frôlé la vérité. Nous aurons tous les deux été abusés par un vulgaire cadenas: car s'il est quelque part, ce ne peut être, malgré vos allégations, que…

La porte s'ouvrit sur un rayon de soleil: Lucie-Martine entra en coup de vent, bientôt suivie par son père, tout essoufflé.

— Papa vient tout juste de me dire: vous cherchez Jos?

Elle était radieuse et ne manifestait pas pour deux sous d'inquiétude.

— De grâce, Lucie-Martine, ne nous fais pas languir, lui reprocha l'infirmière en éclatant en sanglots. Si tu sais quelque chose, dis-le-nous, veux-tu? Et vite.

Le curé lui mit la main sur l'épaule et lui dit, à mi-voix:

— Venez, Émilienne. Lucie-Martine va nous guider.

***

«Jooooooooooooooooooooosssssssss…»

Oh, qu'il était difficile d'émerger de l'apesanteur! De se départir de cette légèreté, de cette plénitude qui participaient de l'essence même de l'univers. De ne plus ressortir au grand TOUT et de cesser d'être global, omniprésent, éternel. D'oublier qu'on *était* le temps passé.

Qu'on avait déjà, depuis des systèmes galactiques et des millions de voies lactées, dépassé des futurs mesquins, des futurs humains.

Qu'il était difficile de se refaire une santé dans un corps si rustre, si frêle, si rudimentaire. Dans un corps-boulet, dans un corps-carcan.

Il étouffait; il criait, hurlait, vociférait! Il ruait dans les brancards... et il était ailleurs. Déjà, encore et toujours. Parce que telle était sa nature: l'ailleurs.

Sitôt quasiment adoptée, toute forme lui pesait... et il s'en expulsait pour se projeter à des années-lumière. Où il se mêlait à l'immensité. Où il se découvrait libre, inaccessible, inattaquable... et bien, si délicieusement bien.

Qu'elle était embarrassante, cette ancre de chair, incompatible avec l'évasion totale. Hop: vivement, un autre petit coup vers l'infini et...

Impossible: les ponts étaient, pour l'instant, coupés.


À toute volée, les cloches sonnaient. L'appelaient.

Pendu au bout d'une corde qui n'en finissait plus de se perdre dans les hauteurs d'un clocher invisible, il montait et descendait à un rythme époustouflant. Les coups du battant l'assommaient et le portaient aux nues, lui brisaient les tympans et le réjouissaient. Il eût souhaité que durât, sans jamais s'arrêter, ce mouvement de pendule, intangible, qui le relançait à corps perdu dans une réalité qui se défaisait et se recréait au gré de ses va-et-vient.

Les coups s'estompèrent. Furent amortis par d'innombrables épaisseurs de ouate. Sa course folle se poursuivait, mais dans un silence inquiétant. Puis...

— Jooooooooooooooooooooooosssssssssss!

Il perçut d'abord la lumière; une lumière émanant d'un soleil qui n'avait plus rien de matinal: il devait même avoisiner le zénith. L'énormité de la chose l'assomma: la messe?

Penchée sur lui, garde Brochu le secouait avec vigueur.

— Jos! Jos, réveille-toi, bon sang! On t'a cherché partout!

Et Lucie-Martine? Sa tête ne reposait plus sur son épaule!

Des sillons de terreur lui déchirèrent le ventre: on l'avait découverte, couchée à son côté! L'incongruité de leur conduite, sa monstruosité, même, le griffa et insuffla vie au scandale, faramineux, qui ne pouvait pas ne pas s'ensuivre et qui balayerait son avenir, encore hypothétique: on le considérerait dorénavant comme taré; tôt ou tard, on envisagerait l'*éradication* proprement dite, seule opération susceptible de purifier la maison du Seigneur... souillée, salie, entachée avant même d'être achevée.

La pression aidant, il se volatilisa pour n'être plus qu'un pauvre hère en haillons, pieds et poings liés, qu'on exposait à la vindicte populaire. D'accord: s'il fallait payer, il paierait, mais qu'on épargnât Lucie-Martine! Après tout, c'était son idée à lui. Il avait tout manigancé. C'était lui qui... Peine perdue: déjà, on l'avait pendue par les pieds et son ventre, ouvert, se libérait d'entrailles fumantes.

Une toux, étonnamment discrète mais se manifestant sur un registre branché directement sur son cœur, différa ses lamentations. Il l'entrevit qui lui souriait, à moitié cachée derrière un curé au masque béat. La boule de feu qui lui embrasait l'estomac s'éteignit; le porc-épic qui lui labourait les entrailles s'évanouit comme par enchantement. Elle était là! Vivante! Souriante!

L'enchevêtrement de planches, de bouts de métal, de fils de fer le rappelèrent un peu plus à la réalité. Il replaça le décor: le chantier. Là-haut, à l'endroit où devrait sous peu s'élever la coupole, les étoiles avaient, et depuis longtemps encore, cédé leur place à un azur enchanteur.

Il s'était carrément fait terrasser par un sommeil de plomb.

Il referma précipitamment les yeux. Pour mieux se situer.

Étonnant!

Les bruits, les sons s'atténuaient pour être avalés, engloutis dans les profondeurs de catacombes indiscernables. Hormis Lucie-Martine, les personnages qui l'entouraient n'avaient aucune consistance.

Des personnages de théâtre.

On l'avait promu figurant d'une gélatine théâtrale où les acteurs étaient piégés dans une chausse-trappe qui échappait à l'auteur. Ils s'engluaient dans une invraisemblance imprévue qui les handicapait. À moins que, tous, ils ne relevassent encore du rêve? S'ils bougeaient fortement, en tomberait-il des pans complets de cauchemar?

Cette impression s'accentua encore lorsque apparurent, au détour de sacs de ciment, de pelles, de briques, un, puis trois, puis dix hommes qu'il reconnut, la plupart travaillant ici, avec lui... et qui, plutôt que de

s'approcher pour rejoindre le curé, l'infirmière et Lucie-Martine, demeurèrent plusieurs pas en arrière. Dubitatifs, ils regardaient peureusement au-dessus de leur tête... et reportaient leur regard vers Jos, dans
cette chambre improvisée dont on avait rabattu les murs de laine; puis,
ils recommençaient: le trou béant, Jos. Jos, le trou béant. Ils éprouvaient vraisemblablement de la difficulté à associer les divers éléments
qui s'entrechoquaient dans leur crâne.

— Franchement, les gars... qu'est-ce qu'on attend? glapit un des
ouvriers en s'avançant.

— C'est vrai, ça! Si Jos est capable de coucher là, qu'est-ce qu'on
risque, nous?

— Bon, d'accord! Mais ne comptez pas sur moi pour installer ma
couchette là-dedans: ma femme croirait que ça cache quelque chose!

Avant que les hommes, encore une fois totalement subjugués,
s'avancent et, faisant fi des protestations de Jos, le soulèvent et le por-
tent en triomphe en lâchant des hourras spontanés, le curé se dépêcha
de glisser à l'oreille de son fils:

— Mon pauvre Jos, j'ai bien peur qu'il ne te faille te ménager un
autre passage! Mais bravo pour le coup du cadenas: ta mère n'y a vu que
du feu et... et tu as presque failli m'avoir!

# XVII

Jos demeurait fidèle à lui-même: il contemplait la vie avec fougue, s'y mirait au hasard des événements et étudiait avec passion ou dédaignait souverainement les gens qui y pataugeaient, mais il ne se sentait nullement partie prenante à l'ensemble. Irrémédiablement spectateur, il attendait. Il était latence. Il ne consommait que des miettes d'existence, juste assez pour survivre.

Même quand tout lui souriait et qu'il explosait en joyeuses exubérances, même quand tous ses menus problèmes – qui, quels qu'ils fussent, l'obnubilaient maladivement – s'évanouissaient comme par magie, il était autre part. Il ne se posait sur quelque île existentielle que pour y reprendre son souffle avant d'aller «voir ailleurs».

Il gravitait autour de trois pôles qui, en fait, se confondaient: Lucie-Martine, sa cathédrale, l'église. Les deux premières, déjà là, attendaient la matérialisation de la troisième, encore en gestation, qui le monopolisait.

Il associait volontiers Lucie-Martine à sa cathédrale, donc hors d'atteinte et solidement implantée, à l'abri des coups du sort, des aléas de la vie... ce qui lui laissait le champ libre pour se consacrer à l'église. À cette église qui était lui et à laquelle se greffaient toutes ses plages d'existence.

Là où Lucie-Martine jouait le rôle d'un système respiratoire en lui permettant d'être, là où elle le *fixait*, l'église légitimait son petit tour sur terre.

Sa réalité se situant à d'autres niveaux, tous ces gestes, bagatelles et petits riens qui meublaient le quotidien des gens ordinaires étaient absents de sa vie. Pis encore: ils tournaient à vide dans son cerveau.

Il ne s'intéressait que dans une certaine mesure, sans plus, à ce qui enfiévrait ses proches, à ce qui leur servait de moteur; il accordait aux objets, aux phénomènes, aux événements qui les rendaient heureux des vertus temporairement mobilisatrices mais il était à cent lieues des préoccupations matérielles ou pseudo-philosophiques de tout un chacun: elles cadraient fort mal avec son intemporalité.

Le mariage qui approchait – *son* mariage – ne l'immobilisait pas dans la tangibilité, loin de là! Et Lucie-Martine ne faisait pas forcément preuve, à seize ans, d'un souci de réalisme qui eût pu équilibrer les choses... en supposant qu'elle eût manifesté une propension en ce sens. Ils allaient se marier, soit: c'était écrit, prévu de toute éternité. Cette conjoncture ne s'accompagna toutefois pas, chez Jos, des perspectives de changement qu'elle offre habituellement aux futurs époux: pourquoi jongler avec l'*incontournable?*

Quant au reste, au côté *pratico-pratique* de leur installation...

\*\*\*

Le curé et l'infirmière s'évertuaient bien, de temps en temps, à ramener Jos sur terre, du moins pour la forme; mais lorsqu'ils constataient que leur cause était indéfendable, ils s'en accommodaient aisément... tant que ça ne portait pas à conséquence. Mais le mariage approchant changeait un peu la donne et lui conférait un caractère d'urgence. À ce chapitre, monsieur Dudemaine livra un combat des plus obstinés.

— Bon sang, Jos, fais un effort, et regarde autour de toi: les êtres humains vivent tous dans un décor qui, compte tenu des moyens du bord, leur ressemble. C'est viscéral: ils éprouvent le besoin d'évoluer et de s'enraciner dans un environnement qui les reflète. Ils s'entourent d'éléments familiers, en disséminent ici et là tout au long de leur vie, simplement pour se retrouver; ils en construisent, s'en font un nid, s'en revêtent et le corps et l'esprit pour lutter contre le dépaysement.

— Grand bien leur fasse, monsieur le curé. Mais moi, vous savez... Oh, c'est sûr, Lucie-Martine aimerait bien avoir une maison; mais rien ne presse vraiment. Un jour, peut-être...

— Et en attendant, Jos? Où logerez-vous? Comment allez-vous vous débrouiller?

— En attendant, nous allons… euh, nous… nous verrons bien! Peut-être garderons-nous ma chambre, au début, le temps de voir venir? Moi, tout ce que je veux, c'est un toit et… la paix. La sainte paix. Pour le reste…

— Jos, Jos, Jos, tu es désespérant! s'emportait le curé en se frappant la tête du plat de la main. Rien de moins que désespérant. Crois-tu vraiment qu'une jeune femme puisse se cloîtrer entre quatre petits murs aussi tristes que… que… que l'antichambre du purgatoire? Pour toi, passe encore: tu ne fais que dormir dans ta caverne. Ton travail t'amène à l'extérieur… et avec ta charge de sacristain qui va aller en augmentant, tu n'auras pas le temps de t'ennuyer. Mais elle? Penses-tu un peu à elle?

— Si je pense à elle? Mais je ne fais même que ça, monsieur le curé. Elle est toute ma vie, avec l'église et ma cath… Vous vous en faites vraiment pour rien: elle m'aime, alors où est le problème? Vivre là ou ailleurs…

— Elle t'aime, elle t'aime! Ne te fais pas d'illusions, Jos. Lucie-Martine deviendrait folle dans cette chambre. Et puis, à quoi bon en discuter: c'est hors de question, un point c'est tout. Il y a des limites à la cécité, à l'aveuglement… voire à l'entêtement…

Quand le curé le chapitrait trop crûment, Jos se ramassait sur lui-même et attendait la fin de l'orage. Il se faisait petit, tout petit et s'efforçait même de ne plus penser. De ne plus être. Mais, tout petits, tout minuscules, tout inexistants que fussent ses yeux, des larmes parvenaient à s'y faufiler pour venir arroser les pousses de barbe irrégulières qui lui jonchaient les joues.

— Jos… pardonne-moi, veux-tu? Je suis désolé. Je ne voulais pas te mettre dans des états pareils, je t'assure. Mais je ne peux pas non plus te laisser faire: c'est insensé! J'en parlerai à Émilienne et nous aviserons. De toute façon, le père de Lucie-Martine ne verrait certes pas d'un très bon œil sa fille s'installer là-dedans. En passant, tu lui as fait ta grande demande?

— Ben… euh nnnnneeeuuuuuhhhhhh… nnnnnon!

— Mais qu'est-ce que tu attends, pour l'amour du ciel? Que je le fasse à ta place?

— Mais à quoi bon ces simagrées puisque Lucie-Martine est d'accord? Puisque tout le monde est au courant? Puisque vous et garde Brochu le savez? Il faudrait que son père le fasse exprès pour l'ignorer.

— Mais tu vis en société, Jos. Et la société, c'est une foule de coutumes, de traditions... dont certaines sont loin d'être à dédaigner! Tu n'es pas seul en jeu, mon pauvre enfant. Bon, nous en reparlerons. Un problème à la fois. Revenons à celui du logement, si tu n'y vois pas d'inconvénient.

— Vous n'avez pas à vous emporter, monsieur le curé, l'amadouait Jos. Ce ne sont pas les idées qui me manquent à ce sujet, croyez-moi. C'est que... c'est que je me demande par quel bout les attraper: elles se précipitent toutes en bloc dans mon esprit; elles s'empilent les unes sur les autres et forment vite une montagne dont l'énormité me paralyse. Et j'aboutis toujours au même cul-de-sac: les sous. Je ne suis pas riche, vous êtes bien placé pour le savoir, alors...

— Et les enfants? Où comptes-tu les installer là-dedans? Je parie que pas une seule seconde, ils n'entrent en ligne de compte! Et pourtant... vous en aurez, n'est-ce pas? Dis-moi que vous en aurez. Que vous prévoyez fonder une vraie famille. Une famille québécoise chrétienne digne de ce nom. D'ailleurs, je ne vois pas très bien comment vous pourriez y échapper, sinon en faisant vœu d'abstinence... mais rassure-moi quand même, veux-tu?

Des enfants? Mais comment eût-il pu avouer que là ne lui semblait pas, mais alors pas du tout, le but de l'existence? Que la paternité ne soulevait pas, chez lui, de fibre émotive particulière? Qu'elle ne s'accompagnait pas d'une motivation susceptible de résister à un examen, fût-il superficiel: il n'ambitionnait pas particulièrement de participer à la reconduction perpétuelle du *malheur en conserve*. De servir d'intermédiaire à la souffrance... institutionnalisée.

«Des rejetons? se rebellait-il en silence. Dont le sang nourrira une planète vampire? Qu'on jettera en pâture à la maladie? À la mort? À la déchéance?

«Des rejetons? D'autres *lui* qui perpétueront l'espèce et empêcheront sa race de s'éteindre? Mais elle devait s'éteindre: elle était maudite! N'avait vu le jour que pour fournir un exutoire à la cruauté, à quelque égarement de Dieu.

«Des rejetons? Qu'il verra disparaître dans les tourments de l'enfer?

«Des rejetons… qui grossiront le potentiel de détresse de l'humanité? Qui avaliseront d'autres grippes espagnoles? D'autres guerres?

«Des rejetons… qui pondront d'autres eux-mêmes qui enfanteront à leur tour des descendants qui essaimeront et essaimeront *ad vitam æternam?* Pourquoi? S'ils doivent quand même disparaître dans le non-créé?»

Très peu pour lui!

Même en supposant qu'il fût à la hauteur, ce qui n'était pas nécessairement évident, il ne croyait pas que le prolongement d'un individu à travers des descendants constituât un corollaire *sine qua non* de l'existence. Il ne tenait pas à se réaliser par progéniture interposée.

Officiellement, il capitulait, ce qui lui évitait de se répandre en explications qui eussent ou révolté ou peiné son père adoptif… qui, sur ce point, se montrait chatouilleux à l'extrême.

— Mais oui, vous pensez bien, monsieur le curé. D'accord pour les enfants. Une bonne douzaine s'il le faut… et si ça peut vous faire plaisir. À la Providence de trancher!

En filigrane, il se demandait cependant comment, s'il l'avait voulu, il lui eût été loisible de se dérober aux *joies* de la paternité. Les échappatoires étaient rares et certains tabous s'avéraient fichtrement tenaces…

Le curé, ragaillardi, repartait de plus belle:

— Une chambre, a-t-on idée! Une toute petite chambre de rien du tout. Et où ta tendre moitié y fera-t-elle à manger? Vous ne pourrez quand même pas miser à perpétuité sur ses parents: ils peinent déjà suffisamment pour arriver, les pauvres. À moins que tu n'aies prévu continuer comme si de rien n'était? Que tu ne comptes manger ici, au presbytère, ou encore au restaurant, alors qu'elle ira sagement se sustenter chez papa-maman? Mais parle, Jos! Dis quelque chose, tu vois bien que ça ne tient pas debout.

Dépassé, aux prises avec des notions qu'il ne maîtrisait pas, Jos se rendait sans plus de résistance.

— S'il vous plaît, cessez de m'asticoter, je vous en supplie. Dites-moi quoi faire et je le ferai. Lucie-Martine n'est pas bien difficile, vous savez. Je croyais qu'il nous suffirait de nous aimer pour être heureux. Tous ces détails me sont tellement étrangers…

\*\*\*

L'inertie de Jos incitait le curé à la récidive; il revenait donc à la charge avec une opiniâtreté de bénédictin.

— Ne le prends pas à mal, Jos, mais nous nous sommes permis, Émilienne et moi, de discuter de ton avenir. En fait, de votre avenir à tous deux. Nous en avons même discuté avec monsieur Marcotte et... mais ne fais pas cette moue-là, voyons! Quand nous avons décidé de te... de t'adopt... enfin, de te servir de... de guides, nous avons endossé des responsabilités que nous devons maintenant assumer. Nous ne voudrions pas que tu te retrouves dans une situation où...

— Mais de quoi avez-vous peur? Il est tout tracé, il me semble, mon avenir. Je n'aspire pas à l'impossible: l'église et Lucie-Martine et... oui, bon, c'est vrai, des enfants si vous y tenez et si Dieu juge à propos de nous en envoyer, mais pour le reste et à moins que la fabrique n'ait décidé de me mettre à la porte, je... ah, je vois, c'est ça qui se trame, n'est-ce pas?

La panique, chez Jos, obéissait plus souvent qu'autrement à une soudaineté qui la rendait indétectable. Elle atteignait son paroxysme aussitôt... et s'évanouissait tout aussi instantanément.

— Mais qu'est-ce que tu vas chercher là, mon fils! Tu crois sincèrement que je te laisserais partir? Ce serait suicidaire de ma part et figure-toi que je tiens à ma peau! On voit que tu connais mal cette maritorne qui t'a pris sous son aile et qui porte le nom d'Émilienne Brochu. Te laisser partir? Mais elle m'arracherait les oreilles! Me crèverait les yeux! M'écorcherait vif! Me ferait subir un sort mille fois pire que que que... que celui que les Indiens ont jadis réservé à certains de nos pères missionnaires. Et franchement, tu me vois en train de cuire dans une marmite? Mes pauvres reins qui ne supportent pas le sel! Et puis, entre nous, veux-tu bien me dire ce qu'elle réussirait à tirer de mon scalp? À moins de le vendre comme brosse à plancher...

Le curé recourait souvent à de telles plaisanteries, qui avaient l'heur de rasséréner Jos: quand ce dernier riait, tout son corps participait à la rigolade; il baissait la garde et se montrait plus réceptif.

— Sans blague, pour la fabrique, rassure-toi, mon fils: ils n'oseront jamais ne serait-ce que penser à te remplacer. Personne, ils le savent bien, ne pourrait abattre ton boulot. On ne cesse d'ailleurs de me chanter sur tous les tons que j'ai eu la main bigrement heureuse lorsque je t'ai «recruté» comme sacristain.

— Ça ne change rien de rien: personne sur cette terre n'est irremplaçable. À cet égard, je ressemble sans doute à «monsieur tout le monde».

— Personne n'est irremplaçable... quand le remplacement s'impose, Jos. Et puis, la question n'est pas là! Je cherchais à te faire savoir que tout le monde apprécie au plus haut point ton travail. Nos tracas n'ont rien à voir avec ça, et... enfin, bref, ce qui nous chicote, ta mère et... Émilienne et moi, c'est que, avec ce mariage à l'horizon, la question du logement va devenir de plus en plus prioritaire.

— Mais pourquoi? Comme si j'avais le temps de me préoccuper de ça! Lucie-Martine comprend fort bien. Elle n'est pas exigeante et... et les solutions provisoires ne lui font pas peur.

— Provisoires pour combien de temps, Jos? Un jour ou l'autre, la réalité te rattrapera. Aussi bien crever l'abcès maintenant.

— Ben, j'avais pensé que... que nous pourrions attendre l'occasion propice avant d'acheter un petit lopin... oh, je ne sais pas, moi, on n'a pas besoin de bien grand, juste le strict minimum. Au fur et à mesure que je mettrai des sous de côté, j'y construirai... mais attention, hein: uniquement le soir et les fins de semaine, le travail n'en souffrira nullement... j'y construirai une maison au goût de Lucie-Martine. Oh, ce ne sera pas instantané, mais ça ne demanderait pas plus de trois ou quatre ans. Justement, monsieur Poirier m'a parlé de lots à vendre près des rapides, de l'autre côté de la rivière.

— Quoi? Mais c'est le bout du monde, ça! Pourquoi ne pas t'installer sur Mars ou sur Jupiter pendant que tu y es? C'est ici que nous avons besoin de toi. À l'église et près de l'église. Tout près. Pas à Tombouctou. Et puis tu n'as quand même pas l'intention d'obliger Lucie-Martine à s'isoler en plein bois, hein? Elle ne le supporterait pas. Pour elle, ce serait pire que l'exil. C'est encore une enfant. Donne-lui au moins l'illusion qu'elle côtoie la civilisation... pour le peu qu'on en a à Amos. Quand même, Jos, fais de temps en temps un petit saut ici-bas, avec nous. Tu verras, ce n'est pas si désagréable que ça.

***

Un jour, au comble de l'excitation, le curé vint relancer Jos au chantier:

— Jos! Jos, ils acceptent!

— Hein? Comment? Qui accepte quoi?

— Les marguilliers: ils sont d'accord!

— D'accord?

— Plus question que tu ailles t'installer au diable vauvert. Tu vas pouvoir te fixer ici. T'entends? Là, juste à côté.

— Comment?

— Mais réveille-toi, bon sang: les-mar-guil-liers-sont-d'ac-cord! Ils n'ont même pas soulevé la plus petite objection.

— Non! Ce n'est pas vrai! Vous voulez dire que... pour le terrain, là, derrière?

— Absolument, Jos!

— Vous ne vous payez pas ma tête? Ce n'est pas une blague?

— Puisque je me tue à te le dire, Jos!

— On va pouvoir y construire une vraie maison? À nous? Rien qu'à nous?

— Rien qu'à vous, Jos!

— C'est Lucie-Martine qui va être contente!

Jos se mit à gambader ici et là entre les échafaudages tout en chantonnant comme un enfant:

— Une vraie maison, rien que pour nous! Rien que rien que rien que pour nooooouuuuussss!

Le curé attendit que son fils se calmât un peu avant de préciser:

— Rien qu'à vous tant que vous y demeurerez, évidemment. Car le terrain, comme la bâtisse qu'on va y ériger, restera propriété de la fabrique. Les marguilliers ont fortement insisté là-dessus et, au fond, on serait mal venus de les en blâmer, n'est-ce pas? Et puis, il faut voir le bon côté des choses: comme cette maison sera une manière de dépendance de l'église, on aura accès, pour les besoins de la cause, à la même réserve de matériaux. En autant, bien sûr, que ça ne retarde pas indûment le parachèvement de l'église... mais là-dessus, je ne crois pas que tu accepterais de compromis, hein? Pour le reste, *papier brique*, bardeaux, fenêtres et portes, on ira chez Gourd: la fabrique paiera, tant qu'il n'y aura pas exagération, naturellement.

Les lèvres du curé se retroussaient spasmodiquement, aux commissures; comme chaque fois que les événements s'arrangeaient pour le mieux, monsieur Dudemaine se sentait d'humeur taquine.

— Je ne sais pas si tu assimiles bien cette réalité, mon cher enfant, mais pour tous, maintenant, tu relèves pour ainsi dire du patrimoine. Ou, si tu aimes mieux, tu fais partie des meubles de la paroisse. Alors si tu escomptais t'échapper en douce, aussi bien t'attendre à composer avec plein de chiens de garde.

Jos ne disait plus rien. Il fixait le sol en répétant:

— C'est... c'est merveilleux, monsieur le curé, inimaginable: un véritable foyer! À deux pas de l'église, je... je ne sais si j'ai le droit d'accepter. Je me sens déjà si... si redevable...

— Et ce n'est pas tout, Jos. Dès demain – là encore, je t'assure, les membres du conseil n'ont pas lésiné – on se met à l'ouvrage: on emprunte cinq ou six hommes au chantier, que ça te plaise ou non et ne proteste pas, je te prie! Pour dimanche, eh bien... ce n'est pas l'église, alors on fera une exception et on demandera des bénévoles. Rajoute ton beau-père... enfin, ton futur beau-père, qui a promis un coup de main. Ce ne sera l'affaire que de trois ou quatre journées pour monter le plus gros. Attends: on est jeudi, alors... disons que mardi, au plus tard, tout le monde retourne à son poste. Ensuite, tu te débrouilleras; tu fignoleras, tu peaufineras à ton aise... enfin, à votre aise. Allez, déguerpis, cours annoncer la nouvelle à ta dulcinée. Et entendez-vous sur les grandes lignes, tous les deux. On vous laisse toute latitude pour la disposition des lieux: murs, portes, fenêtres, etc. Mais faites vites: demain, à la première heure, nous serons à pied d'œuvre. Et quand je dis nous, crois-moi, je serai du nombre: je me suis organisé pour me libérer quelque peu. Tout le monde a besoin de vacances, non? Nous ne vous promettons pas un château, mais...

— Mais nous ne pourrons jamais vous rendre ça, monsieur le curé. Jamais.

— Jos, cesse tes enfantillages, veux-tu? Ouste, file! Lucie-Martine ne te pardonnerait jamais de n'être pas allé la mettre illico au courant.

Jos tournait à peine les talons que le curé le rappelait:

— Oh, Jos, pendant que j'y pense: pourquoi ne pas m'avoir dit que tu avais parlé au père de Lucie-Martine? J'avais l'air fin, moi, à tourner comme une girouette autour du pot, histoire de ménager sa susceptiblité. Des fois, tu exagères avec ton silence. Depuis le temps que je te casse les oreilles avec la grande demande et tout le tralala, il me semble que c'eût été la moindre des choses, pour toi, de me faire part de ta démarche.

— Ben je...

— Ben je, ben je... ton beau-père aussi s'est montré très avare de commentaires. Il m'a simplement dit que c'était chose faite, sans plus. C'est à se demander si tu déteins, ma parole. Il ne faudrait quand même pas que ça devienne une manie, chez mes paroissiens... sinon, je devrai me résigner à condamner le confessionnal: d'ici à ce que je me parle tout seul là-dedans.

— C'est que... peut-être bien que j'aurais dû vous prévenir, mais pour moi, c'était si...

— ... je sais, je sais: sans importance. Allez, va, mon fils, oublie ça. C'était pur caprice de ma part. Sans doute aurais-je eu l'impression, en t'entendant, que c'était un peu moi qui allais me marier? Bah, n'en parlons plus. Disparais, maintenant. L'essentiel, c'est que ce soit fait...

En reprenant la route du presbytère, le curé osa laisser la voie libre aux larmes qui lui brûlaient les paupières.

***

Une maison... c'était un vague rêve, sans plus. Une idée qui, maintes fois, avait pu lui trotter par la tête sans qu'il s'y attardât. Parce qu'il la savait hors de portée. Et qu'elle ne correspondait somme toute que fort peu à ses impératifs immédiats. Hormis les quatre murs qui abritaient son sommeil et l'église, qui projetait son ombre protectrice sur son existence, il n'était pas grand lieu qui retenait son attention.

Mais là...

Lucie-Martine allait sûrement sauter de joie!

Cette perspective, qui, à elle seule, eût suffi à le chambouler, se doublait du tour solennel que prenait son implantation: on le confirmait officiellement dans ses fonctions. On reconnaissait son «indispensabilité». C'était, peu ou prou, sa consécration. Son *intronisation*.

Tout au long du trajet, il laissa plans et schémas se bousculer, se chevaucher, s'entrechoquer dans sa tête. Finie, envolée l'église: il allait se consacrer, le temps de quelques jours, à leur maison à tous deux. À leur chez-soi.

Lucie-Martine n'avait qu'à bien se tenir! Elle ne le connaissait pas encore: il lui concocterait une pure merveille d'intérieur. Quelque chose que leur envieraient tous les mortels qui en entendraient parler. Un éden à sa mesure, unique, à mi-chemin entre utopie et raison.

Il était nuage lorsqu'il la rejoignit. Floconnement. Nébulosité. Nuée de bonheur. Il n'aurait pas été surpris que ses contours fussent flous, sans consistance.

Lucie-Martine était déjà aux anges. La rougeur qui s'attardait sur ses joues contrastait avec sa pâleur naturelle.

— Je sais, lui dit-elle dans un souffle, en l'embrassant. Papa m'en a parlé. J'ai l'impression qu'il était de connivence avec le curé pour nous cacher les choses jusqu'à la dernière minute.

L'instant, privilégié, ne dura pas; le ravissement disparut, happé par quelque remous: chez Jos, la fébrilité, si elle culminait tout de suite, ne s'éternisait jamais. Brusquement mal à l'aise, il se mit à tripoter nerveusement sa casquette.

— Je ne sais plus que penser, moi, avoua-t-il sombrement. Que faut-il que je fasse? Par où commencer? Une maison, c'était si improbable, tu comprends? Je ne croyais jamais y avoir droit, «moi aussi». Je n'ai jamais cru être capable, «moi aussi», de t'offrir ce à quoi toutes les jeunes femmes aspirent. J'ai envie de les laisser faire. De ne pas m'en mêler pour ne pas brouiller les cartes. Qu'en penses-tu? Si quelque chose te semblait nécessaire, tu n'aurais qu'à le leur demander et le tour serait joué, hein? Ils savent bien mieux que moi ce qui se fait et ce qui ne se fait pas.

Aux prises avec un embarras pratiquement tangible, Jos n'était plus qu'hésitation. Hésitation et bégaiement.

— Jos, j'ai dit à papa que toi seul prendrais les décisions à ce sujet.

— Tu... Tu crois vraiment que je le peux? s'étonna-t-il.

— Comment peux-tu douter de toi à ce point, mon pauvre amour?

— Je veux bien mais seulement si tu y mets ton mot. Ton opinion est rudement importante, pour moi. Après tout, je ne vivrai pas seul là-dedans!

— Non non non et non! Je veux, il faut que ce soit toi. Je ne connais rien à ces choses, moi. En vérité, tout ce qui m'importe vraiment, c'est que tu sois à mes côtés. Quant au reste, occupe-t'en, veux-tu? Tu peux et tu dois le faire...

— Mais, Lucie-Martine, c'est toi qui régneras dans cette maison! C'est toi qui y respireras la plupart du temps. C'est toi qui... qui y élèveras nos enfants, qui y feras la cuisine.

— Tutututut! Je sais d'avance tout ce que tu pourrais invoquer comme argument et d'avance je te préviens: c'est inutile! Ça ne me fera pas changer d'avis! Alors à quoi bon en discuter? Rentre donc dans ta tête une bonne fois pour toutes que j'ai une confiance aveugle en toi. Ce que tu feras ne pourra être que bien fait.

\*\*\*

Jos plongea dans des heures d'agitation extrême. Survolté, il noircit des pages et des pages de l'énorme cahier qu'il était allé prendre à sa chambre, y traçant des lignes, en biffant, y couchant de savants calculs aussi sérieusement qu'un alchimiste se penchant sur ses grimoires pour y décoder quelque formule indispensable au grand œuvre.

L'air absent, il méditait. Retranchait. Installait. Divisait. Orientait et réorientait murs et poutres. Distribuait soleil et espace. Disposait portes et fenêtres. Ménageait telle ou telle ouverture. Réinventait l'escalier. L'acoquinait à un mur. Le démolissait d'un trait de plume pour le repenser. Pour l'agencer à un décor rustique. Déplaçait des cloisons. Renégociait des «contiguïtés». Improvisait des combles nouveau genre. Y découpait des lucarnes.

Puis, mécontent des résultats, il raturait le tout et recommençait. Repartant de zéro. Aiguillonné par une nouvelle vague d'inspiration. Ne parvenant jamais à trouver le *ton* juste. À asseoir son imagination sur des bases idoines.

\*\*\*

Il fallait s'y attendre: Jos n'était pas obligatoirement au rendez-vous quand il se tramait dans sa vie des éléments inhabituels. Monsieur Dudemaine composait volontiers avec un tel état de choses... qui n'était pas, tant s'en fallait, monnaie courante. Il se passa de servant de messe, ce qui ne tira pas à conséquence, l'assistance à l'office étant, sur semaine, absolument nulle.

— Mes paroissiens qui se préparent au dimanche! Il est vrai que six heures, c'est tôt pour des dévotions quand on n'est ni Dieu, ni pape... ni curé! blagua-t-il pour meubler le vide qui faisait ressembler la sacristie au vestibule de l'au-delà.

Ce cadre sans prétention, que ne parvenaient même pas à rendre pompeux les attributs du culte, n'avait d'âme que quand Jos y vaquait. Autrement, il y manquait quelque chose.

Le curé frémit: un jour, Jos pourrait ne plus être là! Oh, bien sûr, quelqu'un d'autre lui succéderait, mais... ce serait quelqu'un d'autre, justement. Et ça...

Décidément, Jos était devenu, pour lui, une incontestable bouée de sauvetage affective, un vulnéraire contre le cafard existentiel.

Il secoua énergiquement son vague à l'âme; après tout, pareille absence n'avait rien d'alarmant: Jos avait dû, la nuit durant, réfléchir à en faire frémir ses cellules et *pondre* sa maison pièce par pièce pour ne s'endormir, épuisé, que de bon matin. Sous peu, ce n'était même vraisemblablement qu'une question de secondes, il allait voir débarquer dans la sacristie une Émilienne Brochu dans tous ses états: elle aurait frappé chez leur fils comme une démone et crié à en réveiller tout le cimetière...

— ... ce serait dans l'ordre normal des choses, philosopha-t-il. La vie n'est-elle pas qu'un éternel recommencement?

Les murs de bois rond n'avaient pas fini de répercuter ses paroles que la porte s'ouvrit; garde Brochu s'y encadra, déjà parée pour l'enterrement, visage livide et mine exagérément basse. Elle allait attaquer quand le curé la devança, malicieusement:

— Je sais, je sais: il n'est pas allé vous saluer comme il le fait tous les matins, avant de partir; il s'est barricadé dans sa chambre et demeure sourd à vos appels...

— Mais... absolument pas! Vous n'y êtes pas du tout, siffla l'infirmière, pincée, après un premier mouvement d'humeur.

Le curé fronça les sourcils mais refusa de céder à l'angoisse.

— Ne me dites pas qu'il a encore disparu! J'aurais l'impression de jouer dans un vaudeville de troisième ordre...

L'infirmière se faisait manifestement violence pour ne pas réagir; elle se sentait du fiel à fleur de repartie. Mais sa *douleur de mère* primait sur son orgueil blessé.

— Si, au moins, c'était ça, on saurait à quoi s'en tenir et il n'y aurait plus lieu de s'inquiéter. Plutôt que de le prendre sur ce ton, comme un fat que vous êtes, venez donc m'aider à «récupérer» votre fils adoptif.

*\*\*\**

Il était visible dès le seuil de la chapelle: l'aube, encore jeune, lui tressait un contour de lumière. Il leur tournait le dos, assis sur une pierre dans une pose hiératique qui l'apparentait à un anachorète, à un maître bouddhiste en pleine méditation; seul le haut de son corps bougeait.

S'approchant en catimini, le curé et l'infirmière se crurent inopinément ramenés en arrière: Jos faisait entendre un léger murmure. Une mélopée. Un bruissement continu, sorte de frottement immatériel ininterrompu.

Leur proximité déclencha-t-elle un sixième sens chez lui? L'oscillation de son buste cessa. Le bourdonnement se perdit dans l'éther.

Quand monsieur Dudemaine, paternel, lui mit la main sur l'épaule, Jos s'agita; il se leva, se retourna et posa sur eux des yeux où persistait une microscopique trace de rosée... comme celle qui ornait le sol autour du roc qu'il avait adopté comme siège.

— Jos, ça va?

Il s'ébroua, banda ses muscles, exécuta quelques mouvements de gymnastique et, pensif, finit par acquiescer.

— Huuuummmmmmmooooouiii... oui, oui, je crois que ça ira: c'est à peu près ça! Peut-être trouverez-vous que certains éléments prennent trop d'importance et que, par endroits, le déséquilibre est flagrant, mais je n'y peux rien. J'aurais scrupule à dénaturer l'ensemble.

Il recula de quelques pas avant de marteler, en se tapotant le crâne:

— Ça n'a pas été difficile: c'était gravé là, indélébile! Vous allez voir, c'est très simple. Là, la cuisine, ça va de soi! Avec sa fenêtre à carreaux, vous savez, de celles qui ressemblent à des vitraux?

— Comment?

— Qu'est-ce que tu dis?

Fébrilement mais avec application, il piétinait systéma
herbes et broussailles pour bien marquer son chemin. Il criait presque...
et sa voix avait cette intonation, ces trémolos, cette cadence qui leur
étaient maintenant familiers et qui traduisaient, chez lui, un état voisin
de la transe ou une émotion des plus fortes.

— J'ai dit: là, la cui-si-ne. Et ici, bien sûr, l'entrée, avec son petit
vestibule si mignon et pourtant si impropre aux adieux ou aux retrouvailles. Bon bon bon. Ici, voyez, on fait d'une pierre deux coups: la
fenêtre de la cuisine, tout comme celle du salon, donnera en plein sur
l'église. Ensuite, la chambre, là, juste à côté du portique. Lucie... euh...
Lucie-Martine appréciera. Et puis l'escalier, adossé au mur, là, qui dé-
bouchera en plein dans l'encoignure. Et, en haut... vous me suivez?
Trois chambres, là, là et là, des garde-robes ici et ici jumelées à des
fourre-tout et... aussi ce petit recoin, avec sa minuscule lucarne où il fait
si bon voir passer le temps et tomber la pluie et qui nous livre juste assez
d'univers pour nous porter à croire qu'on peut l'influencer de quelque
sorte et...

Abruptement, il se tut et mit un terme à sa ronde. Il hésitait ostensiblement entre larmes et emballement, entre douleur et plaisir. Accablé,
il revint vers eux.

— Mon cher enfant, commença doucement le curé, tu vas être
obligé de répéter tout ça aux ouvriers tout à l'heure: on ne s'y retrou-
vera jamais, nous!

Jos se pencha, ramassa les feuillets qui traînaient par terre au milieu
d'un monceau de confettis et les leur tendit.

— Tout est là, dans ces quelques pages. Le reste, pfittt: je l'ai
déchiré parce que...

— Qu'est-ce que tu entends par là? s'enquit le curé en s'emparant
des feuillets.

Nouvelle première qui les désarçonna l'un et l'autre: les prenant par
le cou, Jos les enlaça jusqu'à les étouffer.

— Oh, papa, maman! Si vous saviez...

Il relâcha son étreinte et se mit à hoqueter sourdement.

Peu habitués à de telles effusions, monsieur Dudemaine et mademoiselle Brochu, violets de confusion et ne sachant plus où se mettre, ne
réagirent que mollement... et après s'être payé «malgré tout» un tour
d'horizon; puis, ils s'entre-regardèrent, pleins d'espoir: Jos était-il enfin

sur le point de recouvrer son passé? Ou, à défaut, de se vider le cœur? De s'humaniser? Ils avaient tant et tant attendu semblable moment.

— C'est ça, vas-y mon garçon! l'encouragea le curé. Vois: nous sommes seuls, tous les trois. Allez, dis-nous franchement ce qui te tracasse.

— Et si la conversation devait se dérouler entre hommes, comme vous dites parfois, ne te gêne pas, Jos, j'irai attendre ailleurs.

Émilienne Brochu se mordit la langue: ça lui avait échappé. Elle voulait que son fils se défoule, d'accord, mais elle aurait été déçue – et fort embêtée – s'il avait saisi cette perche: elle était parfaitement capable d'entendre tout ce qu'il pût avoir à dire. Elle n'était pas née de la dernière pluie et en avait entendu, au fil de sa carrière, des vertes et des pas mûres qui eussent fait dresser les cheveux sur la tête de plus d'un «gars de chantier». Et puis... elle n'allait quand même pas se prêter à cette ridicule *compartimentation* sociale entre hommes et femmes. Elle s'apprêtait à retirer sa proposition quand Jos reprit la parole:

— Soyez gentils, commencez sans moi, supplia-t-il. Je ne peux pas vous expliquer: il se passe trop de choses dans ma tête. Faites ce que vous pourrez, voulez-vous? Je m'occuperai du reste. Pour l'instant...

— Comment ça, Jos? Tu veux dire que... que tu comptes déguerpir et nous planter là? protesta l'infirmière.

Décontenancée, elle cherchait du regard, en pure perte, un appui du côté du curé.

— Rassurez-vous, maman, papa: je n'ai nullement l'intention de disparaître. Je veux simplement prendre un peu de recul, m'aérer les méninges. Me débroussailler les idées. Je me sens encroûté...

D'abord surpris, monsieur Dudemaine retomba rapidement sur ses pieds: à quoi bon se récrier? Jos partirait de toute façon.

— Va en paix, fils... nous veillerons au grain, n'est-ce pas, Émilienne? lança-t-il. Mais... de grâce, ne t'absente pas une éternité: je me verrais obligé de te remplacer *aussi* auprès de Lucie-Martine et, mon charme proverbial aidant, ton mariage risquerait fort de tomber à l'eau.

— Mais pourquoi maintenant, alors que tout va si bien? plaida encore l'infirmière. Et puis... et puis tu risques de tomber sur...

Jos lui déposa un furtif baiser sur la joue et ajouta, en s'éloignant:

— Ne vous en faites pas, maman: je vous promets d'éviter le camp des Indiens.

Il se mit à courir.

Affolée, garde Brochu s'élança, déterminée à lui faire entendre raison.

— Mais attends, Jos! Réfléchis, voyons!

Le curé la retint par la manche; restant sourd à ses protestations, il s'employa à la calmer.

— Inutile, Émilienne. Laissons les choses suivre leur cours. Qui sait? Peut-être ses souvenirs sont-ils là, qui l'attendent… et nous risquerions de les effaroucher, avec nos gros sabots. Venez, allons plutôt préparer son retour… et lui construire un nid où il connaîtra un bonheur si intense que, jamais plus, il…

Il la prit familièrement par le bras et, à pas feutrés, l'entraîna dans une petite balade alentour.

— Changement de propos, garde, ça vous dirait de vous dégourdir les membres?

— Qu'entendez-vous par là? grogna-t-elle, suspicieuse.

— Des patients vous attendent? Le docteur a expressément besoin de vous, ce matin?

— Euh… non, pas que je sache. C'est à ce point tranquille, depuis deux jours, que j'en serai probablement gênée d'accepter mon salaire. Et ma nouvelle assistante m'a gentiment priée de lui lâcher la bride! Elle veut se faire la main, comme elle dit.

— Dans ce cas, pourquoi ne pas venir nous prêter main-forte? Votre vision *féminine* ne nuirait sans doute pas aux rudes travailleurs que nous sommes et qui… tenez: les voilà qui arrivent pour construire la maison de *notre* fils. Alors si le cœur vous en dit, retroussez-vous les manches et joignez-vous à nous… et à Lucie-Martine. La pauvre fille va se sentir bien isolée parmi…

— Oh, vous n'y pensez pas! Moi, au milieu de tous ces hommes? Non, sans façon, monsieur le curé. J'y aurais l'air quelque peu *déplacée*, ce me semble.

C'est une femme songeuse à l'extrême qui s'éclipsa pour regagner ses pénates. Déjà, les hommes entouraient le curé et attendaient les ordres.

Le père de Lucie-Martine, ouvrier chevronné, prit rapidement les choses en main et répartit les tâches entre différentes équipes... qui allèrent aussitôt quérir, sur le chantier voisin, les matériaux voulus pour commencer les travaux. Si bien qu'au bout de deux heures, quand Émilienne Brochu, très digne, opéra un retour inattendu en bleu de travail rapiécé – déniché dans quelle malle au trésor? – et vint offrir ses services, au mépris des qu'en-dira-t-on, le terrain avait déjà tout de la ruche bourdonnante.

À l'instar de tous les ouvriers présents, le curé, qui avait aussi revêtu une vieille salopette, fit taire plus ou moins habilement le sourire que le tableau lui arracha malgré lui: après tout, nul ne pouvait prédire avec certitude quand il allait se retrouver, malade et incapable de se défendre, entre les griffes de cette furie. Mieux valait mettre tous les atouts de son côté.

\*\*\*

Des arbres, des arbres et encore des arbres. Et un cours d'eau, paresseux, qui l'empêchait de bifurquer.

Des arbres squelettiques.

Et des arbustes, chétifs au possible, sur lesquels il butait, dont les branches et les épines lui *prélevaient* des lambeaux de vêtements... et de peau. Sans qu'il geignît.

Il était déphasé. Dépaysé. Perdu.

Poids immense sur le cœur. Poids du monde sur le corps.

Marche vagabonde. Course folle ponctuée de sanglots. De rires tristes et convulsifs. Déclamation tonitruante de poèmes, de ballades, de comptines qui lui envahissaient l'arrière-bouche. Qui formaient des bulles sous sa langue. Fredonnement syncopé ou saccadé de chansons qui remontaient d'antan. Qui lui trituraient les cordes vocales. Conversation à bâtons rompus avec des personnages réduits depuis longtemps en poussière.

Carrousel étourdissant de visages immenses. «Invivants». Capharnaüm de morts animés. Tohu-bohu de fresques et d'événements macabres entrecoupés d'éclaircies... trompeuses.

Lucie. Lucie-Martine. Robe bleue. Église. Cathédrale.

Dominant parfois tous les autres bruits, des froufrous démesurés submergeaient la forêt; parallèlement, un vent démoniaque soulevait la robe bleue, la faisait bouffer, bouffer… et là-bas, tout en haut, les lèvres conjuguées de Lucie et de Lucie-Martine crachaient une pluie de flammèches-météores qui, après avoir traversé sans dommage la robe bleue, dont la jupe formait corolle, allaient embraser des jambes au galbe prodigieux. Et la robe se faisait coupole. Dôme bleu. Et les jambes noircissaient à vue d'œil et se minéralisaient alors que les flammes, vicieusement, entamaient la douce toison à peine entrevue et la purifiaient avant de la recouvrir de plaques de cuivre.

L'enfer qui le guettait? Les anges du Seigneur qui testaient sa tolérance au péché?

Dieu, à l'aide!

Et cette plainte sourde, lourde.

Une plainte qui le minait. Qu'il s'était efforcé déjà, à maintes et à maintes reprises, d'expulser. D'extérioriser.

Plainte démente que nourrissait, en tournaillant devant lui, des scènes folles, mais folles! Des nourrissons qui mouraient avant d'avoir vécu. Des pères chair à canon au «torse-cible» explosif. Des cadavres qui se tenaient la main pour gagner un cimetière surpeuplé, débordant d'os qui s'entrechoquaient lugubrement au son d'une marche funèbre. Des pierres tombales d'où suintait une misère railleuse qui le narguait et qui n'en finissait pas de se disperser aux quatre vents. Des poupons qui mûrissaient tellement vite qu'ils se fanaient et s'abîmaient dans la vieillesse sans avoir quitté leurs langes.

La mort, omniprésente, lui dévoilait des horizons de feu et projetait un puissant souffle sous la robe bleue… qui virevoltait de nouveau, exposant nef, chœur, jubés et tribunes aux intempéries.

Et cette plainte, toujours.

Gémissement quasi inaudible mais abominable qui, du fond des intestins, prenant sa fourche même comme siège, l'enveloppait longuement. Se diffusait comme une gangrène. L'asservissait.

Plainte-lave. Qui prenait irrémédiablement possession du volcan qu'il était. Volcan sur le point d'exploser, de se répandre en meurtrissures…

Québec. Flammes. Lucie-Martine. Émilienne Brochu. Jos Jos Jos Jos Joooooos Boooouuuuuuchaaaard.

«Mais il est mort!

«Comment, lui aussi? Donc tu n'es pas? N'as jamais été? Ne seras jamais? Jamais jamais jamais!»

Mal. Mal. Mal...

Lucie-Martine. Lucie... et robe bleue. Lucie, Lucie, Lucie-Martine. Maison en flammes. Mère moribonde. Jumeaux agonisants. Église... Cathédrale. Tête qui éclate. Dôme. Père sentencieux trépassant plutôt que de l'aimer. Vieillard ricanant, au seuil de l'incréé. Flammes attisées par d'immondes péchés-kérosène. Montagne vaporeuse que modèle une robe bleue. Enfant en train de se noyer. Monsieur Dudemaine. Ginette. Garde Brochu.

Messe. Église. Bonheur. Lucie-Martine. Lucie-Martine. Lucie-Martine.

«Lucie! Lucie... Lu... Lu... Lucie-Martine, au secours!»

Et cette plainte, vorace, affreuse... qui se fit, alors que s'effilochaient en franges d'oubli les poèmes et comptines avec lesquels il s'obstinait à colmater la brèche, atroce combinaison de sons gutturaux, inarticulés parce que «inarticulables». Qui n'éveillèrent qu'un écho mitigé que s'efforça de juguler une sylve chétive mais sauvage et qu'emportèrent incontinent, vers une baie d'Hudson encore mythique, les eaux impassibles de l'Harricana.

Des gargouillements de souffrance.

Des soupirs d'enfantement.

Des braillements.

Des suppliques cosmiques. Des prières d'infini.

Doucement, tout doucement, cris et criaillements furent assourdis par la robe bleue qui redescendait après avoir dompté les flammes.

À bout de forces, il demeura là, sur un rocher; presque consciemment, il emmurait son destin.

\*\*\*

Il n'émergea que fort lentement.

Il était bien. Merveilleusement bien.

Le doux clapotis qui animait la surface de la rivière acheva de le restituer à lui-même. L'onde respirait le calme, la quiétude; l'ombre presque totale qui la baignait rehaussait encore sa tranquille indifférence au temps qui passait, à l'alternance des jours et des nuits qui…

La nuit! La brunante agonisait déjà!

Seules les zones avoisinant le cours d'eau reflétaient encore une faible clarté que n'escamotaient pas en totalité les nuages. Le soleil avait plié bagage depuis belle lurette!

Libéré, tout léger, il reprit le chemin du retour… qu'il dut trouver à tâtons et en suivant la rivière tellement la nuit, dans le sous-bois, était noire. Il n'y vit suffisamment que lorsqu'il se rapprocha d'Amos et que l'opacité se dilua dans la lueur glauque qu'une lune invisible insufflait aux nuées.

***

Les ouvriers n'avaient pas chômé: l'ossature du deuxième étage se découpait sur la grisaille des alentours. Il pressa le pas tout en détaillant, pour autant que sa vision pût percer la pénombre, la structure déjà passablement avancée qu'on avait assise, au même titre que la plupart des maisons du bourg, sur d'énormes billes de bois qui faisaient office de solage.

L'éclat dansant, caractéristique d'une lampe à huile, animait les pièces visibles de la charpente. C'était sûrement elle!

Il l'aperçut de loin qui, alertée par son approche pourtant silencieuse, se profila entre deux ébauches de murs. Son cœur battit plus fort. Des picotements symptomatiques lui chatouillèrent la plante des pieds et la paume des mains. Ses tempes bourdonnèrent sous l'afflux d'un sang sur le point de bouillir.

Aucun reproche, aucune parole inutile.

Le sourire qu'il devina sur ses lèvres lui illumina le cœur. Elle lui tendit les bras et lui dit simplement, après une langoureuse étreinte:

— Je suis contente que tu sois là!

Ses yeux pétillaient d'un bonheur sans mélange auquel le clair-obscur conférait un brin d'extase.

— Tes parents? s'étonna Jos au bout d'un moment. Ton père va s'alarmer et se mettre à ta recherche. Comment se fait-il qu'il t'ait laissée là, toute seule?

— Ne t'en fais donc pas, le rassura-t-elle en riant. Oh, il n'a pas protesté plus qu'il ne le fallait quand je lui ai pour ainsi dire extorqué la permission de t'attendre: il savait que, s'il me le défendait, je passerais outre. Mais tel que je le connais, il ne m'a laissée seule qu'*officiellement* et s'est sûrement posté là, tout près, pour veiller au grain.

Comme pour lui donner raison, quelques brèves quintes d'une toux hautement diplomatique annoncèrent la venue de son paternel... qui ne marqua, et fort mal encore, qu'une once de surprise en apercevant Jos.

— Eh ben! Il était temps que tu t'annonces, mon gars. Je pensais qu'elle allait devenir folle. Non non, ne vous dérangez pas, je ne fais que passer. J'ai... hum... j'ai eu besoin de mon égoïne et...

— Ton égoïne, papa? En pleine nuit? le taquina Lucie-Martine.

— Ben quoi? Il n'y a pas d'heure pour les braves! rétorqua-t-il en farfouillant, pour la forme, dans son coffre à outils.

Il renonça aussitôt en glissant une œillade d'intelligence à Jos.

— Bof, ça ne fait rien! La gamine a raison. Il se fait tard pour entreprendre des travaux. Bon, je me sauve. Mais ne la ramène quand même pas aux petites heures du matin, hein, mon garçon?

Il disparut en fredonnant *Auprès de ma blonde*.

— Viens! lui enjoignit Lucie-Martine.

À sa suite, il arpenta, sans tressaillir, les pièces qu'on avait déjà cloisonnées.

Radieuse, loquace et des plus enjouées, Lucie-Martine jouait le cicérone à la perfection.

— Tu sais, j'ai dû leur paraître entêtée, mais... à force d'insister, j'ai gagné: ils ont respecté point pour point les dessins que tu avais laissés au curé.

Il remercia le ciel: s'il s'en remettait à ce qu'il pouvait déceler de bien-être chez elle, elle allait couler des jours qui ne pourraient être qu'heureux dans cette maison qui, une fois terminée et à quelques minces différences près, serait identique à celle qu'il avait jadis détruite par le feu, à Québec. Dans une autre vie?

Ils mirent les bouchées doubles.

Au bout de quatre jours, le *gros œuvre* étant achevé et les ouvriers ayant rempli leur part du marché, Jos, assisté de Lucie-Martine et, occasionnellement, de garde Brochu et du curé, s'attaqua – le soir, après sa journée normale de travail – aux menus détails qui constituent la touche finale d'une habitation. À toutes ces plinthes, moulures, quarts-de-rond et fioritures qui viennent habiller un intérieur.

Deux semaines durant, il ne dormit pratiquement pas, voulant mener au plus vite cette tâche à terme pour se consacrer sans restriction aucune à l'église.

Son bien-être était total.

À tel point qu'il en vint à se croire pour de bon exorcisé. Et candidat... au bonheur!

# XVIII

— Et en plus, maugréa Jos, leur train se mêle d'être en retard. Nos amateurs de couleuvres vont se régaler!

— Calme-toi, mon amour! le supplia Lucie-Martine. Ils vont repartir Gros-Jean comme devant, tu verras. Ne t'en occupe pas: ce serait leur accorder une crédibilité qu'ils ne méritent pas. Quand ils constateront que le dôme tient le coup, ils détaleront comme des lapins et on n'entendra plus jamais parler d'eux. Ils seront les dindons de la farce d'un bout à l'autre de la province et feront tout pour se faire oublier. Peut-être même que certains, impressionnés malgré eux...

— Tu crois? Je veux dire: vraiment? Tu ne dis pas ça pour me rassurer? Moi, je... je ne sais plus que penser: je crève de trouille et, en même temps, je fusillerais volontiers ceux qui doutent! Je me veux inébranlable et un souffle me renverse. C'est à n'y rien comprendre. N'empêche: ils ne sont pas encore là que leur départ me tarde déjà! Je voudrais les expédier loin, mais loin... aux antipodes, par exemple. Ou de préférence en enfer... mais après leur avoir rendu la monnaie de leur pièce. Parce qu'il ne me déplairait pas de... de... de leur tordre le cou, de les plonger dans l'huile bouillante, de leur arracher les ongles un à un, avec des tenailles enduites de poivre, de leur crever les yeux, de leur tracer sur le ventre, au fer rouge, les plans de notre église. Vous croyez que Dieu m'en tiendrait rigueur, monsieur le curé?

Le curé, dépité, préféra en rire; il eût aimé pouvoir miser, lui aussi, sur une telle soupape de sûreté.

Lucie-Martine priait de toutes ses forces pour que ses impulsions de calme, pour que ses vibrations de paix se transmettent à Jos, dont la main, exagérément crispée, tressautait sans arrêt dans la sienne.

— Pense à autre chose, lui suggéra-t-elle. Viens, allons nous balader en forêt.

L'architecte rongeait son frein quelques pas en arrière. Son humeur sombre ne donnait qu'une faible idée des sentiments qui l'habitaient, comme on put en juger lorsqu'il s'immisça dans la conversation.

— Elle a raison, mon garçon. Tu ne vas quand même pas jouer leur jeu, hein? Ce ne sont jamais que de vieilles barbes antédiluviennes qui, à leur naissance, avaient déjà les deux pieds dans la tombe et la tête rongée par les vers. Des momies stratifiées. Des ganaches fossilisées. Dis-toi bien que ce n'est que par indécrottable inaptitude qu'ils abhorrent ce qui les dépasse et se cantonnent dans la tradition et les recettes éprouvées. Par absence totale de talent. Pour justifier leur ineptie intellectuelle. Ils sont nés vieux et décrépits. Voilà! *Cérébralement* parlant, ils sont cacochymes, bancals, perpétuellement à l'article de la mort et digèrent mal qu'on innove et qu'on les coiffe au poteau. Tous autant qu'ils sont, ils vont rendre l'âme – en admettant qu'ils en aient une – sans jamais l'avoir assumée. Mon dôme, tomber? Pffffuuuiiitttt! Sornettes! La vérité est toute simple: se sentant à l'étroit dans leurs sarcophages, à ruminer sur leur grand voyage, ils se sont inventé un prétexte pour se payer des vacances… et nous embêter. Que veux-tu: gâteux comme tous les parvenus, ils sont odieusement casse-pieds. J'avoue que s'il n'en tenait qu'à moi, leur train pourrait bien devenir leur cercueil…

Sourire forcé en coin, monsieur Dudemaine crut bon d'intervenir.

— Si j'ai bien compris, Aristide, cette excursion te laisse tout à fait froid, hein? Leur opinion se bute à ton altière impassibilité, n'est-ce pas? Comment disais-tu ça, déjà? «Advienne que pourra, je demeurerai de marbre et d'une bonne humeur inflexible!» C'est bien ça?

— Ne prends pas la mouche, mon cher Oscar: on a quand même le droit de… de commenter, non? Je l'ai dit et je le maintiens: la vague de leurs insultes se brise sur le ressac de mon indifférence!

Jos se dérida quelque peu, comme toujours quand se manifestait cette vieille complicité entre les deux hommes.

— Oui mais… s'ils avaient raison? reprit-il après quelques secondes de répit. Si tout ça s'écroulait, oh, sûrement pas à la suite d'un mauvais calcul, je vous l'accorde, mais je ne sais pas, moi: à cause d'une fissure infinitésimale, peut-être? Ou parce qu'un des moules aura dévié d'un quart de poil? Ou si le ciment utilisé avait été trafiqué? Ou... ou... ou si l'on n'avait pas scrupuleusement respecté vos consignes quant au mélange du béton? Hein? Que se passerait-il? Repartirait-on de zéro? Avec la même idée en tête? Oublierait-on toute l'affaire?

***

Rien à faire: mille fois, depuis le matin, il avait repoussé cette possibilité et mille fois, elle avait refait surface. Son moral et sa tranquillité d'esprit battaient de l'aile; d'inavouables accès de panique troublaient sporadiquement sa foi aveugle... quand l'appréhension semée par autrui parvenait à percer ses défenses. En catalysant les courants négatifs et hostiles, ce fameux coup de téléphone avait brouillé les cartes et miné sa confiance, jusque-là inaltérable. C'était la première fois, la toute première, où il évoquait la possibilité que *son* église ne fût pas à toute épreuve.

Bien qu'un tantinet démonté, l'architecte restait pour sa part formel: on ne risquait rien. Absolument rien. Il s'était d'ailleurs quelque peu emporté en défendant son point au cours de l'assemblée extraordinaire qu'avaient tenue les marguilliers, après la grand-messe.

— Mais soyez sérieux, à la fin! Vous me prenez pour un débutant ou quoi? avait-il riposté aux pisse-vinaigre qui lui avaient demandé s'il ne valait pas mieux se rendre à l'évidence et condamner le chantier. Cette église pourrait résister à un tremblement de terre... ou même à un bombardement! Je m'en porte garant.

Les sceptiques de la première heure n'avaient pas désarmé pour autant: l'arrivée impromptue des «excursionnistes» ravivait leur méfiance.

— Oui mais, sauf votre respect, ces gens-là ne sont pas *non plus* des ignares. Et ils ne semblent pas partager votre avis, bien au contraire: c'est même pour ça que les voilà! Nous, entre les deux...

— Mais oubliez un peu cette engeance, que diable! Ces tristes sires ont beau être instruits, ils n'y connaissent et n'y connaîtront jamais rien. Ils sont platement, banalement, irrémédiablement timorés et défaitistes, de la plante des pieds à la racine des cheveux. Des poules mouillées. Des rétrogrades dont toutes les idées rassemblées tiendraient dans le dé à coudre d'un... d'un «lilliputien nain».

— Sans doute sont-ils timorés et rétrogrades, comme vous dites, mais ils sont architectes, eux aussi! Poules mouillées, arriérés et tout ce que vous voudrez, d'accord, mais ils sont ingénieurs! Alors... si c'était vous qui vous trompiez?

— Vous auriez tout pour vous consoler! avait ironisé l'architecte. Vous hériteriez des ruines les plus chères et les plus modernes de toute l'Amérique, probablement. Vous auriez le choix entre plusieurs options, tenez: il vous serait loisible de les transformer en Colisée, pourquoi pas? Ça, ce serait chouette, qu'en dites-vous? Peut-être même serait-il de bon ton, moyennant quelques deniers supplémentaires – oh, des misères, rassurez-vous! – de creuser des catacombes qui aient l'air vrai, alentour? Imaginez un peu: *Amos, Rome américaine!* En semant ici et là des cadavres de chrétiens qu'on déterrerait en temps opportun, le tour serait joué et les touristes afflueraient même des vieux continents.

— D'Artagnan a raison! avait hurlé Jos avec la dernière énergie. On n'a pas le droit d'être si influençables. Si pleutres. Si...

— Jos, tu n'as pas voix au chapitre, ici! lui avait doucement fait remarquer le curé en ponctuant sa phrase d'un clin d'œil. Tu n'es pas encore marguillier, que je sache? Tu ne peux quand même pas faire preuve de plus de... sang-froid que les dignes membres du conseil de fabrique. Sans quoi où irions-nous!

Il était temps que s'ouvrît une parenthèse, s'était félicité le curé: il sentait la soupe chaude. Des murmures fusaient qui risquaient de dégénérer. L'on ne savait plus à quel saint se vouer. La nouvelle, qui avait fait le tour d'Amos en moins de rien, était venue nourrir l'angoisse sourde et sournoise qu'entretenaient plusieurs. Incapables de juguler la débâcle, le curé et l'architecte piétinaient... et se désolaient: le climat qui régnait à l'assemblée était sans doute le même que celui qui prévalait à l'extérieur. Pour gagner du temps, monsieur Dudemaine avait donc sauté à pieds joints sur la digression.

— Et puis... qui est ce d'Artagnan dont tu parles? J'ose espérer que ce n'est pas mon ami Beaugrand-Champagne, ici présent, que tu affubles d'un...

— Ben je... oh non, jamais de la vie! avait maladroitement menti Jos en prenant des couleurs comme une vestale. Je... je suis sincèrement désolé... il n'était pas dans mes intentions de froisser d'Artagn...

— Ça va, ça va, jeune homme. N'en faisons pas un plat, l'avait rassuré l'architecte, amusé. Mais sans blague, vous trouvez que je ressemble à ce personnage immortalisé par Alexandre Dumas?

— Pensez-vous: je disais ça à la blague! avait soutenu malhabilement Jos avant de se lancer pour de bon dans l'ardent plaidoyer qui lui brûlait la gorge. C'est... c'est... la langue m'a fourché, bêtement. Avec tout ce branle-bas de combat, je ne me contrôle plus, moi. Ça m'énerve... surtout quand j'en vois qui déposent les armes avant même d'avoir engagé le combat. Quand j'entends ceux qui sont battus d'avance, avec leur «oui mais, oui mais, oui mêêêêêêêêêê». Des moutons. Des lavettes. Des mauviettes absolument incapables de se tenir debout. À croire qu'ils n'ont pas de colonne vertébrale. Vous les regardez de travers et les voilà qui tremblent, qui suffoquent, qui hoquettent en cadence. Si on les écoutait, on aurait vite fait de retrouver l'âge des cavernes. Des mois et des mois qu'on se tue à leur construire une église digne de ce nom, qu'on s'évertue à leur prouver, à leur expliquer, à leur répéter de toutes les manières imaginables qu'ils n'ont rien à craindre et, au moindre souffle de vent, ils redeviennent fétus de paille. Et tout ça parce que... parce que des prophètes de malheur ont mal interprété leur urine. Parce que de bigots personnages crevant de jalousie leur forgent sur mesure des présages de catastrophe. Mais vous ne comprenez donc pas que ces... que ces pantouflards de l'architecture prient matin et soir pour que notre église s'écroule? Parce qu'elle leur porte ombrage, ils ne détesteraient pas y déceler plein de vices cachés; d'ici à ce qu'ils la dynamitent pour se prouver qu'ils avaient raison... Ils aimeraient nous voir punis d'avoir osé. Ils souhaiteraient que le ciel nous châtie de n'être pas comme eux, et d'avoir posé le pied en dehors des sentiers battus.

*** 

Jos tempêtait. Pestait. Tonnait. Tonitruait.

La fureur qui le secouait était vaguement culpabilisante: elle se doublait du remords qu'il éprouvait de souscrire, par secousses, au chassé-croisé de craintes exprimées et véhiculées par des fauteurs de troubles. Du regret de se savoir sensible, fût-ce par ricochet, aux tourments insidieux et dévastateurs qu'ils déclenchaient.

Quand il réussissait à se calmer, il s'immobilisait derrière une fenêtre du presbytère et contemplait, à en avoir mal aux rétines, la coque provisoire de l'église. Comme s'il avait été en mesure de déceler, à travers l'imperméable enchevêtrement de matériaux, les failles et lézardes potentielles, les éventuels vices qui eussent pu justifier l'affolement qui allait en se généralisant et que ne faisait que cristalliser ce déplacement tapageur: depuis plusieurs jours déjà, la tension montait, montait... et l'on s'attendait à ce qu'elle atteignît un point culminant le lendemain, jour du démoulage de la partie concave du dôme. Comme ça avait été le cas par le passé, certains ouvriers se payaient le luxe de moult précautions que rien ne motivait vraiment: avant d'arriver en bas, tout ce dont le dôme eût pu, accidentellement, se délester, eût dû se faufiler à travers les mailles serrées d'un réseau, dit «de sécurité», composé d'une pléthore d'échafaudages, de panneaux et de planches de toute sorte formant bouclier. Malgré tout, les plus froussards ne se hasardaient sous ce parapluie – que d'Artagnan décrivait comme «psychologique» – qu'à reculons et se débrouillaient pour être affectés ailleurs... dans la sacristie, par exemple, ou encore dans le chœur, où, pour l'instant, rien de bien terrible ne pendouillait au-dessus de leur tête.

Tant de simagrées agaçaient Jos, qui évoluait là-dedans comme un poisson dans l'eau. «Des *relents d'atavisme*, rien de plus! Tout bond en avant comporte des risques. Quant à moi, je préférerais de beaucoup être enseveli sous les décombres de mon rêve que de me retrouver debout sans lui... avec ceux qui n'y auront pas cru!» avait-il déclaré au curé.

Il n'avait jamais été porté vers la violence; mais là... un rien eût suffi à lui faire commettre des bêtises. Il ne se contenait qu'à grand-peine et maudissait ce Graham Bell dont l'invention avait permis que cette satanée nouvelle leur parvînt.

Le matin même, une quarantaine de personnages avaient fait annoncer leur venue. En crânant et en ricanant comme l'antéchrist, selon les dires de monsieur Drouin, qui avait reçu la communication, le porte-parole du groupe avait demandé que l'on réservât toutes les chambres disponibles dans les trois hôtels de la ville. «Mes confrères, qui forment, si je puis dire, le gratin du monde architectural de l'est de l'Amérique, sont actuellement en route pour votre patelin. Ils veulent se payer du bon temps en regardant votre dôme s'en aller en poussière!»

Voilà où le bât blessait: les visiteurs étaient rien de moins qu'architectes et ingénieurs ayant pignon sur rue dans le bas de la province... et ailleurs. La crème de la crème, quoi! D'après le correspondant, lui-même architecte – «... hélas, hélas, hélas! Je ne peux malheureusement me déplacer, sans quoi, vous pensez bien, mon bon monsieur, que tout l'or du monde ne m'aurait pas fait rater pareille occasion de rigoler...» –, trois d'entre eux provenaient de Boston, deux de New York et quatre de Toronto – «... oh mais rassurez-vous: comme tous les fins lettrés, ils parlent un excellent français!». Pour accommoder tout ce beau monde, qui ne tenait pas mordicus à frayer avec la plèbe, les pontes du Trans-continental avaient frété un train spécial qui avait cueilli le groupe, la veille, à la gare Windsor, et qui devait entrer en gare à 2 heures pile.

Au su de la nouvelle, monsieur Beaugrand-Champagne, si taciturne de nature, n'avait masqué qu'imparfaitement sa réaction: un tel manque de confiance de la part de ses pairs l'ébranlait visiblement.

Dans ce milieu, affirmait-il, tout se savait... et vite! La moindre hardiesse, comme le moindre faux pas, était saluée comme il se devait. Votre audace payait et aboutissait à un coup d'éclat? Vous étiez congra-tulé, encensé, acclamé en héros. Consacré innovateur. Mais au moindre petit échec, on vous clouait au pilori avec une promptitude directement proportionnelle à la jalousie que vous aviez inspirée. Ses confrères, au courant de ses démarches et alléchés par l'«opération démoulage», qui devait commencer le lendemain, n'avaient pu résister à la tentation de venir se rincer l'œil... en espérant qu'il se cassât les reins!

— Le moins qu'on puisse dire, avait-il commenté devant Jos et le curé, c'est que notre œuvre ne les laisse pas indifférents. Je me plais à croire, Oscar, que tu ne m'as pas charrié quant à tes accointances avec le Très-Haut: il ne nous reste plus qu'à prier pour que les ingénieurs et moi ayons vu juste. Sinon, nous serons la risée de l'Amérique entière... car mes dignes confrères n'hésiteraient pas à organiser des réjouissances s'il nous arrivait un pépin. Pis encore: non seulement espèrent-ils la catastrophe, mais s'ils pouvaient la provoquer, ils connaîtraient l'or-gasme suprême!

***

Le train entra en gare avec une bonne heure de retard. Profitant d'un vent pervers, le sifflement strident de la locomotive se propagea dans tout le village avec une agressive acuité.

235

Mentalement, Jos suivit toutes les étapes du débarquement... auquel assistait sans doute, muré dans un mutisme soumis, un comité d'accueil effarouché.

— Des notables de pacotille, fulmina-t-il encore. Des fumistes. Des minus. Des semeurs de malédiction. Des éventreurs de cadavres. Des empêcheurs de tourner en rond. Des jaloux. De misérables avortons. De vulgaires faux devins.

Les étincelles qui scintillaient dans ses orbites exprimaient une rage difficilement soutenable.

— Si, au moins, ils gagnaient quelque chose à ruiner nos efforts! Juste comme la plupart commençaient à s'habituer à l'idée que ÇA puisse tenir! À admettre que, quoi qu'il advienne, le dôme ferait désormais partie du paysage d'Amos! Même s'ils avaient raison et si l'édifice s'écroulait comme un château de cartes, qu'en retireraient-ils? Il faut être mesquin sans bon sens pour miser ainsi sur la misère d'autrui! Et Dieu, qui voit tout, laisserait le champ libre à d'aussi sombres oiseaux de malheur... pour demeurer de glace quand hurlent de souffrance des tas de gens qui font preuve d'un altruisme indéfectible? Des gens qui se laisseraient mener à l'abattoir plutôt que de profiter de la détresse de leur prochain? Impossible! Ou alors Dieu a pris un solide coup de vieux et donne dans le gâtisme.

— Psssstttttt, n'en profite pas pour blasphémer, mon fils! Ce n'est qu'un incident de parcours, un banal feu de paille. Ils sont envieux, sans plus. Prends ma parole: déçus, amers, ils vont repartir l'oreille basse, tout penauds, en se fustigeant les uns les autres. Et, qui sait, plutôt que de nous nuire, leur équipée contribuera peut-être à la renommée de notre temple? Ce n'est pas bien grave... et c'est humain. Voilà! Non non, ce n'est pas grave du tout, je t'assure!

Tout comme Jos, tout comme l'architecte, monsieur Dudemaine tenait cette *visite de courtoisie* pour une gifle et une insulte. Il tournait et retournait sa langue sept fois dans sa bouche pour ne pas tomber le «dehors» du pasteur, pour ne pas, à son tour, s'indigner haut et fort. Son visage était tout en grimaces, en convulsions bizarres.

— Pas grave? Vous en avez de bonnes, vous! Une meute de barbichus incultes s'amuse à saper le moral de tout un chacun et ce n'est pas grave? Lucie-Martine est passée au café tout à l'heure, demandez-lui de quoi il retourne: on se raconte sur tous les tons que ces architectes et consorts ne s'aventureraient pas jusqu'ici pour des bobards de bas étage ou de simples racontars. Que des peurs superstitieuses et injustifiées les laisseraient indifférents. Qu'ils n'y ont mis le paquet que parce qu'*ils savaient qu'il allait se passer quelque chose*. Pour beaucoup, il y a infiniment plus qu'anguille sous roche: il est impensable qu'il ne se passe rien! On est loin des spéculations gratuites des objecteurs de progrès. À peine enterrées, la défiance et les obsessions du début ressurgissent à toute vapeur. Qu'importe qu'elles soient fondées ou non: d'ici quelques heures, pour peu que les ragots soient orientés comme il se doit – et là-dessus, vous pouvez faire confiance à certains de vos paroissiens –, on ne trouvera plus personne pour travailler là-dedans. Il sera même impossible de le démouler, ce dôme. Une journée, dans de telles conjonctures, c'est pire que l'éternité. Ils auront tout miné, tout. Sans compter que... que ça risque de nous porter malheur!

— Jos, je t'en prie! Pourquoi ne pas courir t'acheter une patte de lapin, pendant que tu y es? Ou te mettre à psalmodier bêtement des incantations et à exécuter une danse rituelle païenne pour conjurer le mauvais sort? Ce n'est pas sérieux, tout ça!

***

Jos emmena Lucie-Martine faire un tour. Sans un mot, la mort dans l'âme, ils déambulèrent dans la première avenue et les rues adjacentes, se heurtant à des grappes humaines à la mouvance confuse, gélatineuse.

L'ambiance, insolite, tenait à la fois de la fin du monde et de la fête foraine. Il flottait dans l'air un je ne sais quoi d'énigmatique qui engluait les promeneurs. La fébrilité générale surclassait de plusieurs crans la «normale» en cette fin d'après-midi dominicale; des attroupements s'articulaient et se désagrégeaient spontanément, au gré de propos que des tympans rendus ultrasensibles captaient au hasard d'une balade qui avait tout du surplace. Plutôt que de se dégourdir les jambes, les Amossois s'agglutinaient à des noyaux très denses, sièges de discussions animées, enfiévrées. Devant les hôtels, à la sortie des deux restaurants, près de la gare, un seul thème surnageait des bribes de conversation qu'on glanait au passage: l'église était irrémédiablement condamnée. Le dôme allait s'écrouler aussitôt qu'on allait en mettre la surface interne à nu.

En parallèle, on abordait les questions subsidiaires: combien de pères de famille allaient périr dans l'aventure? Ne devrait-on pas tout jeter par terre avant de déplorer des victimes? La vie d'un seul travailleur ne valait-elle pas autant qu'un assemblage de pierres?

Ces conjectures pour le moins pessimistes étaient nourries par les allées et venues incessantes des étrangers, qui, tant s'en fallait, ne passaient pas inaperçus: on les retapissait d'emblée, et de loin encore! On eût dit qu'ils portaient un uniforme tant ils se ressemblaient tous: redingotes noires, chapeaux melons noirs, pantalons noirs, chemises blanches... et l'air on ne peut plus empesé! Par groupes de quatre ou cinq, les mains dans le dos et à petits pas étudiés, ils arpentaient, guindés et sûr d'eux, les rues gravelées et les trottoirs de bois du village. Ils semaient sur leur parcours émoi et silence respectueux... tout en faisant mine, bien sûr, de ne pas se rendre compte de l'effet qu'ils produisaient.

Jos aurait voulu les voir épinglés dans un album, inoffensifs, dans une section consacrée aux masques funéraires, aux gargouilles, aux épouvantails et *tutti quanti*. Ces rapaces étaient partout! Ils se conduisaient comme en pays conquis et adoptaient l'attitude, condescendante, que privilégient souvent les citadins pour asseoir leur supériorité sur des paysans.

Oh, ils n'étaient pas malappris. Ni arrogants. C'était pire encore! Leurs gestes, leurs paroles dénotaient un savoir-vivre indéniable: des Britanniques dans une de leurs colonies. Leur «insolence prétentieuse» tenait plutôt à tout ce qui émanait d'eux. À leurs manières insidieuses. À leurs regards entendus. À leurs remarques, anodines pour des profanes, mais truffées de doubles sens et de mesquineries pour qui se donnait la peine de creuser un peu.

Ils furetaient, fouinaient ici et là avec une désinvolture affectée confinant à l'impertinence et montraient, avec préciosité s'il vous plaît, leur sale museau à gauche et à droite, dans tous les coins et recoins. Un rien leur était prétexte à dépaysement dans ce qui, pour nombre d'entre eux, prenait l'allure d'un *baptême colonial*. Pour un peu, on eût cru voir des anthropologues décortiquant les mœurs et coutumes de quelque tribu barbare. Des scientifiques primaires à l'affût de *la* différence, si subtile soit-elle, susceptible de leur prouver qu'ils avaient gravi, dans l'échelle de l'évolution, plusieurs barreaux de plus que ces ex-civilisés – «... ne dirait-on pas, collègues, des... des... des *néo-primitifs?* Des *aborigènes à rebours?*» – qui, rapidement, retournaient à l'état sauvage.

Il n'était rien, jusqu'aux trottoirs en bois, qui n'attirât leur attention. Ils s'attroupaient sitôt qu'ils trouvaient à se gausser, toujours fort civilement, de quelque élément – architectural, décoratif ou social – qu'ils jugeaient détonnant ou farfelu. Tombaient en arrêt devant les vitrines des magasins. Se montraient du doigt telle maison qui, pauvreté obligeant, manquait de peinture ou telle autre qui, faute de fondations solides, avait adopté une position de guingois – «... qui, force est de le reconnaître, ne sied vraiment bien qu'à la tour de Pise, n'êtes-vous pas de mon avis, messieurs?» Examinaient en hochant la tête tel trou dans la chaussée, telle fente déparant un mur.

Tout leur fournissait matière à contentement vaniteux. Tout les excitait comme des charognards... sauf l'église, qu'ils dédaignaient souverainement...

Jos grogna, à l'intention de Lucie-Martine:

— Comme s'ils pouvaient l'ignorer! Ils la gardent pour le dessert, voilà tout! Probable qu'ils ne veulent pas émousser leur plaisir en anticipant: ce serait, pour eux, manger la crème avant le gâteau. Et puis, ils sont trop au fait des bonnes manières pour *découvrir* l'église avant que d'Artagnan ne leur en fasse les honneurs!

***

Ils se déchaînèrent après le souper, quand ils eurent apaisé leur curiosité, satisfait aux premières nécessités et vu à leur installation: ils s'avancèrent, en formation de bataille, et constituèrent un demi-cercle à quelques centaines de pieds de l'église et à cinq ou six pas seulement des badauds qui, flairant l'événement, les suivaient comme leur ombre et attendaient leur *verdict*. Imbus d'eux-mêmes et se gargarisant d'une dialectique qui leur était propre, ils piaillaient allégrement pour la galerie et claironnaient, sans fausse pudeur aucune et pour certains, avec un accent américain à couper au couteau ou dans un français petit nègre, des raisonnements abscons: ils débattaient doctement le pourquoi de l'impossibilité d'une telle bâtisse; ils maniaient sentencieusement les savantes considérations techniques; ils arguaient haut et fort de l'ineptie d'un pareil concept dans ce nord sauvage, au climat austère...

— ... pensez donc, plus de cent degrés d'écart entre les grands froids et les extrêmes chaleurs! Semblables excès ne pardonnent pas. Quand la nature sort de ses gonds, croyez-moi, le seul moyen de la contrer, c'est encore la nature; il faut impérativement mettre à contribution des matériaux naturels!

— Évidemment: il faut combattre le feu par le feu!

— Si je vous suis bien, chers confrères, vous ne voyez donc que des arbres pour résister aux sursauts du climat d'ici?

— Absolument: les arbres. En pareil cas, il n'y a que ça de vrai! C'est robuste. Naturel.

— Et la pierre, à la rigueur...

— Holà, attention: la pierre, d'accord, mais la pierre du cru. Uniquement la pierre du cru.

— Mais ne condamnez-vous pas, de ce fait, les Abitibiens à voler bien bas? Déjà qu'ils vivent en plein bois, vous voudriez, en plus, que celui-ci constitue leur seul univers?

— ... et puis, que diable, le bois véhiculera toujours un petit côté *transitoire* incompatible, selon moi, avec une certaine vision hummm disons séculaire des choses!

— Pas nécessairement, mon cher: on trouve encore, en Louisiane, des constructions en bois érigées par les Français voilà plus de deux cents ans!

— Et pensez aux châteaux européens: on y relève, dans de nombreux cas, un heureux mélange de bois et de pierre. J'ai vu, le long de la Loire, certaines merveilles qui...

D'aucuns donnaient dans un humour facile.

— Non, franchement, je ne vois pas comment cette profusion de béton pourra tenir tête à des quarante au-dessous de zéro ou à des quatre-vingt-quinze à l'ombre... à moins que le béton de notre confrère ne provienne directement de cette fameuse forêt de «bétonniers» située, si je ne m'abuse, en Arizona?

— ... ou des plantations de ciment qui font la gloire de Bornéo?

— Qui sait, Aristide a peut-être des droits exclusifs sur sa propre plantation de béton indigène aux alentours? Il ne lui reste plus qu'à se mettre à la culture des tiges de fer: il pourrait obtenir des moissons hybrides du plus charmant effet!

D'Artagnan, qui avait fini par se montrer, encaissait stoïquement, mais il n'en menait pas large: quolibets et commentaires ironiques, sarcasmes et propos peu flatteurs pleuvaient dru. Il ne pouvait, décemment, se vexer ou prendre la mouche... sans donner des armes à ses détracteurs, dont certains acceptaient même les paris. Ce qui donnait lieu à des explications alambiquées voulant que:

— ... ça se passera exactement quand on enlèvera la lisière métallique qui, logiquement, devrait se trouver sous ce corset demi-circulaire, là. Vous voyez? Le poids de l'ensemble exercera alors une force qui...

— Oh là là! Mais vous n'y êtes pas du tout, mon ami. Que faites-vous du principe de Weston? Vous vous souvenez de cet architecte de Milwaukee? Pour peu que j'aie assimilé ses calculs, je puis vous affirmer que l'effondrement surviendra au moment précis où le support de la clef de voûte... ne la supportera plus, justement!

— Décidément, vous déraillez, très cher! C'est faire piètre cas du phénomène de répartition latérale. Moi je crois que tout tiendra jusqu'au moment où l'on s'avisera d'installer le revêtement de cuivre: à la moindre fêlure, le béton, qui n'est pas réputé pour sa souplesse, se lézardera et s'effritera sans rémission. Nous en serons quittes pour revenir.

Dans le groupe, il en fût cependant un qui, sensible à l'élément spectaculaire du chantier et vaincu par la majesté quasi féroce qui s'en dégageait, changea son fusil d'épaule; nageant à contre-courant, il osa conclure, à voix haute, qu'on avait fait le voyage pour rien.

— Moi, je donne sa chance au coureur. Je crois qu'Aristide gagnera son pari: son dôme tiendra le coup.

Il n'avait pas sitôt proféré une telle *insanité* qu'il fut l'objet d'un cruel hallali. Ce ne fut plus qu'un «haro sur le baudet» criard où ses pairs se régalèrent jusqu'à plus soif.


*** 


Jos louvoyait entre découragement intégral et haine phénoménale. Amer et silencieux, perdu derrière la grappe de plus en plus compacte d'Amossois, il pleurait. Intérieurement s'entend, car il se serait fait découper en rondelles plutôt que de verser une larme au vu et au su de ces notables de foire qui prétendaient *assassiner* son rêve. Car s'attaquer à l'église, c'était l'attaquer lui!

Il les détestait copieusement. Pas seulement d'être là, mais aussi d'être, tout bonnement. D'ébranler son château fort avec leurs analyses oiseuses, leurs pseudo-connaissances et leurs envolées insignifiantes.

Jamais il n'avait ressenti une telle aversion pour quiconque; pour un peu, il se serait carrément laissé aller à vomir. D'inavouables pulsions meurtrières lui titillèrent l'entendement quand il les regarda s'éloigner: envie folle de les exterminer un à un, de ses mains nues, d'expulser de son territoire, les pieds devant, ces affreuses pies en parade qui cacassaient à s'en décrocher le bec, ces pantins pédants qui se congratulaient à qui mieux mieux d'être «si beaux, si intelligents, si instruits»... et qui se donnaient rendez-vous très tôt le lendemain.

— Il s'agit maintenant de ne rien manquer du spectacle!

— Nous voulons être aux premières loges quand le ciel te tombera sur la tête, mon cher Aristide, soit dit sans vouloir le moins du monde t'offusquer, tu penses bien, entre confrères, faut se serrer les coudes, hein?

Étourdi, ne sachant plus comment échapper aux désirs de vengeance, Jos se réfugia dans l'église en construction, totalement déserte. Il posa ses mains sur un madrier, y campa son front et se mit à gémir sans retenue. Des spasmes l'ébranlaient. Des spasmes d'indignation et de colère, de peine et de découragement.

Il frémit à peine quand une main, qu'il aurait reconnue entre mille, se perdit dans ses cheveux.

— Je suis là, Jos, murmura Lucie-Martine. C'était facile de deviner où tu allais te replier. Je veux que tu saches que j'ai mal avec toi, pour toi.

— Oh, Lucie, Lucie...

Il la prit dans ses bras et tout bascula. Il pleura longuement, comme un bambin perdu, affolé.

Elle lui chuchota affectueusement de lénifiantes paroles à l'oreille tout en déplorant la gaucherie qui, malgré tous ses efforts, transparaissait sous sa belle assurance: d'ordinaire, elle ne consolait que ses jeunes frères, pas un grand gaillard dont elle était éperdument amoureuse.

— Ssshhhhhhhh... voilà voilà voilà, je suis là. Pleure, mon amour, pleure tout ton soûl. Je serai toujours là, maintenant. Quoi qu'il arrive. N'aie plus peur, mon âme.

Après des torrents de peine, Jos se calma, bercé par les douces ondes de réconfort qui émanaient de Lucie-Martine.

Il hoquetait encore quand il reprit du poil de la bête:

— Il faut coûte que coûte les priver du spectacle! décréta-t-il.

— Mais de quel spectacle parles-tu, mon amour?

— De celui auquel s'attendent ces ignobles croque-morts. Ils ont payé le prix fort pour voir tout ça s'écrouler? Fort bien! Coupons-leur l'herbe sous le pied.

— Jos, tu ne parles pas sérieusement, n'est-ce pas? Tu crois que ça va tomber? Moi pas!

— Penses-tu: ça-ne-peut-pas-tom-ber! C'est impossible et je le sais, mais veux veux pas, leur doute me tue quand même. Regarde-moi: je suis tout chamboulé. Ils me sapent le moral comme ils sapent le moral de toute la paroisse. Alors...

Il la regarda de côté, comme pour évaluer d'avance ses réactions; puis, il baissa le ton pour ajouter, conspirateur:

— Voilà ce que nous allons faire: on les confine dans leurs quartiers, on les laisse moisir un bout de temps et...

Devant Lucie-Martine, médusée, il avança plein de propositions toutes plus farfelues les unes que les autres, plein de scénarios dans lesquels l'horreur et la terreur le disputaient à la farce et à l'incongruité, la violence et la véhémence à la naïveté et à l'ingénuité.

S'il avait d'abord mis une sourdine à son exubérance naturelle, il laissa vite libre cours à sa volubilité vengeresse et n'essaya plus d'en atténuer les éclats. Tout à son défoulement, excité et dopé par ses propres paroles, il se leva, martela le sol et ponctua ses suggestions de coups de poing rageurs qui ébranlaient les échafaudages.

— ... à minuit pile, on les réveille en inventant une catastrophe quelconque et on les parque, de force et sans leur laisser le temps de réagir, dans leur train de malheur qu'on retourne dare-dare à l'envoyeur après avoir fait sauter les rails. Non, mieux: après l'avoir bourré de dynamite. Je me fais fort de bricoler un mécanisme qui déclenchera l'explosion en rase campagne, à cinquante ou soixante milles de tout endroit habité. Ça leur fera les pieds!

— ...

— On leur fait croire que des Allemands de Spirit Lake hantent encore les alentours d'Amos et qu'ils ont juré de faire sauter l'église pour venger une défaite qu'ils ne digèrent pas. Ou parce qu'on ne s'est pas opposé à leur incarcération. On organise une attaque en règle de leurs hôtels au cours de la nuit. Et tant pis si, dans le feu de l'action, il en est deux ou trois qui écopent d'une balle perdue... qui ne serait pas perdue pour tout le monde. Et puis on ne fait pas d'omelette sans casser des œufs, n'est-ce pas? Je suis prêt à jouer l'Allemand de service et je suis à peu près sûr que d'Artagnan n'hésiterait pas une seconde à en coucher quelques-uns en joue.

— ...

— On se déguise en Indiens et on monte à l'assaut de leurs chambres. Ils ne savent pas que *les nôtres* sont inoffensifs: ils ont demandé à tout le monde comment on se protégeait des «sauvages» et à quel rythme ils attaquaient... et puis ils ont l'air tellement dégourdis que, de toute façon, ils avaleraient n'importe quoi! On en aura scalpé une bonne vingtaine avant que les survivants se rendent compte que ce sont des histoires à dormir debout. Comme ça, ils ne seront pas venus en vain: ils auront connu la frousse de leur vie!

— ...

— On les rassemble tous à l'Hôtel Dumas pour un toast de bienvenue qui les endormira pour deux ou trois jours... ou pour l'éternité. Garde Brochu ne revient de tournée que demain soir mais je sais où elle cache les clefs de la pharmacie. Et puis elle nous aiderait, non? En l'attendant, on peut leur confectionner un cocktail du cru avec ce qui nous tombe sous la main... et advienne que pourra!

Lucie-Martine ne pipait mot. Un sourire indulgent s'étirait sur ses lèvres alors que Jos, petit à petit, se débarrassait de son ressentiment, se vidait de sa hargne. Elle savait que, quand il aurait crevé l'abcès, il se retrouverait désemparé, comme un enfant. Exactement comme un enfant.

***

— J'ai peur, Jos! Tu n'y verras goutte, là-haut. Un faux pas et c'est la catastrophe; une chute de cent pieds, ça ne pardonne pas. Malgré votre fichu «parapluie psychologique». S'il te plaît, n'y va pas, mon amour!

— Je t'en prie, Lucie-Martine! Si tu m'aimes, n'essaie pas de m'en empêcher. Je ne risque rien... et il faut que je tente quelque chose. Ne rien faire équivaudrait, pour moi, à une mort certaine: je mourrais de honte si je restais là, les bras croisés... ou de dépit s'ils avaient raison. Quoique... même là, je réussirais à attribuer au doute qu'ils auraient semé la déstabilisation de l'édifice. Leur attitude triomphaliste est mille fois pire qu'un coup de couteau qu'ils m'asséneraient en plein cœur.

— Laisse-moi venir avec toi, alors.

— Pas question! Là, c'est moi qui crèverais de peur. Je ne pourrais pas travailler en sachant que tu cours un danger. Reste ici, c'est beaucoup plus sage. D'ailleurs, je te répète que tu n'as rien à craindre: je connais ce dédale d'échafaudages et de passerelles comme ma poche. Au pouce près...

— Fais attention, Jos. S'il devait t'arriver malheur, je n'y survivrais pas.

***

Vrrrraaaaaaannnnnggggggggg!

L'énorme panneau rugueux, bringuebalante porte d'accès temporaire, avait avalé Lucie-Martine avec un claquement sec. L'avait happée alors qu'elle protestait encore.

Ce bruit, déplaisant à l'extrême, le mordit pis qu'un coup de fouet et creusa instantanément, autour de lui, un trou béant, un vide qui, plutôt que de l'aspirer, se fraya un chemin jusque dans ses intestins où il engendra des gargouillements outranciers. Il reçut dans sa chair, comme jamais, la profonde griffure de la solitude. Du désarroi. À brûle-pourpoint, le poids du bâtiment l'opprima, vint ajouter à l'écrasante angoisse.

Il résista à l'envie d'ouvrir la porte et de rappeler Lucie-Martine: si ça tournait mal, mieux valait qu'elle n'en fût pas témoin. Mais il étouffait, coincé entre rêve menacé et désespérance; il n'était plus qu'inconsistance dans une immensité brumeuse. Elle présente, serait-il si épouvantablement perdu? Si odieusement minuscule? Se percevrait-il comme un ridicule avorton?

La noirceur, accablante, le crucifiait sur place: Lucie-Martine avait emporté les derniers sursauts de clarté qu'un soleil agonisant réussissait à infiltrer jusque-là. Défi au bon sens, il leva quand même les yeux vers la coupole invisible... comme pour mieux refouler l'inanité de sa démarche. Pour nier cette logique assommante qui lui susurrait qu'il n'y parviendrait jamais tout seul, que son dessein relevait de l'impossible. De l'impensable. De l'irréalisable.

— Et alors! clama-t-il, au bord des larmes. Qu'est-ce qu'il faudrait que je fasse? Que j'attende bêtement, en me tournant les pouces?

L'écho de sa protestation roulait encore dans tous les recoins du bric-à-brac qui l'entourait lorsqu'il se mit en mouvement; à l'aveuglette, il agrippa le montant de l'échelle la plus proche et grimpa à toute vitesse, oubliant ses promesses de prudence.

Fébrilité. Pleurs. Frissons. Halètement. Tristesse.

Il s'immobilisa, sur une plate-forme qu'on eut dit vivante, le temps de faire revivre des pages d'histoire susceptibles de lui donner du courage.

Jonas dans la baleine.

Les Juifs traversant une mer Rouge furieuse, sinistre, qui attaquait sans relâche les parois invisibles qui la divisait en deux.

Napoléon s'enfonçant toujours plus avant dans cette Russie hostile qui aspirait à devenir son tombeau.

Le Christ, prostré, gravissant le Calvaire.

Ces évocations perduraient, puissamment vivantes, tandis qu'il farfouillait dans son sac de toile pour en extirper l'antiquité qui lui tenait lieu de lampe à huile. Mais l'obscurité s'incrustait: il dut craquer une bonne dizaine d'allumettes avant de réussir à allumer la lanterne; le vent qui s'insinuait Dieu seul savait d'où, rendu dément par les innombrables éléments interférant dans sa course, se précipitait de partout à la fois. Était imprévisible.

Sa nervosité confinait à l'impotence. Ses mains tremblaient inconsidérément. Ses sanglots, salés, se nourrissaient d'eux-mêmes avant de se répandre sur ses joues rêches.

Il suffoquait. Au fond de sa bouche roulaient, ondes mordantes, des lames d'amertume. Des flots de rage qui, se mêlant à sa salive, lui empâtaient la langue. L'étranglaient.

Une nuit! Une seule nuit?

C'était insensé! Pire que les douze travaux d'Hercule!

Par où commencer?

Armé d'un marteau et d'un arrache-clou qu'il maniait gauchement, il s'attaqua d'abord à la base du dôme. La lumière incertaine et vacillante de son fanal projetait, en les grossissant prodigieusement, ses moindres faits et gestes sur des débris de surface qui ne les interceptaient qu'à demi; les ombres ultra-mobiles qui en résultaient avaient quelque chose d'effrayant.

Il bûchait. Trébuchait. S'arc-boutait contre des supports de fortune. Jurait. Trépignait quand une planche résistait. Tirait. Arrachait. Improvisait des leviers pour venir à bout d'une pièce récalcitrante. Caressait furtivement le béton mis à nu. S'essuyait le front. Rageait. Suait. Rétablissait in extremis, au bord du vide, l'équilibre précaire qu'il maintenait tant bien que mal. Empilait à la diable, sur les plates-formes voisines, les lattes qu'il réussissait à ravir à la conque éphémère.

Le danger qu'on surprît, de l'extérieur, des reflets ou des rais de lumière était à peu près nul: les emplacements qu'occuperaient plus tard les verrières étaient, pour l'instant, complètement occultés; on s'était servi des points d'appui des futures rosaces pour y asseoir des pyramides d'échafaudages. Mais pour le bruit, il en allait tout autrement. Par intermittence, il en eût mis sa main à couper, tout le village tressaillait en entendant le boucan qu'il produisait. Il avait beau s'ingénier à les filtrer le plus possible, les sons étaient abominablement amplifiés. Comme s'il avait œuvré sous une immense cloche de bronze.

Ses mouvements étaient saccadés. Ses gestes se précipitaient. Il tournait en machine. En automate.

«Me rendre jusqu'au bout! se rabâchait-il. En avoir le cœur net. Succomber, peut-être, mais avec mon rêve!»

Carcans provisoires, planches et supports déclaraient forfait. Fendaient. Volaient en éclats. Dans un vacarme qui, loin de s'affaiblir, augmentait toujours et se réverbérait d'étrange façon contre les pièces du fouillis dont il occupait le centre. Dans un tumulte reproduisant à peu de chose près celui qui régnait dans son cerveau.

La circonspection, la minutie du début le cédèrent vite à l'anarchie la plus débridée: il fallait que tout fût consommé avant l'aurore. Qu'il crevât mais que cessât l'équivoque! Que disparût l'anxiété, exacerbée par ce *voyage organisé.*

Il se crachait dans les mains. Arrachait en maugréant les clous qui s'obstinaient. S'acharnait sauvagement sur les bouts de bois réfractaires. Martelait à coups répétés les planches rebelles, qu'il décollait rageusement... en ayant le sentiment de déstabiliser la palissade s'interposant entre sa cathédrale et son église, de participer à la désintégration de l'ultime pellicule qui séparait deux mondes.

Équilibriste au ballant en instance de rupture, il oscillait sur une corde raide; carrousel en folie, la tête lui tournait immodérément.

Les fluctuations de la flamme, incertitudes ondoyantes, achevaient d'habiller la scène d'un panache fantomatique. S'il avait d'abord été apeuré par les hésitations de sa silhouette, immense, se découpant irrégulièrement sur des moignons de surface, Jos se soûlait maintenant de sa projection. Y voyait presque de la compagnie.

Finir. Finir. Finir. Achever. Décaper l'énorme coquille. En *écosser* toute la surface interne.

Il n'était plus que mouvement. Remue-ménage. Continuels va-et-vient.

Pour ranimer son élan, il portait parfois ses pensées vers les mois à venir... qu'il ornait à sa guise, délicieusement. Qu'il ennoblissait de toute la tendresse qu'il tissait avec Lucie-Martine.

Et il détachait des planches.

Et frappait. S'éreintait. S'échinait. Se râpait les coudes. Tirait. Se pinçait les doigts. Jurait. Suait. Marmonnait. Descellait des embouts vicieux. Les brisait. Échappait son marteau. Bougonnait.

Il décida bientôt de tout envoyer valser en bas... et tant pis pour la casse: il ne faisait pas dans la porcelaine! Et puis il ne risquait pas de blesser qui que ce fût...

Les éclats volaient.

Il s'activait comme un forcené; on lui aurait juré des dizaines et des dizaines de bras. Quelquefois, il s'arrêtait, hors d'haleine, le temps de reprendre son souffle et d'évaluer la surface qu'il avait réussi à dénuder. Et son découragement augmentait: malgré tout son bon vouloir, la superficie découverte se révélait toujours dérisoire.

Il refusait de baisser les bras, redoublait d'ardeur.

Les planches dégringolaient, éprouvaient une à une, à un rythme endiablé, la théorie de la pesanteur... quelquefois en pièces détachées lorsqu'elles adhéraient trop solidement au béton sur lequel, çà et là, l'éclairage engendrant certainement le phénomène, suintait un simulacre d'humidité: le cocon était trop coriace, ne se disloquait pas assez vite. Il n'aurait jamais le temps! Vite, accélérer encore la cadence!

Il faisait la navette entre de brèves et illusoires lueurs d'euphorie et l'affliction. Une affliction qui intensifiait chaque bruit exagérément.

Il sursautait constamment.

Il y voyait mal, de plus en plus mal...

... et remettait sérieusement en cause sa réussite. Depuis combien de temps luttait-il? Une journée? Une semaine? Une heure? Faisait-il déjà jour, dehors?

Pour la énième fois, il prit un peu de recul... et force lui fut d'admettre qu'il avait vu trop grand. Beaucoup, beaucoup trop grand: au cours de l'heure ou de l'éternité qui s'était écoulée et malgré ce que, subjectivement, il pouvait en penser, il n'avait réussi, avec la meilleure volonté du monde, à «libérer» qu'une portion négligeable de l'ensemble.

Rien à faire: le combat était perdu d'avance. Il lui fallait se rendre à l'évidence, abandonner. C'était inutile, utopique dès le départ. Simple baroud d'honneur: il ne pouvait esquiver tous ces vicieux crocs-en-jambe que le sort lui réservait.

«À l'impossible, nul n'est tenu!» larmoya-t-il, sarcastique.

Désenchanté, il poussa volontairement son marteau à l'extérieur de la plate-forme qui lui servait de quartier général, marquant par là la fin de sa chimérique tentative. La trajectoire de l'outil fut soulignée par des bruits qui allèrent en s'amenuisant et s'acheva sur un «boummmmmm» profondément sonore. Les échos singuliers qui suivirent faillirent lui faire prendre le même chemin.

— ... eh oh, doucement, là-haut! Tu sais comment on appelle ça, quelqu'un qui tue son beau-père? Je t'avertis, petit: ce ne serait qu'un coup d'épée dans l'eau car je n'ai toujours pas fait de testament!

Éberlué, Jos vit apparaître puis grossir un champ lumineux qui, au fur et à mesure de l'ascension de monsieur Marcotte, vint épouser celui que produisait sa propre lampe. Et deux gros yeux ronds, brillants, des plus expressifs, illuminèrent sa solitude.

— Vvvvvous... vvvvous ici? Co... coco... cococomment?

— Tu le fais exprès ou quoi? Qui l'eût cru: ma fille s'est entichée d'un demeuré! rigola l'arrivant.

— Mais je... heu... je...

— C'est ça, c'est ça! Ça parle, ça discute, ça jase comme une bonne femme et pendant ce temps-là, la besogne reste en plan. Le temps presse, mon gars, on n'a pas que ça à faire, hein?

— Oui mais... Lucie-Mart...

— Lucie-Martine, Lucie-Martine, et puis quoi encore? Tu croyais qu'elle allait te laisser faire ça tout seul, mon garçon? Tu y serais encore le matin de ton mariage et j'aurais toujours une fille sur les bras, moi! Allez, amenez-vous, les gars!

Monsieur Marcotte s'écarta pour laisser le passage à deux, puis à trois, puis à cinq hommes...

De plus en plus estomaqué, Jos se replia sur un autre échafaudage; devant lui se faufilèrent une bonne dizaine d'ouvriers qui, outils et lampes en main, s'égaillèrent un peu partout sur les hauteurs... où ils poursuivirent le démoulage qu'il avait amorcé.

Le concert de lumière qui les accompagnait était époustouflant: ombres et rayons lumineux se disputaient les moindres saillies, conquéraient de chaude lutte chaque aspérité, battaient en retraite, repartaient à l'assaut, gagnaient quelques pouces qu'ils perdaient aussitôt.

C'était fascinant. Apothéotique.

Jos avait du mal à récupérer. Il se frottait les yeux pour s'assurer qu'il n'était pas le jouet d'hallucinations. Son cœur battait à tout rompre. De joie, cette fois. Il tremblait toujours, mais d'excitation.

Incapable de se calmer, il redescendit: un stage sur le plancher des vaches le remettrait d'aplomb.

Il n'avait pas sitôt mis le pied sur la dalle de béton de la nef qu'il vit déboucher le curé, puis d'Artagnan, tous deux en salopette, qui venaient en renfort et qui, l'avisant, l'entreprirent en riant:

— Franchement, Jos, autant que tu t'y fasses tout de suite, lui déclara d'Artagnan.

— M'y faire? Mais à quoi?

— À ta dulcinée, mon cher!

— Lucie-Martine? s'inquiéta Jos. Qu'est-ce qui...

— Oh, rassure-toi: elle va bien. Trop bien, même, si je puis m'exprimer de la sorte. N'est-ce pas, Oscar?

— Pour ça... et toi qui prétendais savoir y faire avec la gent féminine! Franchement, tu m'y reprendras...

— Mais enfin expliquez-vous! s'impatienta Jos.

— «Les femmes n'ont plus de secrets pour moi!» qu'il disait, ce vantard d'architecte, gloussa le curé. C'était sans compter sur ta future, mon pauvre Jos: elle te l'a embobiné en un tournemain! Il n'a pas eu le temps de crier *ouf!* qu'elle le tenait déjà dans sa manche!

— Tu peux toujours parler, *mossssieur le curé!* Comme si tu n'avais pas, tout prêtre que tu sois, cédé à ses charmes. Oserais-tu prétendre en confession que tu n'as pas été sensible au *plaideur* au moins autant qu'à la cause qu'il défendait?

Le curé, toujours hilare et approuvant du chef, l'architecte continua:

— Enfin, bref, mon pauvre garçon, il te faudra te lever de bonne heure si tu veux avoir raison ne fût-ce qu'une fois au cours de ton existence! Elle a un sacré caractère, crois-moi! Et je m'y connais! Figure-toi qu'elle se présente au presbytère, à 10 heures et des poussières, et qu'elle nous parle d'organiser, pour cette nuit même, l'opération à laquelle tu assistes présentement.

— «Ab-so-lu-ment-hors-de-ques-tion!» avons-nous répondu en chœur! avoua le curé.

— «Impensable! Tout bonnement impensable... et trop risqué!» lui ai-je objecté, déclara candidement d'Artagnan.

— ... et nous voici quand même, au beau milieu de la nuit! Avec plein d'ouvriers qu'elle a réussi à recruter ne me demande pas comment et qu'elle vient de m'amener avec son père, au presbytère, pour... tiens-toi bien, Jos, pour que je les bénisse!

— Tu vois? Comme ça, Dieu est avec nous et nous pourrions tomber dix fois du haut de la coupole que nous nous relèverions aussi frais que des nouveau-nés, badina l'architecte.

— Bah... dût-elle ne rien changer, au bout du compte, cette bénédiction ne nuira certainement pas et ce sera toujours ça de pris! fit remarquer le curé.

Jos avait renoncé à partager la bonne humeur des deux hommes. Il s'enquit, un brin d'angoisse dans la voix:

— Lucie-Martine était avec eux? Mais où est-elle maintenant?

— Elle? Mais... ici, sans doute! Elle accompagnait son père quand ils nous ont quittés, il n'y a pas dix minutes. Et ils sont venus directement ici.

Jos n'eût pas planté là les deux hommes avec plus de précipitation s'il avait appris qu'il était assis sur un baril de poudre. À la hâte, il se hissa jusqu'au dôme... et interrompit le travail de quatre ouvriers et en bouscula deux autres avant de dénicher une Lucie-Martine qui, ne jugeant plus utile de jouer le jeu, lui sauta carrément au cou, au risque de le précipiter en bas.

Il n'eut pas le courage de la gronder. Il redescendit plutôt récupérer son marteau et s'empressa de joindre ses efforts aux siens.

Souventes fois, il la regarda, à la dérobée, s'escrimer à l'ouvrage. Son admiration pour elle ne faisait que grandir. Pourrait-il jamais remercier suffisamment le ciel de l'avoir mise sur sa route?

Le jour n'était pas encore levé quand les ouvriers, vannés, eurent raison des derniers vestiges de l'enveloppe intérieure. Jos tomba à genoux: pour lui, l'église venait de naître!

Quand les architectes se présentèrent, sur le coup de huit heures, pour assister aux manœuvres devant conduire à la chute de l'édifice, ils découvrirent un chantier totalement désert et se heurtèrent à une porte close sur laquelle un écriteau proclamait sobrement:

BON VOYAGE ET ADIEU, MESSIEURS:
LA SÉANCE EST LEVÉE!

# XIX

Les mois, les semaines glissaient dans une fièvre enivrante. L'érection de l'église approchait de son terme, un terme qui coïnciderait à peu près avec le mariage.

Jos apprivoisait le bonheur.

Suspendu entre ciel et terre, il ne réussissait, dans l'euphorique tournoiement des jours et des nuits, à se ménager que de rares – mais extatiques – minutes pour Lucie-Martine. Mais tous deux s'y faisaient relativement bien.

— C'est de l'argent en banque! se répétaient-ils.

Quand ils se voyaient, ils goûtaient l'extase et ne prélevaient, de leur bonheur proche, que des pages de sublimation: il ne fallait quand même pas tenter le diable! Quand, la proximité et leur bouillonnement aidant, leurs corps en manque approchaient du point de non-retour, de l'irrévocable abandon, il se produisait toujours quelque chose: une ondée leur rafraîchissait les idées ou un *importun* surgissait à point nommé – un des jeunes frères de Lucie-Martine qui rameutait le quartier parce qu'il s'était écorché les genoux, ou le curé qui apparaissait au détour d'un chapitre de son bréviaire-prétexte.

Généralement, Jos passait de sa chambre à la chapelle le matin, du chantier à sa chambre le soir, très tard, ou au petit matin. Il se refusait à habiter leur maison, pourtant fin prête: ils y emménageraient de concert... ou pas du tout!

«Bienheureusement fataliste», il lévitait quelque part entre quotidienneté et infinitude. Il n'était point de situation qui ne lui paraissait

253

comme saupoudrée d'un bonheur fantasmagorique, fût-elle assommante de répétitivité ou se fût-elle apparentée, pour d'autres, à une routine inintéressante.

Il avait doublé le cap de la tourmente, s'était extirpé des ornières troubles qu'il avait connues. Et les événements qui le mobilisaient se voulaient, pour la plupart, agréables et sans histoires.

La preuve en était faite: il pouvait aimer et, même, accepter qu'on l'aimât... avec réticence, d'accord, mais il y parvenait. Plus souvent qu'autrement, par contre, il gardait les gens qu'il aimait en réserve: en ne les mettant pas à contribution, ne s'abritait-il pas des déconvenues, des désillusions? C'est ainsi qu'il coulait leur affection, leur amour, leur amitié dans une pérennité peu compatible avec le *journalier*, ainsi qu'il les protégeait de la volatilité qui caractérisait tout sentiment humain.

Là comme ailleurs, il ne requérait rien d'autrui: il attendait... qu'on vienne vers lui, à lui. Il pouvait se le permettre: cuirassé, blindé, il était immunisé contre la souffrance. Mais... il dut déchanter; car alors qu'il folâtrait avec une paix presque idyllique, Ginette s'évanouit de sa vie. Définitivement.

Oh, non pas qu'il la vît très souvent avec le chantier en cours... d'autant plus qu'elle s'absentait fréquemment depuis quelque temps: ses parents, amèrement désabusés de l'Abitibi, arpentaient le sud de la province en quête d'un sort meilleur. Mais elle était là, quelque part, dans son cœur. Indissociable de son noyau existentiel, elle faisait toujours partie de son moi, de son microcosme: elle s'y mouvait, y évoluait virtuellement, y fréquentait les rares intimes qui canalisaient sa quintessence affective. La coupure n'avait rien d'inaltérable tant qu'il n'y avait pas eu nouvelle donne, redéfinition des frontières du quotidien.

\*\*\*

L'Abitibi, tant s'en fallait, ne réussissait pas à tous. Les parents de Ginette en savaient quelque chose: tant bien que mal, ils ne réussissaient qu'à y tirer le diable par la queue! Ils se désespéraient de végéter sur une terre aride dans l'attente de végétaux qui ne voulaient pas croître. Ils ne voyaient pas l'heure où, pour eux, le vent tournerait... jusqu'à un certain jour de mai, où ils apprirent qu'un vieil oncle éloigné, mort sans héritier, leur léguait la terre ancestrale! Assez fertile pour nourrir une armée, au dire des Breton, ce domaine, qui longeait le fleuve sur près d'un mille, aux portes de Saint-Romuald – à deux pas de Québec –, était au lopin de terre qu'on leur avait octroyé en Abitibi ce que l'or était au crottin de cheval.

— La seule chose qui n'y pousse pas, badinait monsieur Breton, c'est les roches... qu'on s'était pourtant habitués à récolter d'abondance, ici.

— Faut pas nous en vouloir de nous en aller, plaidait sa femme auprès de leurs amis: Dieu ne nous pardonnerait jamais de dédaigner cette perche qu'il nous tend pour nous tirer de la misère.

Jos savait: le curé l'avait prévenu, avec moult ménagements. No-nobstant quoi il avait quand même décidé d'attendre, de ne pas se montrer là-bas. Les adieux n'étaient qu'une mort douce. Une mort trafiquée, habillée de civilités. Et il n'était plus question qu'il participât au rituel de la mort.

Quand il vit apparaître Ginette, aux abords du chantier, il résista à l'envie de se précipiter à sa rencontre. Juché à soixante pieds du sol, il continua, mine de rien, à sceller le contour des vitres qui, en attendant que la fabrique fût un peu plus riche, suppléeraient aux vitraux. Il fut cependant contraint de s'asseoir pour éviter la chute: ses jambes flageolaient, ses mains tremblaient, le cœur lui sortait de la poitrine et une douleur vive qu'il ne pouvait pas, qu'il ne devait pas extérioriser, lui mâchouillait l'estomac.

La cassure avait tout d'une ablation, s'annonçait sans retour: Ginette allait prendre racine dans le bas de la province et il avait juré de n'y jamais retourner. Ce coin de planète, territoire d'agonie et d'abomination, ne lui seyait nullement.

Prudente, elle se planta près d'un tas de planches et l'examina du coin de l'œil en lui faisant de timides signes. Elle quémandait presque la permission de s'immiscer une dernière fois dans son univers. Inconsciemment, elle *évacuait* déjà son monde, s'en dégageait.

Des scènes à n'en plus finir, toutes les séquences de vie qui leur étaient communes, le harcelaient en même temps, le chamboulaient.

La vie qui passait... et qui écorchait. La vie qui tuait... et qui vous arrachait ceux que vous aimiez. Qui vous arrachait à ceux qui vous aimaient.

Ceux qui vous aimaient? «Mais quand on aime, on ne meurt pas! On ne part pas!»

Il divaguait. La tête lui tournait. Cette *défection* ne s'inscrivait-elle pas dans la logique de l'impasse qui, un temps, avait failli le perdre? Une trahison, ni plus ni moins.

Ginette s'escrimait, maintenant; elle battait l'air de ses bras maigrichons: un vrai moulin à vent. Elle lui lançait, muettement, des appels de détresse... qui demeuraient lettre morte. Elle finit par s'accroupir; les deux coudes sur les genoux et le menton calé sur ses deux poings repliés, elle resta là, sans broncher, à le fixer.

Marabout, déçu de ses propres réactions, Jos se laissa finalement attendrir... quand il cessa de percevoir la petite bonne femme qui l'abandonnait, qui s'extrayait de sa vie, pour ne plus s'arrêter qu'à l'enfant qui avait mal. Qui souffrait d'une situation provoquée par d'autres, elle qui n'y pouvait rien! Otage de sa condition humaine, elle lui payait déjà tribut.

Étouffant les lamentations qui lui pétrissaient la gorge, il descendit de son perchoir et s'astreignit à ne reconnaître, dans cette galopine efflanquée et triste, que la petite poupée espiègle qu'il avait retirée des eaux, trois ans auparavant. C'est cette image qu'il voulait conserver imprimée dans sa chair. Dans son cœur. Il lui rebutait de discerner cet élan, déjà perceptible, qui portait implacablement sa Ginette vers une «adulterie» déformante. Car elle changeait drôlement: déjà un pied dans l'adolescence! Sous peu, elle dirait adieu à l'enfance.

Malgré lui, il voyait presque, en s'avançant, le temps buriner ce minois si puissamment évocateur de naïveté. Y affirmer son emprise. Y semer ses stigmates. Lui ravir sa mutine frimousse, sa candeur et...

Au fond, qu'importait? Elle serait morte, pour lui. À quoi bon se le cacher: Il ne la reverrait jamais.

Et même en admettant qu'il se trompât sur ce point, la Ginette qu'il connaissait se serait effacée au profit d'une autre... qu'il n'était pas sûr d'être intéressé à côtoyer: les adultes étaient si oublieux de l'enfance! Ils se dépêchaient de l'enterrer sous des gravats existentiels et reniaient vite fait leur innocence au profit d'à-peu-près qui dénaturaient leur fraîcheur. Qui rayaient leurs rêves, les «dédimensionnaient».

Au fond, tout était très bien ainsi: en s'esquivant, Ginette resterait à jamais la même. Elle se coulerait dans une immuable fontaine de jouvence qui ne pourrait tarir que quand il déclarerait lui-même forfait.

Là était peut-être la voie à suivre pour tout un chacun: disparaître dans toute sa plénitude, en pleine éclosion, plutôt que de prêter le flanc à l'érosion temporelle qui vous décape la personnalité et vous couvre la figure de sillons... trouvant sûrement leurs pendants dans votre âme...

Dieu merci, Ginette n'était pas, pour l'heure, consciente de tout ça!

***

«Ne pas pleurer. Surtout, ne pas pleurer. Les hommes, les vrais, ne chialent pas! essayait-il de se convaincre, comme si ce raisonnement avait jamais pu empêcher ses larmes de couler. La laisser, elle, s'épancher. Elle a toujours l'excuse de la jeunesse. Mais ne pas pleurer: ce serait donner prise à la fatalité.»

Sa proximité déclencha l'ouverture des écluses; en larmoyant, Ginette lui sauta au cou.

— On s'en va, Jos! pleurnicha-t-elle. On prend le train tout à l'heure. Tu... tu allais me laisser partir sans... sans venir me voir, hein? Je t'ai attendu et attendu et attendu. Le train est bientôt prêt. Je ne voulais pas m'en aller avant de... Jos, tu m'aimes plus, hein? Juste parce qu'on s'en va?

Les sanglots de Ginette, miroir lui renvoyant crûment son impuissance, le torturaient.

— Mais qu'est-ce que tu vas chercher là, Ginette? J'avais l'intention d'aller te dire au revoir sur le quai de la gare, lui mentit-il dans l'espoir d'enrayer ses larmes. J'ai eu trop de travail. Des choses urgentes à accomplir et...

Les bras, maigrichons à l'extrême, se contractèrent davantage autour de ses épaules. Tendrement, il reprit:

— Non, ce n'est pas vrai, Ginette. Je t'aime! Souviens-t'en toujours: je t'aime! Je t'aime... mais les départs me font mal, voilà tout! J'ai peur. Tellement peur. Un jour, tu comprendras.

— On se reverra plus, hein? Plus jamais? Dis-le-moi! J'veux que tu m'le dises, insista-t-elle en s'écartant et en le fixant sans ciller. Comme ça, au moins, je saurai à quoi m'en tenir.

Infiniment sombre, sidéré par la perspicacité de l'enfant, Jos détourna la tête. Pour l'instant, tout ce qui comptait, c'était de la rassurer. Elle ferait bien assez tôt l'apprentissage de l'absence.

— Mais quelle idée! protesta-t-il avec plus ou moins de conviction. Bien sûr qu'on se reverra! Quand j'irai à Québec, je ne sais pas, moi, un jour. Ou quand tu reviendras faire ton tour. Ne t'en fais pas: c'est la porte à côté, paraît-il. Une affaire de rien, par la voie ferrée. Aujourd'hui, les distances ne sont plus...

Elle l'écoutait et secouait négativement la tête. Les filets de larmes s'étaient rétrécis, avaient reflué pour se ramasser en deux petites perles qui tremblotaient au bord de ses prunelles, où luisait cette limpidité qui ne trompait pas: elle éclairait le puits d'où elle tirerait toute cette eau qui viendrait, au fil des jours, creuser ses joues hâves. Elle l'étreignit encore plus fort et enfouit son nez mouillé dans son cou.

— Oh Jos! Pourquoi me raconter des histoires? lui reprocha-t-elle. Les grandes personnes se croient toujours obligées de mentir pour pas avouer la vérité. On dirait les autruches qu'on voit dans mon livre d'images. C'est pareil: elles se mettent la tête dans le sable pour pas voir ce qui les dérange...

— Mais je t'assure, Ginette!

Elle lui mit un doigt sur la bouche et ses lèvres se fendirent en un pâle sourire.

— Chhhhuuuutttt! Moi aussi, j'apprendrai à *faire semblant*. En tout cas, j'essaierai. Il faudra bien que j'fasse comme tout le monde, j'imagine. Je m'habituerai... mais seulement quand je serai grande. J'veux dire: encore plus grande. En attendant, j'vais penser à toi fort fort fort, j'le jure!

Elle n'avait rien, non vraiment plus rien de la petite gamine. Saisissante, profonde, son expression était celle d'une adulte. D'une adulte qui, encore enracinée dans l'enfance, était incapable de décoder les signaux contradictoires sous-jacents à tout sentiment.

Ça ne dura pas: elle retrouva son faciès enfantin. Seules, au fond des gouffres immensément profonds qui le dévoraient, deux braises... dont la chaleur sécha l'émotion qui s'attardait. Deux braises qui brûleraient éternellement et qui entretiendraient probablement des souvenirs qu'elle évoquerait encore sur son lit de mort, dût-elle vivre cent sept ans!

Avec une insouciance apparente, une insouciance qui sentait déjà l'assurance qu'elle allait coûte que coûte acclimater, elle rendossa son rôle et le joua sans bavure jusqu'à la fin. Elle lui raconta ses récentes

équipées, son départ imminent, la ferme, Québec et leur vie nouvelle…
en feignant d'y croire comme il feignait de s'y intéresser.

Puis…

— J'vais t'écrire souvent, souvent, souvent, Jos. Maman m'a promis
que j'pourrais le faire tant que j'le voudrais. Quand tu viendras, nous
irons nous… nous irons nous promener le long du fleuve et je…

Se taisant soudainement, elle le serra longuement sur son cœur et lui
glissa à l'oreille, d'une petite voix flûtée, avant de s'enfuir à toutes
jambes:

— Je t'aime, Jos!

Elle ne fit volte-face qu'une seule fois, une seule, pour hurler, du
bout de son désarroi, et son cri était à la fois abdication, colère et
profession de foi:

— Jos! Je t'aime! Je t'aimerai toujours!

Il ne s'arracha à cette déchirante séparation qu'au prix d'un effort
monstrueux. L'écho des paroles de Ginette le poursuivait quand il remonta dans son échafaudage. Et quand le tintamarre annonçant le départ
du convoi lui traversa la tête comme un coup de tonnerre, le «toujours»
s'y attardait encore et encore, comme une condamnation.

# XX

E lle allait venir: ses douces vibrations perçaient déjà l'atmosphère.

Elle fut là: un avant-goût du paradis! Une radieuse apparition. Toute
l'église en fut auréolée.

Comme la majorité des assistants, Jos n'eut d'yeux que pour elle; il
dut cependant se livrer, pour mieux la contempler sans bouger de sa
place et sans se départir de sa «pieuse attitude», à des contorsions qui lui
eussent valu des ovations dans un congrès d'acrobates. Il jouait très mal
la carte de l'indifférence... la seule qui convenait dans les circonstances,
s'il fallait en croire Émilienne Brochu – «Mère... et témoin je vous
prie!» – qui, comme toutes les fois où Jos était de près ou de loin en
cause, entrait dans la peau de son personnage avec un sérieux désarçon-
nant: rien ni personne ne devait projeter son ombre sur cette journée,
nul grain de sable ne devait se glisser dans l'engrenage. Après tout, on
ne mariait pas son fils toutes les semaines!

C'était peut-être le grand jour pour les deux tourtereaux, mais
c'était également jour d'apothéose pour elle: elle pavoisait. Son allure,
son maintien, son assurance en imposaient.

Quelques paroissiennes lui avaient – heureusement! – fourni l'occasion de placer sa botte secrète... et la chose s'était sue. Elle en salivait
encore! D'une altitude qui miniaturisait toutes ses détractrices, elle avait
en effet lancé, après un mutisme judicieux, aux quelques emmerdeuses
stupéfaites d'apprendre qu'une «personne du sexe, célibataire de surcroît» pût pousser aussi loin son devoir de mère adoptive:

— Comment? Vous voulez rire, sans doute? Vivez avec votre temps, que diable! Ne me dites pas que vous ignoriez qu'en vertu du *Code de droit canonique de 1919*, aucune permission spéciale ne m'est nécessaire pour servir de témoin au petit? Oh, j'ai bien été obligée de tordre un peu le bras du curé, mais il ne pouvait décemment pas être père, témoin et célébrant!

Elle avait évidemment passé sous silence les tracasseries auxquelles elle s'était soumise et les innombrables démarches qu'elles avaient dû mener à bien pour parvenir à ses fins.

Par deux ou trois fois déjà, voyant que ses toux réprobatrices ne suffisaient pas pour rappeler Jos à l'ordre, elle l'avait semoncé après l'avoir carrément tiré par la manche, au risque de passer pour une détestable pie-grièche. Cela augurait fort mal: s'il fallait que ce garnement en oubliât la pompe qui seyait à la cérémonie...

«Ah, ces jeunes, se désola-t-elle. Pourquoi se tortiller de la sorte? Ils vont passer toute leur vie ensemble! On jurerait qu'il a le diable au corps... mais... mais au fond, c'est peut-être le cas!»

Elle se calma: avait-elle oublié tous ces démons qui lui incendiaient les tripes quand, jeune femme, elle s'imaginait, elle, à la place de la mariée? N'eût-elle pas été flattée d'une telle attention? D'une pareille dévotion? Qu'aucun homme digne de ce nom n'eût daigné éteindre ce feu qui avait couvé des décennies durant ne minimisait en rien ses réactions d'alors.

Bon prince, elle en ravala séance tenante ses récriminations pour se tourner, elle aussi, vers la mariée.

*\*\*\**

Jos était ravi: Lucie-Martine lisait sûrement dans ses pensées pour aller ainsi au-devant de ses désirs, même non exprimés. Car si, par pudeur, il n'avait pas abordé la question avec elle, il avait ardemment souhaité, en secret, qu'elle fût vêtue de sa robe bleue. De cette superbe robe bleue qu'elle portait le jour de la Fête-Dieu, quand il l'avait entraperçue pour la première fois, se découpant sur l'azur. Quelques retouches ici et là, quelques rubans ne le trompaient pas: c'était la même robe; la même que... que...

Bien que la chose allât plutôt à l'encontre des traditions naissantes – selon lesquelles la mariée devait se marier en blanc, lorsque c'était possible –, la mère de Lucie-Martine s'était prêtée sans sourciller au vœu de sa fille: c'était son mariage! Et puis, Dieu merci, Lucie-Martine n'était pas de ces pimbêches chichiteuses, comme on en comptait hélas beaucoup trop et qui, à force de simagrées, obligeaient leurs parents à s'endetter pour... «des atours qu'on ne portait que le temps d'un soupir et qui coûtaient les yeux de la tête.»

Au bras de son armoire à glace de père empêtré dans un habit de cérémonie emprunté, la mariée «remontait», solennelle, l'allée centrale.

Elle progressait lentement, délicieusement lentement, avec cette grâce qui lui était particulière. Sa robe bleue ondoyait en une mélodie visuelle qui, au gré de ses pas, venait souligner telle ou telle partie d'un corps qu'on devinait follement parfait. Un corps qui respirait la finesse par tous les pores et qui eût fait crever d'envie maintes déesses.

Même Joseph Labranche, mis en appétit par les murmures admiratifs de la foule, en bavait presque dans son jubé – la tribune d'orgue, en fait, qu'on appelait déjà «jubé», comme les tribunes latérales. Il en oubliait de tirer les notes convenues de son vieil harmonium. Penché au-dessus de la rambarde, il passait sa langue sèche sur des lèvres gonflées par l'alcool frelaté et, à l'instar des centaines de mâles normalement constitués massés dans l'église, il supputait vraisemblablement la nuit de noces... tout en chaussant au pied levé les souliers du marié.

Lucie-Martine était éblouissante. Divine.

Jamais, Jos en eût mis sa tête à couper, reine n'avait eu plus majestueuse allure que sa douce Lucie-Martine: elle était la vénusté incarnée!

Du bout du continent qui les séparait encore, leurs yeux se cherchèrent... et se trouvèrent. Et l'éclair qui résulta du choc éclipsa le soleil: les gerbes de lumière déferlant des fausses verrières n'arrivaient pas à intercepter ces rayons intenses qu'elle projetait vers lui.

Parvenue au milieu de l'église, elle lui adressa innocemment un baiser en arrondissant ses lèvres et en plaçant en conque, devant son adorable menton, une main à la délicatesse angélique. Puis, sa bouche se fendit en un sourire que même Dieu, tout blasé qu'il fût sur son trône, gavé des louanges de sujets tous plus flagorneurs les uns que les autres, n'eût pu ne pas agréer.

Il n'était rien, chez elle, jusqu'à sa peau, diaphane et satinée à la fois, qui ne la particularisât. Ses mouvements, d'une savoureuse félinité, la classaient d'emblée au-dessus du genre humain. Ses cheveux, jamais immobiles, semblaient autant de mains ondulantes, de vivants *suivez-moi-jeune-homme* qui vous invitaient à lui emboîter le pas... et, pour ce faire, à traverser mer et monde. Et son regard, clair, pur, limpide... qui vous fouillait l'âme, qui vous retournait de part en part à la recherche d'un vis-à-vis rarement à la hauteur.

On la devinait mortelle, soit, mais au seuil même de l'immortalité. De l'intemporalité.

***

L'église était pleine. Archipleine. Il eût été impensable d'y faire tenir une colombe de plus.

Le tout-Amos était là... et plus encore: nombreux étaient ceux qui, appâtés par le ouï-dire, avaient déserté les paroisses environnantes et parcouru plusieurs milles en voiture à cheval pour assister à cette *préouverture.* Car si l'événement ne concordait pas avec l'inauguration proprement dite, il n'en était pas moins appelé, sinon à rester dans les annales, du moins à s'inscrire dans la mémoire collective: on subodorait que ce qui se passait là allait alimenter, pendant des lustres, conversations, ragots et potins avant de faire figure, au fur et à mesure que les années en poliraient les angles, de moment historique.

Et puis on se doutait bien que l'inauguration officielle, le dimanche suivant, serait par trop «protocolaire» pour les simples mortels, qui ne pourraient de toute façon compter que sur un nombre limité de places... forcément, avec tous ces dignitaires qu'on attendait!

Alors on étrennait, et pas qu'un peu!

Après avoir examiné sous toutes les coutures la mariée et son bedeau quasiment légendaire, on évaluait, scrutait, soupesait, détaillait à n'en plus finir l'intérieur de l'église. Il ne fallait surtout rien rater: l'odeur du neuf, qui dominait, ne durerait pas éternellement et la poussière de la construction ne mettrait pas des années à se poser. Bientôt, la surface des murs et de la coupole foncerait à force de réverbérer des envolées qu'on voulait croire exceptionnelles; les confessionnaux s'assombriraient en voulant étouffer leurs défilés de péchés; le vernis des bancs ternirait sous les frottements répétés; les agenouilloirs s'incurveraient et arboreraient leurs inévitables ovales.

Chaque angle, chaque recoin, chaque surface offrait au regard un intérêt évident. On n'avait pas assez d'yeux pour tout découvrir, on ne savait trop où *donner de la vue*: les têtes allaient et venaient en tous sens. Parfois, l'assemblée était le jouet de bourrasques inouïes; les mouvements convulsifs qui l'agitaient évoquaient une pépinière de girouettes en mal de synchronisme. Il y avait fort à parier que, le soir même, c'est par dizaines que les paroissiens feraient le pied de grue chez Edgar Mongeau, le «ramancheux», pour faire masser des muscles du cou endoloris, retoucher une colonne vertébrale sensible ou guérir un cuisant torticolis.

L'instant était magique.

Insatiable, chacun se soûlait de visions... qu'il engrangeait pour «consommation ultérieure». On voulait être en mesure d'affirmer plus tard à des enfants, à des petits-enfants ou à des étrangers sceptiques: «J'étais là!»... et les voir se cambrer, se figer d'incrédulité.

Bien sûr, on n'était pas sans remarquer qu'il restait encore plein de bricoles à fignoler – faute d'argent, on avait été obligé de rogner sur des broutilles ou d'en différer le parachèvement –, mais ces bagatelles passaient au second plan tellement le coup d'œil en valait la peine. On était conquis, séduit; d'entrée de jeu, on se laissait gagner par un sentiment d'appartenance.

Et, grisante surprise, nulle trace de crainte ou de frayeur sur les physionomies éberluées. L'appréhension s'était graduellement volatilisée après le démoulage du dôme et le départ en catastrophe des architectes. Il y avait eu purgation, en somme... si bien que l'immense appareil d'éclairage, suspendu par son frêle cordon ombilical à la bille géante formant clef de voûte, suscitait non pas effroi mais admiration. Une admiration à peine tempérée, ici et là, d'un quant-à-soi rigoureusement *scientifique*: comment cette masse imposante réussissait-elle à tenir là? Y avait-il un truc caché?

Les chapelles latérales étoffant les bas-côtés, avec leur surabondance de sculptures tape-à-l'œil, captaient beaucoup d'attention. Tout comme le chœur, où cafouillaient des servants forcés d'intégrer de nouvelles habitudes, la sainte table, la balustrade... et, bien sûr, le baldaquin ahurissant qui, au-dessus du maître-autel, reposait sur des colonnes dont le nombre compensait l'apparente chétivité. Si les guirlandes d'ampoules électriques multicolores qui y foisonnaient – «Directement enracinées dans le marbre s'il vous plaît!» – n'enlevaient rien à l'aspect baroque de ce dais surprenant, elles achevaient de lui donner un air moderne, voire avant-gardiste: l'électricité était loin d'être monnaie courante!

Seule la tribune semi-circulaire surplombant le chœur, qui tenait lieu de déambulatoire, échappait à l'engouement. Plus tard, lors des cérémonies à grand déploiement, elle grouillerait de diacres, sous-diacres, séminaristes, religieux et religieuses de tout poil; mais pour l'heure, on y avait entassé en foutoir les matériaux qui serviraient à peaufiner l'ouvrage au cours des prochaines semaines et entreposé pêle-mêle toutes ces babioles qui allaient incessamment le maquiller.

Jos enregistrait tout... sans perdre de vue Lucie-Martine, qui composait, en mettant un pied devant l'autre, le tableau le plus harmonieux et le plus touchant qui soit. Parallèlement, il essayait de se remémorer *concrètement* la fin de cette course contre la montre qui avait exigé de lui une incroyable quantité d'énergie. En vain: les dernières semaines, et même les derniers jours, s'émaillaient d'une ombre qui le rendait perplexe... une ombre qui estompait, en les nimbant de la vapeur propre aux fables, ces portions de hiers tout proches qui avaient eu comme décor l'église et ce qu'elle contenait. Il osa un tour d'horizon, juste pour voir: les bancs de bois qui garnissaient la nef, les énormes portes en chêne massif donnant sur la sacristie et sur les porches latéraux, la balustrade en marbre de Carrare, la chaire bariolée, avec son abat-voix qui ressemblait à un mollusque, le maître-autel à baldaquin illuminé, la massive couronne métallique – baptisée «lampadaire», Dieu seul savait pourquoi – qui pendouillait lourdement au bout de sa longue chaîne jumelée à un inélégant fil électrique, les grilles de fer du plancher, qui béaient au-dessus de la *chambre des fournaises*, les stations du chemin de la croix...

Ce devait être là, à portée d'effort mnémonique: après tout, n'avait-il pas participé à la mise en place d'à peu près tout ce qui était visible là-dedans?

Peine perdue: avant même de s'engloutir dans les limbes du passé, toutes ces pages, récentes, pourtant écrites avec sa propre sueur, s'inséraient dans un ensemble qu'il démêlait, déjà, difficilement. Était-ce *elle*, sa merveilleuse, qui l'obnubilait à ce point?

Bon, pas de panique. À tout prendre, il préférait l'église à des souvenirs d'église. N'empêche: lui qui avait cru faire provision d'images tout au long des travaux se retrouvait, à ce chapitre, proprement vidé... et dans l'incapacité totale d'exhumer des détails qu'il s'était juré – de ça, il se souvenait – de garder en réserve. Seuls se présentaient, anarchiques, des fragments d'épisodes qui avaient fait grand bruit et qui étaient à la portée de tout un chacun. La crise du dôme, par exemple... encore que, même là, le halo du révolu progressait à pas de géant: il sentait le processus de drainage à l'œuvre dans sa tête. Et le pire, c'était que, réflexion faite, il n'en ressentait ni affolement ni regret. Il allait s'en accommoder... d'autant plus qu'il voyait là-dedans une manière de symbole.

À tout hasard, il se paya le luxe d'une dernière tentative, en s'efforçant de faire revivre des scènes précises et parfaitement circonscrites dans le temps, comme l'installation de la monumentale *fournaise à bois*, au sous-sol, la mise en place du «lampadaire géant» ou, encore, la pose des grosses plaques de cuivre coiffant la coupole. Sans plus de succès. Il y avait du flou dans sa mémoire. Du jeu dans ses rappels.

En le gratifiant du plus fascinant sourire qui se pût concevoir, un sourire qui eût déclassé sans coup férir celui de la Joconde, Lucie-Martine lui ouvrit les portes du septième ciel. Tout pouvait fort bien s'effacer!

***

Revenu à de plus nobles dispositions, Joseph Labranche s'échinait à faire tousser son harmonium antédiluvien.

Derrière lui, Amanda Brisebois suait sang et eau et invoquait tous les saints du paradis: transplantés de but en blanc dans le jubé et ne s'étant pas encore familiarisés avec la sonorité des lieux, ses choristes menaient un tintamarre infernal. Ça détonnait. Ça sonnait faux, archifaux.

Jos avait vaguement conscience de cela mais, à vrai dire, il s'en moquait royalement. Pour lui, l'instant n'était pas que solennel: c'était l'INSTANT! Incomparable. Irremplaçable.

Déconcertant: pendant combien de siècles allait-elle déambuler ainsi? L'allée était-elle considérablement plus longue que ce qu'il en avait retenu? Ou alors...

«S'il faut qu'elle soit de connivence avec son farceur de père pour faire du surplace, on n'est pas sorti de l'auberge!» songea-t-il en rigolant.

Dieu, ce qu'il pouvait l'aimer! Et comme il se languissait de son corps, volupté promise depuis tant d'éternités.

Monsieur Marcotte, engoncé dans des épaisseurs exagérées d'amidon qui ne camouflaient qu'à demi son cou de lutteur, sautillait gauchement à côté de Lucie-Martine. Il y avait un monde entre ce polichinelle si mal à son aise dans son costume d'emprunt et le bonhomme grave, plein d'assurance, qui l'avait accueilli avec un rien de froideur lorsqu'il s'était finalement résigné à lui demander la main de sa fille.

— Mais c'est encore une enfant: elle n'a que seize ans! avait-il objecté, pour la forme peut-être, mais avec véhémence.

Monsieur Marcotte adorait sa fille aînée: elle était l'aboutissement, la plaque tournante de son existence. La voir s'éloigner, si jeune, l'attristait au-delà de tout. Bien sûr, il n'ignorait rien de leur projet de mariage, mais la coutume voulait qu'il *fasse comme si*... tant et aussi longtemps que la «grande demande» n'était pas faite. Jusqu'alors, se leurrait-il, rien n'était joué. Et, en secret, n'espérait-il pas quelque chambardement de dernière minute qui lui eût permis de la garder près de lui un peu plus longtemps?

— Et alors? avait audacieusement répliqué Jos.

— Alors... alors... alors on ne se marie pas à seize ans, voilà tout! C'est un non-sens: on attend au moins d'avoir le nombril sec. Crois-moi, mon garçon, il serait plus sage de remettre ça à plus tard... quand vous saurez vraiment de quoi il retourne. Vous avez le temps, amplement le temps!

— Savez-vous combien d'enfants de seize ans a emportés la grippe espagnole, monsieur? Et combien d'enfants de seize ans sont morts en Europe au cours de la guerre? Combien d'enfants de seize ans y ont perdu leurs parents? Et se sont retrouvés seuls avec leurs...

— Ben je... excuse-moi mais j'avoue ne pas bien saisir le rapport, mon garçon.

— Parce qu'il n'y en a pas, monsieur! Sinon celui-ci: quand on est assez vieux pour souffrir et pour mourir, on est certainement en âge de se marier!

À ce moment, Jos eût aimé que Lucie-Martine fût là pour lui tenir la main et lui insuffler les paroles idoines; mais, heureusement, il n'eut pas à expliciter ces propos énigmatiques, ni à s'étendre sur le fait que, pour lui, l'intensité de l'enfance compensait sa brièveté objective.

Son futur beau-père l'avait regardé longuement avant de laisser tomber:

— Bon, si c'est ce qu'elle souhaite, je veux bien! Après tout, c'est sa vie, non? Et puis, dans le fond, tu as raison: quelques mois de plus ne feraient pas une énorme différence, je suppose. Allez, tope là, fiston!

La puissante poignée de main qu'ils avaient échangée était venue sceller la complicité bon enfant qui, dès le départ, les avait spontanément rapprochés l'un de l'autre. Monsieur Marcotte avait retrouvé sa jovialité pour ajouter:

— Elle aurait pu trouver pire, hein? Tu sais, mon garçon, moi, je ne veux que son bonheur. Alors en autant qu'elle soit d'accord...

— Ça, je l'ignore! avait reparti Jos. Comment voulez-vous que je sache: je ne lui en ai jamais parlé!


Et maintenant...

Maintenant, elle était là, dans sa splendeur toute naturelle.

Elle était là en chair et en *noces* qui s'avançait, rayonnante, vers l'autel, vers lui... en lui, en quelque sorte. Et elle s'avançait, s'avançait...

Mais... mais s'était-il évanoui? Elle... elle était assise! Et la messe de mariage – son mariage! – battait son plein!

Encore une fois, garde Brochu se râpa les cordes vocales dans l'espoir de le réveiller. Il dépassait les bornes! Il ne suivait pas, mais alors pas du tout: debout quand il fallait s'asseoir, il s'assoyait quand les autres se mettaient à genoux, claironnait un *amen* assourdissant au lieu de faire le signe de la croix, bref, il était impossible. Il eût juré de lui gâcher cette journée qu'il n'eût pas agi autrement. Elle n'osait se retourner: comme on les montrait sûrement du doigt, on remarquerait sa rougeur. Un vrai thermomètre! Et Lucie-Martine qui poussait l'outrecuidance jusqu'à pouffer. En pleine église et au beau milieu de l'office! Où donc s'en allait la jeunesse!

*** 

Jos dérapait, béat.

Il survolait la planète. Il voletait dans un ailleurs inimaginable. Sa force et sa confiance ne connaissaient nulle borne. Il eût aisément déplacé pyramides d'Égypte, Grande Muraille de Chine et temples grecs si elle le lui avait demandé. Il eût relayé Atlas et se fût mesuré en toute

quiétude à une, à dix, à mille armées: il aimait et était aimé passionné-
ment!

Sa folle du logis s'en donnait à cœur joie; elle se baguenaudait çà et
là et le replongeait dans ce qui lui restait des dernières semaines...

La veille et l'avant-veille, il s'était payé une dernière tournée d'inspection de leur maison. Dans l'ensemble, rien n'y clochait. Ils s'y étaient
aménagé un chez-soi des plus confortables, où il ferait bon concrétiser
leurs projets d'avenir.

Il était toutefois fort aise d'avoir rejeté l'idée d'y résider tout seul:
la configuration des lieux, conjuguée à sa tendance à l'introspection, eût
pu y raviver des fantômes qu'il ne tenait pas à affronter... seul.

C'est dans leur maison que, pour conjurer le mauvais sort, il avait
étalé devant Lucie-Martine, craintivement au début, le passé dont il avait
souvenance. Prodige: plutôt que de paniquer et de le regarder comme
un pestiféré, elle avait multiplié les marques de tendresse à son endroit.
S'enhardissant, il avait déverrouillé pour elle les vannes de ce *jadis* qu'on
lui croyait perdu – et que lui-même, parfois, jugeait anéanti.

Il lui avait tout déballé, absolument tout. Mais... avait-il vraiment le
choix? Eût-il pu conserver, par-devers lui, des zones nébuleuses... et se
cacher ainsi d'elle – donc de lui? Il y eût perdu sa paix, et ça...

Il lui avait donc découvert ses monstruosités. Ses phobies. Ses angoisses. Sa dégringolade au *royaume des ombres*... une dégringolade qu'il avait
du mal à replacer dans son contexte et dont certains passages lui apparaissaient maintenant comme invraisemblables. Il bafouillait en les extir-
pant de ses tripes, en les extériorisant pour la toute première fois.

Il lui avait narré la maison paternelle et son père; puis sa mère, les
jumeaux, ses frères et la guerre. Et la grippe espagnole. Et la mort. Il
avait bredouillé, presque honteux, en lui racontant Lucie. Et la désagrégation de sa famille. Et l'agonie de ses proches. Et encore Lucie. Et la
mort, la mort, la mort. Et toujours Lucie, si loin et si présente. Et sa
fuite...

Test suprême, qui l'avait mis dans tous ses états, il lui avait *confié* la
robe bleue... cette robe que, consciemment, il n'avait jamais osé
soulever, même en rêve. Il lui avait décrit la profusion de pulsions
qu'elle déclenchait. Et ses crises de folie. Et Lucie. Et ses flirts avec
l'irréalité. Avec le péché. Et Lucie. Et ses vices. Ses séances «masturba-

270

toires». Ses déguisements absurdes pour LA retrouver. Pour SE retrouver. Oh, Lucie! Lucie! Lucie...

Peuplé de passion et de peine, le silence de Lucie-Martine avait été chassé par la plus renversante déclaration d'amour qui fût:

— Si seulement j'avais été là!

Elle s'était promis, sinon d'amadouer et d'humaniser ce passé oh combien lourd pour Jos, d'en atténuer au moins l'incidence!

Elle était, Jos avait fortement insisté là-dessus, le seul être vivant à savoir, le seul qui saurait jamais.

Ces révélations l'avaient soulagé; elles comblaient l'ultime fossé susceptible de subsister entre eux. Mais sa confession l'avait également amené à constater que des trous profonds, définitifs, s'étaient véritablement creusés dans sa mémoire. Des pages complètes en avaient été gommées. L'horreur naissait là où s'arrêtaient des parois d'inconnu. Comme si, à une certaine époque, il n'avait jamais connu autre chose. N'avait-il, dans les coulisses de sa raison, vaincu l'amnésie que partiellement?

***

L'harmonium crachait des notes misérables dans ce nouveau décor pas du tout conçu pour lui.

«Cet instrument est... est... valétudinaire, cacochyme et poussif! décréta Émilienne Brochu avec humeur. Noé n'aurait jamais dû le préserver du déluge en même temps que l'ignoble ivrogne qui le tutoie... et si mal encore! Il doit de nouveau pointer partout sa tête de fouine, ce qui l'empêche de prêter attention à ce qu'il fait!»

Bien entendu, la piètre performance de Joseph Labranche n'ajoutait rien à la fête; mais si elle eût engendré, en d'autres conjonctures, les protestations vigoureuses ou vitrioliques, de musiciens chevronnés ou les sanglots de mélomanes avertis, elle ne souleva, ce jour-là, que sourires magnanimes... sauf chez l'infirmière.

Le vieillard collait à son banc depuis la naissance de la colonie. Et, charité chrétienne, sans doute, on ne se résignait pas à s'en défaire.

— Ce vieil édenté de Joseph joue plus faux que d'habitude. À croire qu'il le fait exprès! La grande asperge d'Émilienne va en avaler son ratelier, persiflèrent quelques mauvaises langues.

Jamais, non jamais, il ne se lasserait de la contempler. De l'admirer. De l'aimer. Ne l'aimait-il pas déjà depuis toujours? Elle était Lucie-Martine, d'accord, mais aussi Lucie et... la femme, dans ce qu'elle avait de plus affiné, de plus raffiné.

Seize ans?

Déroutant! Elle était si *achevée*! Si *accomplie*! Si mystiquement, si formidablement pénétrante qu'il était difficile de ne lui donner que cet âge tendre. Ou alors ses années, à elle aussi, avaient compté double... et elle ne ressortissait que peu, ou pas du tout, à la race des hommes.

Elle occupait, dans sa cathédrale à lui, la place de choix... si ce n'était toute la place! À moins qu'elle ne fût sa cathédrale?

***

Dans sa nouvelle chaire toute neuve, coquille ouverte au goût fort discutable, le curé eût bien voulu avoir la prestance d'un Bossuet. Revêtu d'une chasuble mordorée qui tranchait sur le béton pâle de l'arrière-plan, il se payait des effets de bras beaucoup plus éloquents que son prône lui-même. Il lui échappait plein de trémolos... qu'il mettait sur le compte de l'émoi qu'il ressentait en ce jour béni où son fils prenait épouse.

«... et n'oubliez jamais, mes chers enfants, Lucie-Martine, Jos, que même si je ne suis ici-bas que son serviteur, c'est Dieu lui-même qui vous unit pour l'éternité. Et qu'Il ne bénira votre union que tant et aussi longtemps que vous marcherez dans la direction qu'Il vous indiquera, que tant et aussi longtemps que vous vous placerez sous sa sainte garde et que...»

Était-ce sa nervosité qui se transmettait à l'assemblée surexcitée? Il commençait sérieusement à croire qu'il aurait pu débiter n'importe quoi, il aurait prêché dans le désert: les chuchotements, gargouillis, toux, toussotements et, même, les bribes de commentaires, s'enchaînaient à qui mieux mieux et venaient de partout à la fois.

«... bien sûr, il y aura, tout au cours de votre cheminement de chrétiens, des embûches et des problèmes de toute sorte. Mais tant que vous saurez, comme Dieu vous l'a enseigné, discerner le bien du mal, il vous sera permis d'espérer...»

Mais il pouvait être joliment rasant, le curé, quand il s'y mettait! pensa Jos en s'adressant un blâme – qui n'avait rien de sévère – pour son intolérance: il n'était qu'un fils indigne. S'arrêter à semblable pensée, c'était... criminel! Dire que son père y avait mis le paquet, qu'il avait *léché* ce sermon jusqu'aux frontières du concevable, lui reconnaissant même, à bien des égards, plus d'importance qu'à celui qu'il prononcerait pour l'inauguration.

La sonorité avait beau être exécrable, il entendait très distinctement les mots qui sortaient de la bouche de son père adoptif; mais il ne les écoutait pas. Il n'émergeait que sporadiquement, le temps de se rendre compte que c'était toujours aussi uniformément ennuyant et d'ânonner machinalement – au grand dam de garde Brochu –, en se signant, un «Pardon, mon Dieu!» avant de repartir illico vers d'autres cieux.

Il souriait.

Et vogue la galère! Il était bien. Il flottait, librement, dans l'éther. Se mêlait à ces anges floconneux qui se donnaient rendez-vous autour de sa cathédrale...

\*\*\*

Hein? Quoi? C'était fini? Monsieur Dudemaine avait-il enfin mis un terme à son sermon? Où en était-on?

Mais mais mais... pourquoi était-il si perdu?

Avait-il dit *oui*? S'était-il lié à elle pour l'éternité? Avait-elle accepté? Nul ne pouvait plus leur mettre des bâtons dans les roues?

Lucie-Martine lui tenait la main et, mine de rien, lui en chatouillait la paume.

Il se tourna vers garde Brochu, qui n'arrêtait pas de se racler la gorge ou de se pendre à ses basques pour le faire redescendre sur terre. Pour l'heure, elle le couvait d'un regard où se lisait de l'adoration peut-être, mais une adoration pondérée par un soupçon d'irritation. Qu'avait-il oublié encore? Une génuflexion? Un signe de croix?

Vite, un coup d'œil derrière.

Mince: il était debout et les autres, assis! Et le curé parlait encore! Décidément...

Il suffoquait de béatitude!

Il goûtait une sensation d'oppression... euphorique!

273

Ne pouvant opter nettement pour telle ou telle contenance, Émilienne Brochu alternait entre la *dignité réprobatrice* et le bienheureux abandon. Elle crânait et rechignait bien un peu de temps en temps, mais c'était pour la galerie. Dans le fond, elle était fière de son Jos. De son fils. Et si elle admettait qu'une pointe de convoitise la visitât encore de temps à autre, comme maintenant, alors qu'il prenait femme, c'était pour ne rien perdre, ne fût-ce qu'une miette, de toutes ces émotions, parfois mitigées, qu'il lui avait inspirées. Elle était contente. Rudement contente. Tellement qu'elle se méprit sur l'œillade espiègle et pleine de malice que Jos lui adressa. Une œillade qu'elle associa à son énervement.

Car Jos se trémoussait et gigotait comme un pantin! Il glissait de plus en plus souvent son doigt entre son cou et son collet empesé; et la rougeur qui lui marbrait la nuque et les oreilles se propageait parfois au visage, où elle virait au pourpre. Pauvre lui! Ses vêtements qui l'étranglaient? Elle les avait pourtant choisis avec soin. Il est vrai que le *linge* d'homme et elle...

Jos riait sous cape.

«Non non non et non, pas question de se laisser aller! se répétait-il. Que diraient-ils, tous? Que dirait le curé? Et cette Émilienne de malheur qui m'épie? Et Lucie-Martine?»

Une autre vague de bonheur le submergea; émerveillé, il se retourna derechef vers elle, n'assimilant qu'au compte-gouttes l'idée que, dorénavant et sans que quiconque y trouvât à redire, ils vivraient l'un pour l'autre, à perpétuité.

Difficile de se contrôler. De calmer ces impulsions qui lui traversaient continuellement et le corps et l'esprit. D'opposer une fin de non-recevoir aux courants dynamiques qui stimulaient ses muscles et le faisaient tressauter. Ses nerfs se tendaient. Ses épaules tressaillaient. Son dos vibrait et se balançait au gré de bouffées d'énergie qui se régénéraient d'elles-mêmes.

Une nouvelle fois, leurs yeux se fouillèrent. Elle savait qu'il tramait quelque chose, c'était patent. Et, d'avance, elle l'approuvait: les petits plis qui creusaient de drôles de fossettes dans ses joues s'accentuèrent. C'était, en eût-il douté, dans la nature même de son personnage. Elle était parfaite, ni plus ni moins.

De toute façon, c'était trop fort: il lui fallait l'exprimer. Le crier. L'écrire en lettres de feu, si besoin était, jusqu'à ce que le firmament en fût incandescent!

Et son bavard de père qui s'enlisait dans les détours mystico-religieux, dans les mises en garde oiseuses! Était-il, lui aussi, à ce point dépassé par l'électrisante ambiance qu'il était incapable de s'arrêter?

N'y tenant plus, Jos se leva abruptement, mu par un invisible ressort; authentique étoile filante, il gagna le vestibule latéral... dont la porte intérieure claqua, comme un coup de fusil.

Garde Brochu l'avait bien vu se lever mais n'avait pu le retenir: elle avait les réflexes... de son âge, justement, alors que Jos... Entraînée par l'élan qu'elle avait amorcé pour le «harponner», elle s'était cependant levée et, debout, pétrifiée, un bras à l'horizontale, elle exposait son désarroi au vu et au su de tous.

Estomaqué et croyant, sur le coup, que Jos s'était senti mal, monsieur Dudemaine interrompit son homélie.

En moins de rien, l'atmosphère s'alourdit.

Le brouhaha, qui avait subsisté, en sourdine, même pendant le sermon, décrut... puis mourut. On regardait, dubitatif, la chaise vide de Jos, la porte dont la fermeture retentissante avait provoqué des échos qui tournaillaient encore dans le dôme, le curé, muet... et l'étrange statue de sel, au bras levé, qui avait nom Émilienne Brochu.

Un calme accablant s'instaura alors que la plupart concluaient à la péripétie classique: le marié qui, à la dernière minute, se ravise et tourne casaque. Même le curé et l'infirmière jonglaient avec cette hypothèse, farfelue mais incontournable.

La seule personne qui ne s'en faisait pas le moins du monde, c'était Lucie-Martine. De dos, par contre, les frissons qui l'animaient pouvaient laisser croire qu'elle pleurait toutes les larmes de son corps. Regardant ses parents à la dérobée et les devinant angoissés à l'extrême, elle s'employa à les calmer à l'aide de son désarmant sourire.

La curiosité des uns étant piquée, la langue des autres affûtée, le flottement s'estompa... et on laissa libre cours à une indignation qui, chez plusieurs, était habilement feinte.

Les coups de coude pleuvaient. Les femmes faisaient part de leurs cogitations à leurs maris... qui hochaient la tête d'un air entendu.

— Jos vient de déserter!

— Tu parles d'un beau salaud!

— Dur coup pour la petite!

— C'est bien fait pour la grande pincée d'Émilienne Brochu! Il était temps qu'elle en prenne pour son rhume, celle-là.

— En voilà une qui va arrêter de nous toiser de haut!

— Et dire que le curé ne jure que par son bedeau!

— C'est presque une insulte à Dieu lui-même! Repousser sa fiancée au pied de l'autel…

— De toute façon, même pauvre, la petite était trop bien pour lui…

Ce furent les cloches qui ramenèrent les fidèles à de meilleurs sentiments… en réorientant leurs réflexions: ils s'entre-regardèrent, croyant avoir la berlue. Et quand le bourdonnement, d'abord léger, se mua en raffut assourdissant, ils se bouchèrent les oreilles et levèrent la tête à s'en décrocher le cou.

Où diable les avait-on cachées?

Qui donc avait prétendu qu'elles resteraient muettes des mois?

Le curé fut le premier à réagir. Et, prenant la chose à la légère, il rasséréna tout son troupeau. Mi-figue, mi-raisin, il déclara, en changeant de registre et en adoptant une voix de stentor pour couvrir l'insoutenable boucan:

— En vérité, en vérité, c'est moi qui vous le dis: si notre bedeau n'était pas déjà un peu sonné, je lui sonnerais moi-même volontiers les cloches!

Jos reparut, hilare, et s'en alla reprendre posément sa place comme si de rien n'était… alors que les cloches, encore sur leur lancée, continuaient à fendre l'espace de leur violent vrombissement.

***

Quand leurs mains se joignirent de nouveau, après la bénédiction, des picotements, incroyablement puissants, grimpèrent tout le long de son épine dorsale et envahirent son cerveau. Et ses yeux s'emplirent d'étoiles.

Leur sortie, théoriquement pompeuse, que souligna une marche nuptiale grinçante à souhait et parsemée de fausses notes, s'éternisa et devint presque vie à parcourir. Vie de paix et de promesses rassurantes.

Passeports vers le rêve. Vers une passion sans frontières. Vers cette démesure qui le caractérisait, qui LES caractérisait.

Il l'emmena, heureux comme seul un homme béni des dieux peut l'être, vers son destin. Vers leur destin.

Rien, désormais, ne serait plus pareil: en épousant Lucie-Martine, ne devenait-il pas pleinement lui-même?

# XXI

Quand Jos et Lucie-Martine fermèrent la porte derrière eux, en cette fin d'après-midi, après avoir usé de subterfuges inouïs pour se soustraire à des mondanités dont ils n'avaient que faire, ils prirent pied dans le plus époustouflant jardin de délices qui se pût imaginer.

Et ils connurent la félicité.

Une félicité intense, qui s'étira et s'étira: elle n'était pas fonction du temps mais du cœur. Une félicité dont ils goûtaient chaque minute dans sa plénitude, dont chaque seconde était une existence complète, une fin en soi. Une félicité pratiquement visible: elle poussait ses racines jusque dans les plus anodines banalités... qui participaient dès lors de leur euphorie globale.

Ils incorporaient à leur paradis jusqu'aux menues vétilles du quotidien: le reste de la création prenait place dans leur éden, concourait à leur ravissement et s'intégrait aux autres parcelles d'immensité... ou, inconsistant, n'existait carrément pas. Non pas qu'ils le niassent: ils ne le voyaient pas.

Ils coulèrent, béatement, des mois et des mois d'oubli. Un oubli créateur. Un oubli qui, issu de l'être, les ramenait infailliblement à l'être.

Ils ne *jouaient* pas à l'amour, ILS L'ÉTAIENT! Ils assumaient leur totalité, respiraient l'allégresse jusqu'à la transcendance.

***

Sans se lasser, Jos explorait l'inépuisable puits d'amour qu'il avait épousé; non seulement ne restait-il pas sur sa faim, mais encore ne pouvait-il envisager être un jour rassasié. Il était comblé. Aux anges. Il puisait à pleine main dans cette mine de passion qui, c'était évident, ne pouvait être qu'intarissable. Il en redemandait encore et encore et encore!

Dans ce domaine aussi, sa vérité orbitait à cent lieues de celle des autres – «qui professent des théories subjectives, tarabiscotées et truffées d'inexactitudes» essayait-il parfois d'expliquer. Il découvrait qu'il était possible d'être heureux... et de le rester. D'aimer à la folie... et de ne pas perdre ses illusions. Car tout ce qu'il avait lu et entendu à propos de la joie, de l'amour, des instants d'exception et de vive satisfaction, tout ce qu'on avait soutenu devant lui n'était que leurres, billevesées, faussetés et ineptes professions de foi d'inassouvis! Les objecteurs de conscience, les libres penseurs et assimilés, les auteurs soi-disant *éclairés* gavaient le peuple de telles insanités – «L'homme est triste après l'amour!», «L'amour est un tyran qui n'épargne personne!», «L'objet du désir a souvent raison du désir lui-même!», etc. – et le prédisposaient à ce point au malheur qu'ils auraient dû être traînés en justice. Montrés du doigt. Frappés d'ostracisme. Ces recueils de pensées, ces prétendus cris du cœur, ces transports dits inspirés, ces ramassis de raisonnements creux qui amenaient les gens à se cantonner dans une prudente expectative étaient sûrement le fait de tourmentés.

Lucie-Martine lui donnait plus que le goût de vivre: elle était sa vie. Son centre de gravité. Son noyau central. Elle incarnait tout ce qui, sur cette terre, se parait de quelque valeur. Il n'eût pu concevoir plus vibrante source de dynamisme... et, paradoxalement, de sagesse tranquille, que chez cette femme, devenue adulte sans avoir quitté l'enfance.

Enchantement perpétuel, elle était la perfection même.

***

En même temps qu'il s'initiait à l'extase et à l'abandon, Jos s'adaptait à une nouvelle routine, qui ne lui laissait pas nécessairement plus de temps libre. Car si, essentiellement, sa besogne de sacristain n'avait pas changé avec le parachèvement de l'église, le décuplement de son champ de manœuvre l'avait grandement étoffée. Il dut maintenir le rythme de travail soutenu qu'il avait adopté en cours de construction.

L'office du matin.

La tournée de l'église et son train-train – cierges et lampions, troncs des pauvres, bénitiers, lampe du sanctuaire, ampoules grillées.

Les cloches.

L'entretien. Le ménage. L'époussetage.

La préparation des cérémonies spéciales. Des grands-messes du dimanche. Des vêpres.

La coupe et l'empilage, au sous-sol et derrière l'église, des billes de bois pour l'hiver.

Sans compter la finition, l'ajustement de ces petits riens qui réclamaient immanquablement plus de soins que prévu: pênes qui bloquaient dans les serrures des portes qui, elles-mêmes, grinçaient comme des âmes à l'entrée du purgatoire; grilles coincées qui bloquaient l'accès aux fonts baptismaux; panneaux grillagés des confessionnaux qui refusaient de coulisser; vitres qui se descellaient, etc.

Et, contre toute logique, nulle *habitude* dans son esprit. Nul encroûtement. Nulle déperdition d'intérêt. Lucie-Martine était partout: il ne posait pas un geste sans qu'elle fût là, en pensée ou en réalité.

Il respirait? C'était elle qui filtrait l'air qui lui était indispensable!

Son regard s'attardait sur tel ou tel phénomène? C'était d'elle que sourdait la lumière qui animait la scène!

Il priait? C'était en pensant à elle que lui venaient les paroles idoines!

Il riait? C'était son rire à elle qui se faisait entendre!

Phare qui avait aboli l'errance, rivière qui irriguait son âme, Lucie-Martine était aussi ancre pour sa chair: l'amante ne démentait en aucune façon la compagne.

En moins de rien, Jos vit disparaître cette troublante sensation de péché, corollaire inévitable de sa virilité; et là où il avait toujours supposé au sexe des côtés dégradants, inavouables et bassement animaux, il lui reconnaissait désormais des vertus uniques.

Après les tâtonnements initiaux, période de prospection et de découverte enfin permise qui s'échelonna sur quelques semaines, leurs corps furent le point de départ d'une fascinante éclosion. Sans fausse pudeur, ils se racontèrent mutuellement en jouissances; leurs deux chairs vibrèrent et s'affinèrent à l'unisson, se soudèrent l'une à l'autre.

Si bien qu'il avait parfois l'impression de se fondre en elle, de «la devenir»… jusqu'à jouir de ses orgasmes à elle, par ses organes à elle.

***

Tranquillisé quant au sort de Jos, le curé n'abordait que très peu avec lui le chapitre de sa vie privée: un père ne doit pas s'immiscer indûment dans les affaires de son rejeton. Au demeurant, raisonnait-il, si le besoin de se livrer tenaillait Jos, il avait toute latitude de le relancer.

Le fait de savoir son fils batifolant dans des hauteurs sans nuages et d'être à même, jour après jour, d'éprouver la permanence de cet état de choses euphorisait monsieur Dudemaine. Et retrempait sa foi en une Providence à qui, de par son sacerdoce, il avait voué sa vie. Après tout, la bonne fortune de Jos ne devait-elle pas être considérée comme partie des dividendes de ses nuits de prière?

De crainte de s'imposer, de déranger le jeune couple, garde Brochu faisait montre, pour sa part, d'une discrétion exagérée… et doulou-reuse. Une discrétion qui avait tout de l'effacement.

Les premiers temps, elle accepta, à quelques reprises, d'aller manger chez son fils, le dimanche. Mais elle abandonna très vite cette pratique, histoire de laisser toute l'intimité voulue aux amoureux. De toute façon, avaient-ils seulement conscience de l'existence de tiers? Il y avait, entre eux et les autres bipèdes, une densité, une manière d'écran qui excluait l'interpénétration des réalités. Oh, Jos et Lucie-Martine ne faisaient rien pour qu'autrui se sente mal à l'aise, mais ils ne pouvaient empêcher leur légèreté, leur différence de ressortir. Les longueurs d'onde en cause étaient si distinctes que leurs interlocuteurs n'avaient souvent d'autre choix que de se retirer.

Émilienne Brochu veillait néanmoins au grain… de loin! Et ne brouillait plus cette touchante communion que lorsque les jours sans nouvelles s'accumulaient sans bon sens ou qu'elle se trouvait dans l'im-possibilité d'assister à la «messe-prétexte», le matin. Stratagème qu'elle avait adopté pour «garder son fils à l'œil» sans que d'aucuns la taxent d'ingérence. De la sorte, elle était en mesure, mine de rien, de se renseigner sans avoir à quémander des nouvelles. Et ce n'était certes pas le curé qui allait lui reprocher sa recrudescence de piété. Elle faisait même d'une pierre deux coups: «Une messe le matin n'a jamais fait de tort à personne, que je sache! argumentait-elle avec elle-même. Et puis... on ne peut demander à une maman de disparaître totalement de la vie de son enfant.»

L'air épanoui de Jos la rassurait pour quelques heures, voire pour quelques jours, et colmatait – fort mal, il est vrai – sa solitude. Vaille que vaille, cette petite trempette affective entretenait sa flamme.

***

Jos était heureux!

Heureux comme seuls savent l'être les gens affranchis de leur humanité... ou en voie de s'en affranchir: comment ne pas tenir ce merveilleux vertige perpétuel pour un avant-goût de la récompense promise par Dieu à ses fidèles serviteurs?

À ceux qui lui demandaient comment ça allait, il répondait, en riant:

— Je n'ai rien à dire: les gens heureux n'ont pas d'histoire!

Et pourtant, ils en avaient une, tissée de ces millions d'infinitésimales successions de durées de conscience qui jalonnent le concret. Radieux, ils s'éternisaient dans leur *présent* tout neuf.

Jos se maintenait entre deux eaux, ne descendait quasiment plus sur terre. Là où, avant, il s'évadait en se projetant vers un éden extérieur, vers ces autres dimensions qui l'appelaient, il ne quittait plus l'ivresse que par secousses.

Ce fut un âge de partage, de frissons, de frémissements.

Une farandole d'exquises douceurs.

Les journées... avec *elle*!

Les repas... avec *elle*!

Les nuits avec *elle*!

Étendu à ses côtés, il redécouvrait les joies du vol... et l'emmenait avec lui. Même leur sommeil n'entravait pas le processus: ils se baladaient dans l'éther, se catapultaient aux confins des innombrables univers qu'inventaient leurs imaginations réunies et finissaient invariablement par aller se blottir, pelotonnés l'un contre l'autre, dans SA cathédrale, où ils élisaient domicile jusqu'au réveil.

Le réveil... avec *elle*!

Elle toujours.

Elle merveille!

Elle, qui s'était matérialisée à point nommé pour lui donner ce coup de pouce qui lui avait fait défaut. Ce souffle susceptible de le pousser plus loin. De l'inciter à s'élever vers des altitudes insoupçonnées, inconcevables.

— J'aurais l'air fin si, par hasard, oubliant de m'arrêter, je me rendais jusqu'aux portes du ciel. Qu'y ferais-je, hein?

— Eh bien... ce n'est pas sorcier: tu y rencontrerais le Créateur.

— Et après?

— Après? Tu te prosternerais devant lui, simplement. Tu n'aurais pas à te poser de questions: je serais là, près de toi. Ou plutôt, non... je te laisserais croire que tu es seul, juste pour le plaisir de voir comment tu te débrouilles avec Lui. Je t'épierais depuis notre «coin du merci».

Ils s'étaient réservé, pour rendre grâce au Seigneur des bienfaits qui pleuvaient sur eux, un emplacement spécial au sein même de sa cathédrale. Un coin qu'ils avaient baptisé, naïvement, le «coin du merci» et où, qu'importaient leurs activités et leur état de fatigue, ils se donnaient rendez-vous tous les jours. Un gîte spirituel, en somme. Une chapelle qu'ils décoraient ensemble, à coups de descriptions et d'amour et qui devait, quel que soit leur avenir, demeurer à jamais leur antre secret. Leur point de ralliement. Régulièrement, ils s'en faisaient le serment.

Tranquillement, ils réaménageaient *sa* cathédrale; un jour, elle deviendrait *leur* une fois pour toutes: ils avaient l'intention de s'y prélasser pour l'éternité.

***

Et ce fut la grossesse de Lucie-Martine, qui s'inscrivit dans la même optique d'étourdissante quiétude. Pour Jos, cette grossesse-mystère fut aussi, et surtout, une grossesse-cadeau. Un événement qui ne pouvait pas ne pas relever du surnaturel: il émanait d'elle!

Lucie-Martine allait se dédoubler, en quelque sorte, et multiplier leur potentiel d'extase. Elle allait accroître, pour les projeter au-delà de l'immédiat, leur fabuleuse vigueur, leur ineffable bien-être.

Balayées, envolées toutes les réticences qu'il avait déjà manifestées face à semblable éventualité! Des enfants? S'ils venaient d'elle, il était partant pour tout.

Mais il lui avait d'abord fallu digérer la nouvelle...

Dans les yeux de Lucie-Martine, deux répliques en miniature du soleil déclinant, se lisait un amour surhumain. Son sourire de madone touchait presque à la mysticité.

— Non non non non non! Tu veux dire que… tu veux vraiment dire que… que toi et moi, on va…

Décontenancé, éberlué, Jos ne parvenait pas à assimiler le fait.

— Pourquoi ces grimaces, mon amour? Tu as mal quelque part? s'était-elle gentiment moquée.

Elle lui avait immobilisé les mains, interrompant leur va-et-vient saccadé, qui lui meurtrissait l'abdomen.

— C'est impossible! Rigoureusement impossible! Tu n'as pas le droit de te moquer de moi. Pas toi! Tu prétends que… que c'est moi, là, qui… que c'est de moi que…

Il s'était jeté à genoux devant elle et, précautionneusement, avait collé l'oreille contre son ventre.

— Oh, tu sais, j'y ai mis un peu du mien. Et je compte bien continuer à le faire, sans quoi, il sera plutôt faiblard, notre petit. Mais… Jos, qu'as-tu? Tu n'es pas content? Ça te contrarie?

— Mais non mais non mais non, ne va surtout pas croire ça, mon amour. C'est juste que… que j'ai du mal à… que je ne m'y attendais pas et que…

— … et moi qui m'imaginais que tu bondirais de joie! lui avait-elle avoué en esquissant une lippe boudeuse.

— Bondir de joie? avait-il répété, transfiguré.

Il s'était relevé et, illico, l'avait emportée dans une danse folle, erratique.

— Bondir de joie? Mais comment le pourrais-je alors que je suis déjà au septième ciel? Bondir de joie? Mais où prendre mon élan, madame? Sur les nuages? A-t-on déjà vu les nuages servir de tremplin?

Et il criait, pour couvrir le charivari qu'ils créaient en sautillant à en désassembler le plancher de bois brut et en heurtant table, chaises et buffet:

— Bondir de joie? Alors que je hurle déjà mon allégresse aux quatre coins de l'univers! Alors que le cosmos n'en finit pas de renvoyer l'écho de mon exubérance… au point où les pauvres musiciens qui soufflaient dans les trompettes de Jéricho risquent de passer pour des débutants!

Bondir de joie? Alors que depuis que le monde est monde, je prépare un nid à *notre* enfant dans *notre* cathédrale! Et elle n'a rien vu! Mais c'est à désespérer de l'amour, mon Dieu mon Dieu mon Dieu! À renier la nature humaine pour se faire canard sauvage ou chien errant! Mais je…

Comme c'était souvent le cas avec Jos, chez qui les états d'âme opposés pouvaient se succéder sans transition, il s'était arrêté et, songeur, avait pris un peu de recul.

— Quoi, que se passe-t-il, mon trésor? l'avait-elle relancé en reprenant son souffle.

— Tu es sûre, au moins?

— Sûre? Tu veux qu'on aille parler au docteur? Il doit être encore au dispensaire: j'en sors à l'instant. Le pauvre, il était tout gêné de me faire part de la nouvelle: une enfant de mon âge! Enceinte! Et ta mère qui faisait semblant d'être absente! Elle mâchouillait un dossier en croyant se donner une contenance. Pauvre elle: elle tremblait comme une feuille et était rouge comme une tomate!

Jos la regardait toujours, hésitant.

— Non, je veux dire que… tu es sûre que c'est moi? Tu me jures que c'est vraiment moi le père de…

— Mais qui veux-tu que ce soit, andouille? l'avait-elle taquiné. Tu es là quand passe le laitier, à midi, et le boulanger est plus vieux que papa, alors…

— Non non, ce n'est pas ça, mon amour! l'avait-il interrompu, gêné. C'est… savoir que même moi, je peux avoir des enfants, ça me bouleverse. Même moi? Non, c'est, c'était, en tout cas, impensable! Moi? Que ma semence à moi puisse aboutir à ça? À la vie? Non non non non et non: il y a, il y avait là impossibilité. Je n'avais pas le droit de… de me reproduire. Je n'en valais pas la peine. Tous les autres, peut-être, mais pas moi!

— Et pourquoi pas, Jos! Pourquoi te serait-ce… pourquoi t'était-ce interdit?

— Parce que…

Il avait éclaté en sanglots, s'était assis par terre, à ses pieds, lui avait emprisonné les jambes de ses bras et s'était recroquevillé à un point tel qu'elle eût juré qu'il rapetissait réellement. Qu'il allait disparaître. Tendrement, elle lui avait caressé les cheveux jusqu'à ce qu'il montrât quelque signe d'apaisement.

— Allons, petit homme, que se passe-t-il? Raconte-moi. Pourquoi t'était-ce interdit, à toi?

— Parce que... parce que juste penser être père, c'était immoral de ma part. Parce que tout ce qui pouvait me sortir du bas-ventre n'était que pourriture. Parce que mes testicules étaient maudits. Qu'ils ne pouvaient engendrer que pavés d'enfer. Que ma semence était à tout jamais condamnée: mon sperme à moi était dégoûtant! Je n'avais pas le droit de vivre, alors comment aurais-je pu m'arroger celui de donner la vie... avec ça?

En tremblant, il écrasait ses testicules à travers la toile épaisse de ses pantalons et se frappait le pénis du plat de la main.

Puis, nouveau revirement imprévisible: il s'était remis prestement debout et, instantanément ravigoté, l'avait dévisagée avec une gravité de théâtre avant de poursuivre.

— Je me croyais damné et tu es arrivée! Non mais tu te rends compte? Tu vas être deux fois maman... car sans toi, je serais mort avant d'avoir vécu. Mort-né, en quelque sorte. Donc, tu es un peu... mais... mais c'est terrible! Et honteux, dans le fond! C'est même fichtrement scandaleux, si tu veux mon avis. Je ne sais pas si tu réalises, mais tu vas causer des maux de tête terribles à l'Église!

— Moi? Mais comment ça, Jos?

— Non seulement tu vas faire d'une vieille fille adorable – et sûrement vierge, ajouta-t-il en jetant un œil peureux alentour – une grand-mère en bonne et due forme, mais encore et surtout tu vas devoir expliquer aux bonnes âmes comment un curé, qui a fait vœu de chasteté, peut se retrouver grand-père!

\*\*\*

Des cloches. Des drapeaux. Des flammes cosmiques. Des chœurs qui, nuit et jour, répétaient des hymnes célestes dans sa tête.

D'un côté cette église toute neuve qu'il astiquait avec dévotion, qu'il ornait avec ferveur et pavoisait avec fierté; de l'autre, cette femme-enfant bientôt mère qui lui concoctait une trame vitale de son cru.

\*\*\*

La grossesse de Lucie-Martine se déroulait sans problème.

La future maman, replète, resplendissait. Son ventre *gonflait* à vue d'œil. Et cette rondeur mouvante était pour Jos objet d'un étonnement admiratif sans cesse renouvelé: il y voyait un «petit dôme vivant».

Blagueur, il disait à qui voulait l'entendre qu'il devait se saigner à blanc pour arriver à payer tout ce qu'ingurgitait son *ogresse*.

— Ce n'est plus une femme que je nourris, c'est une colonie! Je commence à penser que l'enfant qu'elle porte est le fils naturel de Gargantua... et j'envisage d'en décliner la paternité.

Le médecin insistait tant et plus, chaque fois qu'il voyait Lucie-Martine:

— Le secret dans ton état, ma petite, c'est de manger, de manger et de manger encore. Que veux-tu: ces monstres-là doivent accumuler des forces avant de paraître. Ils sont souvent plus goinfres que leurs deux parents réunis!

Sa mère abondait dans le même sens.

— Mange, ma grande! Mange tout ton soûl et même plus si tu le peux. Et ne t'en fais surtout pas pour le poids que tu y gagneras: la plupart du temps, ça s'envole avec le bébé. Et qu'est-ce que quelques livres en trop quand on a un mari qui nous aime, hein? Un bel enfant pétant de santé ne vaut-il pas mieux que mille tours de taille perdus?

\*\*\*

Noël se faufila en douce, avec son cortège de clichés fabuleux; il se lisait partout.

Jos exultait, déjà conditionné par le velours dans lequel il baignait, gagné par l'ambiance, par le calme qui se dégageait de toute chose. Il savourait une paix indéfinissable, qu'il estimait immuable.

Noël et l'église.

Noël dans *leur* cathédrale.

Noël et l'espoir.

Noël... et *elle*, qui était là, tout près, tout le temps.

Image de beauté, de pureté. Qui le suivait partout. Qui déposait et entretenait, au fond de ses prunelles, une lueur incommensurable. Une perle d'infini. Une touche de... de divinité?

Elle était là quand il fignola et décora la crèche. Une crèche où transparaissait l'amour. Elle était là quand il y disposa religieusement les personnages en papier mâché auxquels elle avait donné vie de ses propres mains. Une idée à elle. Qui avait germé comme ça! Des personnages issus de son esprit et qui avaient pris forme dans leur cuisine: des semaines durant, les comptoirs avaient croulé sous ces énormes figurines procédant d'un autre monde. Des figurines qui chantaient la candeur, la naïveté. Des figurines qui, découlant d'elle, étaient, pour lui, presque animées.

Jamais il n'oublierait ce réveillon qui, après la première messe de minuit qui fût célébrée dans l'église, rassembla chez eux leurs parents... et tous les marmots, frères et sœurs de Lucie-Martine, qui s'égaillaient partout. Comme s'ils avaient voulu lui donner un aperçu des allées et venues, des courses et déplacements auxquels il devait s'attendre sitôt que le *dôme* de Lucie-Martine remplirait ses promesses.

Le curé et l'infirmière se montraient ingénument attendris: eux non plus n'étaient pas tellement habitués aux *extravagances* de la joie familiale.

Lumière.

Bonheur paisible. Tout à fait serein. Qui se logeait partout, comme...

Comme dans ce frémissement délicat qui imprimait une moue divine au coin de sa bouche.

Comme dans cette roseur qui gagnait le lobe de son oreille et qui, en irradiant, marbrait doucement tout le pavillon, exquisement ourlé, qui se découpait sur ses cheveux d'or.

Comme dans ce scintillement qui ne s'éteignait jamais au fond de ses iris inquisiteurs.

Comme dans cet envoûtement qu'il ressentait quand elle s'approchait de lui.

Comme dans cette boule vivante et chaude qu'elle prenait plaisir à lui faire toucher et qui palpitait sous ses paumes.

Comme dans tout ce qui, provenant d'elle, était reçu comme une bénédiction.

# XXII

Il faisait un froid de cochon. Un froid désespérant, porteur de vague à l'âme. Un froid inhibiteur. Excessif.

En proie à une turbulence interne qui reflétait les caprices du temps, Jos tâtait du désenchantement pour la première fois depuis son mariage.

Février s'acharnait, s'étirait à n'en plus finir, empiétait sur mars de façon éhontée, comme pour repousser le printemps aux calendes grecques. Le frimas traversait les murs des maisons, attaquait la peau, givrait jusqu'à l'âme.

La nature protestait. La matière craquait. Les roches explosaient.

Partout, dans l'agglomération, les cheminées crachaient une fumée de carte postale qui ne le trompait plus: objections silencieuses, coups d'épée fendant le firmament glacial et y semant de minuscules étoiles qui pétillaient fugacement dans le clair-obscur de l'aube. Une fumée qui crevassait un ciel cassant. Sec. Inhumain. Dont les pans scintillants cédaient parfois, se disloquaient pour permettre l'amoncellement de volutes bien délimitées qui, après d'utopiques tentatives de fuite horizontale, reprenaient leur ascension.

L'église en prenait pour son rhume! Jos passait le plus clair de son temps au sous-sol, à enfourner les grosses billes de bois dans le poêle géant devenu vorace, insatiable: au moins trois semaines qu'il le gavait jour et nuit. À ce rythme-là, la provision de «pitounes» s'épuiserait vite et il devrait en dénicher d'autres; ce qui, naturellement, sous-entendrait le déneigement des portes jumelées arrière, seule voie d'accès du bois de chauffage. Et il n'avait pas le cœur à ça: huit bons pieds de neige, au bas mot, s'y étaient accumulés. De l'extérieur, les portes étaient invisibles.

Décidément, Dieu prenait de drôles de détours pour éprouver son monde. Depuis la mi-janvier, le temps était des plus maussades. La neige investissait le village et il en tombait tous les jours un peu plus; le froid ne *dérougissait* pas et le vent, presque toujours impitoyable, ne prenait congé que vers la fin de la nuit et les premières heures du jour. Trêve illusoire autant qu'inutile: la température suffisait à cloîtrer tous ceux qui n'avaient pas expressément à faire dehors. Jos n'était pas dupe! Vers huit heures, il en rageait, la bise remettrait ça et s'amuserait à arracher à l'édifice une longue plainte, un sifflement continu qui lui donnait la chair de poule et auquel il s'était juré de mettre un terme. L'air froid profiterait alors de tous les interstices indécelables pour s'infiltrer dans l'église et amorcerait un branle-bas du tonnerre; prélude à un tumulte capable de faire crever de trouille Satan lui-même, le sifflement se développerait en se conjuguant, pour leur procurer un relief cacophonique, au crépitement impétueux du bois, qui s'entendait de partout à la fois, et aux détonations et craquements violents qui ébranlaient les murs tout neufs. Mille diables dans autant de bénitiers n'eussent pas réussi pareil tintamarre!

***

Tout lui semblait corvée, ce matin; tout lui rebutait. Il n'avait pas le cœur à l'ouvrage: Lucie-Martine n'était pas au mieux, ces jours-ci.

Il n'avait pas eu le courage de la réveiller quand il s'était levé, aux aurores, pour venir servir la messe: elle avait si peu – et si mal – dormi. Elle avait passé la nuit à se tortiller, à se tordre; sporadiquement, elle geignait et se prenait le ventre à deux mains. Sur son front, sur ses joues, des gouttes de sueur, qu'il avait renoncé à éponger pour ne pas troubler son demi-sommeil, se fragmentaient et traçaient des sillons irréguliers.

Pendant la messe, qui s'était éternisée outre mesure, il avait continuellement buté sur des «latineries» qu'il connaissait par cœur, sonné la clochette à tort et à travers et renversé le contenu des burettes; dans la sacristie, qui pis est, il avait failli mettre le feu au surplis de monsieur Dudemaine.

Il s'attendait à des remontrances; mais le curé, préoccupé, n'avait pas cru bon de commenter ses bévues. À peine s'il s'était enquis, laconiquement, de sa *bru*. Lui aussi était ailleurs: la vague de froid faisait des ravages et quatre agonisants attendaient, pour trépasser, qu'il vînt les absoudre et leur administrer les derniers sacrements.

Il lui tardait d'avoir expédié ses multiples tâches. Sitôt le curé disparu, il accéléra le mouvement et s'affaira autour de l'autel, déplaçant la crédence, redressant les bougies et époussetant à la va-vite candélabres et portions de marbre que ne recouvrait pas la nappe. Il bougonnait. Il pestait contre l'entêtement du pasteur à célébrer une messe à la première heure par des temps pareils...

«Pas étonnant que personne n'y montre le bout de son nez! Même garde Brochu commence à la bouder!»

Ce matin, pourtant, il eût aimé la savoir là. En sortant de l'église, il ferait un crochet par le dispensaire et lui demanderait d'être plus assidue jusqu'à l'accouchement: il pouvait se passer n'importe quoi en trois semaines.

Il avait du mal à composer avec l'appréhension, vaguement culpabilisante, qui le tenaillait: n'eût-il pas dû rester au chevet de Lucie-Martine? Le curé ne s'y serait certainement pas opposé: il savait que la fin de la grossesse ne s'annonçait pas sous les meilleurs auspices et que les prochains jours seraient cruciaux. Le pire n'était pas nécessairement à craindre, s'il fallait en croire le docteur, mais une grande prudence s'imposait.

Il se morigénait, s'abreuvait de blâmes. Pour peu que l'on eût insisté, il se fût précipité pour demander à Lucie-Martine de lui pardonner son impuissance et son manque d'efficacité. Oh, il veillait sur elle en autant que faire se pouvait, mais il conciliait fort mal bonne volonté et maladresse. Il avait beau lui apporter tout le réconfort voulu, cela ne suffisait pas; sa hantise de n'être pas à la hauteur resurgissait et nourrissait celle de commettre quelque bavure. Il se jugeait tellement malhabile dans son rôle d'infirmier que, plus souvent qu'autrement, il s'esquivait quand elle reposait; et, chaque fois que la chose était faisable, il mettait garde Brochu à contribution: elle savait mieux que quiconque prodiguer des soins aux malades.

*\*\*\**

Obnubilé par son inquiétude, il ne prêta nulle attention au grincement de la lourde porte latérale. Un pincement au cœur, seul, l'avertit de sa présence.

Indiciblement épouvanté, il fit volte-face; simultanément, il vit s'abaisser devant lui, autour de lui, *en lui*, un rideau de glace. Une profondeur indéterminée de *verre intemporel*. Ce mirage ne subsista pas: il reflua presque aussitôt dans l'intangibilité. Jos n'y eût d'ailleurs pas accordé plus d'importance qu'à un rêve... s'il n'avait affadi les couleurs et «irréalisé» le contexte avant de le restituer, mollement, à la normale.

Il réprima sa peur, étouffa son angoisse.

Elle était là, chichement vêtue de sa chemise de nuit en flanelle; une de ses épaules disparaissait à moitié sous le mince châle, encore squelettique, qu'elle avait commencé à tricoter au lit, ces dernières semaines... et qui pendouillait jusqu'à terre. Son visage hâve, émacié, contrastait avec les rondeurs de son corps. Ses pieds nus dépassaient de pantoufles auxquelles s'accrochaient des reliquats de neige.

Il ne s'arrêta pas à l'aspect insolite de sa présence ici, ni à son air malade ou à son accoutrement... si peu de mise et de saison. Il en prit note machinalement, sans plus. Il ne s'arrêta à rien d'autre qu'à... étaient-ce des séquelles de cette troublante distorsion visuelle? De la façon dont elle se tenait, légèrement arquée, dans la clarté crémeuse d'un contre-jour indécis, c'était son ventre, univers enchanteur, qui prenait toute la place. Plus fortement que jamais auparavant, Jos fut subjugué par l'incommensurabilité de la magie qui s'opérait là-dedans... et n'eut d'yeux que pour cette gracieuse coupole, planète neuve sur le point de voir fleurir la vie.

«Dieu, ce qu'il ferait bon y vivre! S'y laisser bercer doucement, sans autre impératif que de respirer. S'y lover pour les siècles des siècles. Être là, simplement. Juste être là... sans attente, à jouir d'un inconnu apaisant, toujours renouvelé.»

Comme il était petit, si petit, devant pareil prodige... qui, à coup sûr, modifierait à jamais son *point de vue*. Déjà, il se sentait tout chose. Déphasé, même. Tellement que...

Des voilages de gelée plus ou moins limpide redescendirent brouiller sa vision... et sa pensée; des panneaux de transparence floue s'interposèrent entre elle et lui.

Mais… mais qu'avait-elle? Appuyée à la section de la balustrade formant porte entre le chœur et la nef, elle dodelinait sans arrêt de la tête.

La gelée s'incrustait, déviait les ondes visuelles; il perdait pied… mais… mais c'était elle qui chancelait, comme une personne ivre. Pourquoi n'avançait-elle pas? Parce qu'il était pétrifié?

Il s'ébroua. S'agita. En vain: le moment, l'espace lui échappaient; il avait soudain l'impression d'être prisonnier de la trame temporelle.

Geste d'imploration? Les bras de Lucie-Martine fendirent la ouate ambiante et se tendirent vers lui… ce qui les déséquilibra tous deux. Elle recula vitement pour reprendre appui sur la balustrade; il tomba à genoux, victime de la vaseuse densité… et glissa plus avant dans la torpeur.

Leurs regards étaient incapables de se cerner: ils bifurquaient, réfractés par la limpidité incertaine qui, par endroits, se faisait translucide… voire impénétrable. Il y voyait juste assez pour deviner qu'elle allait dire quelque chose et il prêta l'oreille… mais elle se ravisa. Peut-être parce que, vu la consistance particulière de l'air, ses paroles n'auraient pu se propager jusqu'à lui?

Il mobilisa ses forces: se secouer, réagir. Ne pas céder à la panique. Il récupérerait bientôt, ce n'était qu'une question de secondes.

Il lui sourit, ou crut lui sourire: ne serait-ce pas suffisant pour neutraliser une menace imaginaire?

Il déchanta aussitôt: ça ne réglait rien! Il pataugeait toujours dans le même non-sens et l'écran de brume continuait à s'épaissir.

Le froid avait peut-être empiré, dehors? Au point de convertir l'église en glacière et d'altérer la texture même de l'espace? Au point de… de lui *figer* les idées et de bloquer, d'annihiler ses réactions? De ralentir ses fonctions vitales et de fausser ses données sensorielles?

Brrrr… ce qu'il pouvait faire froid!

Vivement qu'il dénichât les fuites et calfeutrât le temple jusqu'à ce qu'il fût parfaitement hermétique!

L'oxygène lui manquait; l'air, qui s'empâtait dangereusement alentour, s'émiettait en s'introduisant dans ses narines et ne poursuivait sa route que sous forme d'épines qui lui lacéraient les poumons.

Pauvre Lucie-Martine: les efforts qu'elle fournissait pour filtrer cet air glacial imprimaient à son corps des tressaillements convulsifs que lui transmettait, en les amplifiant exagérément, la mélasse qui les enveloppait.

Mais… au fait, pourquoi était-elle là? Pourquoi et… mince, qu'elle était belle quand les plages troubles s'écartaient, épisodiquement, pour la lui révéler. Et que son ventre était sublime! Même de l'autre côté de l'abîme qui se creusait devant lui, elle conservait son unique beauté et sa…

«L'abîme? L'abîme? Mais qu'est-ce que… Non non non non non: surtout pas d'affolement! D'abord, m'occuper d'elle. Elle doit être frigorifiée, dans sa chemise de nuit. Des plans pour attraper son coup de mort. Sans compter que le petit… Hein? Dans sa chemise de nuit?»

Cette constatation l'assomma.

Il avait froid, mais froid!

«Briser la glace… et vite! La réchauffer: habillée comme ça, elle en a sûrement besoin. La ramener à la maison. Tout va rentrer dans l'ordre et s'expliquer. Elle a fait un mauvais rêve, a eu besoin d'être rassurée et s'est précipitée ici pour me retrouver. C'est tout. Allez, un effort: deux bonds, deux petits bonds de rien du tout et je suis près d'elle!»

Il se leva, trébucha et retomba sur les genoux. Comme il était gauche et empoté, ce matin!

Et elle qui lui tendait les mains, au-delà de ce marécage visuel qui se faisait et se défaisait…

Quand les remous la libéraient, c'était son ventre qui, séance tenante, monopolisait son attention. Son ventre si rond. Si prometteur. Son ventre où, les chimères se multipliant, se dessinait un continent sombre qui allait s'élargissant.

«Allons, un autre essai. D'abord me dégager. La rejoindre. La réchauffer et la rassurer. Il n'y a pas, non non non non et non, il n'y a pas d'abîme entre nous et pas d'étau qui se resserre sur mes tempes et je ne céderai pas à… à… à des hallucinations: elles sont fonction de… de la température. Et de l'anxiété. Quand je la tiendrai dans mes bras, elles s'évaporeront.»

Engourdi, il se remit debout cahin-caha, bien décidé à l'atteindre. Mais l'effarante lourdeur de l'atmosphère le clouait sur place; marionnette amorphe, il piétinait, s'enlisait dans une substance boueuse, incapacitante.

Lucie-Martine quitta son appui et vacilla à plusieurs reprises en se portant à sa rencontre. Ses lèvres, imprécises parenthèses d'ombre, remuèrent. Elle prononça quelques mots, pour lui inintelligibles: des sons qui ne firent vibrer que grossièrement un air de plus en plus dense.

Elle s'arrêta... et parut, un moment, chercher à se raccrocher à quelque invisible saillie.

«Mais... mais elle va tomber!»

À l'ultime seconde, elle se redressa, virevolta et... exposa, de nouveau, son ventre-planète. Son ventre-dôme. Son ventre-mystère... énorme! Avec ce continent qu'il avait déjà décelé, tout au bas, et qui tranchait nettement sur la pâleur du tissu. Un continent que lui ravit la glu opacifiante.

Ses efforts portèrent fruit: il put, finalement, s'avancer d'un pas... et prépara les reproches qu'il comptait lui servir s'il venait à bout de cet océan de mousse.

«Sortir par un temps pareil!» «Dans ton état!» «En robe de nuit par-dessus le marché!» «Comme si le médecin ne t'avait pas recommandé de te ménager!» «C'est de la folie pure et simple, mon amour!» «Tu n'as pas le droit de mettre ta vie en péril!» «Pas plus que celle de notre enfant!»

Il lui déballerait tout ça en vrac et... non, pas de tendresse. Il bifferait «mon amour» et adopterait un *ton implacable*: pas question qu'elle récidive!

— Joooooooooooooooooooooooooooooooo!

L'appel de détresse lui râpa la conscience... et imprima de telles trépidations aux murs et à la coupole qu'il s'évertua à vérifier s'ils n'étaient pas en train de se lézarder. Ce qui eut pour effet de rompre partiellement le charme, de dissoudre certains des fils de la toile d'araignée dans laquelle ils s'empêtraient.

Par les intermittences ainsi ménagées dans le filet, le brasier qui grugeait les yeux démesurés et tremblotants de Lucie-Martine lui incendia l'âme: ses orbites, fixes, incrédules et terrorisées, se consumaient de l'intérieur.

«Dieu, à l'aide!»

Vite! Et cette glu perverse, cette colle qui revenait les isoler l'un de l'autre! Écrin d'incrédulité qui se colmatait de lui-même et durcissait, comme pour s'installer à demeure.

Véritable fantoche, Lucie-Martine se balança, en quête d'un passage à travers lequel se couler; elle fouetta l'air de longues secondes durant, aux prises avec l'imbroglio gélatineux. Puis, elle gémit bruyamment... et sa souffrance, ainsi exhalée, lui ouvrit l'abdomen, à lui! Il se plia en deux et voulut plaquer ses mains contre cette blessure trop, immensément trop vive, mais... mais c'était son ventre à elle qui le torturait!

Il récupéra suffisamment pour foncer à travers le verre déformant qui interceptait leurs réalités. Il se débattit, se démena, frappa, frappa et frappa encore. Estimant avoir eu raison de la semi-opacité glauque, il s'apprêtait à en balayer les vestiges quand il encaissa un autre coup de poignard: son regard perçant de nouveau, par à-coups, la repoussante fluidité qui les tenait en échec, il reconnut la nature de la tache qui, sur la chemise de nuit de Lucie-Martine, dessinait un continent en expansion, immonde cloaque de mort.

«Du sang!»

Son monde bascula... et leurs deux hurlements se confondirent dans une intensité qui ne pouvait traduire qu'un désespoir sans fond; car l'un et l'autre surent, en ce fulgurant instant, que tout allait se consommer ici. Maintenant.

— Joooolluuuuuuooooociiiimmmaaarroootiiiooooiiinnne!

«Non non non, c'est impossible! Il va se passer quelque chose! Dieu ne le permettra pas!» se mentit-il.

Vite, vite, vite: il bondit, lutta, rua; il fendit les courants contraires qui le poussaient et le refoulaient. Et, comme il allait l'atteindre, elle s'écroula, inconsciente.

* * *

Plus rien de substantiel. De cohérent. D'identifiable. Tout était vague. Marée de crépuscule. Flux et reflux d'une pénombre tapageuse.

Il n'était plus lui-même; ses perceptions étaient soit dénaturées, soit fragmentaires. Mais... même dépourvues de points de référence stables, les séquences successives, qu'il déchiffrait à tâtons, lui dévoilaient toutes un aboutissement proprement irrecevable, qui ne faisait qu'ajouter à l'horreur.

Oh, Dieu! Il voyait...

... et il se vit, à genoux, lui pétrissant désespérément le ventre de ses mains maculées de la sirupeuse rougeur qui traversait la chemise de nuit, coloriait la lisière de tapis descendant de l'autel et formait, juste à côté, une mare de désolation. L'étang pourpre délavait la poussière, l'emportait en îlots flottants qui lui écorchaient la raison et achevaient de le désarçonner.

La tête lui brûlait.

Privé de tous ses moyens, il agissait à l'aveuglette, par flashes... et dans la peur la plus débilitante qui fût; les gestes qu'il posait entre divers éclairs de discernement étaient inconsistants et se perdaient dans la déraison, dans l'aberration, dans le mal... dans la folie?

Des râles. Des appels. Des supplications.

Du sang. De l'eau. Une mer de sang et d'eau. Et encore du sang.

Oh, Dieu! Il voyait...

... et il la vit émerger et s'arc-bouter contre la première marche de l'escalier conduisant à la sainte table; il se vit, au comble de la désolation et de l'égarement, s'efforcer sans succès de déchirer sa robe de nuit détrempée par le sang, qui augmentait la résistance de l'étoffe. Mais...

... était-ce bien lui, ce mannequin désarticulé qui se servait de ses dents pour attaquer la trame du tissu? Lui dont les joues, le nez, les lèvres se barbouillaient de ce sang qui laissait un goût amer sur sa langue? Un goût de sel. Un goût de néant.

Oh, Dieu! Il voyait...

... et il vit, au long d'une descente aux enfers interminable, Lucie-Martine lui labourer profondément les paumes de ses ongles-boutoirs et y puiser un sang qui se mêlait à celui, d'un rouge noirâtre, qui giclait par saccades de son pubis, de son sexe, et qui déferlait entre ses cuisses.

«Seigneur, laissez-moi l'accompagner, je vous en conjure! Vous qui pouvez tout, noyez-moi dans ce raz-de-marée...»

... et il la vit qui, entre les soupirs ponctuant ses crampes et ses convulsions, relâchait la pression sur ses mains meurtries et se servait de celles-ci comme instruments. Des instruments dociles mais inertes: il était automate, corps sans âme.

Mal. Pincements. Déchirures. Échos. Feulement lancinant du vent qui se gonflait et concurrençait des gémissements aigus; cuisses marbrées qui s'entrouvraient sur une toison collante et gluante, sombre cône de volcan, qui s'écartait à son tour pour laisser apparaître une petite, toute petite boule recouverte d'un imperceptible duvet piégeant un entrelacs de viscosité; mains ankylosées, qui soutenaient cette rotondité bariolée grossissant avec le tourbillon sonore; fluette masse frétillante qui roulait et se glissait, toute molle, entre ses doigts insensibles, rampait vers la lumière diffuse et joignait ses hurlements à ceux de sa mère, à ceux du vent... et aux siens, inexprimés, qu'enrayaient des larmes surabondantes.

Il abdiquait. Déjà, tout lui devenait étranger. Seules quelques zébrures d'intelligence le rappelaient au chevet de Lucie-Martine. Une partie de lui se dédoublait et...

Il voyait! Oh, Dieu, il voyait...

... il se vit, plus perdu que jamais, déposer l'amas de chair criard sur le ventre-montagne, bondir vers la sainte table, saisir la nappe d'autel d'un mouvement brusque et au mépris de ce qui y reposait et entreprendre d'essuyer tant bien que mal l'enfant et la mère; il se vit tomber à la renverse, bousculé sans ménagement par un ouragan: garde Brochu qui, surgissant à l'improviste et saisissant en un clin d'œil la situation, la prenait en main et le soulageait d'une responsabilité qu'il était inapte à assumer.

Hagard et en équilibre instable au bord du vide, zombi en attente de l'inéluctable, il ouvrait et fermait la bouche sur des râles de désespérance... prenant le relais de Lucie-Martine, passagèrement muette.

Il voyait! Oh, Dieu, il voyait...

... il vit l'infirmière s'activer alentour, courir dans la sacristie, en revenir avec des surplis et des soutanes qu'elle employa pour confectionner un oreiller de fortune à Lucie-Martine, pour la couvrir et pour emmailloter le bébé; il la vit farfouiller dans son sac et en sortir des ciseaux, qu'elle utilisa pour couper le cordon ombilical après les avoir chauffés à la flamme d'une bougie; il la vit... et l'entendit qui lui parlait... mais de loin, Dieu, de si loin!

— Jos... Joooos, tu m'entends? Tu restes là et tu l'empêches de remuer. J'emmène le bébé. Il a besoin de soins. Je l'installe et je reviens. Tu sauras tenir, Lucie-Martine?

Pour toute réponse, Lucie-Martine jugula un début de plainte, comme si elle avait craint d'apeurer son fils, dont les lamentations remplissaient toute l'église. Ses yeux parlaient d'eux-mêmes: elle savait!

Elle avança des mains hésitantes vers l'enfant, le couva un moment du regard, le serra amoureusement contre elle et l'embrassa avant de le tendre à garde Brochu.

— Pre... prenez-en soin, mam... maman, s'il vous plaît! la suppliat-elle. Al... allez, je ne vou... voudrais pas qu'il voie dispa... disparaître sa mère.

— Chhhhhhhhhttt, ne dis pas de bêtises, voyons. Je reviens tout de suite... surtout ne bouge pas!

La porte fermée, Lucie-Martine tourna son regard vers Jos... qui, figé, immobile, la fixait, de l'autre bout du monde. Elle se ramassa sur elle-même et geignit faiblement.

— Je... je vais mourir, Jos. Je sais.

Il retrouva une once de lucidité alors que Lucie-Martine, terrassée, abaissait ses paupières sur des pupilles qui, rapidement, perdaient leur luminosité, leur vivacité. Au bout de quelques secondes, elle reprit, tout bas, en s'arrêtant fréquemment, à bout de souffle:

— Je vois... des... étoi... des étoiles, plein d'étoiles. Tu te sou... tu te souviens des é... des étoiles, mon âme? Tu di... tu disais... qu'elles étaient ja... jalouses de moi!

Elle ébaucha un sourire... qui s'acheva en grimace.

— Ça... ça ne m'a ja... jamais jamais quitté, mon amour... C'était gravé... dans... dans mon cœur. Main... maintenant, je... je vais les re... les rejoindre, Jos.

Elle étreignait, broyait ses mains poisseuses.

— Tu... tu penses que Dieu va acc... accepter de me re... recevoir, mon amour? s'inquiéta-t-elle. Même si... même si... j'ai pé... péché? Oh, pardonn... pardonne-moi, Jos... je n'avais pas le droit... le droit de... Pas ici, pas dans l'é... pas dans l'église... mais... mais il est beau, hein? Il te ress... te ressemble. C'est... c'est ton por... ton portrait...

— Surtout pas, mon amour, il ne faut surtout pas! protesta-t-il en pleurant.

Il la dévorait des yeux, se soûlait d'elle.

Car, comment feindre de l'ignorer, même du fond de son entendement: Lucie-Martine vivait ses derniers instants. Les cernes autour de ses paupières étaient ceux de l'au-delà; les spasmes qui l'agitaient étaient ceux de la fin; les rides qui barraient son front étaient celles d'une vieillesse instantanée!

Il dérapait. Sombrait. Refluait vers une terre plus ou moins ferme.

Ses mains ensanglantées prisonnières de celles de Lucie-Martine, ses yeux rivés aux siens, il éprouvait son agonie soupir par soupir, soubre-saut après soubresaut.

Quand elle lui dérobait son regard, sans doute dans l'espoir de calmer les élancements qui lui tiraient des piaillements perçants, il s'éva-dait, s'accrochait à des utopies pour gagner quelques secondes d'illu-sion... et elle était là, debout dans un pré, ruisselante de bonheur et de santé. De longues tiges de blé s'emmêlaient dans ses cheveux dorés quand elle se penchait pour cueillir des fleurs... qu'elle accrochait à son immense chapeau de paille. Ils voguaient sur une mer de sérénité; leur enfant somnolait près d'eux, à l'ombre d'immenses arbres. Elle le frôlait et... spontanément, ils s'enlaçaient et faisaient bruyamment l'amour dans une herbe drue, haute, complice.

Non, elle ne mourrait pas. C'était impensable: l'amour les rendait immortels. Dieu ne permettrait pas. Pas maintenant: ils venaient à peine d'accéder au paradis. Un miracle était encore possible!

Peine perdue: les vrilles quasi silencieuses qui se faufilaient dans ses tympans, après d'irrégulières accalmies, ne mentaient pas. Cette expres-sion, ces grimaces oh combien éloquentes, il ne les connaissait que trop! Et ces rayures, funestes lanières spectrales, qui couraient sur sa peau: des *préstigmates*, en quelque sorte... les mêmes qu'avaient portés... les au-tres, là-bas. Chez ceux qu'il aimait, la mort, d'avance, marquait ses victimes au fer rouge.

Lucie-Martine tremblait de plus en plus violemment.

Elle avait si bien enfoncé ses ongles dans ses mains, au gré de crispa-tions qui s'intensifiaient sans cesse, qu'il se reprit à espérer: si leurs mains étaient soudées pour l'éternité, peut-être que leurs destins...

— Jooooos... Jooooooos...

Elle n'articulait qu'au prix d'un effort inouï. Sa voix se réduisait à un filet de torture.

— Jos... je... je t'aime... prie pour moi et... ne m'en veux pas... il va falloir que... que tu t'occ... que tu t'occupes de notre enfant, Jos... aime-le, sois son père et sa mère, moi je... je vais... je vais sup... supplier Dieu... Jos, mon amour, de te par... de te pardonner... de

m'av... de m'avoir laissée... souiller son sanctuaire... Jeeeeee
t'aaaiiiiiiiimmmmmmmm...

***

D'où lui venaient ces notes qui lui enflammaient les tripes et le
cœur? Cette mélodie que lui renvoyait le dôme, puissante caisse de
résonance?

«Sûr, ça lui fera du bien: tous les enfants adorent les berceuses.»

Bon bon, d'accord, sa voix n'était peut-être pas des plus suaves et
évoquait davantage l'orage qu'un clair de lune, mais quelle importance:
elle saurait qu'il s'agissait de son papa! Au moment d'ouvrir des yeux
d'incompréhension sur un monde qui, fatalement, la *débobinerait* un peu,
elle l'entendrait et se rendormirait sans crainte. Que pouvait-il arriver à
un bébé protégé par son père?

— Lalalalalala... fais dooooooddooooo, lalalalalère, fais
dooooooddooooooooo, lalilalilali...

Il la câlinait, débordant de tendresse: c'est qu'il fallait lui transmettre
des tonnes et des tonnes de bonheur!

La petite, toute petite tête posée au creux de son cou était chaude...
et gommeuse. Elle palpitait... d'un mouvement presque syncopé.

Mais... mais pourquoi le *zonzon* de sa respiration changeait-il? Elle
chantait? Sifflait? Pleurait, peut-être?

— Allons, allons, tout doux, dooooouuuuux, douuuucement! T'as
mal, mon bébé? Qu'est-ce qui ne va pas? Raconte à papa, veux-tu?
Ehhhhhooooooohhhhh, la vilaine: on a encore fait pipi? Bah, c'est pas bien
grave. À ton âge, papa aussi faisait pipi au lit, tu sais. Et même plus tard,
beaucoup beaucoup plus tard. Bon bon bon bon... viens un peu là, qu'on
change cette couche! Aaaahhhhhhhh: madame n'avait pas fini, hein? C'est
chaud chaud chaud... allez, vas-y... ensuite, on fera un autre gros gros
dodo, d'accord? Dodo, dodo, dooodoooo, doooooodoooooo... et hop là!
Tout à l'heure le dodo! En attendant...

Il essaya de la soulever à bout de bras et dut y renoncer: elle était
lourde, mais lourde!

— Dieu, ce que tu peux être *pesante*, quand tu t'y mets!

Péniblement, avec toutes les misères du monde, il l'étendit sur lui
et la secoua, comme une poupée de paille.

— Fais au moins une risette à papa. Allons, une petite risette de rien du tout.

Il avait du mal à bouger; elle l'écrasait.

— Tu sais que tu manges trop? Beaucoup beaucoup trop? On va y voir, hein? Je veux un bébé, moi, pas un monstre!

Il allait récidiver et chercher à la porter au-dessus de sa tête... quand une vague de chaleur le submergea. Une chaleur nauséeuse.

— Encore! Mais tu es impossible, à la fin: papa en a partout! Tu sais que ça ne se fait pas, ça, arroser son papa et... tutututututututututtttt... ça va ça va, ne pleure pas, c'était pour rire. Papa ne te grondait pas pour vrai. Allez, encore un gros caca pour maman, un gros caca pour papa et... oooouuuupps! Holà... qu'est-ce que c'est encore, un tremblement de terre? Non non non, n'aie pas peur, ma chérie: il ne faut pas avoir peur, pas quand on est avec papa! Papa est plus fort que tout, t'entends? Que tout tout tout tout! Et jamais jamais jamais un tremblement de terre ne réussira à lui ravir son enfant. Jamais! Que le tremblement de terre se le tienne pour dit: papa te défendra jusqu'à la mort.


Mais on l'agitait dans tous les sens! On le malmenait! Et ses yeux qui refusaient de s'ouvrir! De s'ajuster!

— Jooooooooooooooooooooosssssssss!

Mince, pas de veine: sûrement garde Brochu qui le surprenait! Comment lui expliquer? Elle ne comprendrait jamais qu'à son âge, il puisse encore mouiller son lit. Pourvu qu'elle n'en parle pas à son père!

Il avait honte, mais honte. Et sa honte était huileuse. Visqueuse.

— ... Mais non mais non mais non, c'est pas la faute à papa, nono-nononon, pas sa faute du tout hein dis-le-leur, toi, dis-leur que papa s'est échappé et qu'il ne mouillera plus jamais son lit jamais jamais jaaaaammmmmmmmmèèèèèèèè...


Jos baignait dans le sang; il en avait partout. Couché sous Lucie-Martine, morte, il continuait à lui parler comme on parle à un enfant. Il l'enserrait si solidement que garde Brochu, blême et en larmes, dut entrer dans la mêlée: le médecin et les deux volontaires qu'elle avait ramenés pour porter la civière ne réussissaient pas à lui faire lâcher prise.

Quand, à bout de forces, il desserra son étreinte, il se désintéressa d'eux et, dément, se roula dans l'immense flaque rouille, y trempant ses lèvres, buvant encore et encore ce sang qui s'échappait de ses mains formant coupe...

Et il criait, criait...

***

Il vit... quand même, des épaisseurs et des épaisseurs d'impalpables rideaux s'entrecroiser et se superposer pour parfaire son isolement et le couper... de tout. D'insondables couches d'immatérielle vapeur qui, presque en chuintant, l'emmurèrent dans son cocon, l'enfermèrent dans une bulle de non-vie hermétiquement close pendant que s'imprimait un colossal, un impensable «non!» sur la toile en feu de son cerveau.

# XXIII

**J**os s'absenta... irrémédiablement. Il se laissa emprisonner derrière cette gaze d'inexistence qui allait le cantonner dans une sorte de désincarnation et fixer à tout jamais les bornes de son territoire: l'église, le presbytère, sa maison... et le terrain immédiat.

Il n'allait plus quitter que très rarement ce périmètre, hors duquel il suffoquait; ce qui, dans les faits, ne posait nul problème: aucune envie de s'en éloigner ne le talonnait.

Il ne désirait plus rien.

Pour lui, la pièce était finie... ici-bas, à tout le moins. Il ne lui restait qu'un rôle passif à jouer: plomber son armure de peau, fortifier son cul-de-sac existentiel.

\*\*\*

Les parents de Lucie-Martine jonglèrent, pendant quelques jours, avec l'idée de prendre l'enfant; mais comme, d'une part, ils ne voulaient pas l'arracher à son père et que, d'autre part, sa présence leur eût constamment rappelé une mortalité qu'ils étaient incapables d'accepter, ils se rendirent assez facilement aux arguments de l'infirmière... qui brûlait d'envie de relever un défi qui, là encore, confinait à ce grand rêve ayant depuis longtemps pris la tangente. Rien ne s'opposait à ce qu'elle «catinât» un peu, faisait-elle valoir... si cela constituait le prolongement d'une responsabilité qu'elle avait librement acceptée en devenant mère.

— Ce qui ne veut pas dire, clamait-elle bien haut, que je vivrai aux crochets de mon fils! Je fournirai ma quote-part et je l'aiderai à subvenir aux besoins du petit. Je n'aurai peut-être pas rempli mon bas de laine en vain pendant trente-sept ans...

Tout de suite après le baptême du bébé – qu'on appela Lucien, à la suggestion de la mère de Lucie-Martine –, garde Brochu vint donc s'installer chez Jos et plongea, tête baissée, dans ce double mirage: préparer un nourrisson à affronter les aléas d'une existence pas toujours rose et redonner vie à un fils disloqué qui obliquait carrément vers l'abstraction, tant spirituellement que physiquement. Car même si, la chose était patente, Jos avait coupé tous les ponts avec ses semblables, même si, pour certains, il glissait indubitablement vers l'aliénation, elle ne désespérait pas: son amour maternel aidant, elle parviendrait à le faire revivre! Dût-elle y consacrer le reste de ses jours, se promettait-elle en câlinant son poupon, elle n'aurait de cesse que lorsque Jos serait guéri... ou qu'elle-même rendrait le dernier soupir.

\*\*\*

Jos s'extirpa de l'humanité; c'est presque sciemment qu'il pressura sa carcasse pour en extraire ce qui y subsistait de vivant, ce qui pouvait l'apparenter au genre humain... ou lui rappeler qu'il «en avait été». Sensibilité et émotions fortes s'émoussèrent, puis s'éclipsèrent; à la longue, seules de brèves sensations en série, suites rapides de coups de dard affectifs, parvinrent à faire papilloter les parois de son cœur pendant d'insignifiantes microsecondes.

Vidé de toute substance, il vivotait hors du temps, à l'écart, dans un *no man's land* dont la stérilité même le prémunissait contre toute fluctuation.

Plus de lumière et, le temps passant, pas nécessairement de noirceur non plus: il arpentait une aire de ténèbres... à claire-voie; il errait dans des limbes perpétuels.

Du malheur? Point! Du bonheur? Pas davantage.

Intérieurement comme extérieurement, il s'assécha... jusqu'à l'aridité. Son âme acquit la consistance du marbre; ses joues devinrent râpeuses: plus aucune larme ne les irriguait. Il était à sec... et sec. Comme un sphinx, qui se moque et du temps qui passe et des intempéries qui déstabilisent les mortels. Comme un édifice. Comme la cathédrale qu'il abritait... qui l'abritait et qu'il recréait, *dans l'église et autour de l'église*: mois après mois, il en agença les structures et les lignes de manière à ce qu'elles se confondent à la perfection avec celles du temple.

***

Déjà peu loquace par essence, Jos opta, à peu de chose près, pour le mutisme. Qu'ajouter? Tout avait été dit, vociféré, vomi, même, sur tous les tons.

Il se tut, donc, et adopta, pour s'exprimer, un *modus operandi* duquel il ne dérogea qu'accidentellement: les monosyllabes. Il se dérobait à toute conversation et réduisait au strict minimum les contacts avec ses contemporains. Ce qui, vu la nature de son travail, lui était relativement aisé.

Les seuls échanges – de longs monologues, en fait – auxquels il consentait d'emblée étaient réservés à Lucie-Martine, qu'il rejoignait dans cette cathédrale qui avait été *leur*. Ces tête-à-tête, indispensables, lui tenaient lieu d'évents, de soupapes de sûreté.

Il lui racontait ses journées, son train-train, le vide qu'elle avait laissé, impossible à combler... qui lui voûtait les épaules et rendait sa démarche hésitante.

Tant qu'on eut en mémoire les circonstances – rapportées et commentées tant et plus – dans lesquelles s'était déroulée la mort de Lucie-Martine, on se garda de lui jeter la pierre... même quand on le surprenait en plein aparté, faisant montre d'une volubilité rien de moins que stupéfiante de la part de quelqu'un qui, normalement, vous obligeait à recourir aux forceps pour lui ouvrir la bouche. Après tout, nul n'était exempt des coups du sort! Comment réagirait-on, soi-même, aux avatars? «Encore heureux que ce *pauvre Jos* n'en soit pas devenu franchement gaga!» convenait-on. Pour autant qu'il remplissait sa besogne, on ne voyait pas de mal à ce qu'il couvât sa peine. «Laissons donc le temps faire son œuvre!»

***

Une fois révolu le flottement initial, Jos fut en mesure de retrouver Lucie-Martine sitôt qu'il prenait quelque recul; puis, après avoir peaufiné ses techniques d'approche, presque à volonté. Quand l'église et sa

309

cathédrale ne firent plus qu'une, il put entrer en communication avec elle pratiquement à tout moment du jour... et ce, sans négliger son travail: ses tâches s'étaient métamorphosées, au fil des mois, en purs automatismes.

Exceptionnellement, mais la chose se produisait, d'autres entités – une mère dont les traits s'effaçaient, à l'extrême limite de ses souvenirs, des frères et des sœurs aux contours flous, des parents qui séjournaient à la frange de l'oubli – venaient, l'espace d'une séance, participer aux débats.

Un jour, à brûle-pourpoint, une autre interlocutrice se greffa résolument au décor: Lucie avait fini par dénicher leur cachette! Le plus naturellement du monde, avec un sans-gêne espiègle, elle se joignit à eux. Mais le trio ne dura pas: il ne fut que préliminaire à une restructuration, à la redéfinition d'un autre tandem; et, de la même façon que la cathédrale s'était amalgamée à l'église, Lucie se fondit à Lucie-Martine... ou Lucie-Martine à Lucie? Les deux jeunes femmes s'entremêlèrent, d'abord maladroitement et partiellement, puis subtilement et pleinement.

Mais la période de transition fut, à tous égards, fascinante: les deux corps, les deux visages s'interpénétraient et adoptaient allégrement une configuration mixte qui le faisait panteler. L'une ou l'autre surnageait, en alternance; parfois, elles étaient deux, parfois une et une et, parfois, deux en une. C'était Lucie ET Lucie-Martine ou Lucie-Lucie-Martine.

Invariablement, chacune portait son aguichante robe bleue... sauf dans l'intervalle qui précéda immédiatement l'unification intégrale, où *elles se partagèrent la même robe* pour lui offrir une espèce de ballet irrésistible, d'une intensité inégalable. Envoûtant jeu de cache-cache, rituel transitoire qu'elles orchestrèrent pour corser leurs épousailles définitives: réagissant aux impulsions d'une musique de fond inaudible, suivant un rythme soutenu, elles revêtaient devant lui, à tour de rôle, une seule et magnifique robe bleue, lui dévoilant, juste assez pour le troubler, de délectables surfaces de chair roses et blanches. Quand l'une se dépouillait de sa toilette, c'était pour la tendre à l'autre, en «petite tenue», qui l'endossait et venait prendre sa place, comme paravent, jusqu'à la prochaine permutation... qui suivait aussitôt! Époustouflant chassé-croisé dont la fébrilité le portait au délire, ce branle-bas, avec son faux camouflage à la va-comme-je-te-pousse, l'exposait à une foultitude de tourments démentiels... qu'il n'aurait pas échangés contre un empire!

Surtout quand leur remue-ménage, par ailleurs silencieux, s'accompagnait d'un froufrou soyeux des plus évocateurs et que leurs dessous affriolants s'écartaient pour dénuder certaine région de leurs captivantes anatomies: sa verge, en feu, explosait dans des geysers de sperme qui inondaient sa région pubienne avant d'aller cimenter les deux toisons dorées si pareillement délicieuses et ensorcelantes que, son péché à peine consommé, il n'éprouvait de remords que le temps de le diluer dans son désir de récidiver au plus tôt.

C'était cruellement, mortellement déchirant... et exquis! Leurre déroutant, enivrant... et inquiétant à la fois, qui le maintenait dans un état de dépendance léthargique et quasiment langoureuse dont la morbidité n'avait d'égale que l'inaccessibilité.

Ce manège le tint en haleine tant qu'elles furent plus ou moins dissociables et qu'elles conservèrent, l'une et l'autre, la faculté de se dédoubler. Quand elles fusionnèrent pour ne plus dépendre que d'un même support onirique, les *représentations* cessèrent; et les années – ou plutôt la distance qui séparait sa conscience de la leur – estompèrent les bagatelles qui eussent pu concourir à la différenciation des deux *modèles*.

\*\*\*

Incessamment tenu de répéter à Jos que la confession faisait partie des obligations de tout bon chrétien, monsieur Dudemaine se borna, avec les années, à l'absoudre de fautes qu'il oubliait d'avouer ou qu'il n'avouait qu'au bout d'un fastidieux interrogatoire. Reconnaissant confusément que toute leçon de morale n'eût été, en l'espèce, d'aucune utilité, il intensifia ses prières pour son fils – c'était là, vraisemblablement, la suprême planche de salut qu'il était apte à lui tendre – et resserra son étreinte affective autour de lui... dans la mesure de ses moyens, malheureusement fort restreints. Mais... il renonça à le «cerner» ou, même, à le comprendre. À l'évidence, Jos lui échapperait toujours... comme à la terre entière, d'ailleurs: il n'obéissait pas aux mêmes impératifs, ne répondait pas aux mêmes critères existentiels que le commun des pécheurs.

Le pasteur n'escomptait pas que de sa sollicitude jaillisse la réciprocité: il était drôlement bien placé pour savoir que l'abnégation qui s'abreuvait à l'amour inconditionnel était rarement payée de retour. D'ordinaire, il s'accommodait tant bien que mal de la piètre capacité d'extériorisation de Jos dans ce domaine; périodiquement, cependant, son impuissance à le ranimer le rendait considérablement taciturne. Lorsque ses crises s'annonçaient, il s'arrangeait pour ne voir son fils que pour les nécessités du culte et plongeait à corps perdu dans son ministère: même s'il savait posséder une foi rudement bien trempée, il n'était pas chaud à l'idée de s'appesantir sur la cruauté et l'insensibilité «apparentes» du Créateur.

***

Jos chérissait son fils... tellement, qu'il se sentait presque coupable d'être son père: Lucien eût mérité mieux, beaucoup mieux!

Il s'intéressait à lui, mais de façon décousue, anarchique, au hasard des pulsions qui perçaient peu ou prou sa carapace. Ou bien il ne le lâchait pas et l'enveloppait d'un empressement maladif, le portant des jours et des jours sur ses épaules ou sur son dos, le faisant sauter sur ses genoux à n'en plus finir, multipliant les loufoqueries pour le faire rire, le dorlotant et l'«encadrant» continûment, allant jusqu'à le coucher à ses côtés, dans son lit... ou bien il l'ignorait, ne le *voyait* carrément pas pendant des semaines, voire des mois.

À un point tel qu'Émilienne Brochu devait parfois lui rappeler qu'il avait un rejeton; elle revenait à la charge doucement mais avec opiniâtreté et réussissait, sinon à le faire réagir, du moins à susciter la conversation.

— Pense à Lucien, Jos; occupe-t-en plutôt que de te torturer et de te flétrir comme tu le fais. Regarde-le: il te court toujours après pour te donner cet amour que tu crois avoir perdu...

— Que je crois avoir perdu? persiflait Jos. Le moins qu'on puisse dire, c'est que j'ai la *croyance* tenace! Et puis... contrairement à ce que vous semblez penser, maman, je ne me torture nullement...

— Ne me dis pas que tu peux demeurer insensible devant ces petits bras qu'il tend vers toi, devant ce cœur qui déborde d'amour pour toi, Jos. Pour toi! C'est un trésor d'affection, cet enfant!

— Mais je l'aime aussi! Je l'aime énormément.

— Alors de grâce, Jos, montre-le-lui! Ne te contente pas de me le dire à moi... et quand je te tords les bras, en plus... il lui faut plus, infiniment plus que ça! Si tu le faisais profiter de toute cette passion que tu laisses sommeiller en toi, qui sait ce qu'il en résulterait? Plus d'amour encore? Un destin hors série? Ou même, pourquoi pas, un nouveau départ pour toi? Si tu y mettais du tien, peut-être oublierais-tu tout le reste?

— Et pourquoi devrais-je oublier? Ne serait-ce pas *la* renier, justement, *la* trahir que d'oublier?

— Oh, Jos, ne te méprends pas sur mes paroles: je ne te demande pas de l'oublier, elle! Je m'efforce simplement de...

— Pourquoi ces reproches? l'interrompait-il de sa voix éteinte. J'adore mon fils, vous le savez bien...

— Oui, Jos, tu l'aimes... et je sais que tu l'aimes! Mais lui, le sait-il? Un bébé vit de tendresse et d'amour, Jos. Il a besoin d'un père qui le berce, qui le cajole, qui l'entoure en permanence. Il a besoin d'un père qui lui parle, Jos, pas d'un *taiseux*. Il a besoin d'une présence, pas d'un père qui... qui est absent même quand il le prend dans ses bras. Tu es toujours ailleurs, Jos. Occupe-t-en normalement, juste normalement. Occupe-t-en... comme un père, Jos. Comme un père.

— Mais je m'occupe de lui, maman! protestait-il faiblement, la gorge nouée et bloquée par des sanglots... qui refusaient obstinément de se matérialiser.

— Occupe-t-en pour de vrai, Jos. Pour de vrai. Fais-en le centre de ton existence. Débrouille-toi pour voir en lui une raison d'être et d'aller plus loin... et ne te gêne pas pour le lui faire savoir. Occupe-t-en comme... comme quelqu'un qui veut vivre. Tu entends, mon enfant: comme quelqu'un qui veut vivre! Pas comme un mort en sursis! Il faut le combler de vie, lui insuffler tout le dynamisme dont il aura besoin plus tard... prends garde de lui gâcher son prodigieux espoir d'avenir. Pour l'instant, son enfance l'empêche, et fasse le ciel que ça ne change jamais, d'appréhender la langueur, la torpeur dans laquelle tu dérives, mais un jour...

— Mais, maman, bégayait-il, désarçonné, l'homme le mieux intentionné du monde ne peut donner que ce qu'il a, rien d'autre. De l'amour, je veux bien, du moins ce qu'il me reste d'amour, mais comment voudriez-vous que je lui donne une recette de vie? On a oublié de m'en fournir une!

Pour clore le débat, il ajoutait, mornement:

— Et puis... n'est-ce pas Dieu qui, dans sa Toute-Sagesse comme se plaît à répéter le curé, l'a voulu ainsi?

— Sans doute, Jos, sans doute, concédait-elle… et je suis persuadée qu'un jour, quand Il le jugera à propos, tu comprendras le pourquoi de tes épreuves. Nous sommes tous logés à la même enseigne: quand nos malheurs nous apparaîtront sous Son jour à Lui, nous Le remercierons de nous avoir tant aimés…

— … alors qu'Il s'en occupe, Lui, au lieu de s'amuser à distribuer le bonheur d'une main pour le reprendre vivement de l'autre!

— Jos, ne plonge pas dans le sarcasme, je t'en prie: ça ne te convient pas du tout! Et ça ne change rien à cette réalité: veux veux pas, tu es son père, après tout!

— Dieu lui avait donné aussi une mère, vous vous en souvenez? S'Il a jugé à propos de la lui enlever et de le laisser vivre, Il peut fort bien lui ravir aussi son père. Lucien ne s'en porterait peut-être que mieux!

— Mais, bonté divine, Jos, tu ne peux quand même pas te désintéresser de son sort… et puis… et puis il est si mignon, plaidait-elle, en désespoir de cause.

Un temps, de telles discussions furent monnaie courante; mais, à la longue, l'infirmière baissa les bras, désarmée: son énergie et sa combativité d'antan n'étaient plus que souvenirs. Désabusée, au bout du rouleau, elle regardait son grand rêve dégénérer et prendre de la gîte.

***

Jos *veilla* ainsi sur son enfant… tant que celui-ci joua d'ingénuité et de naïveté, tant qu'il demeura inébranlablement dans la prime enfance; mais… à partir du moment où des reparties préfigurant le lointain adulte se mirent à fuser de la bouche enfantine, où des expressions d'homme «en devenir» colorèrent la figure d'angelot, il ne sut plus que faire… et se détourna de lui de plus en plus fréquemment.

Dans ses *bons jours*, qui se firent extrêmement rares et aléatoires, il dépassait tellement la mesure qu'il étouffait Lucien d'une chaleur dévorante. Il l'eût ficelé, attaché près de lui pour lui conserver son innocence, pour l'immobiliser dans cet univers magique qu'il associait à l'enfance, pour déjouer le temps qui, inexorable, allait faire d'un merveilleux garçonnet un candidat aux souffrances. Il eût été prêt à tout pour le soustraire à l'humanité… et aux déceptions qu'elle réservait aux hommes, pour gommer du petit visage rond aux yeux énormes et craintifs ces marques de tristesse et ces sourires contraints, signes de désillusion précoce, qu'il détectait par à-coups.

— Vous avez raison, maman, convenait-il devant une garde Brochu implorante, accablée et quelque peu éberluée par sa froide lucidité. Je me mentirais en croyant pouvoir l'élever dignement. Les seules valeurs que je saurais lui transmettre sont biaisées: je ne peux tout de même pas le rassurer, ni lui raconter que la vie vaut la peine d'être vécue, hein? Je me ferais l'avocat d'une cause à laquelle je ne crois pas!

\*\*\*

Lucien était pris au piège: ou il se languissait d'une attention que son père lui donnait au compte-gouttes, ou il se voyait forcé de la fuir quand il la lui imposait comme un carcan. Il quêtait sans détour une affection... qu'il recevait, mais de manière tellement désordonnée qu'il n'y comprenait rien de rien. L'amour de Jos lui déboulait dessus par saccades. Et c'était un amour d'un autre monde. Quasi irrecevable.

Il pleurait sans arrêt, se morfondait entre ce monstre sourd à ses supliques et une mère vieillissante et maladroite, de plus en plus lasse et découragée, qui peinait pour se maintenir à flot.

— Jos, je ne veux pas t'embêter avec ça, mais Lucien... il pleure sans bon sens! Il passe son temps à se cacher ici et là pour larmoyer! Le pauvre chérubin: il n'a même pas six ans! Peut-être que si tu acceptais de *voir avec ses yeux*... oh, rien qu'un peu, si tu changeais tes manières de faire...

— Il pleure, vous dites? Pourquoi ne le fait-il pas devant moi? Il apprend à vivre, sans doute... ou à aimer? Dieu l'a voulu ainsi. Les larmes ne sont-elles pas intimement liées à l'amour?

# XXIV

Émilienne Brochu s'embarquait de plain-pied dans ses vieux jours en essuyant des déboires trop crus. Elle déclinait... et dépérissait dangereusement.

Elle n'avançait plus, souvent, que sur son erre et puisait dans ses réserves pour ne pas s'étendre là, à tout bout de champ, pour se laisser couler... ailleurs, où elle *le* rejoindrait peut-être?

Devant Jos et Lucien, elle faisait comme si de rien n'était et taisait rigoureusement, avec un art du camouflage consommé, ses accès de fièvre, toujours plus nombreux, les profonds malaises qui l'assaillaient... et qui en eussent rivé au lit plus d'un.

Elle périclitait d'autant plus vite qu'elle se livrait à de continuelles remises en cause et s'attribuait la responsabilité de leur impasse à tous trois: elle n'avait pu empêcher que son fils perde, peu à peu, ce qui lui restait d'humain, ni enrayer, chez Lucien, une neurasthénie qui, s'envenimant, aggravait la faute qu'elle s'imputait.

Elle se jugeait sévèrement et, partant, se blâmait crûment. Elle s'admonestait, se traitait de folle. De timbrée.

«C'est Dieu qui te punit, vieille chipie! se répétait-elle. Et c'est bien fait pour toi! Tu n'avais pas le droit de jouer avec la vie d'autrui... de t'improviser mère... et grand-mère par-dessus le marché! Qu'est-ce que tu connaissais aux hommes, toi, hein? Et aux nouveau-nés? Tout ça juste... juste pour satisfaire tes caprices de vieille fille!»

Visiblement, l'ensemble de sa démarche «sentimentale» était un fiasco monumental... qui méritait châtiment!

Sa culpabilité, par rapport à Lucien, atteignait des sommets inimaginables: elle le voyait se débattre dans un monde d'amertume qu'il était beaucoup trop jeune pour affronter. Comment pourrait-il se développer normalement, pressé dans un étau dont les deux mâchoires «avaient été»? Coincé entre deux «caricatures» lamentablement accrochées à un ersatz de vécu... qui était tout sauf l'avenir?

Les solutions ne pullulaient pas! Il eût été inconcevable ne fût-ce que de songer à transmettre le flambeau aux grands-parents de l'enfant: ne pouvant supporter l'épreuve, ils avaient abdiqué, bifurqué... jusqu'au point de non-retour. Monsieur Marcotte maudissait Dieu sans vergogne et noyait dans l'alcool un deuil qu'il refusait avec entêtement. Sa femme n'était plus que l'ombre d'elle-même; elle attrapait grippe sur grippe, se laissait ronger par les infections et gardait le lit plus souvent qu'autrement. Sinon, elle se tuait à la tâche et faisait des ménages ici et là pour gagner de quoi nourrir ses enfants... quand elle ne se risquait pas, elle aussi, à lever le coude. Des âmes charitables leur faisaient régulièrement porter des provisions et habillaient la marmaille pour l'hiver. On les montrait du doigt, on les plaignait... et on priait.

***

Un jour, rassemblant son courage et se préparant au pire — sa «tentative» allait sûrement soulever une tempête —, Émilienne prit sur elle d'entrer en contact avec Ginette, qui, tenace, continuait à adresser à Jos deux lettres par mois... qui rejoignaient, intactes, les dizaines et les dizaines de plis encore cachetés entassés au fond d'une garde-robe: n'ayant l'intention de correspondre avec personne, Jos ne se donnait pas la peine de les ouvrir.

Passant outre à sa répulsion et aux tabous concernant l'inviolabilité du courrier, Émilienne lut les derniers messages de «la petite» – dont les nom et coordonnées figuraient, en grosses lettres, sur les enveloppes –... dans le seul but, se mentit-elle sur le coup pour ne pas fléchir, de savoir ce qu'il était advenu d'elle. Par la suite, elle se plut à croire que Dieu lui-même l'avait aiguillée vers cette indiscrétion... et vers la seule issue qui fût, à son sens, envisageable.

Ginette allait bientôt se marier, après avoir terminé des études supérieures, à Québec... mais nul emballement ne semblait naître de cette perspective. Était-ce illusion? En filigrane dans toutes les phrases qu'elle déchiffra, garde Brochu devina un amour utopique, qui ne se démentait pas. Un amour du même ordre que celui qu'elle portait à son fils... un amour que la vie, le hasard et les circonstances vous interdisent de consommer.

Forte de cette intuition, elle s'aventura à lui ouvrir son cœur...

«... tu sais, ma pauvre enfant, lui écrivit-elle, les choses ont beaucoup changé depuis ton départ. ... Parfois, on dirait que ce n'est pas Lucie-Martine qu'on a portée en terre, mais bien Jos. Car ce Jos qui savait parfois se montrer si animé ne vit plus que par habitude, ne respire plus que parce que ses poumons ne s'arrêtent pas d'eux-mêmes. Pour l'heure, il ne demeure présentable que parce que je vois à tout. Quant à s'occuper du petit... ... alors Lucien, dans un tel contexte, se morfond tant et plus. Moralement, je dirais même qu'il côtoie déjà son père! À son âge, tu te rends compte? ... et je t'en fais le serment: Jos n'est pas au courant de ma démarche. Je n'ai pas encore osé lui en parler; j'ai peur. Mais je crains davantage les séquelles qui guettent Lucien si jamais il reste avec nous. ... alors j'ai pensé que... ... si, pour l'amour de Dieu, tu acceptais de prendre la relève (je te rassure tout de suite: je paierais les frais que ça pourrait t'occasionner), ne serait-ce que pour une période déterminée, j'aurais un peu l'impression qu'il ne serait pas totalement coupé de son père, de moi, de sa famille, quoi! Car, malgré ce silence qui, je le conçois, doit te faire mal, tu fais partie de la vie de Jos (et de la mienne, Ginette, n'en doute pas)... ... je suis sûre qu'après coup, Jos approuvera: Lucien a besoin de vie; il faut l'entourer de personnages en chair et en os... pas de têtes de mort! Réponds-moi vite...»

Cette requête, avec tout ce qu'elle comportait d'inéluctable, fendait le cœur de l'infirmière. *Cet enfant était le sien!* Mais parce qu'elle l'aimait comme le sien, justement, elle s'interdisait de lui démolir son reste d'enfance en le gardant près d'eux: il valait mieux pour lui qu'il disparût avant d'être trop vieux pour s'adapter à une vraie famille et y évoluer... avec une *vraie mère*, assez jeune pour partager ses joies et ses jeux d'enfant, un *père vivant* et, qui sait, des frères et sœurs.

Bien qu'elle parlât de «solution provisoire», Émilienne ne se leurrait pas. Le cas échéant, la séparation serait sans appel... du moins pour elle: elle commençait à croire sérieusement que les jours lui étaient comptés.

***

Comme l'infirmière l'avait prévu, Ginette donna d'emblée son accord enthousiaste. Elle offrait même de venir chercher Lucien. «... J'ai hâte, affirmait-elle, de tenir cet enfant dans mes bras. Pour moi, ce sera un peu comme de retrouver mon enfance... et ce grand Jos, que j'aimais tant!»

Les choses furent rondement menées; on ne chicana pas sur les détails. Émilienne prétexta une vague obligation familiale dans le bas de la province et s'embarqua avec Lucien... pour revenir, au bout d'une semaine, seule, extrêmement chagrine, les traits tirés. Elle s'attendait à des protestations bourrées de reproches, à des scènes orageuses – au demeurant justifiées, reconnaissait-elle. Tout au long de son exténuante et interminable randonnée en train, elle s'était préparée à l'inévitable confrontation, se serinant à chaque tour de roue le même refrain assommant, tant pour se persuader qu'elle avait bien agi que pour se blinder contre toute velléité de retour en arrière.

«C'est impératif: l'intérêt de Lucien doit primer. C'est mieux, beaucoup mieux ainsi! Écrasé entre un *semblant* de père et une... et une haridelle séchée, Lucien n'avait pas d'avenir: on le lui sabotait d'avance. On lui volait son éventuelle part de bonheur. J'ai bien fait. Ses grands-parents? Pffffuuiiiiittt, hors de question! Là aussi, ses dés auraient été pipés. Belle perspective, en effet: un grand-père ivrogne au dernier degré, une grand-mère oscillant entre le martyre et l'alcool et des frères et sœurs *guénillous*. Non non non non et non! L'adoption? Pour tomber sur... sur pire encore? Non, mille fois non. Tout est bien ainsi. C'est fait, c'est fait: Lucien restera avec Ginette! Là-bas, il a une chance. À sept ans, tout espoir lui est encore permis.»

Elle se faisait un mauvais sang de tous les diables et se jurait que, quoi que Jos dise ou fasse, elle ne flancherait pas, ne retournerait pas quérir son ange... dont tous les pores de sa peau usée s'ennuyaient déjà à mourir.

Elle en fut pour ses frais: les crises appréhendées ne se matérialisèrent pas. Pour Jos, la disparition de son fils s'inscrivit dans la même trame que tout le reste; il n'en eut qu'une perception brumeuse.

Quand elle lui eût expliqué de quoi il retournait, il la fixa presque tendrement et lui déclara, amène:

— Vous avez bien fait, maman! Il sera beaucoup mieux là-bas, avec elle. Elle lui... hum... concoctera des lendemains plus acceptables. Je n'aurais pas voulu qu'il devienne grincheux comme moi. Racontez-moi tout, voulez-vous? Comment se débrouille Ginette?

Fut-elle le jouet de subtils mirages? Une larme trembla-t-elle véritablement au coin de son œil?

***

Le temps passait, pour tous... sauf pour Jos, en un sens, qui s'était *isolé* jusqu'à en être à peu près imperméable: il esquivait soigneusement tout ce qui lui était étranger et louvoyait, tant bien que mal, pour échapper aux manifestations de la vie courante qui sous-entendaient la proximité d'autrui. Il y voyait des écueils, des obstacles, des dangers qui eussent pu le menacer ou provoquer des bouleversements inacceptables.

Pour un peu, on l'eût cru naturalisé et coulé dans une colonne de verre qui le mettait à l'abri des problèmes temporels que connaissaient ses semblables.

Matériellement parlant, il n'était plus grand-chose qui le fît vibrer... hormis l'église, point d'ancrage terrestre de sa cathédrale et, dès lors, toile de fond de ses seules et uniques préoccupations. Des frissons le pétrifiaient quand il s'imaginait, à tort, qu'on voulait le congédier... donc l'éloigner de l'église. Pour lui, c'eût été pire que la mort; la mort, il connaissait: il la vivait quotidiennement. Toutes ses prières avaient donc l'église comme pivot, car... il avait décrété que celle-ci, peut-être parce qu'elle *aussi* était tributaire de l'abstrait, n'ayant de raison d'être que par la foi, se prêtait mieux que sa maison aux «communions» avec *elle*. De chez lui, il lui était toujours loisible de rejoindre sa cathédrale, *mais il y demeurait seul.*

Il passait de l'euphorie de l'absence, où sa cathédrale l'emplissait et où il emplissait sa cathédrale, à l'abattement apathique... lorsqu'il était prisonnier du concret ou lorsque, momentanément inconciliables pour une raison ou pour une autre, les deux concepts se repoussaient.

Pour le reste... le contact était rompu; il égrenait son zeste de vie dans un purgatoire éternel.

Rien ne l'étonnait plus. Rien ne le soulevait. Rien ne l'émouvait... assez, du moins, pour lui tirer des larmes. «Les êtres inanimés, les statues, les monuments souffrent-ils? Connaissent-ils l'adversité, la joie? Une église, une cathédrale pleure-t-elle?»

321

Il se minéralisait, en quelque sorte; sa peau, ultrasèche, présentait des craquelures qui relevaient davantage des lézardes que des phénomènes épidermiques.

***

Dans tous ces méandres de pseudo-existence et d'intemporalité, des sursauts en occultaient d'autres et se maintenaient en surface pendant des périodes plus ou moins prolongées; certains événements, plus vivaces, le resituaient à des degrés divers et lui fournissaient les points de référence qui lui étaient, malgré tout, nécessaires.

Ainsi en fut-il de tout le cycle de jours immensément tristes et gris qui, après le départ de Lucien – des semaines? des mois? des années plus tard? –, succéda au trépas de sa mère.

En moins de rien, après son retour de Québec, garde Brochu avait pris l'apparence d'un mannequin de cire, puis d'un squelette. Conjuguées au constat d'échec qui ressortait de son bilan d'existence, les critiques qu'elle s'assénait comme autant de coups de massue – malgré les lettres «... faussement rassurantes, sûrement!» de Ginette – décuplaient ses désordres physiques, élimaient ce qui lui restait de résistance et hâtaient son délabrement. Elle se culpabilisait à outrance, ressassait toutes les étapes de sa vie commune avec les deux seuls êtres qu'elle eût aimés «d'amour»... et interprétait ses gestes, ses actions à leur égard comme autant de preuves de lâcheté et d'incohérence. N'avait-elle pas erré sur toute la ligne en... en osant se substituer à Lucie-Martine, en quelque sorte? En prétendant élever Lucien? En le confiant à Ginette et en l'éloignant de Jos... dont elle avait sans doute scellé le désenchantement? Ah, elle pouvait être fière, la *mère Émilienne*: grâce à elle, Jos avait parachevé sa transmutation en sphinx intraitable! Quelle idiote: n'importe quelle femme *normale*, n'importe quelle *mère ordinaire* eût réussi à empêcher son fils de sombrer dans la démence, eût trouvé moyen de le ramener de ce côté-ci de l'existence. N'importe quelle femme normale... mais pas elle! Elle n'était qu'une... qu'un éteignoir, voilà: elle asphyxiait ceux qu'elle aimait!

Quand même... s'il n'était que justice qu'elle payât les pots cassés, elle goûtait fort peu l'ironie de la chose: elle qui, sa vie durant, avait incité ses contemporains à nier ni plus ni moins les maux les affligeant, se trouvait à la merci d'une crise qui l'emporterait sans coup férir. Et qui, selon le médecin consulté en secret, lors de son passage à Québec, pouvait survenir n'importe quand, de but en blanc: son cœur lâchait prise... et elle n'y pouvait rien!

Elle avait bien projeté de donner le change et de *reprendre* malgré tout *du service*; on l'eût accueillie sans se faire prier, les infirmières n'étant toujours pas légion à Amos. Mais elle avait temporisé... à cause de son éreintement généralisé, d'accord, mais surtout parce qu'elle se désintéressait tous les jours un peu plus des choses de ce monde.

Était-elle, à l'instar de Jos, en train de démissionner? Vaincue par l'usure, admettait-elle la vanité de tout sentiment... ou son *retrait* n'était-il qu'un aboutissement normal après toute la lassitude accumulée en cours de route?

Seule une minuscule petite flamme, grelottante à l'extrême, timide à n'en plus pouvoir, faisait encore battre son cœur... avec une irrégularité qui sentait sa fin à des milles.

Puis...

Le jour de ses soixante-quatre ans, au terme d'une nuit d'insomnie particulièrement agitée, elle se leva plus tôt qu'à l'accoutumée pour préparer le petit déjeuner... qu'elle forçait Jos à avaler quand il rentrait de la messe de six heures.

— Si je n'y veillais pas, il se laisserait mourir de faim...

Jos n'était pas encore parti quand elle s'encadra dans la porte de la cuisine. Dormait-elle encore? Des hallucinations, déjà? Pourtant... ces pépites, au fond de ses yeux hagards, ce pétillement... n'était-ce pas un regain de vie?

Coup de théâtre: au moment où il allait mettre les pieds dehors, il fit volte-face, la prit dans ses bras et la serra contre lui jusqu'à l'étouffer... jusqu'à l'inonder d'un amour tellement désespéré qu'elle en perdit presque le souffle.

Gêné de son emportement, il lui déclara tout bas:

— Bonne fête, maman!

De saisissement, elle faillit en perdre l'équilibre; elle se retint à deux mains au chambranle de la porte pour se ressaisir.

Jos avait pensé à son anniversaire!

Mais alors... mais alors, tout n'était pas perdu!

— Oh, Jos, Jos! Si tu savais comme tu me fais plaisir!

Son état d'âme aidant, ses étourdissements tinrent aussitôt de la griserie. Elle était à la fois figée et emballée: ses années et ses années d'attente allaient-elles tout à coup prendre fin?

Impulsivement, elle prit sa décision: elle lui parlerait aujourd'hui. C'était l'instant ou jamais!

— Allez, sauve-toi! Ne te mets pas en retard, sinon ton curé de père serait capable de rameuter la paroisse. Va et reviens vite, Jos, j'ai... oh, une idée, comme ça, un projet qui me trotte par la tête depuis un moment déjà et je voudrais que nous en parlions tous les deux, veux-tu? Tout à l'heure, en déjeunant peut-être? Je... c'est... c'est quelque chose qui me tient vraiment à cœur et que... que... Ce pourrait être, disons, un cadeau d'adi... euh... d'anniversaire... ah, là, tu vois quel âne je fais: je suis en train de te déballer mon sac sans attendre! Eh bien c'est fini, je n'ouvre plus la bouche d'ici à ce que tu reviennes! Disparais, maintenant, avant que je ne me remette à *cacasser* comme une pie.

Nouvelle surprise, et de taille: Jos se paya le luxe de la spontanéité.

— D'accord, maman. Si ça peut vous faire plaisir, j'irai jusqu'en Chine... mais pas plus loin!

Elle n'en crut ni ses oreilles... ni ses yeux: en la saluant, Jos affichait ce petit sourire espiègle qui, dans le temps, le rendait irrésistible.

Sa tendresse immodérée porterait-elle enfin des fruits? Jos envisageait-il de sortir finalement de sa coquille? Dieu aurait-il, de guerre lasse, décidé de se nettoyer les conduits auditifs?

— C'était pas trop tôt, vieux sourdingue! plaisanta-t-elle en se représentant un grand vieillard barbu nonchalamment étendu, sur un nuage, entre deux anges infirmiers occupés à lui ramoner les trompes d'Eustache.

Chavirée, au septième ciel, elle suivit Jos du regard jusqu'à ce qu'il eût poussé la porte de la sacristie, où il précéda de peu le curé. Elle se sentait soudain légère, mais légère... elle ne se souvenait pas avoir connu une telle légèreté depuis...

— ... depuis des *temps immémoriaux*, mon Dieu! Im-mé-mo-riaux! insista-t-elle en apprêtant le café. Enfin, mieux vaut tard que jamais, alors: au diable la fatigue! On va y voir... et pas plus tard que tout de suite! Il ne sera pas dit qu'Émilienne Brochu aura cédé sans combattre!

Comment avait-elle pu s'en faire au point de... au point d'user de subterfuges toujours plus compliqués pour éviter qu'on ne sache? Et qu'on ne sache quoi? Qu'elle était épuisée? À bout? C'était elle, cette pleurnicharde? Elle qui, depuis des mois et même, oui, depuis des années, acceptait que ce salaud de cœur la mine à ce point? Qu'il lui empoisonne l'existence? Et tout ça parce qu'il palpitait et pompait souvent à tout rompre?

— Et alors? Que peut bien faire d'autre un cœur? conclut-elle en riant. Il est fait pour pomper, non? Alors qu'il pompe!

Finies, les cachotteries! Finies, cette incommensurable faiblesse qu'elle celait scrupuleusement à tout le monde et les nuits d'horreur à remâcher de vieux péchés en se pressant la poitrine... et en courant après une respiration que Jos, magicien comme pas un, lui avait à l'instant redonnée avec son sourire si coquin! Finis, les concerts de lamentations... et les longues heures de panique quand elle était sûre de ne pas être vue ou entendue!

Des histoires de bonnes femmes, tout ça! Les attaques anticipées n'avaient qu'à bien se tenir: elle n'avait pas dit son dernier mot! Si elle avait à se produire, la crise qui allait la terrasser surviendrait en son temps, pas avant... et la trouverait debout, bien droite! Pas rampante comme une quelconque «feluette».

Ses membres étaient gourds? Et après? Pour l'heure, c'était l'énervement qui la handicapait, pas l'angoisse: Jos venait de balayer celle-ci! Elle était de plus en plus pesante? Qu'à cela ne tienne: elle prendrait du poids pour que ça fasse plus sérieux! Les vertiges proliféraient? Bagatelles! Et puis c'était toujours mieux que de ne rien sentir du tout!

Jos allait revenir et...

Il s'assoirait là, à sa place habituelle, au bout de la table... et elle... oui, elle s'installerait dans leur berceuse agonisante: ce serait plus facile en se berçant. Et puis... elle l'aborderait, doucement, pendant qu'il prendrait son café, après le petit-déjeuner. Un bon café fumant: il adorait ça. Et elle... elle laisserait parler son cœur, voilà! Une fois entamé, son discours coulerait tout seul. Surtout... surtout ne pas commencer en se raclant la gorge: ça ferait trop théâtral. Elle lui dirait, simplement:

— Jos, mon fils, j'aimerais tellement, avant de mourir, non non, ne proteste pas: tout le monde y passe un jour ou l'autre et... et... et j'aimerais tellement que tu m'accordes une derniè... une immense faveur... oui oui, je sais, j'aurais dû t'en parler avant, mais je craignais que tu ne sois déboussolé et que tu ne m'en veuilles et ne te détournes de moi et ça, c'était la chose au monde que je voulais le moins, mon grand, mon fils, mon amour, je t'aime à la folie, tu le sais, tu l'as toujours su, n'est-ce pas, mais avant de mourir, j'aurais tant et tant voulu, mon âme, mon cœur, mon chéri, revoir mon Lucien, mon petit-fils, *notre* enfant, Jos, le revoir avec toi parce que... parce que... non mais regarde-moi, toute parcheminée et marquée par l'âge, mais non, gros bêta, ne fais pas cette tête-là, je ne suis pas aveugle quand même et si je te disais que c'est pareil en dedans, ma tendresse, ma passion, ma flamme... et je me sens si petite, trop petite et trop usée pour entreprendre seule pareil voyage et j'avais pensé, j'avais entretenu le secret espoir, amour de ma vie, ma raison d'être, que tu accepterais de venir avez moi, là-bas, à Québec, voir ton fils, voir notre fils, Jos, cet enfant qui est presque le fruit de ma chair, ce Lucien que Dieu nous a donné, mon Jos, mon âme, ma vie, comme je t'aime, je suis fichue, mon homme, mon homme à moi, je vais mourir et je ne veux pas emporter trop de remords dans ma tombe... ces temps-ci, je revois constamment ses larmes et elles me brûlent les souvenirs, il faut, il faut absolument que j'aille constater, que toi et moi on aille constater ensemble que notre Lucien s'en tirera et... que... et que... viens avec moi, Jos, viens, je t'en supplie! Fais-le pour une vieille femme, Jos! Fais-le pour ta mère et la mère de ton fils, Jos! Fais-le pour la femme qui t'a toujours aimé dans le secret de son cœur, Jos! Fais-le pour celle qui t'aime et t'aime et t'aimera toujours toujours toujours toujours...

Ces deux dernières syllabes demeurèrent suspendues à ses lèvres... qui les répétèrent et les répétèrent.

Elle ferma les yeux. Sa longue tirade l'avait fatiguée plus que de raison. Subitement, sa belle détermination s'envola; ses phobies la rattrapèrent en bloc, l'assommèrent: Seigneur Dieu, elle avait ânonné tout haut...

— ... un chapelet de bêtises, mon Dieu, mon Dieu, mon Dieu, rien de plus qu'un chapelet de bêtises, je vous jure. Je délire, voilà tout!

Elle inséra sa main sous sa robe de chambre dans l'espoir d'apaiser le tic-tac monstrueux dont la cadence allait crescendo.

Un calme relatif lui fut redonné... dont elle tira parti pour «répéter»: surtout, ne pas se laisser prendre de vitesse! Semblable occasion ne se reproduirait peut-être jamais. Elle devait être fin prête.

Mais... mais qu'elle était bête: il serait d'accord, elle le subodorait! Mieux: il ne pourrait pas ne pas être d'accord. Elle humait presque son assentiment. Ils partiraient, tous deux, bras dessus, bras dessous, et... et elle verrait Lucien... heureux! Épanoui! Elle saurait qu'elle avait eu raison. Qu'il allait... qu'il allait vivre, lui, pas végéter.

— Le voir, le cajoler une dernière fois; sentir sa tête sur mon épaule et son haleine chaude dans mon cou... une dernière fois, mon Dieu, une toute dernière fois! Souffler dans ses doux cheveux d'ange, dans ses doux cheveux blonds... blonds, ses cheveux? Pas sûr, ça, Émilienne: depuis le temps... ils ont dû foncer... il faudra que je...

Elle se raidit. Blafarde, elle chevrota, fixant le plafond:

— Mon Dieu mon Dieu mon Dieu, ai-je dit que je l'aimais? Ne faites pas attention à mes divagations, Seigneur. Vous savez bien qu'il y a parfois en moi des relents de cet ancien amour impossible. C'est une histoire classée, je vous assure. Du radotage, rien de plus. Tout ce que je souhaite, par rapport à lui, c'est... c'est de voir jaillir une once de bonheur au fond des cratères vides que sont devenues ses orbites! C'est de l'entendre rire encore, sans retenue! C'est de le voir de nouveau s'esclaffer ou grimper sur ses grands chevaux pour un oui ou pour un non! Mon Dieu, je vous en conjure, procurez-moi l'ineffable joie d'entreprendre ce voyage avec lui... ce serait un peu... oh, à peine, juste un tout petit peu, comme... comme un voyage de noces.

Elle se tut et, honteuse, s'empourpra.

— Émilienne Brochu, se gronda-t-elle, tu n'es qu'une incorrigible rombière!

Elle se signa et, après réflexion, poursuivit, hésitante:

— Mais... peut-être, Seigneur, peut-être que, pour son anniversaire, vous pourriez faire preuve de magnanimité envers une vieille folle?


Combien de fois déjà avait-elle remis sa *grande demande* à plus tard de crainte d'essuyer un refus? Alors qu'il lui eût peut-être suffi d'entrer hardiment dans le vif du sujet... mais, bon: tantôt, au retour de Jos!

Elle se leva péniblement et alla se verser une tasse de café; elle s'attarda devant la minuscule glace placée au-dessus du poêle.

— Trop tard, quarante ans trop tard pour me refaire une beauté! railla-t-elle.

Elle se donna un coup de brosse dans les cheveux et regretta de n'avoir pas un peu de poudre sous la main: ses joues étaient blanches, si blanches...

— ... d'une blancheur sépulcrale, dites-le, mon Dieu! Des fois, je me demande si je ne suis pas morte depuis des années et si vous n'avez pas oublié de m'en avertir. Enfin, bon... j'imagine que vous savez ce que vous faites, là-haut...

Elle grimaça sous le coup d'un assaut plus cuisant que les autres et déposa, *in extremis*, sa tasse sur la table de la cuisine... mais ne put empêcher le café de se répandre sur la nappe. Elle remit à plus tard le nettoyage du dégât et, à petits pas traînants, gagna le salon: elle y attendrait Jos en se remettant de ses émotions. Elle avait juste le temps de se rasséréner pour de bon et de faire taire les tiraillements qui, par secousses, recommençaient à se déchaîner.

Elle était sur le point de s'asseoir, son cœur s'activant de plus belle, quand la chose remplit subitement tout son horizon: sur la table basse du salon, un bouquet de fleurs jetait une somptueuse tache multicolore qui effaçait, comme par enchantement, les relents de deuil qui perduraient dans la pièce depuis que Lucie-Martine y avait été exposée.

C'était le paradis: Jos était allé cueillir ces fleurs expressément pour elle! Mais il avait dû se lever longtemps avant le soleil? Et elle n'avait rien entendu!

C'était le plus bel anniversaire de sa vie!

Elle sourit, au faîte du bonheur; et cette flambée de félicité prit le pas sur une épouvantable et fulgurante douleur qui, autrement, l'eût renversée dans le fauteuil.

Comme elle l'aimait!

À côté du bouquet, à plat sur la table, une enveloppe. Nouveau sursaut, violent déchirement, qui englua ses mouvements et qu'elle repoussa négligemment en le mettant sur le compte de la joie. Elle fut cependant obligée de s'agripper à la table et de s'y essayer encore et encore avant d'arriver à s'emparer de l'enveloppe... qu'elle s'empressa d'ouvrir.

Un immense cœur, rouge, cerné d'une guirlande de fleurs de toutes les couleurs. Dessous, ces quelques mots:

Je vous aime, maman!

Elle crut d'abord s'être trompée: le ciel lui eût dégringolé sur la tête qu'elle n'eût pas été plus estomaquée. Elle tomba à genoux et joignit les mains.

— Merci mon Dieu! Jos va revivre, enfin!

Elle lut et relut à s'en décrocher les globes oculaires cette déclaration d'amour: sa consécration ultime!

Ses palpitations prirent de l'ampleur. Fortes, drues, elles martelèrent de plus en plus rapidement sa poitrine.

Son ravissement était-il si profond qu'il prenait le relais de la maladie pour l'abattre? Derechef, elle porta la main à son cœur... cette main crispée sur la carte de Jos, le plus beau cadeau qu'elle eût jamais reçu; et, comme une bénédiction, le contact du papier froissé et de sa peau rêche provoqua une explosion, une fabuleuse symphonie de paix.

«Vite, vite, me mettre à genoux, remercier Dieu.»

Elle esquissa un pâle sourire: elle était déjà à genoux! Son sourire s'accentua quand Jos et Lucien commencèrent à danser devant elle.

Lucien. Jos. Jos. Lucien.

Elle s'écroula dans un grand cri:

— Jooooooooooooooooooooooooooooooooos!

***

On en était à l'élévation. Le curé, bras levés, espéra en vain les coups de clochette. Pourtant, Jos respectait toujours le rituel à la lettre. Il était perdu, soit, des plus distraits, peut-être, mais très rarement pour ce qui touchait au culte.

Monsieur Dudemaine se retourna, troublé, et accusa durement le coup: son fils se tenait immobile, les mains placées en conque sur les oreilles, comme pour y comprimer le monde de souffrances qui le révulsait et qui imprimait à ses yeux un mouvement de rotation inimaginable.

Jos s'arracha à sa fixité en poussant un beuglement sauvage; puis, à toute vitesse, il se précipita vers la sacristie. Interdit, le curé suivit sa progression en interprétant l'intensité décroissante de sa retentissante protestation... ponctuée des chocs, assourdissants, qui accompagnèrent la fermeture de la litanie de portes lui livrant passage.

Le silence qui suivit fut d'une férocité mordante. Et roula, étourdissant, dans la grande église vide.

Bouleversé, le prêtre ne mit que quelques secondes à ergoter et à soupeser des scrupules que son sacerdoce lui avait profondément enfoncés dans le crâne. Il n'avait pas de temps à perdre: son fils traversait un moment crucial.

En sortant de la sacristie, il aperçut Jos, là-bas, qui refermait sur lui la porte de sa maison.

Il courut, vola, même. Dix fois, il faillit s'étaler de tout son long sur le sentier graveleux et dix fois, il hâta encore le pas... pour déboucher en catastrophe chez Jos, où, singulièrement recroquevillée à même le sol, dans le salon, gisait Émilienne Brochu. Accroupi près d'elle, Jos lui tenait fermement la main. Il allait lui déposer un baiser sur le front quand elle s'agita, le regarda, lui sourit et exhala son dernier souffle en clamant:

— Je t'aiiiiiiiiiiimmmmmmmmmJoooooooooo!

Les gestes du curé se firent automatiques: il avait déjà vu la mort à maintes et maintes reprises et savait qu'il n'y avait plus rien à faire pour Émilienne. Il refoula la chape de tristesse qui lui chut sur les épaules... plus tard! Pour l'instant...

Il s'approcha; avec une infinie douceur, il ferma les paupières de sa vieille complice sur des yeux qui, par-delà la mort, s'accrochaient encore à celui qui l'avait pour ainsi dire précédée dans cette autre dimension. Ce n'est qu'alors et parce qu'il réprimait lui-même moult sanglots, qu'il remarqua ce qui, en d'autres circonstances, eût sollicité son attention d'entrée de jeu: ce léger scintillement, ce pétillement, cette luisance aqueuse qui dansait timidement dans les prunelles de son fils, étaient-ce des larmes?

Cela fut bref. Très bref. La source tarit immédiatement.

Jos renifla... et tourna vers son père adoptif un visage aux traits tellement déformés qu'il avait l'air d'une gargouille. D'un masque moyenâgeux sur lequel se lisaient, fixés à jamais, détresse, désespoir, immensité de la nuit... et immobilité des pierres. Inertie des pierres. Apathie des pierres.

Monsieur Dudemaine eut grand-peine à démêler des doigts froids de son fils ceux, exagérément crispés, de garde Brochu. Il aida Jos à s'asseoir: il était raide. Pesant. Comme une sculpture de pierre.

Puis, il souleva l'infirmière et la transporta dans sa chambre. Opération qui lui fut plus aisée qu'il ne l'eût d'abord cru: elle n'avait plus que la peau sur les os!

Ce n'est que lorsqu'il sortit de la maison, à regret, pour aller faire le nécessaire, que le curé s'arrêta au fait qu'il était encore en habits sacerdotaux. En voulant courir pour aller plus vite, il s'emmêla dans toutes ces épaisseurs de tissu, tomba et déchira sa chasuble.

\*\*\*

Le salon fut transformé, pour la deuxième fois, en chambre mortuaire.

Latent, passif, Jos demeura debout trois jours durant à côté du cercueil. Sans mouvements, sans spasmes... sans larmes. Gardien figé, zouave imperturbable, authentique atlante.

\*\*\*

Jos hérita d'une somme assez rondelette... qu'il s'empressa, par l'intermédiaire du curé, de faire parvenir à Ginette. Pour que son fils ne manquât de rien.

# XXV

Jos n'en était pas au bout de son purgatoire... qui devait s'échelonner, grosso modo, sur une quarantaine d'années.

Quarante années qui, en s'agglutinant à tour de rôle dans le passé, formaient une manière de magma incohérent, inconsistant.

Quarante années... qui, pour lui, eussent aussi bien pu se prolonger *ad vitam æternam* ou se condenser en quelques jours à peine: le temps n'était-il pas que l'inéluctable étape transitoire entre l'église et sa cathédrale? Le sas entre les deux édifices?

Il n'enregistrait, des instants qui se succédaient à la queue leu leu, que des phases délimitées par des jalons éminemment subjectifs. Il remarquait, pur hasard, qu'il y avait des bourgeons aux arbres, à côté du presbytère? «Tiens, le printemps est revenu!» constatait-il. Les mains lui faisaient mal et les gerçures s'y multipliaient et se mettaient à saigner alors qu'il rentrait les billes de bois au sous-sol de l'église? «Mais où diable est passé l'été?» maugréait-il. Il n'en finissait pas de fourrer des bûches dans le poêle à bois? «Zut! C'est encore l'hiver!» Il ne voyait, dans cet éventail d'années qui donnaient lieu, alentour, à des changements majeurs – auxquels il était foncièrement insensible –, qu'une infinité de heurts entre le jour et la nuit. Qu'un perpétuel mouvement d'alternance entre saisons froides et saisons chaudes. Qu'un incessant enchaînement entre orgie de neige et surabondance de soleil, entre vagues de chaleur et suites de tempêtes.

Inconsciemment, il *étageait* le cours des semaines et des mois en vertu de balises qui lui étaient spécifiques: assistance plus ou moins nombreuse à la messe, fastueuses célébrations des Fêtes et pompeux offices de Pâques, vespérales cérémonies du mois de Marie et ternes messes du «mois des morts», tous degrés d'une continuité qui, infailliblement, le mènerait bien, une fois ce non-sens passé, là où *elle – elles?* – l'attendait. Dans leur permanence commune, il n'aurait plus à se rajuster constamment à deux niveaux de réalité. D'accord, sa cathédrale lui était accessible presque à tout moment, mais ses inévitables retours dans un monde où il ne se sentait aucunement partie prenante lui laissaient quelquefois un goût amer dans la bouche.

***

Sa vocation même, son optimisme farouche et sa cure lui interdisant le désespoir, monsieur Dudemaine tablait, par principe, sur un miracle qui eût pu ressusciter son fils. Puisant son inspiration dans la température, la saison ou un événement qui mettait la communauté en émoi, il jetait parfois son hameçon dans la sacristie, après la messe... oh, pas très loin: juste un petit bout de conversation tandis qu'il enlevait chasuble, aube, étole et toute la panoplie de vêtements sacerdotaux. En général, quelques mots lui suffisaient...

Résigné, il hochait la tête de droite à gauche: si Dieu le voulait, l'éveil serait pour le lendemain!

Tantôt gagné par la magie ambiante, conquis par une ondée suave ou séduit par une aurore édénique, il se lançait en eau plus profonde, pour le cas où, enfin, le déclic...

— Dis donc, mon garçon, t'as remarqué: il fait un temps superbe, ce matin. Cette fois, l'hiver a bel et bien capitulé! Ça sent le printemps à plein nez, dehors. Bientôt, on va pouvoir ranger nos damnés capots de poil, nos mitaines et tout le tralala.

Jos ne se pénétrait que mollement de ces observations.

— Hummm? Hein? Ah oui! Je suis rudement content! Je me disais, aussi...

Le curé n'était pas dupe.

— Pauvre, pauvre Jos! se *désâmait*-il. Où diable traînaillais-tu encore? Il doit y en avoir, des mondes et des mondes, dans cette caboche-là! N'empêche... j'ai peine à croire que tu restes aveugle à ce printemps qui s'annonce, à cette nature en ébullition...

334

— Mais non mais non mais non, qu'allez-vous chercher là? Ça m'emballe, vous pensez bien! Les bourgeons, le gazouillis des oiseaux…

— Des bourgeons? Des oiseaux? Mais, Jos: il y a encore plein de neige!

— Ah bon? Vous disiez, à l'instant, que… que…

— … que le printemps apparaissait à l'horizon, voilà tout!

— Bon, bon, pardonnez-moi, mon père, je… je suis un peu distrait ces temps-ci… pour vous dire franchement, en fait, pour moi, hiver, printemps, été…

— Mais, sors un peu, mon pauvre enfant! Laisse agir la nature: elle aura vite fait de renouveler la sève dans ton organisme. Allez, ça tombe bien: je commence ma visite paroissiale aujourd'hui. Je t'emmène, qu'en dis-tu? Ça te fera du bien, j'en suis sûr. Sans compter que… que tu pourrais faire des connaissances intéressantes.

— Non non non non, merci bien! J'ai… j'ai plein de trucs à réparer et…

— … des excuses, des excuses et encore des excuses. Ça n'a pas d'allure, Jos: un homme de ton âge, «pétant de santé», n'a pas le droit de… de *s'encabaner* comme un ermite. Cesse de te morfondre dans le passé et pense à l'avenir!

— Mais c'est ce que je fais, monsieur le curé. J'y pense même tout le temps, à mon avenir: il est enterré là-bas, six pieds sous terre! Mon avenir, il est passé!

— Elle est morte, Jos! Morte! Ça fait des années et des années, maintenant. Pourquoi ne pas envisager de tourner la page?

— Tourner la page? Mais pourquoi? On ne tourne la page que quand on a fini de la lire… ou quand on veut lire la suivante. Ce qui n'est pas mon cas: jamais je ne la remplacerai, vous m'entendez? Jamais! Ce serait lui faire affront, lui manquer de loyauté, alors…

— Personne ne veut que tu la remplaces, Jos! Je le reconnais d'emblée: Lucie-Martine était irremplaçable. Je ne te demande pas d'oublier la morte mais d'oublier la mort. Toi, tu es vivant, alors remue-toi un peu, que diable! Et pas en t'abîmant dans le travail mais en t'ouvrant à l'extérieur. En t'ouvrant à la vie. Au monde. Parle un peu aux autres. Mêle-toi à eux. Ris. Joue. Chante. Danse. Cours. Je ne sais pas, moi… mais fais quelque chose. Promène-toi aux alentours, Jos, et donne au soleil la chance de te dorer un peu la *couenne*, comme un être vivant!

— Comme un être vivant? Non merci, sans façons!

\*\*\*

Sitôt éveillé, Jos gagnait l'église, où il s'affairait jusqu'à épuisement. Il ne réintégrait sa tanière, à contrecœur, que lorsque ses paupières, rocheuses, se fermaient malgré lui sur des globes qui ne démêlaient plus rien.

Nullement entretenue, sa maison ne paya bientôt plus de mine. Elle acquit rapidement un air rébarbatif, puis carrément repoussant; elle se détériora au point où la fabrique, qui en demeurait propriétaire, considéra qu'elle ne valait plus le coût des réparations qu'elle eût nécessitées. Non protégés, décolorés par les intempéries et le soleil, les bardeaux de bois recouvrant les murs extérieurs la travestirent vite fait en bicoque plus ou moins salubre, puis en taudis infect et, finalement, en ruine pure et simple. Beaucoup la voyaient comme une espèce de cloque affligeant le terrain de l'église. Les plus virulents prétendaient que, à défaut de raser cette «hideuse et répugnante masure» et nonobstant la tolérance qu'elle symbolisait, il fallait absolument la camoufler, quitte à l'entourer d'une haute palissade. Ils arguaient du fait que même les enfants boudaient le sentier qui la reliait à l'église et effectuaient un long détour pour ne pas passer à proximité de «chez l'bonhomme».

Pour ce qui était de l'intérieur, les bruits circulaient en abondance, mais on en était réduit aux conjectures: seul le curé avait mis quelques fois les pieds chez Jos après la mort de garde Brochu.

En fait, Jos avait cédé toutes les pièces à la poussière et n'utilisait, en tout et pour tout, que le salon, qu'il avait converti en chambre et où régnait un fatras, un désordre inconcevable. Un seul élément y était peu ou prou reconnaissable: un matelas, étendu à même le plancher de bois brut.

Jos collait à l'église comme un aimant au pôle. Il l'astiquait, la nettoyait, la polissait, la réparait, trouvait à s'y occuper sans relâche... d'autant plus que l'édifice, comme tout ce qui se dressait sous ces latitudes, prenait de l'âge drôlement vite et exigeait plein de soins et d'entretien.

Quand il ne s'y dépensait pas physiquement, il y entrait en transe, y méditait, y somnolait, y rêvait, juché dans la tribune d'orgue, à l'arrière, d'où il bénéficiait d'une vue d'ensemble imprenable, entre dôme et nef:

il y dominait toute l'église – donc son monde –, y évoluait un peu comme dans sa cathédrale, entre ciel et terre.

C'était là qu'il s'esquivait pour satisfaire à son besoin de tranquillité; là qu'il se réfugiait pour pignocher dans les encas qu'on lui apprêtait, au presbytère; là, immanquablement, qu'il écoulait les heures creuses du crépuscule; là que parfois, après une journée de travail particulièrement éprouvante, il se pelotonnait en chien de fusil, sur un banc, et se laissait gagner par un profond sommeil... qu'interrompait, le lendemain matin, un curé faussement inquiet – quelques vaines alertes l'avaient dompté: il savait très bien où trouver son fils – qui ne montait le réveiller qu'après avoir chanté sa messe.

*\*\**

Le temps aidant, les témoins de ses premières armes s'évaporèrent... et on se désintéressa des tenants et des aboutissants qui expliquaient, partiellement, le Jos Bouchard que l'on connaissait; et là où, au départ, il avait soulevé tolérance et sympathie, il ne suscita plus, à la longue, que curiosité polie, pitié et agacement... voire antipathie et inimitié.

Il flottait entre deux eaux et entre deux âges, dans une zone tampon où il prêtait fortement aux ragots... comme tout ce qui, d'entrée de jeu, ne s'inscrit pas dans les normes ou ne reflète pas la similarité. Il devint le sujet de mille et une histoires, le dindon de mille et une farces, l'objet de mille et un racontars... qui achevèrent, si besoin était, de le singulariser.

Même comme sacristain, il était loin de faire l'unanimité. Bien des paroissiens ne comprenaient pas l'entêtement du curé à le leur imposer: l'amélioration progressive des conditions d'existence ayant émoussé la sensiblerie d'hier, on eût préféré quelqu'un de plus présentable... et de plus ragoûtant. Car là aussi, le bât blessait: bien que relativement propre, Jos avait l'air dépenaillé même quand il revêtait des vêtements neufs... qu'il ne quittait plus, sauf pour les faire laver, jusqu'à ce qu'ils fussent haillons. Naturellement hirsute, il arborait, plus souvent qu'autrement, une barbe *folle* de plusieurs jours... qui ne déparait pas sa mine hagarde et sa peau rêche, rugueuse, graveleuse – rappelant confusément le béton. Il complétait le tableau avec sa démarche claudicante, qui allait en empirant.

Qui pis est, il ne répondait pas toujours quand on lui parlait... ou répondait autre chose que ce à quoi on s'attendait, comme s'il avait déboulé d'une autre planète. Ce qui ne lui méritait pas nécessairement l'indulgence des âmes bien pensantes.

Il était tout à la fois l'original, l'importun... et ni plus ni moins que le fou du village. Il faisait fuir les plus jeunes et ne s'attirait que moqueries de la part des adolescents; il n'était pas jusqu'aux parents qui, hormis ceux, très rares, qui avaient encore souvenance, ne se gaussaient de lui. Certains n'hésitaient pas à le substituer au pied levé au fameux «Bonhomme Sept Heures», dont la seule évocation valait mille calmants auprès des tout-petits.

— Si tu ne manges pas ta soupe, le grand Jos va venir!

— Je te donne encore une chance... et je cours prévenir Jos Bouchard.

— Dernier avertissement: tu vas au lit sans rouspéter ou j'appelle le sacristain.

— Je vais t'apprendre à être gentille, moi: dès demain, aux aurores, je te dépose sur le perron de Jos Bouchard!

— T'as le choix: ou c'est la fessée ou c'est l'bedeau!

Heureusement pour Jos, les paroissiens étaient beaucoup plus au fait de son existence que lui de la leur: eux ne pénétraient son champ de conscience que lorsqu'ils franchissaient le seuil de son église... pour en être exclus sitôt qu'ils rebroussaient chemin. Son incommunicabilité agissait comme un parapluie face à la méchanceté populaire.

*\*\**

Amos grossit. Devint peu à peu ville.

S'il s'en rendait compte, Jos n'en avait cure: il vivait en vase hermétiquement clos avec, comme seul véritable point de contact *animé*, le curé qui, dans les limites que lui dictaient son ministère et son propre état émotif, s'efforçait d'adoucir son sort. À partir de la mort de garde Brochu, c'est lui, et lui seulement, qui régla tous ces petits riens grâce auxquels son fils fut à même de se survivre. C'est lui qui voyait à ce que sœur Clotilde lui fasse à manger et à ce que madame Lafleur lave régulièrement ses hardes; c'est lui qui se débrouillait pour qu'il reçoive «en cadeau» des vêtements décents... dont il négociait discrètement l'achat auprès de marchands de la paroisse. Il était la charnière, l'unique lien entre l'univers des hommes et le microcosme de Jos, un microcosme somme toute fort simple à circonscrire dans sa partie visible: l'église! Et si, tout compte fait, monsieur Dudemaine préférait le savoir là que dans un de ces débits de boissons qui, avec la *civilisation*, fleurissaient comme des champignons, il n'était pas sans déplorer la profondeur du fossé qui l'isolait des mortels… et qui était loin de s'amenuiser: l'«absence» de Jos acquérait parfois des proportions abyssales. Comme la fois où…

Jos boitait beaucoup plus que de coutume. L'examinant plus avant, le curé aperçut des taches de sang rayonnant d'une déchirure, grossièrement camouflée, à sa jambe de pantalon.

— Qu'est-ce que c'est que ça, Jos? Tu es blessé?

— Oh, rien.

— Montre voir!

— Non non, ce n'est rien, je vous jure!

— Jos Bouchard, montre-moi ta blessure! Et immédiatement! s'emporta le curé.

Peu habitué à voir le pasteur sortir de ses gonds, Jos en oublia de protester. D'autorité, monsieur Dudemaine se pencha, écarta les déchiquetures du tissu… et découvrit, sous un vieux chiffon à la propreté plus que douteuse, une impressionnante entaille dont le pourtour, violacé, disparaissait sous un sang noirâtre, épais, qui sourdait encore.

— Pour l'amour du ciel, Jos, que s'est-il passé?

— Ben… juste un petit coup de hache, en fendant le bois…

— Bon, tu me suis, on file à l'hôpital! Il faut absolument soigner ça. On va désinfecter la plaie, te faire des points de suture et le tour sera joué. Sans quoi…

— Nooooooonnnnnn! C'est inutile, c'est pratiquement guéri…

— Guéri? Sois sérieux, Jos. Allez, viens, pas de rouspétance.

Jos était au bord de la crise de nerfs. Les yeux menaçaient de lui sortir des orbites. Dans un élan bouleversant, poignant, il s'agenouilla et, réprimant grimace et hurlement quand sa blessure entra en contact avec le plancher raboteux, il joignit les mains pour supplier, désespéré:

— Nooooooooooonnnn! Je vous en prie, monsieur le curé, père, monsieur Dudemaine, papa, tout ce que vous voudrez mais… je vous en conjure, pas le train non pas le train je ne veux pas prendre le train, je ne peux pas, c'est impensable. Il y a l'église et Lucie… et… et Lucie-Martine ne m'attendrait peut-être pas, je ne veux pas, s'il vous plaît, par pitié, pas le train. Je ne veux pas m'absenter des jours et des jours, je ne veux plus aller là-bas, jamais, s'il vous plaît soyez gentil, papa…

— Ehhhh, oh, doucement, Jos, calme-toi! Qu'est-ce qui te prend? On ne peut pas laisser ta jambe dans cet état. Et puis qu'est-ce que c'est que cette histoire de train?

— Mais vous venez juste d'en parler, à l'instant!

— Moi? Mais jamais de la vie! Tu divagues, mon pauvre enfant. Je t'ai dit que je t'emmenais à l'hôpital, sans plus…

— Ah, vous voyez? Je n'invente pas!

— Mais tu n'inventes pas quoi, au juste?

— Ben… l'hôpital: je ne peux quand même pas me rendre à Québec à pied!

— D'abord le train, maintenant Québec… je me demande où tu vas chercher tout ça… enfin! Bon, ça suffit: on ne va pas discutailler jusqu'au jugement dernier. Un coup de fil à donner et… en voiture, c'est l'affaire de quelques petites minutes.

— Quelques minutes, quelques minutes: mais Québec, c'est au bout du monde!

— Pourquoi Québec, Jos? On va juste de l'autre côté du pont!

— De l'autre côté du pont? Vous vous moquez encore de moi! Vous parliez de l'hôpital et là, vous voilà de l'autre côté du pont. Comment voulez-vous que je m'y retrouve, moi?

— Co… comment? Non… ce n'est… ce n'est pas Dieu possible! s'écria le curé. Ce serait trop gros! Tu veux dire que… que tu ne sais pas que… qu'il y a un hôpital à Amos?

— Un hôpital? À Amos?

— Mais, Jos, ça fait déjà dix ans!

***

340

Quoique très espacées, ses bribes de conversation avec le curé n'en équivalaient pas moins, pour Jos, aux seules fenêtres percées sur l'extérieur.

— Tu es allé voir le chantier du nouveau pont, Jos? Ça, c'est du solide! En béton armé, s'il vous plaît. Si ça se trouve, ça durera des siècles, un ouvrage comme celui-là! Franchement, je pense que personne ne pleurera le vieux pont couvert.

— Quoi? Vous voulez dire que... qu'ils vont démolir le pont? Mais on vient à peine de le construire!

— On vient à peine de le construire? T'en as de bonnes, toi: il a vingt ans, ce pont-là, Jos! Et vingt ans, c'est beaucoup pour un pont de bois qui supporte de tels allers et retours. Il commençait à inquiéter dangereusement et on a décidé de le remplacer, voilà!

— Ah bon! N'empêche: je le regretterai!

— Ah oui? Combien de fois l'as-tu emprunté, ces dernières années?

— Ben...

\*\*\*

— ... mais qu'est-ce qui leur prend, à tous, monsieur le curé. Pourquoi se mettre subitement à vous appeler «monseigneur»?

— Subitement? T'avais les oreilles bouchées ou quoi? On me donne du «monseigneur» à tour de bras depuis que l'évêque m'a fait nommer prélat domestique, il y a un an et demi. J'ai beau répéter tant et plus que je n'ai pas besoin de ça ou, à la limite, supplier qu'on cesse de confondre «monsignor» et «monseigneur», rien n'y fait. C'en devient étourdissant...

— Monseigneur, monseigneur... je ne sais pas si je pourrai m'habituer, moi. Ça fait drôlement intimidant...

— Mais je te l'interdis carrément, Jos! De quoi aurais-je l'air si mon fils se mettait à m'appeler monseigneur?

\*\*\*

— La guerre est finie, Jos! Les Allemands ont capitulé!

— La guerre? Les Allemands? Mais c'est de l'histoire ancienne, ça, monsieur le curé! Ça fait un sapré bout de temps, il me semble… c'était en 18 ou quelque part par là, non?

— En 18? Mais non, Jos, je te parle de l'autre guerre! Celle qui dure depuis cinq ans, en Europe!

— Hein? Une autre guerre?

\*\*\*

— Jos, tiens-toi bien… non: assieds-toi, plutôt! Ça risque de te jeter par terre…

— Pardon? Quoi? Qu'est-ce qu'il y a? Pourquoi tant de chichis, monsieur le curé?

— Ça y est, Jos, c'est officiel: Rome vient de nommer un évêque! T'entends? Amos va devenir siège épiscopal! L'église sera bientôt cathédrale!

Le curé ne se tenait plus de jubilation. Tout juste s'il ne dansait pas sur place.

Mais Jos ne bougeait pas, ne cillait pas.

— Quoi? C'est tout l'effet que ça te fait? Tu… tu ne réalises pas ou quoi? L'église, Jos, ton église: elle sera bientôt cathédrale!

— …

— Ça alors! Et moi, naïf comme pas un, qui croyais que tu sauterais jusqu'au dôme!

— Sauter jusqu'au dôme? Mais pourquoi donc?

— Je ne sais pas, moi, bof, n'en parlons plus: si ça te laisse indifférent…

— Moi, indifférent? Vous n'y êtes pas du tout, mon père! Mais pour moi, l'église n'a jamais été autre chose qu'une cathédrale, alors…

\*\*\*

— Jos, Jos! Sainte-Thérèse va avoir une jumelle: Amos se scinde en deux paroisses. On va construire une église de l'autre côté de la rivière, juste en face. Viens, je vais te montrer, on voit le site d'ici.

— Une deuxième église à Amos? Pourquoi? Deux églises... vous ne trouvez pas que ça fait beaucoup pour... pour mille sept cents personnes?

— Mille sept cents personnes? D'où tiens-tu ce chiffre-là, toi? Mille sept cents âmes... tu veux rire! En 1919, d'accord... autant dire dans l'antiquité. Mais réveille-toi, mon garçon: nous sommes huit mille, aujourd'hui.

— Une autre église, une autre église! Bon... et puis après? En autant qu'ils me laissent tranquille!

***

Jos ne posait que rarement les pieds sur terre et ne trempait les lèvres qu'occasionnellement, et de fort mauvaise grâce, dans la coupe de ses contemporains.

Tous les changements majeurs qu'allait apporter le XX$^e$ siècle, toutes les innovations techniques appelées à modifier radicalement la vie quotidienne le laissaient froid. Retranché derrière son bouclier d'impassibilité et de désintérêt, il assistait à tout distraitement, en spectateur non concerné. Téléphone, radio, autos, avions – et, par ricochet, transformation de l'agglomération et changement des mentalités –, il ne voyait rien, ne se passionnait pour rien. S'il *constatait* certaines choses, c'était, souvent, très longtemps après coup.

Malgré le siège assidu que lui fit subir le curé à ce sujet, il refusa avec véhémence que sa maison fût alimentée en électricité, alléguant qu'il faisait déjà trop de concessions au *confort moderne*. Après tout, il avait un évier dans la cuisine, des toilettes et une salle de bains rudimentaires – garde Brochu était passée par là! –, que demander de plus? Ses lampes à huile éclairaient amplement et sa petite fournaise lui suffisait bien pour l'hiver! Si c'était pour écouter la radio...

— Pourquoi m'encombrerais-je d'une *machine* qui relaye des voix d'outre-monde caverneuses... qui, au demeurant, n'ont rien à dire... et surtout pas à moi!

... quant au téléphone...

— Qu'est-ce que j'en ferais? Pour parler à qui? Je n'ai rien à dire à personne... et ne veux entendre personne!

Même plus tard, quand tout un chacun se pâma devant le *petit écran* en criant au miracle, il continua à rêvasser dans son jubé-refuge et ne jeta jamais qu'un œil très superficiel au poste de télé du presbytère.

Oh, il reconnaissait l'utilité de toutes ces choses... pour les autres. Lui, tant qu'il avait son église... et son promontoire entre matière et firmament, son tremplin vers sa cathédrale, vers Lucie-Lucie-Martine.

Il grimpait dans son jubé sitôt qu'il avait une minute; il s'y repliait sitôt sa journée de travail finie... et y restait des heures et des heures durant. Jusqu'à ce que, fort avant dans la nuit, il rentrât à la maison en bouclant tout derrière lui.

En règle générale, la solitude des lieux se voulait totale... ou alors elle n'était troublée, le temps d'une prière, que par une ou deux personnes ayant une faveur à quémander.

Les soirs de célébration, quand vêpres ou offices spéciaux redoublaient la ferveur et le zèle religieux, il fonçait, avant la cohue, vers sa cachette, d'où il attendait que l'église et son jubé se vident.

Sa cachette...

Deux portes donnaient sur la tribune d'orgue: la plus grande s'ouvrait sur l'escalier en colimaçon qu'on empruntait pour y monter ou en descendre; la deuxième, dissimulée derrière l'harmonium et jamais utilisée – elle était destinée, théoriquement, aux éventuels besoins de réparation et d'inspection de l'édifice –, débouchait sur un autre petit escalier en spirale. À part Jos, personne n'avait la clef de cette porte... et n'était donc susceptible de gravir les marches qui aboutissaient, par une trappe, à une espèce de cage, d'une trentaine de pieds de hauteur, située tout juste derrière les lames de béton inclinées qui jouaient le rôle d'abat-sons — des abat-sons qui, au sud, n'avaient qu'une raison d'être esthétique, les cloches étant situées du côté est de l'édifice. Plus haut encore, soit aux deux tiers de la cage et à la base même du dôme proprement dit, il y avait une grande dalle de béton d'une quarantaine de pieds de longueur et dont la largeur, accusant la rotondité du dôme et des murs, variait de cinq pieds à trois pieds et demi environ. Jos avait installé une échelle de corde escamotable qui lui permettait de s'y hisser quand la pression devenait trop forte ou quand, l'église étant bondée et son jubé envahi, il avait besoin d'isolement. Mieux encore: il avait aménagé, à même ce *promenoir* improvisé, un petit «coin cellule», sorte d'ultime asile, où quelques caisses vides lui tenaient lieu de chaises et de table. Même quand l'hiver et le froid s'en donnaient à cœur joie et métamorphosaient les lieux en glacière, il ne répugnait pas à y effectuer des séjours prolongés plutôt que de prendre des bains de foule.

Apparemment, nul ne se souvenait de ces recoins – il en existait de semblables à l'est et à l'ouest – parfaitement inutiles... et inutilisables. Même dans l'esprit des travailleurs qui avaient œuvré à l'église, ils ne devaient pas peser bien lourd. Jos dormait donc tranquille quant à l'inviolabilité de sa cache.

Il n'eut chaud qu'une seule fois: quand la fabrique acheta un orgue et qu'une nuée d'ouvriers spécialisés envahirent la tribune pour l'installer. Non seulement dut-il redescendre toutes les bricoles qu'il entreposait là-haut et démantibuler son échelle, à tout hasard, avant de leur remettre sa clef, mais encore vécut-il des semaines d'anxiété à l'idée qu'on pourrait condamner le petit escalier pour y caser la machinerie que requérait le fonctionnement de l'appareil ultrasophistiqué. Il y eut finalement plus de peur que de mal: le passage vers son repaire fut passablement rétréci, mais pas au point d'être impraticable. Et, élément non négligeable, la porte y donnant accès était encore mieux camouflée qu'auparavant.

***

Comme, sur semaine, le nombre d'assistants à la messe se comptait sur le bout des doigts, Jos ne devait composer avec la foule que le dimanche matin... et de loin! De plus en plus loin, même, car vint un temps où l'on fit appel à des «placiers» lors des grands-messes. Il se dénichait alors un coin, au dernier rang de son jubé, d'où il pût «veiller au grain».

Un jour, il cessa carrément d'être *indispensable* le dimanche. Car même si on n'avait recours à lui qu'épisodiquement, sa seule irruption dans la sacristie, lors des cérémonies à grand déploiement, dérangeait les servants et les enfants de chœur qui pullulaient autour des célébrants: on lui trouvait des manières brusques, un air par trop différent, une allure angoissante. Alors, plus ou moins gentiment et en dépit du désaccord du curé – les plaintes ayant été acheminées directement à l'évêché –, on lui demanda de se soustraire aux regards, de se fondre au décor. Ce qui, au point où il en était rendu, faisait somme toute bien son affaire: son besoin d'éloignement augmentait proportionnellement à son incapacité à surmonter l'aversion que lui inspiraient les gens, quels qu'ils fussent.

# XXVI

Le curé avait pris un solide coup de vieux; épuisé, il guignait de plus en plus ouvertement la retraite.

Il ne s'y retrouvait qu'au prix d'énormes difficultés dans le malaise qui agitait l'Église. Il avait passé l'âge des revirements radicaux et n'approuvait pas la démarche, d'un enthousiasme forcené, qui poussait la plupart des membres du clergé à respecter aveuglément, sans discernement et quitte à tout chambarder, et l'esprit et la lettre de la nouvelle vague liturgique. Il ne souscrivait pas à la théorie voulant qu'on pût remédier à l'ensemble des maux de l'humanité – et, partant, de l'Église – en jetant pêle-mêle par-dessus bord tout ce qui appartenait au passé, le bon grain comme l'ivraie.

Vers la fin de 1958, il demanda à l'évêque de lui trouver un successeur et en fit part à Jos, un soir, dans son jubé.

— Tu sais, Jos, j'ai décidé de me laisser couler à mon tour dans ce… hmmmm… dans cette totalité que tu connais si bien. De toute façon, j'ai vaguement l'impression que je ne contrôle plus rien. Tout devient si compliqué avec la civilisation moderne que… même ici, je m'y perds. L'Abitibi n'est plus ce qu'elle était, oh que non! Elle est de moins en moins isolée. Dans quelques années, tu verras, on y vivra au même rythme qu'ailleurs sur le globe. Évolution normale, je suppose, mais… je me demande si on n'est pas en train de troquer notre isolement contre une complexité qui, ma foi…

— …

— … c'est comme pour l'Église: parce qu'on la disait repliée sur elle-même, elle se croit parfois obligée non seulement de s'adapter au mouvement, mais encore de le précéder… et d'en remettre! Et on appelle ça le progrès… mmmmm… enfin, admettons que ce soit pour le mieux…

— …

— … nouvelle liturgie oblige, disent mes confrère. C'est même devenu leur formule favorite. Celle qu'ils sortent à tout propos.

— …

— … c'est fini, notre temps, Jos. Bien fini. Le latin est trop hermétique, soutiennent les «âmes nobles»: il faudrait l'abolir, histoire de… de «démocratiser la messe». L'officiant devrait *supposément* parler le langage du monde ordinaire et, tiens-toi bien, faire face aux fidèles au lieu de leur tourner le dos. Il y aurait prétendument trop de décorum dans la liturgie. Cela nuirait à la dévotion…

— …

— … j'en entends même, qui usent davantage leurs savates dans les hôtels que dans la maison du Seigneur, qui s'arrogent le droit de clamer qu'il est temps de réaménager la cathédrale. Tu te rends compte? Notre église, Jos: on devrait, ânonnent-ils, en profiter pour la finir ou, plutôt, pour la rénover et faire en sorte qu'elle corresponde davantage à l'esprit du Concile qui s'annonce et qui, paraît-il, ne fera qu'officialiser le «vent de changement»… un changement qui, à mon sens, pourrait bien enlever à l'Église son caractère sacré et en faire une institution bassement terre à terre!

Jos était livide. Gris comme roche. Il tombait des nues: finir l'église? Mais *elle était parfaite*! La rénover? Mais on la terminait à peine!

Il se jeta aux pieds du curé:

— Dites-moi qu'ils ne le feront pas, mon père! Qu'ils ne me… qu'ils ne la touchent pas! Je vous en conjure, ne les laissez pas faire. *Qu'ils nous laissent tranquilles*! Je ferai n'importe quoi, je suis prêt à me laisser crucifier, à me traîner à genoux jusqu'à Rome, s'il le faut, mais par pitié *qu'ils nous laissent tranquilles*!

De l'écume se répandait, en bulles, autour de ses lèvres. Sa voix, caverneuse, mince ruisseau d'humanité maladive, était celle d'un moribond.

— Jos! Jos! Mon ami, mon fils, calme-toi, voyons! De toute façon, ce n'est pas pour demain; tu as le temps de voir venir. Et puis, quand bien même je m'y opposerais, tu sais... Dans quelques mois, monseigneur va nommer un nouveau curé et la vie va se poursuivre. Ce sera à lui de prendre les commandes. Mais rassure-toi, il ne t'arrivera rien de fâcheux, je... écoute, j'ai d'autres projets pour toi. Pour nous deux, en fait... je ne veux pas t'abandonner ici et... euh... hmmmm, voilà: pourquoi ne viendrais-tu pas t'installer avec moi...

Jos n'écoutait plus; deux gouffres de terreur s'ouvraient sous ses sourcils. Le curé se tut, donc, et attendit... qu'il «reparaisse» et que s'évanouisse la crispation qui transformait ses mains en serres d'aigle... tellement puissantes qu'elles imprimaient sur ses genoux, malgré soutane et pantalons, de cuisants sillons qui mettraient sûrement des semaines à s'atténuer.

L'expression que Jos arbora, après avoir jeté un pont provisoire au-dessus du précipice, était imbibée de résignation chagrine. De poignant fatalisme. Il fixa longuement son père, d'un regard qui fouaillait la conscience; et, quand il reprit la parole, sa voix s'était encore déshumanisée d'un cran.

— Monsieur le curé... je ne vous ai jamais, jamais, jamais rien demandé depuis que vous avez jugé bon de m'accepter parmi vous. Mais maintenant, je voudrais que... que vous me juriez de ne pas disparaître avant moi. D'être là, jusqu'à la fin. Jusqu'à *ma* fin. Vous m'entendez, mon père? Si Dieu, si votre Dieu existe vraiment, s'il ne s'est pas moqué de moi depuis ma naissance, arrangez-vous pour ne pas partir avant moi. Après tout, n'est-ce pas un peu votre faute si je suis encore de ce monde? Alors je vous en supplie, au nom de Celui que vous servez depuis si longtemps, attendez que j'aie cessé d'être avant de... de... je vous promets de ne pas m'éterniser... surtout s'ils touchent à mon église: je n'y survivrai pas. S'il vous reste une once de charité, d'amitié, d'amour pour moi, je vous en prie, papa, jurez-le-moi, s'il vous plaît!

— Jos, Jos, Jos... tu t'égares, mon enfant! Ce que tu me demandes là est... est presque... sacrilège!

— Jurez-le-moi! s'entêta Jos.

— Jos, comment pourrais-je jurer pareille chose?

— Jurez-le-moi, jurez-le!

— Mais je n'ai pas le droit, Jos! Comme tu n'as pas le droit de me demander ça: on n'exige pas l'impossible de ceux qu'on aime! Et puis le voudrais-je, comment pourrais-je tenir cette promesse? Pas plus que toi, je ne suis maître de mon destin. Les desseins du Créateur sont…

— Jurez-le-moi, mon père, ou je me laisse mourir ici, tout de suite!

*\*\**

Monsieur Dudemaine déclinait à vue d'œil. De toute évidence, il lui était devenu quasiment impossible de continuer à filtrer, pour Jos, une réalité qui, souventes fois, le dépassait lui-même. Ses préoccupations, tout comme sa santé, étaient désormais celles d'un vieillard.

Lorsqu'il partit, en 1959, il réitéra son offre à Jos de venir habiter avec lui, dans la maison neuve que les paroissiens, reconnaissants, lui avaient fait construire. Jos refusa: il était hors de question qu'il s'écartât de l'église. De sa cathédrale. C'est là qu'il rendrait les armes. Là qu'il *la* retrouverait.

Ce départ marqua un tournant: Jos perdit les antennes qui le reliaient à l'extérieur… et, partant, son dernier relais d'objectivité.

Malgré sa bonne volonté, le curé ne put garantir que certaines des conditions d'existence de son fils. Le rapport de force ne jouait plus en sa faveur: son pouvoir de négociation ne tenait dorénavant qu'à sa réputation.

Lors de ses rares visites, il suppliait Jos, sinon d'emménager chez lui, du moins d'y venir prendre des repas convenables. Jos éludait systématiquement: en plusieurs décennies, il ne s'était guère aventuré plus loin qu'au coin de la rue… et ça avait été, chaque fois, pire que s'il eût gravi l'Everest.

En moins de rien se déglingua donc l'échafaudage qui avait abouti au *modus vivendi* sous-jacent à son évasion perpétuelle: l'une après l'autre, comme dans une réaction en chaîne, s'érodèrent toutes ces ententes, jamais formulées clairement mais dûment consacrées par les faits, qui l'avaient porté pendant toutes ces années.

Sitôt le nouveau curé investi, Jos fut «libéré» de ses obligations de servant de messe, certaines grenouilles de bénitier assurant qu'il constituait le seul frein à leur assiduité à l'office.

— Vous verrez, monsieur le curé: l'assistance à la messe s'en ressentira, c'est moi qui vous le dis!

— C'est sûr... mettez-vous à notre place, pauvres femmes sans défense: faire vos dévotions avec un saty... avec quelqu'un qui vous regarde comme s'il allait vous dévorer!

— J'en connais même, monsieur le curé, dont je tairai les noms, charité chrétienne, vous comprenez, qui le trouvent si repoussant que, quand c'est lui qui tient la patène, elles préfèrent s'abstenir de communier. C'est vous dire!

En un temps record, on le déchargea de toutes ses responsabilités.

***

Désœuvré, Jos erra d'abord comme une âme en peine dans la cathédrale.

«Tu peux aller et venir partout, Jos, on te doit bien ça, mais de grâce, ne touche plus à rien. Quand on s'est, comme toi, donné corps et âme à la communauté, il faut savoir passer le flambeau... et, veinard, profiter d'une retraite bien méritée! Si si si, j'insiste: bien méritée!»

Il passa outre à son oisiveté forcée en se montrant plus présent auprès de Lucie-Lucie-Martine... évocation dont la dualité d'origine présentait maintenant quelque chose de vaporeux: procédait-elle vraiment de deux entités différentes? Qui avait précédé qui? N'avait-il pas aimé deux fois le même ange?

Bien qu'on lui eût laissé de menues tâches symboliques – comme d'effectuer une ronde, le soir, pour vérifier si tout était en ordre ou, encore, d'avertir son remplaçant quand la lampe du sanctuaire était sur le point de déclarer forfait –, il se sentit très vite *persona non grata*... et se forgea une nouvelle routine pour se faire, de jour, pratiquement invisible: tôt le matin, bien avant que n'arrivent officiant, servant et fidèles hypothétiques, il gagnait sa cachette et s'y cloîtrait, sans boire ni manger, jusqu'au soir... alors que, sûr et certain de n'y pas rencontrer âme qui vive, il reprenait possession de son jubé. Il n'échouait sous son toit qu'au petit jour, s'étendait une heure ou deux, grignotait, sans appétit, le casse-croûte que la vieille sœur Clotilde déposait religieusement sur le perron de sa maison et, beau temps mauvais temps, repartait se tapir là-haut pour y attendre la tombée du jour.

*\*\*\**

Ne disposant plus d'oreilles en haut lieu, Jos n'avait nullement vent de ce qui s'y tramait relativement à l'église. Des travaux et rénovations d'envergure qu'on y envisageait. S'il jonglait nuit et jour avec cette éventualité, véritable épée de Damoclès que le curé avait bien involontairement suspendue à demeure au-dessus de sa tête, il en repoussait mentalement l'échéance à plus tard. Un plus tard qu'il ne connaîtrait jamais, un plus tard qu'on allait différer indéfiniment.

Jusqu'au matin où…

… horreur! il se cogna contre des portes closes: l'église lui était interdite. Toutes les issues en étaient cadenassées… même les «panneaux à bois» de l'arrière, d'habitude si faciles à forcer.

Ce fut l'affolement. Un affolement inimaginable. Abominable.

Vingt fois, il fit en courant et en hurlant le tour de l'édifice. Il était prisonnier à l'extérieur de lui-même!

Alerté par son manège pour le moins tonitruant, le vicaire sortit du presbytère en trébuchant, les yeux encore écrasés de sommeil; le reconnaissant, il poussa la magnanimité jusqu'à venir lui expliquer de quoi il retournait. Chose que monsieur Dudemaine, à l'hôpital depuis un bon mois et demi déjà – «Comment? Vous ignoriez qu'il avait eu un malaise? Désolé… c'est vrai, où avais-je la tête: il m'avait chargé de vous en informer…» –, s'était trouvé dans l'incapacité de faire.

Jos apprit, et chaque mot lui fut une enclume qui l'enfonçait davantage dans sa mort lente, que…

«… sous peu, voyez-vous, on entreprend un nettoyage en règle de la cathédrale, n'est-ce pas? LE grand nettoyage! Et il faut bien vider la place, n'est-ce pas? La purger de tous ces accessoires inutiles, incompatibles avec le progrès et, de surcroît, n'ayons pas peur des mots, qui ne cadrent pas… vous comprenez, n'est-ce pas? Je suis sûr que vous compr… Oui, bon, qui ne cadrent pas, disais-je, avec les directives de Rome. Alors dès demain, non, aujourd'hui, en fait, des architectes et des ingénieurs commenceront à l'arpenter, à la palper dans tous les sens pour se livrer à de savants calculs, n'est-ce pas? Ils vont en explorer les moindres recoins, la sonder, la scruter, essayer d'en déceler les vices cachés pour, finalement, nous la restituer toute requinquée, déguisée en église neuve. Avouez que voilà un charmant programme, n'est-ce pas? Alors pendant un certain temps, n'est-ce pas, vous devrez prendre votre mal en patience, comme toutes nos autres chères ouailles, et vous résigner à...

L'air s'alourdissait.

Le soleil naissant dansait une gigue de tous les diables.

L'horizon s'estompait.

Le ciel s'écroulait.

Sûr, la terre était sur le point de s'entrouvrir; déjà, le sol tremblait, l'église vacillait.

Il dégringolait, de nulle part, dans le vide absolu.

Il tomba à la renverse.

Terrifié, il se releva de peine et de misère, sourd aux explications oiseuses dans lesquelles se complaisait encore le révérend. Animal traqué, blessé dans son essence même, il battit en retraite... en émettant un impensable, un épouvantable hululement. Apocalyptique. Qui le glaçait lui-même.

***

Il s'enferma chez lui, à double tour. Aux abois.

Perdu. Désemparé.

Et, de nouveau, ce fut l'enfer.

La révolte était inutile... mais *elle était*!

Il bouillait. Bouillonnait. Étouffait.

— Vous n'avez pas le droit, pas le droit, pas le droit! hurlait-il à tout bout de champ, le poing dérisoirement levé vers d'intangibles ennemis.

Il protestait, donnait sans arrêt de la voix.

— ... poudre aux yeux, tout ça! La foi est affaire de cœur, pas de renouveau liturgique...

Il s'abîmait en envolées tumultueuses... comme pour plaider sa cause auprès d'une Église qui virait courtisane pour mieux séduire des athées en puissance. Une Église qui se livrait à une vaste opération de racolage spirituel.

— Mais bon sang, allez-vous aussi travestir les curés et maquiller les bonnes sœurs? Et quand bien même vous... vous déguiseriez *ma*

353

cathédrale en bordel, ça ne servira à rien: vos «clients» vont se détourner de vous et de... de ce Dieu dont... dont vous prétendez avoir l'apanage.

Rien n'y faisait: là-bas, d'affreux petits bonshommes multipliaient les allées et venues et assiégeaient la cathédrale; marionnettes aux cordons ombilicaux entortillés autour de la croix, ils piétinaient allégrement le dôme, tripotaient cyniquement les murs. Ils mettaient la table pour le sacrifice.

— Laissez-la, laissez-moi, laissez-nous, je vous en prie.

Au bout d'une ou deux semaines, il mit fin à ses éreintants monologues et occulta soigneusement toutes les fenêtres de sa maison... pour ne pas être tenté de jeter, des millions de fois par jour, un œil désabusé à l'extérieur: on lui volait son monde... et contempler l'ersatz qu'on lui proposerait en retour ne l'intéressait pas le moindrement.

Le corps lui brûlait.

Même quand il rentrait en lui-même, il ne retrouvait qu'une cathédrale défigurée, dénaturée, qui lui faisait atrocement mal.

SA réalité s'égaillait: il s'émiettait, vérifiait régulièrement s'il ne se dispersait pas en grains, en gravillons.

Entre deux stations interminables, derrière des vitres opaques, à spéculer sur la mise à sac de *son* œuvre, il renouait avec les affres de sa jeunesse; du fond de sa turpitude, par sautillements temporels imprévisibles, il retombait en enfance. Et les fantômes qui se manifestaient autour de lui étaient à cent lieues de l'évanescence tranquille de Lucie-Lucie-Martine: c'étaient ceux, empoussiérés, qui avaient hanté les derniers jours de son ancienne vie. Ceux qui, ayant retrouvé et le décor et le protagoniste de leur suprême apparition sur scène, s'y payaient une dernière virée.

Il n'allumait jamais; il se fondait dans une pénombre relative où, ses fantasmes jouant, il réintégrait en gémissant, par à-coups et sous le regard impénétrable, goguenard ou désapprobateur de ses spectres d'antan, sa pelure de gamin inadapté, de solitaire tourmenté. L'illusion était parfaite, à une différence près: ses larmes étaient sèches.

En moins de rien, il se courba. S'étiola. Se désarticula. Inconsistant, il ne tint bientôt plus que par un espoir: durer, jusqu'à ce qu'il pût *la* rejoindre. *Car Lucie-Lucie-Martine était hors d'atteinte. Insaisissable.* Sans doute avait-elle été piégée là-bas, elle aussi?

*\*\*\**

Quand il vint faire un saut, à sa sortie de l'hôpital, monsieur Dudemaine eut toutes les misères du monde à reconnaître Jos dans l'ombre incertaine qui lui ouvrit après avoir parlementé tant et plus. Un Jos-épave qui n'avait pratiquement plus rien d'humain et dont la peau, sableuse, raboteuse, évoquait un monument ancien en cours d'effritement.

En une pincée de visites, le pauvre curé perdit le peu de vigueur qu'il avait récupérée et se laissa gagner par une tristesse chronique... déjà que son moral donnait dangereusement de la bande: lui aussi se sentait biologiquement pris à partie devant le virage radical de l'Église et la modernisation de la cathédrale... qui escamotaient tous les éléments ayant façonné ses cinquante dernières années.

Pour comble, on lui avait fait savoir que Jos devrait, sous peu, se réfugier ailleurs: sitôt terminé le rajeunissement de l'église, la fabrique comptait faire place nette en vue de la construction d'un foyer pour personnes âgées – «Mais rassurez-le, monseigneur: il trouvera à s'y loger, n'est-ce pas? Si vous pouviez toutefois lui apprendre doucement la chose, pour nous éviter des probl... euh... pour que le choc ne soit pas trop brutal...»

Non, il ne se résoudrait jamais à lui annoncer la nouvelle. D'autant plus qu'il ne voyait pas du tout son fils, si farouche, finir ses jours en pareille maison.

De guerre lasse, complètement miné, monsieur Dudemaine n'eut d'autre abri, pour son reste de lucidité, que la maladie et la prière.

*\*\*\**

La solitude de Jos était intégrale.

Jamais il ne mettait le nez dehors. Il n'entrouvrait sa porte, nuitamment et par nécessité, que pour s'emparer des sandwiches que sœur Berthe abandonnait, plus ou moins assidûment, sur son balcon. C'était là sa seule source de nourriture.

Sœur Berthe, une jeune novice, avait pris la relève de sœur Clotilde au presbytère. Elle en avait sans doute, aussi, reçu des consignes: sœur Clotilde avait «nourri» Jos pendant plus de vingt-cinq ans, d'abord à l'instigation du curé, puis, par la suite, parce qu'elle jugeait de son devoir de le faire… jusqu'à ce qu'elle fût terrassée par une thrombose, deux ans après l'arrivée du nouveau curé.

Quand, pour une raison ou pour une autre, sœur Berthe sautait une ou deux journées, Jos jeûnait.

***

Lucie-Lucie-Martine lui manquait. Affreusement. Elle était là pourtant, obsédante, à portée de pensée. Mais il n'arrivait pas à communiquer avec elle… même quand les «autres», presque toujours réunis en un aréopage d'ectoplasmes, lui laissaient quelque répit.

À la recherche d'un *déclencheur*, il explora sa maison; fiévreusement, il farfouilla dans les garde-robes, en ressortit des vieilleries, mit sens dessus dessous les malles vétustes du grenier… et tomba sur les effets de… de Lucie? De Lucie-Martine? Et sur la robe bleue.

La fameuse robe bleue!

Précieuse relique qu'il étendit soigneusement sur le squelette d'un fauteuil, dans le salon, et devant laquelle il passa des jours, des jours et encore des jours en contemplation.

Et la robe bleue, fétiche, se fit essentielle.

Il y collait, des heures durant, ses joues grumeleuses; dans des va-et-vient qui s'étalaient sur des périodes infinies, il l'effleurait inlassablement de ses doigts râpeux, autant pour en tester la puissance évocatrice que pour éprouver le soyeux du tissu… un tissu dont la douceur, dont la délicatesse ne se démentait pas, même par-delà ces âges qui le séparaient d'*elle*.

La robe bleue était toujours aussi affriolante… si délectablement, si voluptueusement affriolante qu'il se déshabillait pour mieux s'en frotter toutes les parties du corps, dans une danse qu'il voulait terriblement lascive. Une danse qui l'assommait, le vidait et l'envoyait rouler, inconscient, sur le plancher.

La robe bleue était… magique: il y trouvait l'oubli, l'antidote contre… contre la vie. Elle le replongeait loin, très loin en arrière, elle abolissait les avatars et…

Prodige: la robe bleue aidant, Lucie-Lucie-Martine revint près de lui… et ils furent deux à y faire leur nid. À s'en accommoder comme point de chute.

Mieux encore: sporadiquement, Lucie-Lucie-Martine fit même l'apprentissage de la permanence, occupa tout l'espace qui s'intercalait entre les phénoménales crises d'angoisse qui le foudroyaient. Elle l'appelait. Le sollicitait. Ondulait des hanches devant lui. Le houspillait, même, quand il s'apitoyait sur son sort.

Petit à petit, elle chassa tous les «autres».

Le naufrage durait et durait mais il adoptait, par certains côtés, une tournure plus acceptable: il coulait, mais *il coulait vers elle... avec elle*!

\*\*\*

Avant même que son aberrante claustration ne fût secouée par le feulement narquois des camions qui allaient évacuer l'intérieur de l'église, il sut, réactions physiologiques à l'appui, quand débuta l'hallali: il urina, déféqua et vomit du sang pendant des jours et des jours; sa peau se desquama, se détacha par lanières; ses cheveux et sa barbe irrégulière tombèrent par plaques... pour ne plus repousser.

Sans voir et sans chercher à voir, il eut connaissance du moment exact où on réduisit en poudre, bribe par bribe, tout ce qui l'avait soutenu pendant ses années d'errance. Il accusa dans sa chair la désagrégation de tous ces ornements, statues, niches, bénitiers qu'il avait astiqués opiniâtrement: des picotements l'immobilisaient; il éprouvait un mal fou à respirer et son regard se voilait; des coups de couteau lui ouvraient le ventre; des déchirures s'élargissaient en lui.

Il perçut comme une véritable excision la disparition de la chaire, du grand crucifix, des autels latéraux. Il s'évanouit quand on démantela la sainte table, le maître-autel, le baldaquin... et les merveilleuses colonnes qui le supportaient.

On le torturait! On lui triturait l'intérieur! On le vidait de ses tripes!

\*\*\*

Altérée, sa conscience amalgamait parfois dans un maelström insupportable les heures, interminables, de cette ère de damnation. Tant et si bien que... frôlant la démence et abusé par la continuité brunâtre qui l'environnait, invincible dans sa robe bleue-armure, il donnait l'assaut, sur les traces d'un Christ vengeur chassant les marchands du temple.

Il avait le courroux sublime! Jeanne d'Arc boutant les Anglais hors d'Orléans, saint Louis partant en croisade ne devaient pas avoir plus fière allure: déchaîné, il se frayait un chemin, de ses seuls poings nus, dans une foule de Pharisiens hostiles et sans-cœur qu'il traitait de tous les noms.

— Vermine! Racaille! Vandales! Iconoclastes! Païens!

Il renversait des échafaudages, bousculait des contremaîtres de pacotille, arrachait le plâtre dénaturant des mains d'ouvriers hérétiques qu'il refoulait hors des lieux saints en hurlant:

— Arrêtez, manants! Falots! Insignifiants personnages! Ne me touchez pas! Vous ne voyez pas que j'étouffe j'étouffe j'étouffe j'étoufffffffffff...

... et il se réveillait au bord de l'asphyxie, se tenant la gorge. À ses côtés, dans une impudente nudité que ne pouvait cacher une toilette qu'il monopolisait, Lucie-Lucie-Martine hochait la tête... et lui représentait derechef le calice, qu'il devait boire jusqu'à la lie.

\*\*\*

Affliction. Désarroi.

Dépérissement.

Robe bleue. Lucie-Lucie-Martine.

Poudroiement, dans l'incréé, des infimes particules du passé. Dispersion, dans le désert de l'inconsistance, des débris d'une cathédrale. Parcelles de mort. Fragments d'inexistence.

Rébellion. Inertie.

Frémissement des murs pourris sous l'offensive, répétée, de tempêtes. Raclement sinistre d'un vent insidieux.

Neige s'infiltrant par des fenêtres à l'étanchéité plus que douteuse ou s'engouffrant sous la porte pour se répandre, tapis fangeux, sur le plancher de la cuisine-débarras.

Bicoque frigorifiée; froidure intenable à peine tempérée par le semblant de chaleur dégagé mesquinement par un poêle bancal... où brûlaient meubles, lattes du plancher des chambres, planches et madriers des cloisons intérieures qu'il jetait bas.

Grelottement ininterrompu.

Grésil.

Pluies torrentielles. Chaleur torride.

\*\*\*

Quelques bouchées, de plus en plus aléatoires: souventes fois, sœur Berthe le «négligeait».

À deux ou trois reprises, elle joignit, au sac brun qui renfermait sa pitance, une enveloppe sur laquelle figurait son nom, tracé d'une écriture incertaine... une enveloppe qu'il jeta au feu sans l'ouvrir.

Même quand il n'avait pas l'intention de manger, Jos s'obligeait à faire disparaître le sac brun: il craignait, s'il s'abstenait de le faire, qu'on ne tînt sa mort pour acquise et qu'on ne s'annonçât en force chez lui.

\*\*\*

Ce fut un vieillard perdu et décrépit qui, de loin, de très loin, les yeux clos dans une obscurité qui s'épaississait tous les jours, «sentit» la fin des travaux.

Un soir, les camions, autos et autres véhicules de service qui, depuis des mois, ceinturaient la cathédrale, partirent, comme d'habitude... *mais ils n'allaient plus revenir.* Cette conviction ne souffrait aucune nuance.

Il résista quelque peu au relâchement de tension qui s'ensuivit:

— Non non non: plus rien ne presse. Attendons... chevrotait-il en s'efforçant de dompter les fourmis qui lui chatouillaient les jambes.

— Attendre? Mais quoi? Et jusqu'à quand? lui serinait, luronne, Lucie-Lucie-Martine.

— Il me faut du temps...

— Ah oui?

— ... le temps de m'habituer...

— De t'habituer à quoi?

Quelques heures suffirent à pulvériser le mur d'indifférence et de désaffection qu'il croyait avoir érigé autour de lui. Il essayait encore de se raisonner qu'il était déjà dehors, étourdi, étendu de tout son long dans l'herbe sale et pleine de ronces, couchée par une pluie battante. Ses yeux n'étaient plus accoutumés à la lumière du jour que l'aube, balbutiante, ne diffusait pourtant qu'avec parcimonie; il évaluait mal les distances que devaient couvrir ses jambes... qui lui obéissaient à contre-temps.

Il trébuchait, se relevait, retombait.

Il pleuvait comme vache qui pisse; la pluie, en délavant sa robe bleue usée, quasi loqueteuse, en modifiait la texture. On eût dit un harnache-ment sableux.

Il culbuta et culbuta et culbuta encore, jusqu'à être couvert d'épines, de brindilles, de minuscules mottes d'une terre noire et grasse. C'est un hideux poivrot qui, à la fin, heurta, de plein fouet, la cathédrale... qu'il s'interdisait de regarder: surtout ne pas voir le dôme frais cuivré recra-cher des trombes d'eau ou les pierres, rajeunies, blanchies, ruisseler sous la pluie! Il était verdâtre, le dôme! Les années l'avaient rendu glauque. Et les pierres étaient grisâtres, pas blanches!

«Tiens, ils n'ont pas fermé à clef... mais... mais... mais ce ne sont pas mes portes qu'ont-ils fait de mes portes mon Dieu mon Dieu mon Dieu...»

Il se propulsa à l'intérieur... et s'enfonça dans une bouillie émotive insane ponctuée de haut-le-corps, de haut-le-cœur irrépressibles: c'était pire encore que tout ce qu'il avait pu imaginer!

Il avait mal, mal... immensément mal!

Sa peau le tiraillait en tous sens: elle se fendillait, crevassait, bour-souflait. Elle était de pierre... et s'égrenait. De cuivre... et gondolait. De cette pierre et de ce cuivre qu'ils avaient *corrompus. Contrefaits. Désa-cralisés.*

Il souffrait le martyre.

Les goujats! Les barbares! Les...

Malgré les couleurs, exécrables, dont on les avait affublées, les ver-rières ne restituaient, après l'avoir filtrée, qu'une lueur médiocre et morose ne révélant que grisaille, monotonie et incohérence. Effets vi-suels creux, répulsifs, même. Et le plus ardent des soleils n'y eût rien changé: *il n'y avait plus d'âme dans l'église!* Il n'y avait plus... rien: du maître-autel aux autels latéraux, du baldaquin à la chaire, en passant par les confessionnaux, la sainte table et le chemin de la Croix, rien ne subsistait, pas même le monumental crucifix et le «lampadaire». Les bancs luisaient d'un vernis sombre qui les banalisait. Et, partout, il y avait profusion de plâtre coloré. Le dôme en avait presque une indigestion!

De ses avant-bras grenus, d'où pendouillaient bêtement les ronces et les herbes sales accrochées aux lambeaux des manches de sa robe, il essuyait sans discontinuer les reliquats de pluie qui s'obstinaient à lui mouiller les joues... pour se rendre compte que *c'étaient des larmes qui lui baignaient le visage*! Des larmes! Les premières en quarante ans!

Vite, il fonça dans la sacristie... où l'on s'était livré à un carnage analogue: on avait même réussi à y condamner des fenêtres!

Il se précipita au sous-sol et...

Peine perdue: tout y était ignoblement... neuf. Jusqu'au poêle qui s'était volatilisé. Seules les grosses portes arrière, qu'on n'utilisait que pour entrer le bois, avaient été soustraites au massacre: des portes massives, aux serrures aptes, en apparence, à tenir tête à des perceurs de coffres-forts coriaces mais qu'un bambin eût pu ouvrir... et sans clef encore!

Hébété, il remonta, courut, examina, fureta, fouilla, souleva des voiles, ouvrit des portes, déplaça des objets, bouscula des meubles, vida des placards, renversa des tiroirs, cherchant, désespéré, des choses insignifiantes peut-être, mais connues, «intimes», qui eussent échappé, miraculeusement, au saccage... et ne trouva à peu près rien: quelques traces, ici et là, qu'on n'avait pu gommer tout à fait. Quelques vestiges. Comme... comme la porte en lattes de chêne qui donnait accès à son jubé, où il termina son périple.

Il s'assit, tremblant, au bord du vide.

Il s'étranglait en avalant, difficilement, une salive imprégnée de l'écœurante poussière de plâtre qui voletait dans l'air.

Que faire, maintenant? Agoniser lentement en traînant misérablement sa carcasse décharnée alentour? Se répandre en lamentations sur sa cathédrale dévastée et bouder cette église-caricature?

Il pleura de plus belle; et ses larmes, retrouvées, rendaient encore plus insipide ce cadre anonyme. Ses yeux erraient, *incrédules*, sur... sur des murs lambrissés, granuleux, *qui ne parlaient plus d'eux-mêmes*. Oh, le son allait sans doute se propager avec plus de netteté et de régularité, mais... chanteurs et prédicateurs auraient beau s'époumoner, leurs effets de gorge seraient mort-nés: ils rebondiraient, sans plus, sur des murs qui refuseraient de les retenir. Sûr... le plâtre suspendu lourdement au dôme allait ajouter à la sonorité des lieux... mais le dôme lui-même demeurerait muet.

L'immense coquille ne recelait plus que vacuité. Ne se nimbait plus de mystère.

Envolées cette «atmosphère», cette «patine» que, laborieusement, elle commençait à acquérir à force de prières et de cérémonies, d'actes de foi et de paroles sacrées, de génuflexions et de signes de croix.

Il hoquetait, toussait, suffoquait.

Tout ce plâtre, il l'avait sur l'estomac. Tous ces lambris l'empêchaient de respirer.

Ces tonnes de fioritures bariolées, ces statues fades, ces vitraux à saveur «contemporaine», ces lampes mordorées, ces autels anémiques, ces fonts baptismaux dérisoirement modernes et ce cuivre neuf, qui, même invisible, pesait de tout son poids *négatif* sur la coupole le plongeaient dans un marasme accablant. Parachevaient sa débâcle.

C'était fini. Tout était consommé.

*L'église était morte.* Irrémédiablement morte.

Rien ne restait de sa vie. De son corps. De son moi.

Mais ce moi, c'était aussi Lucie-Lucie-Martine! Cette église, il l'avait construite de ses mains, *mais avec elle!*

Un effrayant cafard, une horrible nausée le submergeaient. Vaincu, il redescendit, plié en deux. Incapable de contrôler les spasmes de dépit qui lui chaviraient l'estomac, il vomit dans l'allée centrale... et quitta les lieux en louvoyant.

***

En annihilant son décor, on lui avait volé les quarante et quelques années qui venaient de s'écouler; lorsqu'il réintégra piteusement son innommable gîte, les émotions qui le renversaient, qui le traversaient, avaient leurs racines au tout début du siècle, à Québec.

Le jour durant, il se débattit dans un monde révolu, envolé.

Il entendait des voix, des bruits; il regardait sempiternellement *par* la fenêtre, bouchée, dans l'attente du chariot qui emporterait Lucie-Lucie-Martine... Cette fois, c'était décidé: il s'interposerait!

362

La mort dans l'âme, il débarrassa la robe bleue des saletés qui s'y accumulaient, la nettoya tant bien que mal, la reprisa à l'aide d'un vieux nécessaire ayant appartenu à garde Brochu et dissémina, çà et là, tous les vêtements de Lucie-Martine. Dans un simulacre qui ne le leurrait même pas, il «se pomponna», se barbouilla la figure, pierreuse, avec des restants de poudre de talc qui lui coulaient entre les doigts, puis avec de la farine... qu'épaississaient ses larmes. Les grumeaux crasseux qui en résultaient glissaient dans les crevasses de ses joues crayeuses et poreuses, s'y fixaient.

Il s'amusa, sans plaisir aucun, avec les dessous de Lucie-Martine, y enfouissant son nez, les mordant, les enfilant par-dessus la robe bleue, qu'il ne voulait plus quitter... alors que ses morts, tous ses morts, réapparus, dansaient une sarabande autour de lui.

Il entendait, du bout de l'univers, une musique. Qui émanait des profondeurs de son masque, des creux et des bosses qui ornaient ses joues et son front de pierre. DE PIERRE!

L'église. Lucie. Lucie-Martine. Lucie-Lucie-Martine.

Musique lugubre.

Dehors, il faisait nuit. Ce qui ne l'empêcha pas de voir qu'on approchait. Il eut tout juste le temps de reculer et de se cacher derrière la cloison: on venait *encore* l'aviser de la mort de son père! Comment? Encore? Et toujours ce même prêtre? Qui allait, c'était évident, le menacer des pires châtiments? Oh, Lucie... Lucie qui se débarrassait de sa robe bleue, de ses jupons et de ses *froufrous* et qui les lui tendait et Dieu, qu'il était laid ce cheval d'un autre âge! Pas question qu'il kidnappe *sa* Lucie-Martine pour la conduire vers sa fin dernière *et d'ailleurs, elle n'était pas morte et ne s'appelait pas Lucie-Martine ni Lucie mais Lucie-Lucie-Martine et a-t-on idée de s'étendre nue dans un cercueil mais comment pouvait-elle faire autrement c'était lui qui portait sa robe et ce n'était plus Lucie-Lucie-Martine qui gisait dans la tombe, mais une inconnue. Ce n'était... personne. C'était... c'était une église qu'on avait détruite. Une vie qu'on avait étêtée. Un sphinx qu'on avait guillotiné. Un bedeau qu'on avait martyrisé. Un rêve qu'on...*

Rageur, il se saisit de son antique lampe à huile et, de toutes ses forces, il l'envoya valser contre le mur du salon; puis, après avoir refermé la porte sur les flammes naissantes, il s'éloigna, sans un regard en arrière. Il savait, il en avait la certitude inébranlable, qu'il foulait ce sentier du pied pour la dernière fois.

# ÉPILOGUE

Je n'ai rien écrit de ce qui précède.

J'espère cependant que l'épilogue, de mon cru, sera à *sa* hauteur. Qu'il ne *le* trahira pas.

J'ai longuement hésité avant de me résoudre à cette publication: j'aurais voulu garder *ses* confidences pour moi, ne les partager avec personne. Mais... leur parution m'est finalement apparue comme incontournable.

***

En 1985, je suis revenu à Amos, après plus d'un demi-siècle d'absence. De torture. De vagabondage tortueux sur les plages d'une destinée que je jugeais implacable. De valse-hésitation avec le sort. Et de refus, de désapprobation: ma façon à moi de protester, de déjouer le destin.

Je suis revenu à Amos parce que... si ma vie aventureuse m'avait mené aux quatre coins d'un univers cadrant fort mal avec mon insatiable besoin de dépaysement intérieur, elle ne m'avait pas comblé pour autant, loin de là: elle avait raffiné ses atours, mais elle était demeurée supplice. Et, de surcroît, elle s'était révélée vaine, inutile sur toute la ligne.

Même parsemé d'exotisme, mon présent acquérait, en se faisant passé, un effroyable arrière-goût de nullité. De dérisoire. Et il ne réglait rien, rigoureusement rien!

J'avais mal. Atrocement mal.

Et puis…

Et puis… il y avait là-dedans un je ne sais quoi de «pas fini». D'incomplet: la boucle n'était pas bouclée… et n'eût pu l'être tant que je trimballerais cette sensation d'échec. Si je devais, un jour, connaître la paix, il me fallait obligatoirement en passer par ce retour au point de départ… qui m'éviterait peut-être de gâcher *aussi* ma mort?

Ma vie durant, j'avais tout mis en œuvre pour oblitérer, à jamais, cette portion indésirable de mes tripes. Mais… la mémoire n'est pas forcément une faculté qui oublie… et encore moins quand l'oubli lui est imposé comme un diktat: quoi que je fisse, je me souvenais. Par bribes. Par miettes sournoises saupoudrées sur mon égarement perpétuel.

Je me souvenais…

Et j'avais mal, tellement mal…

Quand ça m'a repris *pour de vrai*, quand le «retour aux sources» a commencé à me triturer plus que de raison, je me suis rebiffé, j'ai rué dans les brancards: je ne voulais pas, ne pouvais pas, n'acceptais pas…

Mais, après avoir pris racine dans ma quotidienneté, où j'affectais la désinvolture, les rappels se précisèrent. Me harcelèrent. Engendrèrent un nostalgique poison qui me rendit le désintéressement, l'abandon, le je-m'en-foutisme impossibles.

Et je suis revenu à Amos… parce que… j'avais trop mal!

Après m'être juré dur comme fer de n'y jamais, jamais, jamais remettre les pieds: Amos était une ville morte, pour moi. Et puis… le *vieux fou* avait sûrement claqué depuis longtemps.

*** 

En 1944, quand on a commencé à y voir plus clair, en Europe, quand il est apparu évident que l'Allemagne livrait son baroud d'honneur et qu'elle ne jouerait pas de nouveau le phénix dans un avenir prévisible, j'aurais tout fait pour ne pas revenir au pays.

J'aurais tout fait?

Mais j'ai tout fait… et plus encore! Je n'avais jamais trouvé de résonance, fût-elle superficielle, au Québec. Ne m'y étais jamais senti chez moi… ce que la guerre n'avait pas réussi à me faire perdre de vue.

J'avais mal. Beaucoup trop mal pour envisager de replonger dans mon cul-de-sac.

D'accord, dans le feu de l'action, mes tourments étaient parfois dilués: avec tout ce monde qui tombait pour ne plus se relever, avec ces camarades qui, hébétés, regardaient en hurlant les moignons sanguinolents qui leur tiendraient désormais lieu de membres... et ces autres qui n'étaient plus en état de le faire parce qu'un obus venait de leur arracher la tête, je n'avais pas toujours le temps de ressasser mes misères.

Mais d'oubli véritable? Jamais... sauf, peut-être, en de rarissimes et fugitifs moments où l'instinct gobait tout ce qui n'était pas survie immédiate... pour battre aussitôt en retraite devant une oppression renouvelée, décuplée par un répit éphémère *qui me laissait odieusement intact*. Surtout que je me cramponnais comme un dingue à une résolution que je voulais irrévocable: si, par déveine, j'en réchappais, je me suiciderais plutôt que de rentrer au pays.

La conjoncture se prêtant alors admirablement à ce genre de dessein, c'est avec avidité que je me mis à enfourcher les innombrables occasions d'en finir que me fournissait cette hécatombe sauvage, ce carnage aberrant au-devant duquel je m'étais délibérément porté dans l'espoir de m'extirper de la peau cette Abitibi et ce Québec honnis... en pure perte, hélas, mais non sans susciter, malgré moi, envie et suspicion: à force de me voir sortir, sans une égratignure, de traquenards qui coûtaient la vie à toute une compagnie, la poignée de survivants se posaient des questions... et passaient le mot aux autres avant d'y passer à leur tour. Le *miracle* étant répétitif, on en vint à me regarder d'un drôle d'air, d'aucuns allant même jusqu'à insinuer que j'avais partie liée avec le diable.

En d'autres temps et en d'autres lieux, on m'eût sans doute taxé de sorcellerie... et condamné au bûcher pour me punir d'esquiver – bien malgré moi – la mort. Si on ne m'a pas fait un mauvais sort, ce fut uniquement parce que, aucun danger ne me rebutant, je me portais volontaire pour les missions les plus suicidaires: souventes fois, je sauvai la mise de plusieurs... qui, de la sorte, purent s'illusionner quelques jours de plus quant à leurs chances de survie.

Quand la voix des canons se fit intermittente, quand j'ai vu malgré tout se profiler le rapatriement, j'ai, maladroitement, improvisé ma disparition. Si maladroitement que, en temps normal, n'importe quel écolier, fût-il indéfectiblement cancre, eût facilement percé le subterfuge. Mais... la pagaille bureaucratique aidant, j'ai pu m'évaporer sans trop de mal: on avait suffisamment de chats à fouetter pour ne pas s'embarrasser de détails; les maquisards réglaient leur compte aux collabos et, en pleine débâcle, les Boches ne faisaient pas précisément dans la dentelle.

Alors... quelque part dans l'ouest de la France, dans un des cimetières réservés aux «soldats canadiens disparus au champ d'honneur», dans une tombe où je suis prétendument enseveli, repose un soldat allemand... qui m'avait presque trépassé dans les bras alors qu'on nettoyait les dernières poches de résistance: il venait de sauter sur une mine. Du visage, aux trois quarts arraché, ne restait qu'une bouillie qui rendait toute identification radicalement impensable.

Peut-être parce que le suicide à froid me faisait un peu peur, l'idée m'est tombée dessus de but en blanc, en même temps que je constatais que nous étions fin seuls aux alentours de l'entonnoir qu'avait creusé la mine. J'ai sorti la tête pour vérifier... et ma décision fut prise.

J'ai procédé à un échange d'uniformes et «octroyé» au pauvre diable mes pièces d'identité; puis, j'ai pris la poudre d'escampette. Après réflexion, j'ai semé ici et là les lambeaux de sa veste et de sa chemise, que je trouvais décidément trop compromettants.

Ensuite, j'ai plus ou moins fonctionné au jugé; mes gestes, irréfléchis, s'ensuivaient, allaient de soi, mais leur enchaînement m'échappait. J'ai dérobé à un épouvantail ses guenilles rapiécées, mangées par la vermine; j'ai gagné l'orée d'un village, hors de la zone des combats; je me suis terré, jusqu'au matin, dans une étable.

Le reste... eh bien le reste se perd dans un nuage d'immatérialité. N'en subsistent que des réminiscences, entrecoupées çà et là de pages moins fugaces.

Chutes. Courses. Parties de cache-cache avec des patrouilles alliées. Parfois avec des Allemands égarés.

Menus larcins. Rapines dans des fermes isolées, derrière un front qui s'éloignait tous les jours.

Le foutoir administratif que connaissait alors la France donnait lieu à mille facéties. J'en ai donc profité... et même abusé. Après, il est vrai, une certaine période d'hésitation, à endosser d'abord l'habit du demeuré, puis celui du garçon de ferme pratiquement muet dans quelques exploitations agricoles où manquait la main-d'œuvre. À ne répondre que par monosyllabes et en y mettant les mimiques nécessaires pour qu'on me croie atteint d'une quelconque difficulté d'élocution. À épurer ma façon de m'exprimer. À m'exercer à parler sans accent la langue de Molière… ou sans l'accent québécois, qui m'eût trahi d'entrée de jeu: nuit après nuit, quand j'étais seul, ou le jour, quand j'étais sûr qu'on ne pouvait m'entendre, je faisais rouler dans ma gorge les formules toutes faites que j'emmagasinais au hasard des rencontres. Formules qui, dans certains cas, différaient sensiblement de celles qui m'étaient familières. J'y ai mis plusieurs mois d'efforts soutenus… jusqu'à ce que je juge le résultat, sinon impeccable, du moins fort acceptable: après tout, je ne briguais pas un fauteuil à l'Académie française! Je ne voulais que me couler dans l'anonymat d'une France désorganisée. Où les accents, heureusement, foisonnaient et où, dans le fouillis de l'immédiat après-guerre, ils n'étaient pas l'objet de préoccupations particulières. Et je crois avoir, ma foi, assez bien réussi car la question fut définitivement réglée: mon accent n'émergea plus suffisamment pour qu'on me montrât du doigt. On devait m'assimiler à un Nivernais ou, encore, à quelque paysan normand ou breton…

Puis…

Je me suis forgé une identité, chose qui m'a été relativement aisée: après le départ des Allemands, force fut aux autorités de composer avec des reliquats de registres d'état civil; bombardements, sabotage ou gestes délibérés des occupants, le résultat était le même: on ne comptait plus les édifices administratifs réduits en cendres. Dans de nombreux cas, on établissait l'identité des citoyens sur la base de renseignements invérifiables. Alors…

Je me suis choisi un nom dans un cimetière, au détour d'une pierre tombale, avant de m'inventer des parents dont les preuves d'existence s'étaient envolées en fumée. Je ne croyais même pas que ça marcherait… mais ça a marché! Et du premier coup!

J'avais encore, j'avais toujours mal… mais c'était, au début du moins, fort préférable à ce que j'eusse enduré en réintégrant mes pénates. Je m'installais. M'organisais. Rusais. Combinais. Concoctais stratagème sur stratagème… et ça diminuait l'intensité de mes maux.

Je me suis retrouvé, je n'ai jamais su comment, dans le sillage des armées françaises, en Indochine d'abord, puis en Algérie, à vivre de négoce plus ou moins licite auprès de troufions… qui n'étaient pas tous convaincus, tant s'en fallait, de la justesse de leur cause.

Retour en France.

Les mois, les années passaient.

Un peu de contrebande par-ci par-là. Contrefaçon. Recel. Trafic… mais sur une petite échelle. Toujours à la limite du dilettantisme: je fuyais comme la peste tout ce qui s'appelait «réseaux». Tout ce qui était «structuré». Tout ce qui dépassait les bornes de ce que je jugeais admissible.

Que sais-je encore?

J'avais mal, mais… j'ai *fait aller*: je suis resté là-bas trente-huit ans. Dans la solitude la plus absolue: pour éviter les déboires, les déconvenues, je m'étais prémuni, immunisé contre toute affection.

C'est long, immensément long, trente-huit ans… à bourlinguer à gauche et à droite sur des routes qui ne vous mènent strictement nulle part.

Trente-huit ans à éparpiller à tout vent des cendres qui, sitôt que vous avez le dos tourné, redonnent sur-le-champ naissance à votre passé… un passé qui vous attend au tournant pour vous faire un pied de nez.

Trente-huit ans à lutter contre l'envie qui vous démange, toujours plus tenace, de rentrer pour quémander, réclamer, exiger les océans d'amour qu'on vous a dérobés.

Trente-huit ans à tergiverser, à hésiter, à se leurrer pour retarder l'instant où l'on baissera pavillon.

Plus de treize mille huit cents jours, plus de treize mille huit cents nuits… de quête erratique. De course suicidaire, de roulette russe, de coups fourrés, de fin mise en place «pour le cas où». De clameur qui ne s'éteint pas. De désespoir. De misère. De lutte contre tous, contre tout et contre… vous-même. Oui, surtout contre vous-même.

Plus de treize mille huit cents journées de non-vie, dans un monde qui n'était pas assez vaste pour dissimuler mon impotence. Pour dissiper ma peine.

Plus de treize mille huit cents jours, plus de treize-mille huit cents nuits à mettre une sourdine au besoin, pourtant pressant, d'aller au fond de ma propre histoire. À vivoter, *ailleurs, toujours ailleurs*, avec un succédané d'existence subtilisé à un fantôme. À me chercher partout… et à me cacher partout: j'avais tellement peur de me retrouver!

Et j'avais mal… mais mal! Un mal qui allait en empirant. Et qui finit par m'atteindre physiquement. Si puissamment qu'il me fallait parfois tout laisser en plan pour me pétrir le ventre, des heures durant, dans l'espérance de le soulager des crampes qui l'assiégeaient.

Car *ça* me poursuivait. *ça* enflait en moi.

*Ça* devenait régulier, comme ma respiration.

Les accalmies, aléatoires, ne furent plus que trêves annonçant des pincements au cœur, à l'abdomen, aux tripes, à la tête.

Entre les crises, je me surprenais à rêver. À ne plus considérer l'abandon total que comme une libération... que je reportais quand même aux calendes grecques.

Mais j'avais mal, tellement mal à la vie... que j'ai craqué.

\*\*\*

C'était, si je ne m'abuse, en 1982: je flirtais avec la soixantaine... et j'augurais fort mal de la suite.

Caprice de vieux gâteux, supposais-je, si je ne pensais plus au suicide, je ne voulais pas, en revanche, mourir en France. Dans cet isolement intégral que je m'infligeais et qui, certains jours, me pesait drôlement. Loin de... loin de ce chez-moi que la distance, le temps et mes affres avaient quelque peu réhabilité à mes yeux, lui *accolant* une dimension presque mythique.

Il me fallait regagner le Québec: j'y verrais sûrement plus clair, là-bas. Sans compter que... nostalgie ou non, cafard ou pas, il y avait toujours – comme il y avait toujours eu –, d'une manière ou d'une autre, ce grand bonhomme dans mes pensées. Ce grand bonhomme... que je voulais détester dur comme fer jusqu'à mon dernier râle. Et que j'aimais... Dieu, comme je pouvais l'aimer!

J'avais mal. J'avais si mal à Jos Bouchard!

Et tant et tant de choses à régler avec lui.

J'avais brûlé mes vaisseaux? Fait sauter tous les ponts qui me reliaient à l'Amérique, où je n'avais plus d'existence légale? Qu'à cela ne tienne: j'y retournerais comme «Français à la retraite».

Les formalités, d'habitude fastidieuses, mortellement longues et pleines d'embûches pour un immigrant ordinaire, furent réduites au strict minimum: après des années passées dans la semi-clandestinité, on en vient à connaître une foule de trucs qui vous placent, sinon au-dessus des lois, du moins en mesure de les contourner allégrement. De les transgresser sans pudeur. Je savais tirer les ficelles idoines au moment idoine. Et puis... j'avais de l'argent. Beaucoup d'argent. Et ça...

Mille et mille et mille autres détours.

À faire un pas en avant et deux en arrière.

Mille et mille et mille heures avant de transposer réellement, dans les faits, une décision prise de toute éternité. Mille et mille déambulations fiévreuses, de hall d'hôtel en hall d'hôtel, avant de m'avouer que j'irais, bon gré mal gré. Que j'en avais soupé de cette traversée du désert qui n'en finissait pas. Que j'en avais assez d'avaler les contrées et les mers pour essayer de le reléguer aux oubliettes: Jos Bouchard me hantait. Tournait nuit et jour son couteau dans ma plaie. Ne me laissait aucun repos.

Par-delà les années, par-delà les tribulations qui nous séparaient, par-delà les faramineuses distances que j'avais parcourues pour l'enterrer, il me relançait en reflets. En flashes. En mirages. Qui me chamboulaient. Qui me remuaient à m'en rendre l'inexistence infernale.

Jos. Jos. Jos. Jos Jos Jos Bouchard!

Je traînaillais, fébrile et survolté mais apparemment calme, déchiré mais simulant, pour moi-même, l'insouciance... alors que son souvenir me râpait l'âme. Me passait le cœur au papier d'émeri. Je l'abreuvais de bêtises, l'injuriais, le vomissais... et je roulais, roulais, roulais. Montréal, Toronto, New York, Atlantic City, Chicago, Las Vegas, Los Angeles, rien n'y faisait: je le voyais se détacher *dans* ma tête, puis dans mon pare-brise, dans mon rétroviseur, sur la chaussée, sur les édifices, partout. Je louvoyais, je bifurquais, j'atermoyais. Il n'était que l'Abitibi et Québec que j'évitais avec entêtement.

Mal, mal, mal!

À la vie.

À lui, à lui, à lui! Ce Jos Bouchard de malheur. À qui je souhaitais déboires, tortures et abomination. Que je voulais pourrissant sous des tonnes de détritus...

*Mais je l'aimais*! Plus, infiniment plus que je ne l'admettais.

Jos. Jos. Jos. Jos Jos Jos Bouchard!

Jos Bouchard idée fixe... qui me refilait même son obsession à lui: l'église. L'église, l'église, l'église. L'église maudite qui lui remplissait la tête. Dôme qui se confondait avec son crâne et sur lequel se découpaient ses yeux... qui me dévisageaient. Et son nez. Et ses oreilles. Et ses lèvres, qui se retroussaient en une moue qui ne pouvait appartenir à personne d'autre. Une moue de dédain? Suscitée par mon silence? Par mon obstination à différer ma réponse à son appel?

Il avait bien fait la sourde oreille, lui!

Vint un jour où... des pleurs grugèrent mes dernières réticences.

Des pleurs? Moi?

*De vraies larmes!*

Après bientôt quarante ans de sécheresse!

Les larmes que me tirait cette satanée église. Avec son affreuse coupole qui me faisait de l'œil, sur laquelle s'imprimait le rictus de Jos Bouchard. Le rictus de mon père!

«D'accord, papa, tu gagnes: j'arrive! Mais dis-moi qu'il n'est pas trop tard, hein? Je t'aim... non: maudit sois-tu, vieux saligaud! Si par mégarde la mort t'a oublié, tu dois être honteusement desséché et c'est bien fait pour toi! Je te déteste, je te d... Dis, tu te souviens, papa... quand tu me trimballais sur tes épaules, dans l'église et que, t'oubliant parfois, tu courais dans les allées désertes jusqu'à en perdre le souffle et où... mais pourquoi? Pourquoi ne riais-tu jamais jamais jamais, papa? Pourquoi gardais-tu ton masque mortuaire même quand tu t'efforçais, sans conviction, de me faire rire? Attends-moi, papa! J'arri... non, meurs, salaud! Tu peux toujours courir, gredin! Et même si j'y allais, tu n'aurais qu'à bien te tenir après tes burettes de malheur car je te casserais la baraque, je te défigurerais, je t'arracherais les yeux, je te...»

J'oscillais, ivre de ces courants contraires qui me labouraient, me renversaient, me chaviraient.

Amour. Haine. Haine. Amour. Ressentiment. Pardon. Amour, amour, amour.

Et je parlais seul... et je n'arrêtais pas d'essuyer des larmes et des larmes et des fleuves et des rivières et...

«... et la damnée rivière, cette rivière que tu ne m'as jamais montrée parce que tu ne voulais pas quitter ta dégueulasserie d'église, cette rivière où me traînait parfois maman Émilienne... et devant laquelle je fermais les yeux avec entêtement parce que c'était avec toi que je voulais la voir, la rivière, papa, avec toi, t'entends, pourriture?»

C'était dantesque!

Et j'avais mal, mal... à mon père et à son église.

Et je voguais, haut, haut dans le ciel et je m'approchais en catimini de l'église, toujours aussi majestueuse et imposante, pour en laver la coupole avec les geysers qui me jaillissaient des yeux et... les paupières de mon père y clignotaient, se dilataient, s'entrouvraient pour me livrer passage et je redécouvrais l'ensemble, perché sur le toit du monde, comme dans le temps...

«... comme dans le temps sur tes épaules, papa: la nef avec ses bancs, brun foncé, qui se balancent au rythme de tes mouvements, le gros lustre qui tourne lentement sur lui-même au bout de sa chaîne et qui me menace... comme s'il s'apprêtait à me fondre dessus et le chœur en demi-cercle, là-bas, au fond, et son baldaquin si impressionnant avec sa multitude d'ampoules et les colonnes oh combien colossales qui le sou-tiennent, et le petit autel, à droite de la chaire-coquillage et... et les grilles qui, mystérieuses, s'ouvrent sur le sol de l'allée centrale. Ces grilles, immenses, sur lesquelles tu m'allonges et d'où je t'observe, à la dérobée... alors que m'inonde la douce chaleur qui monte de la four-naise. Ces grilles... où je fais semblant de sommeiller quand tu t'appro-ches en tapinois et que, d'un seul coup d'un seul, tu me hisses sur tes épaules pour une nouvelle balade...»

Un concert d'avertisseurs: je zigzaguais comme un conducteur éméché. Je n'arrivais que difficilement à tenir le cap. Je roulais, à l'aveu-glette, sur une route que je ne me souvenais même pas avoir empruntée.

«Et je le savais, moi, papa: grimper sur tes épaules, c'était synonyme tantôt de course folle, tantôt de chansons. Parfaitement: tu chantais, papa! Peut-être parce que je ne pouvais pas voir tes yeux vides? Tes larmes inexistantes? Tes dents et tes lèvres se dessouder pour amorcer une grimace de douleur? De belles, de très belles chansons, non non, papa, ne t'en fais pas, je ne peux pas les avoir oubliées... parce que, malgré tout, je les avais garées tout là-bas, au fond de mon cœur, en prévision de... mais tu n'avais pas le droit! Vieille fripouille! Vieux forban! Pourquoi, papa? Pourquoi?

«Dis, tu croyais sincèrement que j'allais passer, comme ça, à autre chose? Tu t'imaginais dans ta hideuse caboche d'idiot que parce que tu chargeais Ginette de m'élever, j'allais devenir quelqu'un d'autre? Perdre la mémoire?

«... Sombre cloche! Misérable loque! Mais *c'est sur tes épaules à toi que je voulais découvrir le monde!* Autrement, ça ne comptait pas. Ça n'avait aucun sens. C'est à tes côtés que je voulais grandir, papa! C'est sur tes genoux que je voulais sauter! C'est ta voix que je voulais entendre au moment de m'endormir! C'est sur ton front que je voulais déposer mes baisers, pas sur le front d'étrangers: ils n'étaient, tous, que des usurpateurs! Papa! Papa, m'entends-tu? *Ils n'étaient pas toi!*

«... on aurait pu, tous les deux, se taire ensemble, se raconter en silence, se promettre *muettement*, même sans y croire, monts et merveilles et, tiens, arpenter de concert cet au-delà où tu rejoignais maman. Ah! parce que tu croyais que je n'avais pas compris? Abruti, va! Je n'avais peut-être que cinq ou six ans, mais... mais je... je te voyais, tu sais, mon papa, mon amour, je t'épiais... et j'apprenais déjà à mentir, à camoufler mon guet en sommeil... pour que tu me gardes près de toi, dans ce jubé où tu te terrais. Parce que... quand tu pensais que je dormais, tu te laissais aller. Tu parlais! Oui, tu parlais, papa! Tu disais plein de trucs. Oh, pas à moi, bien sûr. À elle, j'imagine. Mais c'était déjà prodige: tu parlais! Et moi, impunément, je glanais tous ces beaux mots que tu prononçais et je me les appropriais parce qu'ils venaient de toi, papa. Simplement parce qu'ils venaient de toi... oh, comme je t'aimais, papa!»

Mon pare-brise était tout embué. Je n'y voyais plus rien. Je me rangeai à droite, en catastrophe; juste au moment où elle allait s'immobiliser, l'auto percuta quelque chose. Paniqué, je descendis pour constater que... j'avais donné contre un panneau de circulation qui annonçait: *Val-d'Or — 475.* Et, je le savais pour avoir suivi l'itinéraire des millions de fois sur une carte, Val-d'Or, c'était à un jet de pierre d'Amos! Je devais être sur l'Autoroute des Laurentides... et je n'avais plus du tout envie de rebrousser chemin.

J'avais capitulé: j'irais!

Je repris la route, lentement.

À tout bout de champ, je me mettais à crier.

Je beuglais à m'en défoncer ce qui me restait de poumons et pourtant, c'était les cris d'un enfant qui brassaient l'air vicié de l'habitacle. Le «non» catégorique d'un bambin qu'on condamne au silence, à l'exil affectif.

«Et je n'avais rien dit... pas parce qu'on ne dit rien à cet âge tendre, papa: parce que j'avais déjà démissionné. Parce que j'étais déjà mort. Parce que tu me forçais à mourir pour te retrouver et parce qu'il aurait fallu que je hurle et hurle et hurle encore et que, de toute façon, tu faisais le sourd. Je n'avais rien dit... parce que le gamin que j'étais ne pouvait obliger son père à l'aimer contre son gré. Parce que Lucien, ce Lucien que tu dédaignais pour mieux souffrir, ne raisonnait pas l'amour que tu lui refusais. Cet amour, il le quêtait en vain: une morte lui bloquait le passage de ton cœur…

«Papa… j'avais tellement mal!»

Les kilomètres ne s'effaçaient pas assez vite.

Et je babillais, comme une adolescente à son premier rendez-vous galant… pour meubler ces secondes qui me séparaient de lui.

«Ginette est morte, papa. Eh oui… morte, comme tous ceux qu'on aime, n'est-ce pas? Comme… comme l'amour, peut-être?»

Ce que c'est loin, Amos, quand on aime! Quand on aime et qu'on veut, qu'on va savoir. Dieu, pourquoi avoir inventé la distance entre les gens qui s'aiment? Pourquoi?

«Ginette est morte… parce qu'elle t'aimait, papa! Elle est morte d'amour, andouille! Elle t'aimait plus que tout! Elle me l'a avoué le jour de mes quinze ans, peu avant de mourir, en me faisant jurer de ne jamais t'en parler si, un jour… mais quelle importance, maintenant? Il faut que tu saches: quand maman Émilienne m'a déposé chez elle, à Québec, Ginette a abandonné son fiancé… pour être libre quand tu viendrais me chercher, papa! Pour être à toi si jamais… tu vois, on était deux à t'espérer inutilement! Deux à gâcher notre vie pour toi!

«Pourquoi n'avoir jamais répondu à ses lettres, papa? À nos lettres? Pendant quelque temps, maman Émilienne nous a écrit et puis, un jour, plus rien. Ginette a lâché la rampe. Elle s'est laissée dépérir. À cause de toi… et à cause de moi, sans doute: toutes les années qu'elle a consacrées à me faire oublier, je les ai passées à te réclamer!

«J'ai mal, papa, j'ai si mal!

«Si j'ai voulu, moi aussi, faire le mort, c'était pour te rejoindre dans cette aridité où tu étais à l'abri de tout. Tu m'avais amputé de la vie, papa… et du goût de vivre.

«Ginette morte, où voulais-tu que j'aille? Mon cul-de-sac se rétrécissait encore: pas question de te relancer, alors… j'ai fait quelques coups pendables… pour te punir, papa, pour te punir… comme si ça avait pu t'atteindre! Puis je me suis engagé… les volontaires ne couraient pas les rues. Ils n'ont pas perdu de temps à vérifier la signature, grossièrement imitée, de mon «tuteur». Le père de Ginette a dû être joliment soulagé en apprenant qu'*il* avait consenti à mon engagement. Il ne savait trop sur quel pied danser avec moi. Mais peut-être eût-il été d'accord, au fond? Je ne voulais pas le savoir: il n'était pas toi, alors pourquoi l'aurais-je laissé m'aimer? Non, personne n'était... toi!»

À Val-d'Or, je bifurquai vers Rouyn, un élancement au cœur m'interdisant d'emprunter la voie la plus courte. Si près du but... tant et tant abhorré. Exécré.

Recrudescence de peur.

Étourdissements.

Appréhension.

J'étais redevenu un enfant. Un enfant de soixante ans!

***

Et l'église m'apparut, dans le lointain imprécis. Je *savais* que c'était elle!

J'en étais encore séparé par des kilomètres et, pourtant... j'avais l'impression qu'elle se détachait du paysage environnant, qu'elle se rapprochait et dansait devant ma rétine. Elle me parlait presque. Et je la devinais superbe, pure splendeur: j'y décelais mon père!

Des coups de klaxon, répétés: on n'appréciait pas outre mesure mon arrêt incongru au beau milieu de la route, en haut d'une côte. Je tentai de réagir en me traitant de crétin... mais sans grand enthousiasme: je m'en fichais, comme je me fichais du monde entier. Rien d'autre ne comptait: j'allais revoir papa!

Je tremblais, tremblais. Mon cœur battait la chamade.

Mais... mais lui? Comment réagirait-il?

Après toutes ces années, qui l'avaient déposé sur les rives de je ne sais quelle décennie, serait-il irrémédiablement sénile? Aurait-il sombré dans le gâtisme?

Des sanglots – Joie? Peine? Inquiétude? –, continus, filtraient le paysage... et, brusquement, l'église, horrible casque surmonté de sa croix tarabiscotée, fut devant moi. À côté de moi. Autour de moi. Pleine à craquer des sentiments qu'elle m'avait inspirés... et qu'elle me versait dans le crâne, par chargements complets. Pleine des larmes que j'y avais

377

retenues. Pleine des protestations que j'y avais ravalées, dans un passé qui rejoignait celui de Mathusalem.

Et le...

Et les...

Mais non! Mais non et non et non non non!

Mais c'était... intolérable et monstrueux!

Sacrilège! Où... où étaient le maître-autel et le dais à colonnes? Le grand Christ en croix? La balustrade en marbre? La lampe? La chaire? Les autels latéraux?

Qu'avaient-ils fait de son église? *Qu'avaient-ils fait de mon père?*

J'étais anéanti!

Je tombai à genoux en m'indignant bruyamment, dans l'allée centrale, au grand dam de trois ou quatre bigotes qui se court-circuitèrent vite fait les épaules à grands signes de croix purificateurs. «Conjuratoires».

Mes souvenirs ne pouvaient m'avoir trahi à ce point: ce n'était pas là l'église de papa. Ils avaient tout chambardé! Tout altéré! Tout *banalisé.*

Je n'en finissais pas de dresser, par-delà mes hoquets de dépit, de douleur et de rage, l'inventaire des ravages.

C'était là l'église de mon enfance? C'était là ce qui restait de *son* église? C'était ce qui restait de Jos Bouchard?

Mais... mon père n'avait pas pu accepter qu'on dénature ainsi sa vie! Qu'on l'assassine. Moi, je savais, j'étais petit mais je savais savais savais ce qu'elle était pour lui! Non il n'avait pas pu pas pu pas pu.

Et je m'élançai vers le chœur, incapable de réprimer plus longtemps le besoin non plus de régler des comptes, mais de le voir. Uniquement de le voir. De le cajoler. De le bercer tendrement dans mes bras. De le consoler... car, ça tombait sous le sens: *il fallait le consoler.* C'était impératif.

L'impulsion grossissait, m'envahissait, m'assujettissait et je criai en courant:

— Jooooooospaaaaaaaapaaaaaaaaaaaa!

«Ooooooooohhhhhhhhaaahhhhaaaa» répercutèrent piètrement les murs et la voûte.

— Le son! Ils ont volé même le son! fulminai-je en me retournant, croyant prendre les *petites vieilles* à témoin. Ça ne résonne plus pareil! Je veux mon papa! S'il vous plaît... rendez-moi mon papa! C'est mon papa! C'est mon papa à moi...

Mais les *petites vieilles* avaient déjà décampé, sans demander leur reste.

Mon père était entièrement mutilé!

Je ne pensais plus qu'à la peine qui avait dû être la sienne... et toutes mes années d'errance en étaient effacées.

Mes yeux, révulsés, déversaient le sang de mon père sur le sol froid d'une église quelconque, étrangère. Une église qui avait été lui!

Des siècles? Des heures? Ou des minutes éternelles... à me morfondre, à côté du *souvenir* des grilles où j'avais rêvé de m'allonger encore, ne fût-ce qu'une fois. Mais les grilles n'étaient plus.

Une affliction indicible m'habitait encore quand une bouffée, un élan d'exaltation instilla de la dynamite dans mon cerveau... qui explosa! Brutalement, comme si j'avais été en contact direct avec lui, il me sembla me retrouver *dans* sa peau, me liquéfier, être son sang, me propulser dans ses veines et inonder son cerveau qui, à son tour, éclatait et en éclaboussait l'univers.

Et je connus la paix. Une certaine paix, du moins...

À peine troublée par l'arrivée bruyante du curé. Un curé qui, alerté par les punaises de sacristie mises en émoi par mon «coup de sang», venait prudemment aux nouvelles.

Mon air candide dut le rassurer car, refusant de souscrire aux théories de ses paroissiennes – «Pour un peu, je rameutais la garde: elles vous assimilaient à l'antéchrist...» –, il m'invita, en m'avouant préférer ma version des faits – crises passagères, séquelles d'une malaria contractée en Indochine –, à le suivre au presbytère pour y prendre un «p'tit remontant».

\*\*\*

J'arrivais trop tard: vingt ans déjà que Jos Bouchard avait, selon le pasteur, plié bagage. Enfin... qu'il s'était volatilisé. On n'avait pas retrouvé son cadavre dans les décombres de sa maison calcinée... qu'on avait pourtant passés au peigne fin.

— Ah ça, pour vous dire ce qu'il est devenu... il s'en passe des choses, en vingt ans! Je me suis laissé dire, d'ailleurs, que c'était arrivé à point nommé: la fabrique s'apprêtait, paraît-il, à l'évincer. On avait déjà en main les plans de ce foyer pour personnes âgées que vous apercevez là-bas. Pauvre bedeau! Selon la petite histoire, il avait grandement décliné, au point où... mais attendez, vous êtes historien, n'est-ce pas? Voilà qui expliquerait tout: seul un historien pourrait s'intéresser à ce personnage falot et... un peu simplet, ai-je cru comprendre. Tous s'entendent pour dire qu'à la fin, il n'avait plus toute sa tête, quoi! Il n'était que devant monseigneur Dudemaine qu'il trouvait encore grâce... Enfin, bon... je regrette de ne pouvoir vous aider. Comme je vous le disais, il est parti sans laisser d'adresse... ni de traces ou d'empreintes, si j'ose dire: même les cendres de sa bicoque ont disparu sous les fondations du foyer. Et ceux qui l'ont connu – et dans son cas, je vous assure, «connu» est un bien grand mot – ne sont pas légion. Selon moi, il est allé s'éteindre à Montréal, ou à Québec... et vos recherches risquent de s'éterniser...

***

Foutaises et billevesées: je n'ai, en fait, même pas eu à chercher; je suis simplement retourné, le soir même, m'asseoir dans la nef... et me suis laissé envahir par lui.

Ma vision, encore brouillée par l'émotion, transposait d'elle-même, sur tout ce qui lui était perceptible, l'ancienne «version» de l'église. La «version préchambardements».

J'étais estomaqué: cette fois-ci, ce n'était pas ma mémoire qui entrait en action, mais, j'en étais sûr, celle de mon père... qui se greffait à la mienne.

Et je pleurais, pleurais.

Bizarre. Intuition? Ça m'est venu comme ça: je sus.

Comme si j'avais été dans sa peau.

Nulle serrure ne m'avait jamais résisté; aussi, le lendemain matin, précédant de peu l'aube – donc bien avant la messe –, je me faufilai en douce dans l'église.

En grimpant l'étroit escalier en spirale qui menait à la tribune d'orgue, j'eus, comme à cinq ans, l'impression de m'engouffrer dans la coquille

380

d'un escargot. Un escargot gigantesque, avec une armure blindée, sans perspective. Où retentissaient encore ses paroles:

«Je vais te montrer quelque chose, Lucien. Mais il faut que tu promettes de n'en jamais parler, hein? jamais! À personne! Allez, promets-le-moi... et regarde bien de tous tes yeux: tu ne reviendras jamais là-haut. Jamais avec papa, en tout cas. Papa va te montrer sa cachette secrète...»

Fébrilité.

Anxiété: et si j'avais mal jugé de la situation?

Petite porte dérobée, derrière un orgue pompeux qui jurait avec mes souvenirs; vieilles planches aux clous rouillés. Reptations dans la poussière. Une poussière de ciment et d'amiante que, je suppose, personne n'avait déplacée depuis des décennies.

Il faisait froid, là-haut; les grillages qui empêchaient les oiseaux de passer laissaient libre cours au vent. La fraîcheur matinale me transperçait. Je grelottais... et, pourtant, j'étais en nage. Une sueur déplaisante me pissait sous les bras, me dégoulinait le long des côtes.

Pour gravir les dix derniers mètres me séparant de la vraie plate-forme, je dus m'agripper directement aux abat-sons de ciment. Tellement peu conçus pour servir de barreaux d'échelle que j'ai failli, dix fois plutôt qu'une, aller m'écraser contre le palier inférieur. J'étais gelé. Frigorifié.

Derniers échelons.

Derniers instants.

Dernières poussées de peur.

Crainte exacerbée par l'imminence de... la fin?

Et...

... il était là... digne à faire pâlir d'envie anges et archanges. Solennel, noble à m'en arracher le cœur. *Beau* à me faire regretter ma vie de ressentiment.

Exactement tel que je me l'imaginais? En plus vieux? Si... «auguste»! Sublime.

Vingt ans, m'avait dit le curé?

Et pourtant... *il était intact*! On l'eût juré vivant!

Assis, recroquevillé sur lui-même, il... il dormait, peut-être?

Il était vêtu de... d'une robe. De lambeaux d'une robe. D'une robe bleue qui, plutôt que de lui créer un linceul ridicule, l'auréolait. On eût dit un drapeau. Un voile... protecteur?

Devant lui, sur une pyramide de planches, quelques stylos, un, deux, trois gros cahiers... qui attendaient là depuis vingt ans?

Drôle: je n'ai pas eu peur.

Mes yeux larmoyaient... mais c'était de joie.

J'avais retrouvé mon père!

Je me suis approché, à pas feutrés... juste au cas où... et j'ai touché, oh, effleuré simplement, la peau de ses joues glabres. Du bout des doigts: c'était rude. Rugueux. On eût dit de la pierre... et pourtant, ce contact me fut plus doux qu'une fraîche ondée de soir d'été. J'ai déposé ma main, tremblante, sur son crâne, tout à fait chauve; et, incontinent, ce qui restait de soixante années de questions fut balayé. Renvoyé au néant. Le bien-être qui me submergea me rasséréna au-delà de toute espérance... et me fit perdre, carrément, la notion du temps. Pour moi, il ne s'écoula qu'une seconde... mais quand je repris mes esprits, le soir tombait, avalait le zeste de lumière qui entrait par les abat-sons, en contrebas. Le crépuscule allait bientôt m'enlever la possibilité de redescendre.

J'étais bien... mais bien!

Avant de partir, j'ai pensé lui fermer les yeux. Mais... peut-on fermer les yeux d'une statue de pierre? Des yeux fixés sur l'éternité?

Après avoir pris les trois cahiers et retranché les feuillets vierges du dernier pour les placer sur sa *table*, je me suis retiré... presque sur la pointe des pieds: maintenant, je craignais de troubler son repos.

J'ai lu et relu les cahiers. Qui ont parachevé, si besoin était, la *réconciliation* entre mon père et moi.

***

Je n'ai pas écrit ce livre: j'ai simplement prélevé tout ce qui pouvait l'être dans les «manuscrits» de mon père. Et j'ai tissé, comme, je pense, il l'aurait fait lui-même, les morceaux qui manquaient pour obtenir une *tapisserie* acceptable.

Je suis remonté une fois là-haut, juste avant de remettre ce récit à un éditeur... au cas où mon père eût décidé d'ajouter un chapitre.

Et je lui ai fait une promesse solennelle: celle d'aller déposer, sur son cœur, un exemplaire relié de SON livre. Du livre de sa vie.

***

Passant, quand tes regards se porteront là-haut, aie une pensée pour mon père, veux-tu? Surtout, ne parle pas trop fort: il y dort encore!

Et toi, papa, repose en paix. Je t'aime… et ne crains rien, tu *seras*, encore et encore: après tout, on n'a jamais vu mourir une cathédrale!

# FIN